HEYNE BÜCHER

W0389983

Fantasy

Herausgegeben von Wolfgang Jeschke

Von Philip José Farmer erschienen in der Reihe
HEYNE SCIENCE FICTION & FANTASY:

Die Irrfahrten des Mr. Green · 06/3127, auch ↗ 06/1004
Das Tor der Zeit · 06/3144, auch ↗ 06/1006
Als die Zeit stillstand · 06/3173, auch ↗ 06/1011
Der Sonnenheld · 06/3265, auch ↗ 06/3975
Der Mondkrieg · 06/3302
Die synthetische Seele · 06/3326
Der Steingott erwacht · 06/3376, auch ↗ 06/1005
Lord Tyger · 06/3450
Das echte Log des Phileas Fogg · 06/3494, auch ↗ 06/3980
Die Flußwelt der Zeit · 06/3639
Auf dem Zeitstrom · 06/3653
Das dunkle Muster · 06/3693
Das magische Labyrinth · 06/3836
Die Götter der Flußwelt · 06/4256
Jenseits von Raum und Zeit · 06/4387
Fleisch · 06/4558

Das Dungeon:

1. Roman: *Der schwarze Turm*
(von Richard A. Lupoff) · 06/4750
2. Roman: *Der dunkle Abgrund*
(von Bruce Coville) · 06/4751
3. Roman: *Das Tal des Donners*
(von Charles de Lint) · 06/4752
4. Roman: *Der See aus Feuer*
(von Robin W. Bailey) · 06/4753
5. Roman: *Die verborgene Stadt*
(von Charles de Lint) · 06/4754
6. Roman: *Das letzte Gefecht*
(von Richard A. Lupoff) · 06/4755

Diese Liste ist eine Bibliographie erschienener Titel
KEIN VERZEICHNIS LIEFERBARER BÜCHER!

PHILIP JOSÉ FARMER

DAS DUNGEON

ERSTER ROMAN

DER SCHWARZE TURM

von

RICHARD A. LUPOFF

Deutsche Erstausgabe

Fantasy

WILHELM HEYNE VERLAG
MÜNCHEN

HEYNE SCIENCE FICTION & FANTASY
Band 06/4750

Titel der amerikanischen Originalausgabe
PHILIP JOSÉ FARMER'S THE DUNGEON
BOOK 1: THE BLACK TOWER
Deutsche Übersetzung von Alfons Winkelmann
Das Umschlagbild schuf Robert Gould
Die Illustrationen im Anhang sind von Alex Jay

Redaktion: E. Senftbauer

Printed in Germany 1990
Umschlaggestaltung: Atelier Ingrid Schütz, München
Satz: Schaber, Wels
Druck und Bindung: Elsnerdruck, Berlin

ISBN 3-453-04502-5

Vorwort

»... hör zu: Gleich nebenan liegt die Hölle des Universums des Guten; auf, auf!«

So schrieb der Dichter E. E. Cummings in einem Buch ›Pity This Busy Monster Manunkind‹ (etwa: ›Mitleid für dieses geschäftige Monster Menschenfeind‹).

Als er diese Zeilen schrieb, dachte er gewiß nicht an Science Fiction- und Fantasy-Autoren. Aber es hätte durchaus auf sie gepaßt. Die Autoren dieser Genres verlegen ihre Geschichten häufig in Welten, von denen wir nichts wissen und von denen wir niemals etwas erführen — wenn uns diese Autoren nicht dorthin entführen würden. Andererseits hätte Cummings wahrscheinlich den Einwand gemacht, daß uns Science Fiction-Autoren gewöhnlich in Welten entführen, die schlimmer sind als unsere Welt — wenn das überhaupt noch möglich ist. Und wirklich sind es oft Welten, die die unsere vergleichsweise wie einen Ruheplatz erscheinen lassen. (Ruheplätze sind jedoch oft nicht gerade aufregende Orte.) SF-Autoren benehmen sich wie Vergil, der seinen Dante — seinen Leser — durch die verschiedenen Höllen führt.

Das bedeutet, daß die Welt nebenan eine Hölle ist. Was wiederum ganz in Ordnung ist. Wir alle wollen in den Himmel, aber wir möchten so lange nichts davon wissen, wie wir nicht von unserer Schlaflosigkeit geheilt werden wollen. Im Himmel passiert nicht viel, und die meisten Leute dort sind Langweiler. Die Hölle ist interessanter und aufregender. Alles dort ist in ständiger und wilder Bewegung, und ihre Bewohner wissen von einer Minute zur nächsten nicht, was ihnen widerfahren wird.

Wenn diese Beschreibung der Hölle klingt wie eine Beschreibung der Erde, so mag das zutreffen. Aber unsere Gefahren sind uns vertraut, während die Gefahren gleich nebenan uns als Münchhausiaden erscheinen. Wir sind zuvor niemals darauf gestoßen, und wir wissen nicht, wie wir ihnen begegnen sollen, weil die Umgebung so fremdartig ist. Wir werden mit Wesen, Dingen und Situationen konfrontiert, die außerhalb unserer Erfahrungen liegen. Kurz gesagt, wir befinden uns als Außerweltler inmitten äußerst befremdlicher, sehr aktiver Monster.

Ich bin einer der Autoren, der in vielen seiner Geschichten seine Helden oder Heldinnen in eine außerweltliche Welt versetzt hat. Und in solche Schwierigkeiten, daß selbst ich nicht wußte, wie ich sie wieder befreien sollte, nachdem ich sie einmal hineingeworfen hatte. Aber mir ist noch immer eine Lösung eingefallen.

Ich habe in einigen meiner Werke Charaktere und Umgebungen benutzt, die ich den Pulps entnahm. Und ich sollte hinzufügen: vom Geist der Pulps abgeleitet hatte, dem exotischen Abenteuer.

Ich habe Geschichten geschrieben, die keinerlei Bezug dazu hatten, was ich oben beschrieb, aber jene Geschichten, die diese Eigenheiten aufwiesen, erregten viel Aufsehen. Zum Teil wohl deshalb, weil sie zu einer Einheit verschmolzen waren, was heißt, daß sie in der einen Welt handelten und in einer anderen ihre Wurzeln hatten. Gleichzeitig beeinflußten sie sich und waren genetisch verwandt mit vielen klassischen Vorbildern, obwohl ihr Ursprung in den Pulps lag. So ist die Welt nebenan eine neue geworden: Pulp-und-klassisch-›farmerisch‹.

Aus diesem Grund und aufgrund meiner Liebe zu fernen Abenteuern bat mich Byron Preiss, den Dungeon-Zyklus herauszugeben und zu betreuen. Die Serie ist eine Emulsion des Geistes — nicht des Inhalts — der Farmerschen Nebenan-Welt, ›Pulp-und-klassisch‹.

Zunächst sollte ich jedoch beschreiben, wie und warum ich diese Welt erschaffen habe.

Als ich siebzehn war, im Jahr 1925, las und liebte ich die Werke von Mark Twain, Jonathan Swift (›Gullivers Reisen‹), R. L. Stevenson (›Die Schatzinsel‹), Dickens (›A Christmas Carol‹), die Bücher von OZ, London (›Before Adam‹), H. G. Wells und Jules Verne, Doyle (›Sherlock Holmes‹ und die ›Vergessene Welt‹), Burroughs (›Tarzan‹, die *Mars*-Serien). Ich liebte Homers ›Odyssee‹ über alles, genau wie die nordischen, griechischen und amerikanischen Sagen.

Ich war ein Bücherwurm, noch bevor ich herangewachsen war.

Im Jahr 1929, als mir die ersten Ausgaben von Hugo Gernsbacks ›Science Wonder‹ und ›Air Wonder‹ in die Hände fielen — mit den wundervollen Illustrationen von Paul —, leuchtete mein Leben in goldenem Glanz. Ich stürzte in die Saphirmeere des Außerweltlichen. Wie ein Amphibienwesen wechselte ich zwischen dem Land der Realität und dem Ozean der Phantasie. Aber ich bevorzugte auf jeden Fall den Ozean. Sehr zu meinem Nachteil tue ich das noch immer — schließlich ist es doch das Land des Wirklichen, in dem wir die meiste Zeit über leben.

Dann entdeckte ich die Welt der Pulps, das *Argosy*-Magazin, das wöchentlich erschien und viele SF- und Abenteuer-Geschichten herausbrachte. Später las ich die vielen SF-Magazine und wurde im Jahr 1931 von der ersten Ausgabe von *The Shadow* gefangengenommen. Während der Wirtschaftskrise war Geld rar. Als das erste *Doc Savage*-Magazin im Jahr 1933 erschien, mußte ich mich entscheiden, ob ich *Shadow* oder *Savage* kaufen wollte, und der alte Doc behielt die Oberhand.

Ich las gleichfalls Roy Rockwells Reihe *Bomba-the-Jungle-Boy* und die SF-Serie *Great Marvel*. Obwohl als Bücher erschienen, hatten sie doch die Qualität von Pulps. Die Geschichten waren flott geschrieben und hielten mich bis zum Schluß gefangen. Die Spannweite der Charaktere reichte vom Karikaturhaften bis zu ausgezeichneten Porträts. Der Stil bewegte sich zwischen ›unter aller Sau‹ über handwerklich gut bis hin zu ausgezeichnet. Die Ideen waren oft anregend und manchmal originell, häufig banal, zuweilen aus zweiter Hand und abgeschrieben, jedoch mit neuen Wendungen und Varianten. Kurz gesagt: genau wie in der sogenannten Mainstream-Literatur — nur daß Mainstream weder neue noch ungewöhnliche Ideen aufweist. (Und wenn das einmal der Fall ist, dann ist es keine Mainstream-Literatur.)

Natürlich besaß ich damals keinerlei Gespür für literarische Qualität. Alles erschien mir großartig, und viele Geschichten haben mir so viel Spaß bereitet, wie ich es niemals mehr empfunden habe. Ich befand mich im Goldenen Zeitalter meiner Kindheit und frühen Jugend. Es waren lausige Zeiten, sicherlich, aber wenn ich zurückblicke, wurde dieses Wissen um die Unsterblichkeit, wurden diese blaublumige, golden durchschossene Furcht, dieses Zittern kurz vor der Enthüllung, dieses beinahe mystische Gefühl mindestens ebensosehr — wenn nicht sogar stärker — von den Pulps hervorgerufen wie von den Klassikern, die ich ebenfalls las.

O ja, ich vergaß, daß die ›Geschichten aus 1001 Nacht‹ und die Bibel mich gleichfalls früh beeinflußten. Ich wurde von so vielem beeinflußt, daß es leichtfällt, manches davon zu vergessen.

Später vertiefte ich mich in andere Werke von Dickens und Doyle, in das Werk von Jack London, und dann kamen Balzac, Rabelais, Goethe, Thomas Mann, Dostojewski, Joyce, Fielding und die Lyriker. Mit zwanzig stieß ich auf die Biographien von Sir Francis Richard Burton sowie auf die Bücher, die er verfaßt hatte. Ich hatte sie alle längst gelesen, bevor ich meine eigenen Geschichten an die Magazine verkaufte.

Im Unbewußten herrscht wahre Demokratie. Alle Dinge, alle Menschen sind gleich. Daher thronte in meinem Bewußtsein Odysseus nicht höher als Tarzan, König Arthur war nicht größer als Doc Savage, und Cthulhu und Conan ragten am Horizont meines Bewußtseins so hoch empor wie Jehova und Samson.

Pulps und die Klassiker verschmolzen in meinem Bewußtsein. Lord Greystoke lebte Tür an Tür mit Achilles und Natty Bumppo. Leopold Bloom traf sich mit Lamont Cranston und Rudolf Rassendyll auf einer Cocktailparty. Miltons Lucifer ließ sich die Hörner in Patricia Savages Schönheitssalon polieren, und Die-Der-Man-Gehorchen-Mußte war eine Brieffreundin von Scheherzerade und Jane Eyre. Bellow Bill Williams (eine Serienfigur in *Argosy*) stand zusammen mit Mr. Pickwick, dem großen Gott Thor, Falstaff, Old Man Coyote und Operator # 5 in derselben Kneipe an der Theke. D'Artagnan, Thibaut Corday, Brigadier Gerard und Lt. Darnot tauschten bei erlesenen Weinen und Schnecken Gedanken über militärische Strategien aus. Joshua, Fu Manchu, Professor Moriarty, Captain Nemo, Pete the Brazen und Doktor Nikola erzählten einander Geschichten am Lagerfeuer. Paul Bunyan, Christian der Pilger, Hawk Carse, Don Quichote und der Cowardly Lion diskutierten die metaphysischen Aspekte der Verrückten Teeparty.

Sie wissen schon, was ich meine.

Mein bewußtes Ich weiß es heute besser und erlaubt keine gleichen Ränge mehr im literarischen Theater. Aber die Mutter des Bewußtseins, die echte Sie-Der-Man-Gehorchen-Muß, mein Unterbewußtes, weiß es nicht besser.

Ich wäre nachlässig, würde ich nicht berichten, einen welch großen Einfluß die frühen Filme und Illustrationen in den Büchern meiner Kindheit auf mich hatten. Noch bevor ich lesen konnte, sah ich (und erinnere mich noch immer daran) Douglas Fairbanks in ›Robin Hood‹ (1922). Fairbanks' ›The Black Pirat‹ (1926), Wallace Beery in ›The Lost World‹ und Lon Chaney in ›The Phantom of the Opera‹ ließen mich zittern und beben. Viele andere habe ich nicht vergessen, die noch immer in meinem Unterbewußtsein brodeln.

Die ausdrucksstarken Illustrationen von Doré in ›Pilgrim's Progress‹, ›Paradise Lost‹, ›The Rime of the Ancient Mariner‹ sowie ›Inferno‹ und Wyeths und Pyles Illustrationen berührten mich stark. Pauls Arbeiten für die Magazine von Hugo Gernsback glitzern in meinem Bewußtsein wie die mächtigen Juwelen in den Wänden des uralten Opar.

Dies war sozusagen das optische Gegengewicht zu den Klassikern und den Pulps.

Alles: Bücher, Magazine, Filme und Illustrationen klangen auf der gleichen Frequenz. Mittlerweile tun sie's nicht mehr, aber ihr Zauber ist nicht verblaßt.

Ich bin über den Ursprung dessen, was ›farmerisch‹ genannt wird, deshalb so ins Detail gegangen, weil ich den Leser dazu bringen will, den Begriff zu verstehen. Außerdem ist es ein notwendiges Präludium (aus dem Lateinischen, es bedeutet vor dem Spiel und auch — in gewissem Sinne — Vorspiel).

Es scheint mir unverzichtbar, da gerade dieses merkwürdige Gebräu aus Unwirklichkeit und Wirklichkeit, aus Klassikern und Pulps den Produzenten dieses Serienprojekts dazu veranlaßt hat, es vom Stapel zu lassen. Die *Dungeon*-Romane von Byron Preiss basieren zum Teil auf dem Geist, der bestimmten meiner Werke innewohnt.

Diese Romane sind gleichfalls mein Tribut an andere Schriftsteller und rühren zum Teil von dem Kindheitswunsch her, die Welten einiger meiner Lieblingsschriftsteller wiederzubeleben, nachdem diese ihr Werk vollendet haben.

Die *Dungeon*-Romane sind auf meine Art (gibt es eine andere?) Erweiterungen und Ausführungen der heißgeliebten Lektüren meiner Goldenen Zeit:

Die *Opar*-Reihe, die auf den Vorgaben von ›Tarzan‹ und ›Allan Quatermain‹ beruht. (Die verzerrenden Filme, die auf Haggards Charaktere zurückgreifen, haben keinerlei Bezug zu Haggards Romanen.)

Die Serie um *Lord Grandrith* und *Doc Caliban,* die auf Tarzan und Doc Savage zurückführt (in der jedoch die düsteren Seiten der Heroen beleuchtet werden).

Der *Flußwelt*-Zyklus, in dem ich meine Begeisterung über Burton, Twain und Dante sowie deren Philosophien miteinander verschmolzen habe und der letztlich von der Bibel inspiriert war.

Die Serie *World of Tiers,* die teils von dem englischen Dichter William Blake, teils von dem amerikanischen Eingeborenenhelden Old Man Coyote inspiriert wurde; sie greift auch die Figur des Artagnan auf, eine Gestalt von Dumas, und war auch vom historischen d'Artagnan inspiriert, von Rostands Bühnengestalt Cyrano de Bergerac und dem wirklichen Bergerac (letzterer erscheint gleichfalls im *Flußwelt*-Zyklus). Zum Teil von den wüsten Erzählungen des Thibaut Corday, Theodore Roscoes französischem Legionär. Zum Teil von Doyles Brigadier Étienne Gerard, den Doyle aus dem sehr lebendigen napoleonischen Soldaten Baron de Marbot abgeleitet hat (Marbot erscheint gleichfalls im *Flußwelt*-Zyklus).

›The Adventure of the Three Madmen‹, in der Holmes und Watson dem Schatten G-8 sowie Mowgli begegnen, dem Wolfsjungen, sehr zu deren Bestürzung, und es endet alles in einem vergessenen Land in Afrika, dessen Einwohner Abkömmlinge der Zu-Vendis sind, Haggards vergessenen Menschen in ›Allan Quatermain‹.

Die *Greatheart Silver*-Reihe, deren eine Geschichte das letzte Zusammentreffen zwischen den altgewordenen Helden und den altersschwachen Bewohnern der Pulps schildert.

Ähnliche Geschichten von mir sind so zahlreich, daß ich sie nicht alle aufführen könnte. Genug davon. Aber sie haben zur Entstehung des *Dungeon* beigetragen, und sie haben wie gesagt den Geist der genannten

Vorbilder miteinander verschmolzen. Welten befruchten Welten, die der meinen nicht parallel sind, sondern asymptotisch.

Es war eine weise Entscheidung, Richard A. Lupoff den ersten Roman, ›Der Schwarze Turm‹, zu übertragen. Er ist ein Mann ganz nach meinem Herzen. Er ist, was das Werk von Edgar Rice Burroughs betrifft, eine Autorität und belesen in der bekannten und unbekannten Science Fiction und Fantasy des späten 19. und des frühen 20. Jahrhunderts. Er hat eine Anzahl von Parodien und Pastiches darauf verfaßt. Er ist gleichfalls Autor einer Reihe von Parodien auf Science Fiction-Autoren. Ich selbst war eines seiner Opfer, leicht erkennbar in der Figur des Albert Payson Agricola, einem erfolgreichen SF-Autor, der zu Recht umgebracht wird. Für alle jene, die zu jung sind, um es zu wissen: Albert Payson Terhune war ein sehr erfolgreicher Schriftsteller von Hundegeschichten, besonders über Collies, von denen einer Lassie hieß. ›Agricola‹ ist lateinisch und bedeutet ›Bauer‹ beziehungsweise ›Farmer‹.

Lupoffs Interesse an dem ›alten Zeug‹ ist kein Dilettantismus. Er hat sich der frühen Klassiker und der Nicht-so-ganz-Klassiker der Pulps und der Populärliteratur angenommen und sie überarbeitet. Er hat ihnen neues Leben, neue Farben und neue Formen in einer durch und durch für ihn typischen Manier eingehaucht. Obwohl er sich häufig über diese frühen SF-Stories lustig gemacht hat, die oftmals durchsetzt sind von lächerlicher Wissenschaft, zweidimensionalen Charakteren und Rassismus, empfindet er doch eine tiefe Liebe für sie. Obwohl ein Teil seines Ichs ihnen ungläubig gegenübersteht und bis zu einem gewissen Grad abgestoßen wird, glaubt ein anderer Teil seines Ichs daran und wird stark von ihnen beeinflußt. Das ist gut so. Ein Autor, der weder an die Welten glaubt, die er beschreibt, noch sie liebt, kann nicht überzeugen.

Wie ich ist er gut vertraut mit dem 19. Jahrhundert. Er

weiß, daß es die Mutter des 20. Jahrhunderts ist und daß die Erde damals noch ihre *terrae incognitae* besaß. Afrika war der dunkle Kontinent, sowohl in geographischem Sinn als auch in bezug auf seine Bewohner.

Und er benutzte und benutzt, gleichfalls genau wie ich, echte Personen neben erfundenen. ›Der Schwarze Turm‹ beginnt auf der Erde des Jahres 1868. Zunächst werden wir mit einigen historischen Personen bekanntgemacht. Ein wenig später begegnen wir Sidi Bombay, einem ehemaligen Gewehrträger von Sir Richard Francis Burton. Und dann gibt's den erfundenen Quartiermeister Sergeant Smythe. Sein Verkleidungstalent gemahnt uns an *The Spider, The Shadow, Doc Savage* und *Sherlock Holmes*. Es erinnert uns gleichfalls an Burton selbst, einen Meister im Verkleiden.

Lupoff schreibt, ganz im Geist meiner Welten, einen Roman, in dem die Dinge selten das sind, was sie zu sein scheinen. Der Held leidet, wie in so vielen meiner Werke, berechtigterweise an Verfolgungswahn. Irgendwo, irgendwie zieht irgend jemand oder irgend etwas an den Fäden, und die Puppen beginnen zu tanzen, ob sie wollen oder nicht. Diese Puppen jedoch sind in der Lage zu denken, und sie können sich wehren.

Über allem schwebt das Geheimnis. Es ist nicht die bedrohliche und unheimliche Atmosphäre der Kriminalromane und der Gothic Novel, obwohl Bestandteile davon enthalten sind. Es ist das Geheimnis des Universums selbst. Oder, wie in diesem Fall, auch das Geheimnis einer anderen Welt.

Eine von Lupoffs Zutaten zu diesem Universum, Neville Folliots Tagebuch mit seinen Eintragungen, von unsichtbarer Hand auf den neuesten Stand gebracht, erinnert mich an das große Buch von Glinda dem Gott. Vorfälle, wie sie täglich auf den leeren Seiten ihres dikken magischen Buchs erscheinen. Ich bezweifle, daß Lupoff zu dieser Idee von den *Oz*-Büchern inspiriert worden ist; es war zweifellos sein eigener Einfall. Aber dennoch klingt Oz darin auf.

Wie im Geist der Pulps und der Klassiker hallt ein frevelhafter Übermut in seinen Romanen wider, den man nur in unserem Genre findet.

Sowohl die menschlichen als auch die außermenschlichen Charaktere im ›Schwarzen Turm‹ entstammen dem Farmerschen Geist. Besonders mag ich Finnbogg, dieses Bulldoggenwesen, und Chang Guafe, diesen gequälten und monströsen Halb-Verwandler. Und man findet bei Lupoff den Zeitknoten, in dem Wesen von überall und aus jeder Zeit versammelt sind — eine von mir bevorzugte Situation.

Versammelt von wem? Zu welchem Zweck?

Oh, süßes und bitteres Geheimnis! Wenn der Zyklus beendet sein wird, werden wir erkennen, daß das Universum ein einziges organisches Ganzes ist. Es wird auf logische und glaubhafte Weise erklärt.

Aber, wie schon E. E. Cummings schrieb:

»... wenn die Himmel sich neigen und die Ozeane verdorren, wird das einzige Geheimnis noch immer der Mensch sein.«

Philip José Farmer

EINS

IN ENGLAND

KAPITEL 1

Piccadilly Circus

Der Vorhang fiel über einer köstlichen Szene. Die Brüder James John Cox und John James Box feierten ihre Versöhnung. Das Publikum, das während der Vorstellung immer wieder in stürmisches Gelächter ausgebrochen war, verfiel nun in Hochrufe und rasenden Beifall.

Unten im Parkett spürte Major Clive Folliot, wie sich Miß Leightons Finger um seinen Arm schlossen. Clive war während der Vorstellung immer wieder von den eigenen Gedanken abgelenkt worden, und er wußte, daß Miß Leighton seine Gefühle dem verschollenen Bruder Neville gegenüber verstand — zumindest verstand sie sie so gut, wie ein Außenstehender diese heftigen Emotionen nur zu verstehen vermochte.

Gibt es außer einem Zwilling noch jemanden, der die Gefühle eines Zwillings verstehen kann?

»Das Schauspiel war vergnüglich, aber es kam Ihrer persönlichen Situation doch sehr nahe, nicht wahr?« fragte Annabella Leighton. »Es muß Ihnen weh getan haben, Clive.«

Clive Folliot antwortete nicht sofort. Er mußte sich erst sammeln. Man stellte seine Gefühle nicht in der Öffentlichkeit zur Schau, erst recht nicht, wenn man Offizier in militärischen Diensten Seiner Majestät war.

Clive trug einen scharlachroten Rock und die dunkle Hose der königlichen Horse Guards. Er strich sich mit leicht zitternder Hand über den rötlichbraunen Schnurrbart. Er wandte sich Annabella zu und brachte ein Grinsen zustande. »Kam meiner persönlichen Situation sehr nahe, ja. Aber es war dennoch eine nette Unterhaltung. Ich hoffe, ich habe Ihnen die Vorstellung nicht verdorben, Miß Leighton.«

Während er sprach, trank er mit den Augen ihre Schönheit. Annabella Leighton war eine schöne junge Frau — nur wenig älter als ein Mädchen —, etwa dreizehn Jahre jünger als Clive Folliot mit seinen dreiunddreißig Jahren. Ihr Haar war von glänzendem Pechschwarz. Für diesen Theaterbesuch war es zu Locken aufgetürmt worden, die so glänzten, als wollten sie es mit dem Kornblumenblau der fröhlich blitzenden Augen aufnehmen.

Die Schultern waren weiß und leicht gepudert, der Busen war üppig und voll und zeigte sich herausfordernd in dem Kleid, wenn sie den Schal von den Schultern gleiten ließ. Die Taille war schmal, sogar zart, wenngleich nicht mehr ganz so schmal wie zu der Zeit, als sie und Major Folliot einander kennenlernten.

Sie lächelte zu Major Folliot hinauf. »O nein«, sagte sie. »Sie könnten mir eine Vorstellung gar nicht verderben. In Ihrer Begleitung, Clive, kann es nicht anders als vergnüglich sein.«

Das Theater leerte sich allmählich, als englische Herren in Abendgarderobe oder militärischen Uniformen und Damen in weitgeschnittenen Kleidern ihre Sitze verließen. In der Menge waren einige Amerikaner, man konnte sie an den lauten Stimmen und der prahlerischen Art erkennen. Sie kamen in wachsender Zahl nach England zurück, und zwar seitdem der Krieg zwischen dem Süden und dem Norden beendet war — Clive wurde in jäher Überraschung bewußt, daß das jetzt schon drei Jahre her war.

Alles in allem, grübelte Clive, war es ein kosmopolitisches Publikum. Er fragte sich, ob alle Dialoge und Lieder überhaupt verstanden worden waren.

»Miß Leighton«, sagte Folliot, »ich hoffe wirklich, daß Sie es jetzt nicht falsch verstehen, wenn ich Sie bitte, mich hinter die Bühne zu begleiten.«

Sie antwortete nicht sofort.

»Ich glaube kaum, daß es Ihrem Ansehen schaden wird«, fügte er hinzu. »Aber wir werden selbstverständlich das Theater sofort verlassen, wenn Sie es nicht wünschen, sich unter die Schauspieler zu mengen.«

»Nein, Major. Sie haben erwähnt, daß einer der Schauspieler Ihr Freund ist. Ich muß mich glücklich schätzen, ihm vorgestellt zu werden — wenn Sie das beabsichtigen.«

»In der Tat.«

Die Räume hinter der Bühne erfüllte ein verrücktes Gemisch aus unvertrauten Farben, Gerüchen und Klängen. Annabella Leighton kam sich vor, als wäre sie das gleiche Kaninchenloch hinabgefallen wie Alice in Lewis Carrols sonderbarem kleinen Buch, und sie wäre nicht sehr überrascht gewesen, wenn sie hinter jeder Ecke einem verrückten Hutmacher oder einer Wasserpfeife schmauchenden Raupe begegnet wäre.

Major Folliots Freund hatte den Herrn Box gespielt, den Drucker. Darum stand ihm auch ein eigenes Umkleidezimmer zu, an dessen Tür Folliot frischweg klopfte.

Eine Tenorstimme rief: »Nur herein!« Major Folliot stieß die Tür auf, wobei er Miß Leighton bedeutete, ihm zu folgen.

»Clive!« rief der ehemalige Drucker. »Machen Sie sie hinter sich zu! Ich bin gleich fertig.« Der Schauspieler saß mit dem Rücken zur Tür, und ein Schminktisch mit Spiegel erlaubte es ihm, seine Besucher zu beobachten. Als er Miß Leighton erspähte, fuhr er herum und sprang auf.

»Nichts sagen!« rief er aus. »Das ist die atemberaubende Miß Leighton, von der Clive so häufig gesprochen hat.«

Annabella reichte ihm die Hand.

»George du Maurier«, stellte sich der Schauspieler vor. »Habe die Ehre, Miß Leighton. Clive hört niemals auf, Ihr Loblied zu singen, und jetzt sehe ich den Grund für diese Verehrung.«

»Eine glänzende Inszenierung, du Maurier«, sagte Folliot. »Ich wünschte, ich könnte mich genau wie die Brüder in deinem Lustspiel mit Neville aussöhnen.«

»Er wird schon wieder auftauchen, Clive. Andere haben sich weit länger als Neville und du aus den Augen verloren und sind heil und gesund irgendeinem Dschungel oder einer Wüste entkommen.«

Du Maurier deutete eine Verbeugung an. »Laßt uns doch einen geeigneteren Ort für unsere Unterhaltung aufsuchen als dieses Rattenloch, ja?«

Annabella sagte: »Ich stimme mit Ihnen darin überein, daß unser Geplauder in angenehmerer Umgebung stattfinden könnte.«

Du Maurier stülpte einen Biberhut auf den Krauskopf, nahm einen leichten Mantel vom Haken neben dem Spiegel, langte hinter Folliot und Miß Leighton, um die Tür zu öffnen, und drehte das Gaslicht ab. Der Raum blieb schwach erleuchtet, weil das Licht aus dem Hinterbühnenbereich durch die geöffnete Tür drang.

Draußen riefen sie eine Kutsche. Du Maurier schaute zum Kutscher hinauf und gab ihm die Adresse seines Klubs. Zu Folliot und Miß Leighton gewandt, sagte er: »Künstler und Schriftsteller sollen uns umgeben. Ich bin sicher, daß ihr es billigen werdet.«

Zu dieser späten Stunde herrschte nicht viel Verkehr, und nach kurzer Zeit hielt die Kutsche vor einem Eingang, der von einem livrierten Diener bewacht wurde.

Sobald sie sich einmal drinnen befanden, sagte du Maurier: »Wir sind hier ziemliche Bohemiens, Miß Leighton. Damen sind zur Bar zugelassen. Es wird einige geben, die die Stirn runzeln werden, aber wir sind nun mal die, die wir sind.« Er zuckte die Achseln.

»Ja.« Annabella lächelte. »Künstler und Schriftsteller. Was kann man da schon erwarten?«

Du Maurier lachte und führte sie in den Hauptsalon.

Ein Diener nahm Miß Leighton den Mantel und den beiden Männern die Kopfbedeckungen ab — du Mauriers hohen Biberhut und Folliots Militärmütze. Ein Kellner trat heran, und du Maurier bestellte Brandy für alle.

Sie nahmen auf bequemen Stühlen vor dem großen Kaminfeuer Platz und wärmten sich wohlig.

Du Maurier wandte sich an Folliot und sagte: »Es gibt demnach noch immer keine Zeile von Ihrem Bruder?«

»Keine«, murmelte Clive. »Es sind jetzt vierzehn Monate her, und keine einzige Zeile.«

»Es fällt Ihnen gewiß sehr schwer, das hinzunehmen«, meinte Annabella.

»Ja«, stimmte du Maurier zu, »und genauso schwer, es zu glauben.«

»Ich weiß nicht, was Sie meinen, Herr du Maurier. Schwer zu glauben — was?« Sie runzelte die Stirn.

»Er wird jetzt wieder loslegen«, warnte sie Major Folliot. »Ich hätte Sie warnen sollen, Miß Leighton. George ist ein brillanter Karikaturist — der beste, den der *Punch* aufzuweisen hat —, zusätzlich zu seinen Talenten als Komiker und Musiker. Aber er gibt sich einigen sehr merkwürdigen Ideen hin.«

»Tatsächlich *merkwürdig?*« Die Konversation stockte, als der Kellner erschien und den Brandy servierte. Dann nahm du Maurier den Faden wieder auf. »Sie spotten, Folliot, Sie spotten. Aber: ›Es gibt mehr Dinge im Himmel und auf der *Erde* ...‹«

»Ich weiß, ich weiß. Ich sollte glauben — oder zumindest hoffen —, aber da so lange Zeit nichts weiter geschehen ist, sehe ich mich dazu nahezu außerstande.«

»Aber natürlich, mein Freund. Sie haben den Kern der Sache getroffen. Daran festzuhalten, daß das Mögliche möglich ist, erfordert weder Verstand noch Courage. Es ist im Grunde eine Tautologie.«

Er gestikulierte, als er sich an seinem Thema erwärmte.

Annabella Leighton beobachtete die beiden Männer, du Maurier in saloppem Zivil, Folliot im scharlachroten Rock mit den Messingverzierungen. Das tanzende Licht des Feuers warf die weichen und zarten Schatten erdiger Töne über den Künstler, grün und braun und grau. Gleichzeitig schienen die Flammen auf den Metallknöpfen und den Epauletten auf der prächtigen Uniform des Majors zu tanzen.

»Zu behaupten, daß das Unmögliche möglich ist«, fuhr du Maurier fort, »erfordert Vorstellungskraft. Vorstellungskraft«, grinste er und tippte sich mit einem langen Finger an die Stirn, »Vorstellungskraft, ja, und intellektuelle Courage. Und Willenskraft.«

»Ich hätte nicht gedacht, Herr du Maurier, daß Sie einer Neigung zur Mystik nachgeben«, sagte Annabella.

»Neigung zur Mystik?« Du Maurier lächelte über diesen Ausdruck und durchdachte ihn einen Augenblick lang. Dann fragte er: »Aber warum nicht, Miß Leighton?«

»Wir leben im Zeitalter von Wissenschaft und Rationalität, nicht wahr?« Die Flammen erwärmten sie von außen, der Brandy von innen. Sie lächelte den Karikaturisten an.

»Um so mehr sollte man die Dinge in Betracht ziehen, die — bis jetzt — außerhalb des Bekannten liegen. Jedes Jahr erfahren wir neue Wunder. Die Natur rückt ihre Geheimnisse nur ungern heraus, aber sie rückt sie heraus. Chemie, Elektrizität, Geographie — das Leben selbst! Welch große Tiere trotteten einstmals, vor ungezählten Jahren, über diese Insel, von denen wir erst allmählich Kunde erhalten!«

»Aber du Maurier«, griff Clive ein, »Sie reden von Dingen, die in Laboratorien hergestellt oder unter der Oberfläche der Erde gefunden werden. Wunder, ja — aber Wunder, die mit dem Auge wahrgenommen, auf der Waage des Forschers abgewogen, für alle und jedermann im Museum ausgestellt werden können, damit man sie besichtigt und anschaut.«

»Und Sie meinen, ich erzähle Märchen, wenn ich Ihnen sage, daß ich an die Arbeiten von Dr. Braid sowie an seine Errungenschaften in puncto Trance und neuer mentaler Zustände glaube? Aber ich behaupte, daß das Bewußtsein über Kräfte und Möglichkeiten verfügt, deren Erforschung noch nicht einmal begonnen hat. Ich glaube, daß es ein Leben gibt, dem wir noch niemals begegnet sind. Auf anderen Planeten mag es Bewohner geben, und es mag sogar Planeten geben, die die fernen Fixsterne umkreisen und mit deren Bewohnern eines Tages Kommunikation und Handel möglich sein wird.«

Folliot wollte schon antworten, aber Annabella Leighton ergriff zuerst das Wort. »Das ist als Gegenstand einer philosophischen Spekulation alles ganz wundervoll, Herr du Maurier. Aber was hat das mit Major Folliots verschwundenem Bruder zu tun? Sicherlich wollen Sie nicht andeuten, jemand habe Neville in Trance versetzt, aus der heraus er Clive mesmerische Strahlen sendet. Oder glauben Sie, daß er zum Planeten Mars versetzt worden ist, wo er in diesem Moment die Geheimnisse der dortigen Bewohner erfährt?«

»Ich weiß nicht, wo sich Sir Neville aufhält«, sagte du Maurier.

Clive stand auf, stellte sich mit dem Rücken zum Feuer und blickte du Maurier ins Gesicht. »Sie machen zuviel aus diesem Geheimnis«, erklärte er, »und zugleich zuwenig.«

»Ho!« explodierte du Maurier. »Wer spricht jetzt in Paradoxa, Folliot?«

»Was ich meine, ist folgendes: Mein Bruder ist verschwunden, tatsächlich verschwunden. Mit Ihrem ganzen Gerede über Hypnose und Mesmerismus und Trance und Einwohner ferner Welten vernebeln Sie lediglich diese Tatsache. Neville ist nach Afrika gegangen, nicht zum Jupiter. Wir wissen, daß er viel von der Ruwenzore-Gegend erforscht hat und daß er zumindest bis Gondokoro vorgedrungen ist.«

Er setzte das Glas auf die Kamineinfassung, verschränkte die Hände hinter dem Rücken und schritt auf dem dicken Perserteppich hin und her.

»Was ist ihm zugestoßen, nachdem er Gondokoro verlassen hat? Das ist's, was festzustellen wäre. Nicht, ob es geflügelte Wesen auf dem Mars gibt.«

»Aber Sie müssen einsehen«, entgegnete du Maurier, »falls Dr. Braids Entdeckungen, die auf der Grundlage von Mesmers Arbeiten beruhen, Wert besitzen sollten ...«

»Falls?« schnitt ihm Folliot das Wort ab. »Falls? Sie, der Sie die gesamte Reihe dieses übernatürlichen Unsinns von Paracelsus bis Mesmer zitieren, Sie sagen *falls?*«

Du Maurier weigerte sich, nach dem Köder zu schnappen, weigerte sich, von seiner Argumentationskette abgelenkt zu werden.

»Falls«, wiederholte er, »Anton Mesmer und James Braid im Recht sind, mag es möglich sein, einen Kontakt, einen direkten Kontakt zwischen dem Bewußtsein des einen und des anderen Bruders herzustellen.«

»Falls Sie es nicht bemerkt haben«, entgegnete Folliot, »aber Dr. Braid hat seinen gerechten Lohn erhalten.«

»Stimmt schon«, räumte du Maurier ein, »aber andere werden vielleicht weitermachen.«

Miß Leighton sagte: »Ich möchte Ihre Spekulationen nicht unterbinden.« Sie sah von Major Clive Folliot zu George du Maurier, dann wieder zurück zu Folliot. »Aber Sie beide nehmen an, daß Sir Neville noch am Leben ist. Wie können Sie da so sicher sein?«

Clive Folliot und George du Maurier tauschten Blicke aus.

Folliot ergriff das Wort. »Ich weiß wirklich nicht, ob mein Bruder noch lebt. Es ist meine Pflicht, das herauszufinden, denn falls er überlebt hat, bleibt er in der Linie, um der nächste Baron Tewkesbury zu werden und alle Ländereien, Gebäude und Gelder zu erben, die mit dem Titel verbunden sind. Falls er tot ist — was der Himmel verhüten möge! —, so geht die Erbschaft nach dem möglichen Tod unseres Vaters auf mich über.«

Du Maurier erhob sich und ging zu Clive Folliot hinüber. Er legte einen Arm um Clives scharlachrote Schultern. »Wenn ich Sie nicht den größten Teil meines Lebens kennen würde und wenn ich nicht wüßte, wie unschuldig Sie tatsächlich sind, sollte ich Sie anklagen wegen dieses geheuchelten ›Was der Himmel verhüten möge‹, in der Tat!«

Er ließ den Arm fallen und nippte an dem Brandy. »Wir brauchen noch einmal eine Runde hiervon, nicht?« Er winkte dem Kellner und kam dann auf sein Gesprächsthema zurück. »Was hat dieser arrogante Protzer von Zwilling denn jemals für Sie getan, daß Sie ihn unbedingt finden und nach Hause bringen wollen? Was hat er denn anderes getan, als Sie hundertmal im Boxring zusammengeschlagen? Ihre Angelegenheit, Clive, aber das ist in diesem Leben nicht genug.«

Der Kellner kam zurück und füllte die Gläser nach.

»Gehen Sie los, folgen Sie ihm und versagen Sie bei Ihrer Aufgabe«, fuhr du Maurier fort, »und Sie werden aller Voraussicht nach mit dem Leben bezahlen. Und wenn Sie Erfolg haben, was haben Sie dann erreicht? Sie bringen den Protzer zurück. Lassen Sie ihn in Ruhe, sage ich Ihnen. Wenn er auf eigene Rechnung zurückkehrt, nun gut — oder auch nicht! Wenn er niemals zurückkehrt, werden Sie, wenn es an der Zeit ist, an seiner Stelle die Erbschaft antreten.«

»Nein«, sagte Clive Folliot. »Neville hat seine Fehler, das gebe ich zu.«

»Hah! Und Napoleon hatte seinen Ehrgeiz.«

»Aber er ist noch immer mein Bruder«, fuhr Folliot

fort. »Und ich sehe die Aufgabe klar vor mir. Ich muß Neville finden. Ihn retten, wenn er am Leben ist, oder zumindest sein Schicksal ergründen, falls er tot ist. Ich kann das Geheimnis nicht Geheimnis sein lassen. Selbst ein Zyniker wie Sie, du Maurier, wird zugeben, daß ich sein Schicksal ergründen muß. Sonst läge ein Schatten über der Erbfolge, und ich würde niemals wirklich Baron Tewkesbury werden.«

Du Maurier schnaubte. »In einem Atemzug ein Mystiker, im nächsten ein Zyniker — bin ich das wirklich?«

»Ja, und der beste Karikaturist von London«, sagte Clive Folliot. »Und mein guter Freund, der Teufel soll Sie holen.«

Die beiden Männer schlugen einander in die Hände.

»Los dann, Folliot! Miß Leighton, wenn ich bitten darf.«

Die große Uhr, die zwischen einem Porträt des Prinzen Albert und einem Ihrer Majestät stand, schlug die Stunde.

»Es wird jetzt ein kaltes Buffet serviert«, sagte du Maurier. »Ich gehe fest davon aus, daß Sie beide zumindest ein wenig Appetit haben. Eine Vorstellung macht mich stets heißhungrig, und ich bin imstande, mich mit einem Riesen anzulegen, nur um meinen Teller zu füllen!«

Sie bahnten sich lachend einen Weg am kalten Buffet entlang, das aus geräuchertem Lachs, Langusten, Spargel, gekochtem Kalbfleisch mit Trüffeln und Pudding bestand. Als er so dastand, Teller und Besteck in der Hand, fühlte Clive plötzlich die Hand eines anderen schwer auf die Schulter fallen. Er wandte sich um und erblickte einen Mann von unterdurchschnittlicher Größe, dessen Kleidung gut geschnitten, jedoch fleckig und nachlässig getragen war und der ihn anstarrte. Die Haare des Mannes waren borstig und grau; er trug einen zotteligen Bart mit Tintenflecken darin.

Der Neuankömmling sprach ihn mit unterdrückter

Stimme an und deutete mit dem Kopf auf eine entfernte Ecke des Salons.

Clive entschuldigte sich bei Annabella und du Maurier und folgte dem Bärtigen in die angegebene Richtung.

»Ich hätte nicht erwartet, Sie heute abend zu sehen«, sagte der Grauhaarige zu Clive.

»Was ich heute abend tue, ist meine Angelegenheit, Carstairs«, zischte Clive. »Lassen Sie mich zu meiner Gesellschaft zurückkehren!«

»Bald, bald, alter Knabe! Da sich unsere Pfade gekreuzt haben, können wir unseren kleinen Handel ebensogut auf der Stelle erledigen.«

»Ich weiß nicht, was zu erledigen wäre.«

»Ihre Reiseroute ist geplant, Ihre Passage gebucht, Ihre Gerätschaften sind verpackt und auf die *Empress Philippa* gebracht worden«, raunte Carstairs mit dunkler Stimme.

»Das ist lediglich das, was abgesprochen war.«

»Und Sie werden uns vollständige Berichte liefern.«

»Natürlich.«

»Und nur uns. *The London Illustrated Recorder and Dispatch* finanziert Ihre Expedition nicht aus schierer Großzügigkeit, Folliot. Ich hoffe, Sie verstehen mich. Ein Wort an die Konkurrenz, und alles ist aus. Keine weiteren Gelder, keine Sponsorschaft, keine Veröffentlichung, nichts.«

»Glauben Sie nur nicht, daß ich nur auf Ihre Gelder allein angewiesen wäre, Carstairs. Mein Vater schießt ebenfalls Gelder zu.«

Carstairs schnaubte. »Der gute alte Vater, hm, Clive? Liebt seinen kleinen Jungen so sehr, daß er ihn losschickt, ein Held zu werden und den großen Bruder zu retten. Nun, hier ist Ihr Abschiedsgeschenk von *The Recorder and Dispatch*.« Er zog einen dicken Umschlag aus einer Innentasche und überreichte ihn Clive.

Clive blickte über die Schulter. Annabella und du

Maurier hatten sich die Teller gefüllt und sprachen miteinander, während sie auf seine Rückkehr warteten. Er öffnete einen Metallknopf seines Rocks, ließ den Umschlag hineingleiten und nickte Carstairs knapp zu.

Als er zu seiner Begleitung zurückkehrte, meinte du Maurier: »Ich wußte nicht, daß Sie mit Maurice Carstairs befreundet sind.«

»Ich würde ihn nicht gerade einen Freund nennen«, sagte Clive grimmig.

»Nichtsdestotrotz.« Du Maurier schielte hinüber zu Carstairs, der sich aus dem Salon fortstahl und vorgab, den Karikaturisten nicht gesehen zu haben. »Passen Sie auf, Folliot, diese *Recorder*-Bande hat einen widerwärtigen Ruf. Das Zeitungsgeschäft ist ein harter Wettkampf, und es gibt da eine Menge schmieriger Spieler, aber selbst unter dieser Voraussetzung ist diese Bande eine der schlüpfrigsten im ganzen Geschäft.«

»Ich weiß, was ich tue, du Maurier! Ich dachte eigentlich, Sie wären hungrig! Vielleicht macht Sie das heute abend so gereizt.«

»Ich — gereizt?« Du Maurier öffnete vor Überraschung weit die Augen. »Aber nein, nein! Ich werde sehen, was ich für uns tun kann.«

Du Maurier sicherte ihnen ein abgetrenntes Eßzimmer, und sie setzten sich um einen Tisch, der mit fleckenlosem Leinen und poliertem Silber gedeckt war.

Ein Kellner brachte eine große Flasche Moet & Chandon, und die Gläser wurden mit prickelndem Champagner gefüllt.

Die Unterhaltung kehrte zu der Burleske *Cox and Box* sowie zu George du Mauriers komischem musikalischen Auftritt zurück. Die Geister der Feiernden hoben sich mit dem des Champagners, und die Welt außerhalb des kleinen Kreises war vergessen.

Im äußeren Salon schlug die Standuhr.

Major Folliot sagte: »Sie werden uns entschuldigen, du Maurier. Ich weiß, daß Miß Leighton morgen früh aufstehen muß, um ihren Lehrverpflichtungen nachzukommen.«

Du Maurier erhob sich. »Erlauben Sie mir, Sie zu begleiten.«

»Nein, nein, das ist nicht nötig! Wenn der Portier uns eine Kutsche ruft, werde ich Miß Leighton bis vor die Haustür bringen.«

Du Maurier begleitete sie bis zum Haupteingang des Klubs. Er stand bei ihnen, während eine Kutsche gerufen wurde. Die Nacht war kühler geworden, und der Londoner Nebel hatte sich zu einem Sprühregen kondensiert, der auf jedem sichtbaren Objekt haftete, und er reflektierte das dämmerige Licht und verlieh der Straße eine grimmige und geisterhafte Atmosphäre.

KAPITEL 2

Plantagenet Court

Major Clive Folliot saß auf dem samtbezogenen dunkelblauen Plüschstuhl, den scharlachroten Rock geöffnet, die Ellbogen auf den Knien. Die Finger waren ineinander verschränkt, das Kinn ruhte auf den Händen.

Er sah Miß Annabella Leighton beim Baden zu.

Sie hatte das Haar auf dem Kopf aufgetürmt, wo es von Haarnadeln gehalten wurde, damit es nicht ins warme Wasser fiel. Sie lächelte Major Folliot an, während sie sich einseifte. Seine Bewunderung war offensichtlich, und daß er sie freimütig zeigte, war gleichfalls ein Genuß für sie.

Sie rieb ein Stück Pears-Seife auf das Leder, balancierte eine schimmernde Seifenblase auf der Handfläche und blies sie Folliot spielerisch zu.

Die Blase trieb die kurze Strecke von Annabella hinüber zu Clive und zerplatzte an seiner Wange. Er sah überrascht drein.

Annabella lachte. »Was ist los, Clive?«

Er schüttelte den Kopf. »Nichts, meine Liebe. Nichts. Ich war nur — geistesabwesend.«

Sie richtete sich in der Wanne auf, um sich besser einseifen zu können. Ihre Brüste, weiß wie Milch und weich wie frischgefallener Schnee, traten hervor, und die Farbe der üppigen Brustwarzen stand in einem dramatischen Kontrast zur Farbe der übrigen Haut.

»Würdest du mir beim Abtrocknen helfen, Clive?« Sie kletterte aus der Wanne und stellte sich auf einen kleinen Läufer, während er ein großes türkisches Badetuch um sie legte. Sie wandte sich um, mit dem Rücken zu ihm, und seine scharlachroten Arme legten sich um sie.

»Ich fühle mich so herrlich nach einem Bad, Clive. So erfrischt, ehe ich schlafen gehe.«

Sie drehte sich im Rund seiner Arme und schaute ihm ins Gesicht. Sie gab ihm einen kleinen Kuß aufs Kinn. »Komm ins Bett, mein Lieber! Ich muß morgen wirklich früh aufstehen und meinen Pflichten nachkommen.«

»Du solltest nicht die höheren Töchter unterrichten, Annabella.« Clives Stimme klang zornig. »Du bist genauso vornehm wie sie — weit vornehmer! Und dennoch behandeln sie dich kaum besser als einen Diener.«

»Psscht! Komm, leg dich neben mich!« Sie war in ihr großes Bett geklettert. Sie hatte das lange Nachthemd mitgenommen, aber sie hielt das Gewand in den Händen; sie hatte es nicht angezogen.

Das Zimmer wurde von einer einzigen Öllampe erleuchtet, und ein Fenster führte hinaus auf die kleine Straße, Plantagenet Court, wo Annabella ihr Zimmer besaß. Die Pensionswirtin hatte sie angesprochen, daß sie in ihren vier Wänden Herrenbesuch empfing, aber als die Pensionswirtin erfahren hatte, daß es sich bei dem fraglichen Herrn um den jüngeren Sohn von Lord Folliot, Baron Tewkesbury, handelte, hatte sie's rasch aufgegeben, Fragen zu stellen.

Clive starrte weiterhin in das flackernde Licht der Öllampe.

»Es ist kalt«, neckte Annabella. »Ich muß mein Nachthemd überstreifen, wenn du nicht kommst und mich wärmst, Clive.«

Er gab noch immer keine Antwort.

Sie beugte sich vor, wobei die dicke Steppdecke unbeachtet an ihrer noch immer schlanken Taille zurückglitt. Sie nahm sein Gesicht in die Hände und drehte es, so daß sie einander zugewandt waren.

»Clive, du warst den ganzen Abend lang mit den Gedanken woanders. Sowohl im Theater als auch in Herrn du Mauriers Klub. Und jetzt — du bist niemals so uninteressiert an meiner Gesellschaft gewesen. Hat irgendeine höhergeborene Dame deine Gefühle zu mir gestohlen? Oder ist es wegen diesem widerlich aussehenden Mann mit dem grauen Bart?« Sie runzelte die Stirn und fügte hinzu: »Oder hat es etwas mit deinem Bruder Neville zu tun?«

Er sah ihr in die Augen, und sie sah Tränen in den seinen blinken.

»Clive, bitte, sag's mir! Was ist los? Ich hätte dich nicht necken sollen, aber ... Clive, mein Lieber, was ist denn?«

Er tat einen Atemzug. »Es ist Neville — in gewisser Weise.«

Sie sah den verzweifelten Ausdruck auf seinem Gesicht und zog seinen Kopf an ihre Brust. Er legte die Arme um sie und hielt sie, hielt sich selbst an ihr fest.

»Möchtest du's mir sagen, Clive?«

Er schüttelte den Kopf.

»Dann komm ins Bett, und ich werde dir dabei helfen, alles zu vergessen, was immer es sein mag. Wir können später davon reden. Los, komm!«

Sie half ihm aus dem scharlachroten Rock, ließ die Hände unter sein Hemd gleiten, wobei sie ihm die ganze Zeit über Gesicht, Wangen und Lippen und die geschlossenen Augen küßte.

Er stieß einen Seufzer aus, kroch mit ihr unter die Steppdecke und vergaß für eine Weile die Sorgen, die ihn bedrückten. Dann verfiel er in Schlaf.

Mitten in der Nacht durchlebte er einen schweren Alptraum, erwachte zitternd und klammerte sich an Annabella.

»Jetzt mußt du mir sagen, was los ist«, sagte sie. »Bitte, mein Lieber, bevor der Morgen naht und du dich zum Hinterausgang hinausstehlen mußt, während ich vorn hinausgehe. Sag mir, was es ist!«

»Ja, ja, du hast recht.«

Sie bewegte sich unruhig.

»Zünde das Licht nicht an«, sagte er und zog sie zurück. »Ich kann besser im Dunkeln reden, wenn ich dein Gesicht nicht sehen kann, Annabella.«

»Gut, dann rede! Du hast gesagt, es gehe um Neville.«

»Ja, und um Maurice Carstairs. Der Mann mit dem grauen Bart. Und es geht um Brigadier Leicester. Du weißt, wen ich meine, Annabella?«

»Natürlich. Du hast deinen kommandierenden Offizier häufig erwähnt. Was hat er mit Neville zu tun?«

»Er muß den Abschied genehmigen, bevor ich meine Suche nach Neville aufnehmen kann.«

Er konnte ihr Gesicht in der Dunkelheit nicht erkennen, aber hören, wie sie Atem schöpfte, und fühlen, wie sich ihr Körper anspannte.

»Wir haben das so viele Male beredet, Clive. Und heute abend wieder, selbst mit Herrn du Maurier. Warum mußt du Neville suchen? Er wird zurückkehren oder auch nicht, wie es der Himmel fügt. Warum solltest auch du noch verlorengehen? Neville ist ein furchtbarer Tyrann. Er hat dich niemals vergessen lassen, daß er der ältere war, obwohl es sich bloß um ein paar Minuten handelt.«

»Wir wurden an verschiedenen Tagen geboren, Annabella.«

»Ja, ja, wie oft habe ich diese Geschichte schon gehört! Neville wurde kurz vor Mitternacht am 26. Januar 1835 geboren. Und du sofort danach.«

»Ja, womit ich am 27. Januar Geburtstag habe.«

»Aber, Clive! Welchen Unterschied machen ein paar Minuten? Du und Neville, ihr seid Zwillingsbrüder! Ihr habt den gleichen Vater, die gleiche Mutter!«

»Ja, und diese Mutter ist gestorben, nachdem sie mir das Leben geschenkt hat, und Vater hat mich dafür verantwortlich gemacht, dreiunddreißig Jahre lang! Dreiunddreißig Jahre lang war Neville in Vaters Augen das weiße und ich das schwarze Schaf. Und jetzt, da Vater alt wird und an seine Nachfolge denkt, nimmt Nevilles Verschwinden in Afrika mit jedem Tag größere Dimensionen an.«

»Laß ihn doch verschwunden bleiben! Dann wirst du der Baron Tewkesbury. Jeder weiß das. Du Maurier weiß es. Ganz London weiß es.«

Clive grunzte. »Aber Vater hat zugestimmt, eine Suchexpedition nach Neville zum Teil mitzufinanzieren. Und *The Recorder and Dispatch* ...«

»Lumpen!« unterbrach Annabella.

»Selbst wenn es so ist, haben sie doch zugestimmt, den Rest der Expedition zu finanzieren. Carstairs ist ihr Mann. Er hat mir in du Mauriers Club einen Umschlag mit Banknoten übergeben — das sind auch die seinen. Mit dem Geld, das ich jetzt habe, kann ich Neville folgen. Aber du möchtest, daß er verschwunden bleibt, Annabella, nicht wahr?«

»Ja! Ich geb's zu! Du hast gesagt, du willst mich heiraten, Clive! Oh, warum hab ich dich jemals mit in mein Bett genommen? Du glaubst, ich sei eine gewöhnliche Hure! Du behandelst mich wie ein Strichmädchen — du kriechst die Treppen zu meinem Zimmer herauf und stiehlst dich hinten wieder hinaus. Ich bin die kleine Dirne, die von einem jungen Offizier ausgehalten wird. Ich hätte es wissen sollen! Jeder Sohn eines Adeligen in einem scharlachroten Rock besitzt sein kleines Spielzeug, das er irgendwo versteckt hält, und ich bin das deine.«

Sie schluchzte.

»Ich hatte gedacht, du seist anders als die anderen. Ich dachte, *ich* sei anders als die anderen. Aber du bist nur ein weiterer Lebemann, und ich bin deine kleine Mätresse! Wie sollte es auch anders sein!«

»Brigadier Leicester hat meinem Abschied stattgegeben«, sagte Clive ruhig.

»Und sofort verschwindest du ab zum Äquator, um deinen lieben Bruder zu suchen.«

»Ja.«

Ein endloses Schweigen.

Dann: »Ich werde dich heiraten«, sagte Clive.

»Du hast mir das schon oft gesagt.«

»Ich habe kein Geld. Ich kann das Geld für die Expedition nicht anderweitig verwenden.«

»Ich will kein Geld. Ich will einen Mann, Clive. Und einen Namen.«

»Du warst nicht so fordernd, als wir uns zum erstenmal begegneten.«

»Ich hatte weniger Grund, so fordernd zu sein.«

»Wenn ich zurückkehre, werde ich ein Buch schreiben. Das tun alle, weißt du? Hast du nicht gehört, wie du Maurier das im Klub erzählt hat? Das ist die Wahrheit. Sie schreiben alle Bücher, und sie alle machen ihr Glück. Und dann werden wir heiraten, gleich, ob Neville Lord Tewkesbury wird oder ich. Siehst du das nicht ein? Das ist unser Weg in die Freiheit! Wir entkommen Vaters Knute, wenn er noch lebt, oder Nevilles Knute, wenn er gestorben ist. Wir werden unabhängig sein, und wir werden unser eigenes Leben leben. Du wirst deinen Unterricht aufgeben, und ich werde den Abschied nehmen, und wir werden glücklich zusammenleben.«

»Ja, bis an unser seliges Ende, Clive«, sagte sie, und ihre Stimme triefte vor Bitterkeit und Hohn.

»Das werden wir!«

»Erkennst du eigentlich kein Märchen wieder, wenn du eins hörst? Selbst wenn's von deiner eigenen Stimme erzählt wird?«

Er rutschte aus dem Bett und ging quer durchs Zimmer. Selbst in der nahezu völligen Dunkelheit von Annabellas Schlafzimmer fand Clive seinen Weg. Die bloßen Füße spürten das rauhe Gewebe des Teppichs zwischen Bett und Tisch.

Eine ferne Morgendämmerung war dabei, die ersten Anzeichen eines blassen Graus durch die hohen Fenster zu senden. Der Sprühregen der Mitternacht hatte sich in einen eisigen Regen verwandelt, und Clive wußte, daß die Stadt in ein paar Stunden verstopft sein würde von rutschenden Wagen und stürzenden Pferden. Viele der Pferde würden sich die Beine brechen und auf der Stelle erschossen werden, und ihre dampfenden Kadaver würden von ihren Artgenossen weggeschleppt werden.

Clive hörte Annabella hinter sich atmen. Sie sprach kein Wort, während sie darauf wartete, daß er ihrem Hohn etwas entgegensetzte.

Er fand eine Schachtel Zündhölzer. Er zog den Zylinder der längst erkalteten Öllampe hoch und fühlte mit zwei Fingern nach dem Docht, um sich zu vergewissern, ob er noch immer feucht war. Dann wischte er die Finger ab und strich das Zündholz an. Als die Lampe ruhig brannte, hielt er sie in Bauchhöhe und wandte sich zurück zum Bett.

Annabella kicherte.

»Ich wüßte nicht, daß ich etwas Lustiges gesagt oder getan hätte«, sagte Clive naserümpfend.

Annabella legte die Hand über den Mund. »So hast du dich selbst noch niemals gesehen — völlig nackt bis auf die Nachtmütze! Und wie du die Lampe hältst — ein moderner Diogenes, der einen ehrenhaften Menschen sucht.« Bevor er eine Antwort geben konnte, wurde sie wieder ernst. »Ich nehme an, es ist wohl zuviel verlangt, daß mein Diogenes des neunzehnten Jahrhunderts eine ehrenhafte Frau aus mir macht.«

Clive spürte, wie er errötete. »Ich hab dir gesagt, meine liebe Annabella, daß ich dich heiraten werde, sobald ich dazu in der Lage bin! Ich kann eine Frau einfach nicht mit den Almosen ernähren, die mir die Regierung bezahlt. Ich sollte dich gleich jetzt heiraten — wir sollten einen Pfarrer aus dem Bett holen und Mann und Frau werden, ehe der Hahn kräht? —, wenn ich's mir bloß leisten könnte.«

Ein endloses Schweigen.

Schließlich sagte Annabella: »Stell die Lampe zurück

auf den Tisch! Laß sie brennen, Clive! Dein Brigadier Leicester hat also deinem Abschied zugestimmt, wie?«

Clive stellte die Lampe wie befohlen zurück. Er sagte: »Hat er.«

»Und wann wirst du zu deiner Afrikaexpedition aufbrechen?«

Clive wollte nicht antworten. Er stand auf dem Teppich und schwitzte vor Verlegenheit und Scham und zitterte zugleich in der eisigen Kälte des Zimmers.

Annabella, die ganz gemütlich in ihrem Bett lag, ließ ihn schwitzen.

Schließlich sagte er: »Im Laufe des Morgens. Morgen — das heißt heute.«

»Gut«, sagte Annabella ärgerlich. »Du wirst im Laufe des Morgens verschwunden sein, aber du wirst eine Nacht hinter dir haben, die du niemals vergessen wirst, Clive Folliot!«

Sie schlug die Decke zurück, um ihre Nacktheit erneut zur Geltung zu bringen. Sie streckte ihm die Arme entgegen. »Laß das Licht brennen, Clive! Nimm diese lächerliche Nachtmütze ab und komm zurück ins Bett!«

Er stand auf dem hölzernen Pier und sah zu dem grauen Schiff hinauf, das drohend über ihm aufragte. Die *Empress Philippa* war eines jener Tausendsassa-Schiffe, die dabei waren, die Seestraßen zu beherrschen. Sie besaß sowohl Segel als auch Dampfkraft, wobei erstere als zuverlässiger und ökonomischer angesehen wurden; letztere diente dazu, größere Geschwindigkeiten zu erreichen. Ihre Kessel standen bereits unter Dampf; die Segel waren gerefft, und Wolken dunklen Rauchs quollen aus den Schornsteinen.

Graues Schiff, graue Themse, grauer Himmel über London! Clive sah an seiner alles andere als taufrischen Erscheinung hinab. Bevor er sich dem Kapitän der *Empress Philippa* vorstellte, mußte er seine Kabine aufsuchen.

KAPITEL 3

An Bord der *Empress Philippa*

Das Frühstück war eine zwanglose Angelegenheit, aber am Abend machte Clive die Bekanntschaft von Kapitän Wingate.

Der Kapitän war Offizier der königlichen Marine im Ruhestand, ein Veteran, der fünfzehn Jahre zuvor im Burma-Krieg gekämpft hatte. Der Kapitän fand Interesse an Clive und lud ihn zu einem abendlichen Schnack in sein Quartier ein.

Während er sich in seinem Quartier in einem gemütlichen Sessel zurücklehnte, gab Wingate zu, daß er den Dienst für die Krone vermißte und Clive um dessen Möglichkeiten beneidete.

»Aber einen alten Seebären wie mich wollen sie bei der Flotte nicht mehr haben, genausowenig wie sie altgediente Soldaten um sich herum haben wollen. Wir sind für alle die Jungen, die auch aufsteigen wollen, ein Grund zum Rotwerden.«

Der Kapitän lehnte sich in dem Sessel zurück. »Sagen Sie, Major, warum hat ein Offizier der Armee Ihrer Majestät seine Einheit verlassen und eine Passage nach Sansibar gebucht? Wenn meine Frage nicht zu nahe am Riff vorbeisegelt, wenn Sie wissen, was ich meine.«

»Ich glaube, ich weiß es, Kapitän. Und um meine Mission gibt es kein Geheimnis. Ohne Zweifel haben Sie von meinem Bruder gehört, Sir Neville Folliot.«

»Aber sicher, Major! Alle Forscher sind hierhergekommen, um ihren Teil Ruhm abzubekommen. Jetzt, da der Friede seine sanfte Hand über Britannias Brauen gelegt hat, müssen wir woanders als auf dem Schlachtfeld nach unseren Helden suchen. Und die Erforschung exotischer Gebiete scheint die Lücke gefüllt zu haben — und hat gleichermaßen unseren Offizieren etwas anderes zu tun gegeben als Paraden zu reiten.«

Er wandte sich von Clive ab, öffnete einen Befeuchter mit schwerem Deckel, der auf dem Tisch stand, und zog eine Zigarre hervor. »Sie auch, Major?«

Clive nahm an, und sie entzündeten ihre Zigarren.

»Ich gestehe, Major, daß ich Sie zunächst nicht mit dem Forscher in Zusammenhang gebracht habe. Wenn Sie meine Worte entschuldigen wollen, der Name Neville Folliot ist in diesen Jahren ein beinahe alltäglicher Ausdruck geworden, während der von Clive Folliot, nun ...« Er stieß eine Wolke duftenden Rauchs aus und wedelte ihn beiseite.

»Da gibt es nichts zu entschuldigen«, sagte Clive. »Sie sagen nichts weniger als die Wahrheit, wenn Sie behaupten, Neville sei berühmt. Und daß ich im allgemeinen völlig unbekannt bin.«

Er schaute zu einem Bullauge hinaus. Durch das Glas blickte er auf den wolkenbedeckten Himmel und eine dunkle See. Weit dahinten lag, wie er wußte, die Küste Frankreichs. Bald würde die *Empress Philippa* die imaginäre Grenze zwischen Frankreich und Spanien passieren. Clives Reise hatte erst begonnen.

»Sobald Sie in Sansibar von Bord gegangen sind, werden Sie ins Landinnere gehen und versuchen, Nevilles Spur aufzunehmen, stimmt das?«

»Genau.«

»Ich brauche nicht daran zu erinnern, daß Sie nicht viel Ausrüstung bei sich tragen, Major. Zumindest nicht an Bord der *Empress.* Sie beabsichtigen doch sicher nicht, diese Expedition allein durchzuführen.«

Clive schüttelte den Kopf. »Ich habe alle Berichte von Forschern gelesen, die mir in die Hände gefallen sind. Und ich habe mit einigen von ihnen gesprochen. Herr John Hanning Speke und Herr James Augustus Grant waren besonders hilfreich.«

»Ein Jammer, das mit Herrn Speke, finden Sie nicht auch?« Der Kapitän lehnte sich zu Clive hinüber.

»Schade — ein Jagdunfall, gerade am Tag, bevor er mit Sir Richard Burton sprechen sollte.«

Kapitän Wingate senkte seine Zigarre, legte die gekreuzten Arme vor sich auf den Tisch und sagte: »Mit den Oberwassern des Nils hat es etwas Merkwürdiges auf sich, Major. Sie wissen, daß sowohl Burton als auch Speke behaupten, die Quelle dieses Flusses gefunden zu haben.«

»In der Tat! Das sollte Gegenstand ihrer vom Unstern verfolgten Diskussion sein.«

»Ja! Und Neville Folliot wollte dieselbe Entdeckung machen — und ist verschwunden.«

Clive Folliot sprang auf. »Sie sehen natürlich keinen Zusammenhang zwischen diesen Vorfällen!«

Der Kapitän lachte. Es war ein schwerfälliges Gelächter, das tief aus der Kehle kam, ein absichtlicher Haha-Laut. »Ich bin bloß ein alter Seebär, Major Folliot. Ich habe meiner Königin und meinem Land so lange gedient, wie ich durfte, und nun diene ich der Schiffahrtslinie, die diesen Bastardkahn von London nach Sansibar, von Sansibar nach Ceylon, von Ceylon nach Singapur schickt. Und so weiter, und so weiter, wohin meine Dienstherren es befehlen. Bald wird Monsieur Lesseps damit fertig sein, seinen Kanal bei Suez zu graben, und ich erwarte, daß meine neuen Herren mir den Abschied geben werden, wie es meine alten Herren bereits getan haben.«

Er drückte die Lider zusammen und betupfte die Augenwinkel mit einem großen gefleckten Taschentuch. »Der Zigarrenrauch, Major Folliot. Dies sind die besten Havannas, aber ihr Rauch bringt die Augen zum Tränen. Sie werden mir sicherlich beipflichten.«

Clive bemerkte, daß die Befragung beendet war. Er kehrte in seine Kabine zurück, um nachzudenken.

Das Frühstück wurde den Passagieren an Bord der *Empress* in ihren Kabinen serviert, und das Mittagessen war lediglich eine sachliche Angelegenheit, aber das Abendessen an Bord war eine ausgefeilte Zeremonie, und die Stunden danach waren ausgefüllt.

Clive war einem Tisch mit drei weiteren Personen zugewiesen worden. Zwei davon waren ein Missionarspaar auf ihrem Weg, die hitzigen Afrikaner zu bekehren. Reverend Amos Ransome war ein teiggesichtiger bebrillter Geistlicher, der jedes Mal damit begann, sich dicke Linsen vor die schwachen Augen zu klemmen, den Kopf zu einer Reihe von Gebeten zu beugen und einen unhörbaren Dank zu murmeln. Seine Konversation schien auf die Werke des späten John Wesley beschränkt zu sein, von dessen Tod sich der Missionar noch immer erholen mußte.

»Es tut mir leid«, entschuldigte sich Clive, »aber mir scheinen meine Kenntnisse der Kirchengeschichte abhanden gekommen zu sein. Ist Herr Wesley nicht schon vor etlichen Jahren gestorben?«

»Im Jahr 1791«, ergänzte der junge Reverend.

»Können Sie Ihren Kummer dann nicht beiseite schieben?« fragte Clive. Er fand es sehr schwer, ein gleichmütiges Gesicht zu wahren. »Sie sehen nicht viel älter als zwanzig aus, Reverend Ransome.«

»Von einem solchen Verlust wird sich die Welt nicht so rasch erholen«, entgegnete der Reverend. »Aber wir werden die Frohbotschaft in jeden Winkel der Erde tragen. Wenn die gesamte Menschheit den Pfad beschritten hat, dann wird ein Frohlocken durch alle Nationen ziehen.«

»Tatsächlich«, kommentierte Clive.

Die Begleiterin des Reverends sprach selten und hielt die Augen während des ganzen Abendessens auf den Teller gerichtet. Sie trug bauschige dunkle Kleidung. Trotz dieses Schnitts waren die üppigen Formen darunter unverkennbar. Stille Wasser, dachte Clive.

Bei der ersten Vorstellung hatte Clive angenommen, daß Lorena Ransome die Frau des Reverend sei, aber Amos erklärte, sie sei seine Schwester. »Eine gute Gefährtin wie jede Frau«, erklärte Amos, »aber ohne die Gefahr, daß uns häusliche Komplikationen von unserer heiligen Aufgabe ablenken könnten.« Er brachte ein schwächliches Lächeln zustande.

Das letzte Mitglied der Tischgesellschaft war ein Mann von blühender Gesichtsfarbe, untersetzt gebaut, der allein reiste. Er stellte sich selbst vor als Herr Philo Goode aus Philadelphia, Pennsylvania.

Voller Verzweiflung wandte sich Clive an den Amerikaner, in der Hoffnung, den wechselnden Sermonen des Reverends sowie dessen traurigem Schweigen zu entkommen — es schien auch keine Hoffnung darauf zu bestehen, daß die Schwester während des Essens ein Wort von sich gäbe.

Der Amerikaner trug eine glänzende Krawattennadel und reichlich mit Juwelen besetzte Ringe an den Fingern beider Hände. Er sprach großkotzig von seinen Geschäftsverbindungen in der Neuen Welt. Sie reichten von Maine nach South Carolina, den ganzen Atlantischen Ozean entlang und umfaßten Rinderfarmen in Missouri sowie eine größere Teilhabe an einer Diamantenmine in Ohio.

Reverend Ransome tat bei jeder neuen Enthüllung des Amerikaners einen Ausruf. Selbst Miß Lorena Ransome ließ sich dazu herab, ihr gewöhnliches Schweigen mit der Bemerkung zu durchbrechen, daß Herr Goode wohl sehr reich sein müsse.

Die *Empress Philippa* hatte eine Position südlich der Elfenbeinküste erreicht. Die Unterhaltung wandte sich den Entdeckungen von Afrika und den noch nicht erforschten Reichen zu. Philo Goode brüstete sich damit, daß er ein ökonomisches Interesse sowohl an Afrika als auch an Amerika habe. Das sei der Grund für seine gegenwärtige Reise, sagte er. Um seine Investitionen in die Gesellschaften zu überprüfen, die gerade jetzt dabei seien, das Potential des Dunklen Kontinents auszuschöpfen.

Miß Ransome sah Goode schüchtern an. »Sie müssen einer der reichsten Männer der Neuen Welt sein«, sagte sie.

Goode brach in lautes Gelächter aus und verschluckte sich dabei am letzten Rest seines Getränks. »Reich! Meine Güte, jeder ist reich in Amerika! Ich bin ein kleiner Mann, verglichen mit manchem anderen!«

»Ich setze mein vollstes Vertrauen darein, daß Sie dem Brauch frönen, Ihr Glück mit denen zu teilen, die für die gute Sache des Herrn arbeiten«, sagte Ransome.

»Sie meinen, ich sei jemand, der den Zehnten gibt?« fragte Goode.

»Manche geben mehr als den Zehnten, mein Freund.«

»Ich hab keine Ahnung, warum ich mein schwerverdientes Geld weggeben soll, um irgendwelche hymnensingenden, bibelverdrehenden Parasiten zu unterstützen«, polterte Goode. Er schlug sich stolz auf die Brust. »Ich habe für jeden Pfennig gearbeitet, den ich besitze, und ich erwarte, daß andere das gleichfalls tun.«

»Parasiten! Mein Herr, Gottes unterwürfige Diener!« Ransome war aufgebracht, sein normalerweise teigiges Gesicht rot vor Ärger.

»Parasiten, hab ich gesagt. Sie ziehen kein Getreide, sie schürfen nicht nach Erz, sie weben keine Kleider. Sie essen bloß und predigen! Nun, ich brauche keine Predigten, am allerwenigsten von irgendeinem scheinheiligen vieräugigen Schwächling, und ich werde mein eigenes Essen essen, vielen Dank!«

Goode, mit dem gleichen geröteten Gesicht wie zu Beginn, wurde fuchsteufelswild. Während er sprach, schlug er mit der Faust auf das weiße Leinen.

Lorena hatte während des ganzen Dialogs mit aschfarbenem Gesicht dagesessen. Jetzt zog sie ein kleines

Tüchlein aus der Handtasche und schniefte vornehm hinein. Sie griff Clive beim Ärmelaufschlag seiner Jacke und wandte sich bittend an ihn.

»Können Sie sie nicht aufhalten? Oh, bitte, Major Folliot. Mein Bruder ist kein starker Mann. Ich fürchte, daß sie sich prügeln werden, und er ist kein Gegner für Herrn Goode.«

Es gelang Clive, die beiden anderen zu unterbrechen. »Unser Mahl ist auf jeden Fall beendet«, sagte er. »Vielleicht sollten wir in eine etwas bekömmlichere Umgebung wechseln.«

»Ich bin noch nicht zu Ende damit, was ich sagen will«, beharrte Goode. »Ich weiß nicht, warum dieser verdammte Zahlmeister Fennely mich an einen Tisch mit einem Paar farbloser Petunien gesetzt hat. Und Sie sind auch nicht viel besser, Sie eitler Fatzke! Mein Großvater hat Ihrem alten König George den Arsch versohlt und Ihre Soldaten per Post verschickt, und ich bin bereit, Ihnen dieselbe Lektion zu erteilen, falls Sie sich nicht daran erinnern sollten, wie das gewesen ist!«

»Bitte, mein Herr!« Clive erhob sich. »Miß Ransome ist anwesend. Wenn Sie Ihre Differenzen mit mir austragen wollen, gibt es einen geeigneteren Weg. Eine gewöhnliche Rauferei am Tisch ist jedenfalls kein solcher.«

Die Ransomes saßen noch immer auf ihren Plätzen. Miß Ransome starrte aufgeschreckt von Goode zu Folliot. Reverend Ransome hatte die Hände gefaltet und die Augen gesenkt. Nun murmelte er ein sanftes *Amen* und sah zu Folliot und Goode auf. »Ich habe um Anleitung gebeten«, murmelte Ransome.

»O ja?« höhnte Goode. »Sie müssen Ihre Botschaft per Telegraph geschickt haben. Welche Antwort haben Sie erhalten? Oder hat man noch nicht geantwortet?«

»Kommen Sie«, sagte Reverend Ransome, »wir wollen uns in die Aufenthaltsräume des Schiffs zurückziehen, wo wir unsere Diskussion unter ruhigeren Umständen fortsetzen können.«

Clive erwartete, daß Goode entweder Ransome zusammenschlagen oder vor Wut und Ekel aus dem Speisesaal stapfen würde. Statt dessen sagte der Amerikaner: »Gut, Prediger. Das werden wir tun.«

Sie fanden ein abgeschiedenes Eckchen in den Aufenthaltsräumen des Schiffs und setzten sich. Ein Steward trat heran und bot ihnen Getränke an. »Wir nehmen keine starken Getränke zu uns«, erklärte Ransome für sich und Lorena. »Aber ein kühlender Fruchtsaft wäre uns willkommen.«

Goode bestellte einen Brandy, und Folliot hatte nichts dagegen, seinem Beispiel zu folgen. Als sich der Steward abwenden wollte, sagte Goode: »Bringen Sie uns bloß die Flasche und zwei Gläser, mein Sohn. Wir wollen Sie nicht damit belästigen, daß Sie die ganze Zeit über hin- und herlaufen müssen.« Er lachte über die eigenen Worte.

Im Aufenthaltsraum befand sich ein halbes Dutzend Tische. Die meisten Schiffspassagiere waren männlich, aber einige Damen wurden von ihren Ehemännern begleitet. In einer Ecke des Raums stand ein Klavier. An verschiedenen Tischen spielte man bereits Karten, womit sich die Reisenden die Zeit vertrieben, während sich die *Empress* langsam nach Südwesten bewegte.

Clives Aufmerksamkeit wurde von einem äußerst bemerkenswerten Anblick in einer entfernten Ecke in Anspruch genommen. Ein Mann, der von hinten wie ein hochgestellter Chinese aussah, hatte sich ans Klavier gesetzt.

Etliche Tage waren bereits vergangen, und noch immer schien die *Empress Philippa* so isoliert von der Welt zu sein, wie es George du Mauriers erdichteter Planet Mars sein mochte. Und so war's noch seltsamer, daß dieser orientalisch gekleidete Mandarin völlig fehlerfrei eine schwierige Komposition des verstorbenen deutschen Komponisten Felix Mendelssohn-Bartholdy zum besten gab.

Clive schüttelte verwundert den Kopf.

Der Steward kehrte zurück und trug ein Tablett mit je einem Glas Nektar für die beiden Ransomes sowie zwei leeren Gläsern und einer Flasche goldfarbener Flüssigkeit für Herrn Goode und Clive.

Als der Steward sie verließ, hob Goode das Glas. »Ich entschuldige mich, Reverend. Ich bin ein heißblütiger Mann, und ich reagiere heftig, wenn mir jemand auf die Zehen tritt. Ich nehme an, Sie haben es gut gemeint, wenn nicht sogar mehr als das.«

»Eine halbe Entschuldigung ist besser als gar keine«, erwiderte Ransome.

»Und was Sie betrifft, Major«, nickte Goode Clive zu, »wir haben Ihren König George hinausgeworfen, aber schauen Sie, was wir jetzt haben — diesen Dummkopf Andy Johnson! Wir werden mit ihm das gleiche tun müssen, nicht wahr? Heben Sie Ihr Glas!«

Clive leerte sein Glas, und Goode füllte es erneut.

»Ich sag Ihnen was, Reverend«, fuhr Goode fort. »Wegen der Sache mit dem Zehnten. Hab nie daran geglaubt und glaub noch immer nicht dran. Schick sie raus und laß sie ihr eigenes Geld verdienen, sag ich. Ich hab noch niemals irgendeinem verdammten Prediger was gegeben, aber aus Freundschaft mache ich Ihnen ein Angebot.«

Ransome sah den Amerikaner milde an. »Ein Angebot, Herr Goode?«

»Wir wollen ein kleines Pokerspielchen machen. Sehen Sie doch nur, wieviel Spaß die hier alle haben.« Er deutete auf die Nachbartische, wo das Spiel bereits fortgeschritten war.

Ransome wurde bleicher denn je.

»Nur ein kleines freundschaftliches Spiel«, wiederholte Goode. Er schlug sich auf die Brust, wie er es schon zuvor getan hatte, aber diesesmal hielt er die Hand gegen das Jackett gedrückt, so daß Clive die rechteckigen Umrisse eines Kartenspiels erkennen konnte.

»Das kann ich nicht tun — ich bin Christ, Herr Goode. Ein Methodist. Spielen ist äußerst unchristlich.«

»Können Sie nicht, hä?« Goode nahm das Glas von den Lippen, goß ein wenig aus der Flasche nach, füllte Clives Glas und wandte seine Aufmerksamkeit erneut Ransome zu.

»Ich sag Ihnen was, Rev. Wenn ich gewinne, werde ich alles, was ich gewinne, Ihrer Mission spenden, wie klingt das? Und wenn Sie gewinnen, können Sie das gleiche tun. So gesehen ist es nicht wirklich ein Spiel, nicht wahr? Bloß meine Art, den Zehnten zu geben. Muß ein bißchen den amerikanischen Stolz retten, hm?«

Ransome schaute seine Schwester an. Er beugte den Kopf, sprach einige Worte mit ihr und richtete sich dann wieder auf. Er griff in die Tasche und holte das Gebetbuch sowie die Brille heraus, klemmte die Gläser auf die Nase und studierte das Buch.

Nach ein paar Minuten schloß er das Buch und steckte es zurück in die Tasche.

Er räusperte sich. »Das Kartenspiel ist und bleibt eine frivole und ungehörige Angelegenheit. Die größere Sünde ist das Spiel um Geld, aber Sie haben gesagt, daß dies bloß ein Kunstgriff ist, wie Sie der guten Sache unserer Mission Ihren Tribut leisten. So habe ich entschieden, daß es durchgehen mag — obgleich es ein Benehmen ist, auf das ich mich nicht öfter als dieses eine Mal einlassen mag, Herr Goode.«

Goode wandte sich an Clive. »Was ist mit Ihnen, Folliot? Sind Sie mit dabei? Ich vergebe Ihren verdammten Rotröcken sogar, daß sie damals im Jahr 14 Washington angezündet haben.«

»Öh — ich könnte meinen Gewinn kaum behalten, Herr Goode.«

»Philo«, sagte Goode. »Nennen Sie mich Philo, und ich nenne Sie Clive, in Ordnung?«

»Dann nennen Sie mich Amos«, fügte Reverend Ransome hinzu.

»Und Sie können mich Lorena nennen«, sagte seine Schwester. Sie lehnte sich hinüber zu Clive, während sie es sagte, und als das Mieder ihres Kleides seinen Arm berührte, entdeckte er die Wärme und angenehme Weichheit ihres Busens.

»Warum machen Sie dann nicht einfach mit?« fragte Goode. »Alle Gewinne gehen an die Mission des Reverend. Was könnte besser sein als das, Clive?«

Folliot stimmte zu.

Goode langte in seinen Rock und zog ein Päckchen Spielkarten heraus. Er sagte: »Gewöhnliches amerikanisches Poker, in Ordnung?«

Ransome meinte: »Ich fürchte, daß meine Schwester und ich nicht mit den Regeln dieses Spiels vertraut sind. Eines jeden Kartenspiels.«

Goode schoß Folliot einen Blick zu. »Wir wollen einige offene Runden spielen, um Amos das Spiel zu lehren, in Ordnung, Clive? Amos und Miß Ransome, natürlich.«

Clive stimmte zu, und Goode teilte aus. Clive gewann mit einem Paar Buben. Nun mußte Clive geben, und er gewann erneut mit einem Trumpf-As.

Als nächste mußte Lorena Ransome geben; sie verteilte die Karten unter Goodes Anleitung korrekt, und sie gewann mit einem Herz-Flash. Als ihr Clive erklärte, daß ihre Karten sowohl die beiden Paare ihres Bruders als auch Philo Goodes drei Zehnen ausstachen, quietschte sie erfreut und umfaßte seinen Arm.

Clive errötete, und als Lorena das bemerkte, errötete sie gleichfalls.

Bald spielten sie ernsthaft. Der Schiffszahlmeister versorgte sie mit Jetons, und der Steward füllte Amos und Lorenas Gläser nach und ersetzte Clives und Philos Flasche.

Amos Ransome war der einzige der vier gewesen, der zuvor kein Spiel gewonnen hatte, und während der ersten halben Stunde des ernsthaften Spiels brachte er's fertig, seine erbärmliche Vorstellung fortzusetzen.

Philo Goode verlor ein paar Pfund; Amos Ransome weit mehr, Clive Folliot und Lorena Ransome gewannen in annähernd gleichem Maß.

Jedesmal dann, wenn Lorena Ransome den Einsatz gewann, quietschte sie unweigerlich auf und drückte einen Arm in der Nähe — zunächst wechselte sie zwischen dem ihres Bruders und dem von Clive, dann wandte sie sich mehr und mehr Clive zu.

Der Steward kam erneut mit Fruchtsaft für die Ransomes und Brandy für Folliot und Goode. Das Glück am Tisch wechselte von Clive und Lorena zu Philo und Amos. Dann wurde Lorena wieder etwas besser. Sodann häuften Philo, Amos und Clive einen großen Haufen Jetons vor sich.

Clive hielt ein Full House mit drei Assen.

Philo schwitzte. Er lockerte den Kragen, hob das Glas Brandy und setzte es wieder zurück. Sie boten alle mächtig. Lorena hatte früh gepaßt, aber die drei Männer wollten nicht aufhören.

Einige der anderen Spiele waren beendet worden, und die Passagiere hatten ihre Tische verlassen und sich um diesen versammelt. Selbst der Mandarin in dem seidenen Gewand hatte sein Spiel von Mendelssohn-Werken beendet und sich zu der Menge von Europäern gesellt, die um den Tisch standen.

Schließlich warf Goode seine Karten verdeckt auf den Haufen.

Clive hatte seine Barschaft, die von Maurice Carstairs stammte, stark beansprucht. Er schaute in den Umschlag. Er hatte Brandy getrunken und war sowohl davon als auch von der Nähe Lady Ransomes vergiftet worden. Sie hatte ihre Gewohnheit eingestellt, jedesmal dann, wenn sie den Einsatz gewann, ihm den Arm zu drücken und zu umfassen, aber er fühlte jetzt am Bein einen neuen Druck ihrerseits unter dem Tisch, was er sowohl anziehend als auch abstoßend fand.

Er legte die letzte Fünfzig-Pfund-Note auf den Tisch.

Amos Ransome, dessen geistliches Gewand mit Schweiß vollgesogen war, sagte: »Ich will sehen, Clive. Ist das der richtige Ausdruck?«

Clive bemerkte plötzlich, daß er den größten Teil seiner Barschaft verspielt hatte. Dieses freundschaftliche Spiel, alles zum Guten der Mission, war zu seinem Ruin geworden. Wenn er dieses Spiel verlöre, wäre er nicht mehr in der Lage, seine Suche nach Neville zu finanzieren. Er würde niemals seine Beschreibungen für Carstairs' Schmierblatt verfassen, würde niemals sein Buch schreiben, niemals sein Glück machen — niemals Annabella heiraten.

Er legte sein Full House nieder.

Reverend Amos Ransom legte eine Straße nieder. Er griff nach den Jetons und dem Einsatz, der das Ende von Clive Folliots Mission bedeutete.

Eine lange Hand mit einem künstlichen Fingernagel aus Jade schob sich aus dem Ärmel einer seidenen Robe. Die geschnitzte Jade berührte Ransomes Handrükken. Es schien die sanfteste Berührung überhaupt zu sein, aber Ransome gefror auf der Stelle zu Eis.

»Major Clive Folliot«, hub der Mandarin in perfektem und völlig akzentfreiem Englisch an, »Sie sind einem Trio brillanter Gauner aufgesessen. Ich schlage vor, daß Sie Ihr Geld zurücknehmen und sich in Ihre Kabine zurückziehen. Diese drei hier werden bleiben, wo sie sind, während der Steward Zahlmeister Fennely rufen wird. Er wird mit ihnen weiter verfahren oder die Angelegenheit Kapitän Wingate übergeben, was vernünftiger zu sein scheint.«

Lorena Ransome kreischte auf.

Philo Goode schob seinen Stuhl zurück und erhob sich. »Wie kannst du das wagen, gelber Heide?« Er fummelte an seinem Gürtel herum und zog einen Revolver hervor. Er richtete ihn auf den Mandarin.

Der Orientale hob den künstlichen Fingernagel von Amos Ransomes Hand und tippte leicht auf den Lauf von Goodes Revolver. Der Revolver landete krachend auf dem Tisch.

Goode starrte verblüfft vor sich hin. Die Augen traten ihm aus den Höhlen, und er spannte sich an, war jedoch offenbar nicht in der Lage, die Waffe wieder an sich zu nehmen.

Der Mandarin hob den Revolver auf und entfernte die Kugeln aus dem Magazin. Er ließ sie eine nach der anderen in die Brandyflasche fallen. Jede der Kugeln, die in dem Schnaps landete, machte ein anderes Geräusch; es klang, als würden kleine schwere Steine in einen halbgefrorenen See geworfen, in dem die hervorgerufenen Wellenringe als Beweis für den Vorfall zurückblieben.

Schweißperlen tropften von Philo Goodes gerötetem Gesicht. Er rief der Menge rund um den Tisch zu: »Ihr weißen Männer, wollt ihr es zulassen, daß dieser gelbe Teufel den Reverend des Betrugs bezichtigt? Haltet ihn auf!«

Der Chinese langte nach Amos Ransomes dicklinsiger Brille. Er zog sie von der Nase des Predigers und überreichte sie Clive mit einer Verbeugung.

Clive sah die Gläser verwundert an. Er hielt sie vor die Augen und schaute die Rückseiten der Karten auf dem Tisch an. Jede war deutlich mit Farbe und Bild markiert. Kein Wunder, daß Reverend Ransome soviel Geld gewonnen hatte! Sein vorheriges schlechtes Spiel war ein Trick gewesen, ein Köder für Clive, härter einzusteigen. Philo Goodes Part war es gewesen, das Spiel mit seinen einstudierten Anschuldigungen des Predigers in Gang zu setzen. Goode hatte die markierten Karten vorbereitet. Und Lorena Ransome hatte zu Clives Ablenkung beigetragen.

Clive reichte die Brille einem halben Dutzend Zuschauer weiter. Jeder schaute hindurch auf die Karten und murmelte etwas, bevor er sie weitergab. Schließlich kehrte sie zu dem Mandarin zurück.

Wenn der Chinese nicht gewesen wäre, wäre Clive ausgenommen und mit kaum einem Pfund in der Tasche zurückgelassen worden, während der Prediger — ein unechter Prediger — die Beute mit seiner weiblichen Mitverschworenen und dem Amerikaner geteilt hätte.

In diesem Moment trat, von einem Steward herbeigerufen, der Zahlmeister, Herr Fennely, heran.

Clive erklärte kurz, was geschehen war Fennely sagte: »Reverend, Miß Ransome und Herr Goode. Sie werden in Ihren Quartieren eingeschlossen. Sie werden jetzt direkt vom Salon aus dorthingehen und warten, bis Kapitän Wingate herbeigerufen wird. Betrachten Sie sich als Gefangene des Kapitäns.«

Er fragte Clive, ob er gegen die drei Anklage erheben wolle.

Clive sagte: »Was wird mit ihnen geschehen?«

»Wenn Sie entscheiden, Anklage zu erheben, Major Folliot, wird vor einem Schiffstribunal gegen sie Anklage wegen des Versuchs eines kriminellen Betrugs erhoben, und sie werden, wenn sie überführt werden, im ersten britischen Hafen den dortigen Behörden übergeben.«

»Und wenn nicht?« wollte Clive wissen.

»Kapitän Wingate wird sie vielleicht in ihren Kabinen unter Arrest stellen, bis wir unseren ersten planmäßigen Hafen anlaufen, dann wird er sie an Land setzen und den Staub von den Füßen schütteln.«

Clive wägte ab. Die Ransomes und Philo Goode beobachteten ihn. Schließlich sagte er: »Ich will keine Anklage erheben.«

Der Zahlmeister nickte. »Dieses Wort wird seine Runde durch die gesamte Flotte machen, dessen können Sie sich sicher sein, Major Folliot.« Er schob Philo Goodes Revolver in den eigenen Gürtel und geleitete die drei Schwindler aus dem Salon.

Clive sah sich nach dem Mandarin um, aber der war verschwunden.

KAPITEL 4

Der himmlische Gast

Folliot ließ sich in den einzigen Sessel fallen, mit dem seine Kabine ausgestattet war. Er hielt den Kopf in den Händen und versuchte, die rasenden Gedanken zu beruhigen.

Als ein leichtes Kratzen an der Tür ertönte, rief er: »Nur herein!«

Der Mandarin trat mit einer Verbeugung ein. Er schloß die Tür sorgfältig hinter sich, verbeugte sich erneut und entfernte seinen Kopfputz.

Clive starrte ihn verblüfft an.

»Quartiermeister Sergeant Horace Hamilton Smythe meldet sich zum Rapport, *Sör!*«

Der Chinese nahm Habachtstellung an und salutierte mit der rechten Hand. Aber er war nicht länger ein Chinese. Er trug noch immer die feinziselierte prächtige und farbenfrohe Seidenrobe der Orientalen, aber die Gesichtszüge hatten sich auf erstaunliche Weise verändert.

Die Form der Augen schien sich verändert zu haben, und die Spitzen des langen seidigen ebenholzschwarzen Schnurrbarts waren geformt und eingewichst.

Die Hautfarbe hatte sich nicht geändert, aber was im Salon des Schiffs wie orientalisches Gelb ausgesehen hatte, konnte man jetzt statt dessen als den gesunden Teint eines Engländers betrachten, der Jahre unter tropischer Sonne verbracht hatte.

Clive war geplättet, während er zu dem Sergeanten aufsah.

»Ich bitte darum, daß Sie mich nicht verraten, während wir an Bord der *Empress* sind«, sagte Sergeant Smythe.

»Aber ... aber ...«, stammelte Clive.

»Mit Ihrer Erlaubnis, Sör.« Smythe deutete auf das Fußteil von Clives Koje. Da Folliot den einzigen Stuhl in der Kabine für sich beanspruchte, setzte sich der Besucher auf das Ende der Koje.

»Du warst von den Horse Guards für eine Aufgabe abkommandiert worden. Brigadier Leicester ...«

»Jawohl, Sör«, pflichtete Smythe bei. »Praktisch gesehen bin ich noch immer Mitglied der Guards. Obwohl ich mir vorstellen kann, daß sie sich jetzt einen neuen Sergeanten als Regimentsquartiermeister besorgt haben.«

»Ja, haben sie.« Clive nickte. »Und er macht seine Arbeit lausig. Wir vermissen dich, Smythe. Wo hast du gesteckt? Der Brigadier hat verdammt gut dichtgehalten über die Sache, genauso wie darüber, wann du zu deinen Aufgaben zurückkehren würdest.«

»Mit der Erlaubnis des Majors, Sör, ich habe nicht die Freiheit, etwas darüber zu sagen. Aber der Major mag meine Ausstattung betrachten und gewisse Schlüsse daraus ziehen, wenn ich so sagen darf, Sör.«

Clive meinte: »Ich möchte etwas tun, um meine Dankbarkeit zu zeigen, Smythe. Dir zumindest eine Erfrischung anbieten. Aber ich fürchte, ich reise, wie man so sagt, mit leichtem Gepäck.«

»Ganz recht, Sör. Ein einfacher Soldat, ein Kerl wie ich, erwartet von einem Offizier nicht, daß er ihn unterhält wie einen Herrn, nicht wahr?«

Clive nickte. »Aber du bist kein gewöhnlicher Soldat, Sergeant Smythe. Du warst von meinem ersten Tag im Regiment an bei mir. Ah, welch ein verwirrtes Jüngelchen war ich doch damals! Ein Junior-Leutnant mag von der Krone als Offizier angesehen werden, aber wenn's drauf ankommt, ist er genauso erfahren wie ein frischgeworfenes Kätzchen.«

»Jawohl, Sör.«

»Smythe, warum hast du's mit mir damals eigentlich

nicht aufgegeben? Ich weiß, daß ich kein großartiger Militär bin, niemals gewesen bin und vielleicht niemals sein werde. Aber damals, siebenundfünfzig, muß ich wie ein völlig hoffnungsloser Fall erschienen sein. Ich hatte eine richtige Scheißangst, wußtest du das, Sergeant?«

»Frei und offen gesprochen, Sör, und unter uns?«

»Natürlich, Sergeant.«

»Um die Wahrheit zu sagen, Major, ich hab gesehen, daß Sie wie Espenlaub gezittert haben. Das ist bei neuen Leutnants ganz normal. Jeder erfahrene Soldat weiß, wie sich ein grüner Leutnant verhält. Aber Major Folliot, was ein echter Soldat ist, der bekommt bald 'nen Blick dafür, zwei Dinge über jeden Offizier sagen zu können, mit dem er zu tun hat.«

Clive beobachtete Smythes Gesten.

»Du lernst zu urteilen, ob's ein Offizier hier hat.« Er tippte sich mit dem Daumen an die Stirn. »Und du lernst zu urteilen, ob er's hier hat.« Mit dem gleichen Daumen tippte er sich aufs Herz.

»Wenn's ein Offizier an diesen beiden Stellen hat, Major, nun, dann kann ein guter, echter Soldat ihn zurechtstutzen. Ihm das Rückgrat stärken, seine Geschicklichkeit bei 'ner Rauferei verbessern, ihm 'n bißchen von dem und 'n bißchen von jenem beibringen, und dann weißt du bald, daß du dir 'n guten kleinen Offizier rangezogen hast. Aber wenn er's hier und da nich hat, dann is für'n Soldaten Hopfen und Malz verloren, er kann bloß versuchen, ihm aus 'm Weg zu gehen und in 'ner Schlacht nich auf ihn angewiesen zu sein.«

»Und du warst zehn Jahre mit mir zusammen, Smythe, und ich habe niemals verstanden, was eigentlich los war.« Clive sank in sich zusammen.

»Machen Sie sich nichts draus, Sör. Ich hab bei den Guards 'ne Menge guter Zeiten erlebt. Und Sie haben mich genausogut behandelt. 'ne Menge Offiziere würde ihren Burschen bei sich behalten wollen, weil sie keinen neuen anlernen wollen. Sie haben mich niemals einen einzigen Tag lang zurückgehalten.«

Clive gab ein trauriges Glucksen von sich. »Du solltest den Kerl sehen, den ich jetzt habe, Smythe. Kein schlechter Soldat, aber er kann dem guten alten Burschen Smythe niemals das Wasser reichen.« Er schüttelte den Kopf. »Nein, ich hätte dich niemals zurückhalten können, Smythe. Ich war so stolz, als du erst Korporal, dann Sergeant wurdest. Du bist jetzt im Regiment eine Legende, weißt du. Man redet über Quartiermeister Sergeant Smythe wie über einen ehemaligen Helden. Was mich auf dich zurückbringt, Sergeant.«

»Sör? Ich fürchte, ich hab nich begriffen, was Sie meinen.«

»Du beabsichtigst natürlich, über deine Reisen, seit du die Guards verlassen hast, Schweigen zu wahren.«

»Hab keine andere Wahl, Sör.«

»Versteh schon. Aber du kannst mir so viel erzählen, wie du meinst, daß du ... Und wo du Mendelssohn spielen gelernt hast.«

Smythe lachte. »Nun, Sör, das kann ich dem Major sagen. Da war mal 'ne junge Lady, Sör, eine äußerst talentierte Musikerin und Lehrerin, die behauptete, den verstorbenen deutschen Komponisten gekannt zu haben. Nun, Sör, sie war ein hübsches junges Mädel, aber irgendwie unerfahren in ein paar etwas delikateren Dingen des Lebens. Sie bot mir an, mir Musik beizubringen, wenn ich ihr etwas von den anderen Dingen beibrächte. Am Ende unseres Austauschs war ich hochzufrieden damit, was ich von der jungen Lady gelernt hatte. Und ich habe Grund zu glauben, daß sie genauso zufrieden damit war, was sie von ihrem Ergebenen gelernt hatte, Sör.«

Folliot starrte den Sergeanten an. »Ich glaube, du wirst tatsächlich rot, Sergeant Smythe.«

»Ja, Sör?«

Der Sergeant hielt die Hand vor die Augen.

Einen Augenblick lang schien es Clive Folliot, daß die Konturen Sergeant Smythes waberten und unscharf wurden, um von denen des Mandarins ersetzt zu werden.

Der Chinese erhob sich. Als Sergeant Smythe war er vergleichsweise klein gewesen, gern einige zehn oder fünfzehn Zentimeter kleiner als Clives eigene einsneunzig. Als Mandarin ragte er hoch empor, oder es schien zumindest so, so daß er sich bücken mußte, damit sein Kopfputz nicht gegen die Vertäfelung der Kabine stieß.

»Dieser Unwürdige ist geehrt worden dadurch, daß er dem bewunderungswürdigen Major in ein paar schwierigen Augenblicken beistehen durfte. Dieser Unwürdige bittet darum, daß der bewunderungswürdige Major Diskretion ausübt, bis dieses glänzende Schiff *Empress Philippa* die wunderbare Insel Sansibar erreicht.«

»Aber ... Sergeant Smythe?«

Der Mandarin öffnete die Tür von Clives Kabine. Draußen loderte dramatisch eine schwüle Nacht mit warmer Luft und funkelnden Sternen. »In Sansibar wird Major Folliot vielleicht Sergeant Smythe erneut treffen. Jetzt muß das Unwürdige Chinesische Wesen Ruhe in der eigenen Kabine suchen.«

Er verbeugte sich mehrere Male, während er durch die Tür schritt und diese hinter sich zuzog.

Clive erhob sich und zog die Tür wieder auf, aber der Mandarin war in der tropischen Nacht verschwunden.

Er wurde in Kapitän Wingates Quartier gerufen, um den Vorfall zu besprechen. Der Kapitän versicherte ihm, daß das Spieler-Trio tatsächlich bei der nächstbesten Gelegenheit von Bord der *Empress* entfernt werde. Das war, wie sich herausstellte, der portugiesische Hafen von Luanda, eine rauchverhangene häßliche Stadt, wo die *Empress Philippa* einige Kisten Maschinenteile absetzen und Nachschub sowie einige Passagiere aufnehmen würde.

Clive bekräftigte seinen Wunsch, das Trio nicht unter Anklage zu stellen. Er konnte nicht anders, als Kapitän Wingate zu fragen, was er über den mysteriösen Orientalen wisse, der als erster das System der Spieler durchschaut hatte.

Kapitän Wingate richtete sich auf. »Ich kann Ihnen, mein Herr, nichts über diesen Herrn sagen. Sie sind Offizier in den Diensten Ihrer Majestät. Sie werden das verstehen. Ich kann nicht weiter darüber sprechen.«

Im Salon gab es einige weitere Vorstellungen. Clive verbrachte die meisten seiner Abende dort, manchmal in Uniform, an anderen Tagen leger. Der Mandarin erschien, spielte eine Auswahl von Berlioz oder Chopin, Donizetti oder Liszt, Mozart oder Haydn ... Zumeist jedoch Mendelssohn-Bartholdy.

Aber er sprach kein Wort. Er reiste allein.

Eines Abends, nachdem der Mandarin den Salon verlassen hatte, gelang es Clive, ihm zu seiner Kabine zu folgen. Clive hielt sich im Schatten der Niedergangstreppe und kam sich eine Sekunde lang sehr auffällig vor in seinem scharlachroten Rock mit den Metallknöpfen. Dann klopfte er an die Tür.

Einen Augenblick später öffnete sie sich.

Clive hatte erwartet, daß der Mann seine wahre Identität als Sergeant Horace Hamilton Smythe wieder angenommen habe, wurde aber statt dessen von dem Mandarin in vollständiger Tracht und Kopfputz begrüßt. Folliot erkannte über die Schulter des Chinesen hinweg, daß eine Wand der Kabine in einen buddhistischen Schrein verwandelt worden war. Vor einer Statue des Erleuchteten, auf einem stoffbedeckten Altar, glommen Räucherstäbchen vor sich hin.

Der Mandarin verbeugte sich vor Clive. »Der Offizier Ihrer Majestät ehrt diesen Unwürdigen. Ist es dem Unwürdigen erlaubt, dem Major zu Diensten zu sein?«

Clive stammelte verwirrt: »Smythe? Bist du nicht Sergeant Smythe?«

Der Orientale verbeugte sich: »Der Offizier irrt, wie ich zu meinem Leidwesen sagen muß.«

Clive stolperte in die eigene Kabine zurück und machte sich an einen Artikel für Carstairs beim *London Illustrated Recorder and Dispatch.* Er sollte nicht nur seine Abenteuer aufzeichnen, die seine Suche nach dem verlorenen Bruder betrafen, sondern auch Skizzen beschaffen, aus denen die Leute des Schmierblatts publizierbare Druckplatten anfertigen sollten.

›Wir *sind* eine Illustrierte.‹ Er hörte förmlich Maurice Carstairs höhnischen Tonfall. ›Wir müssen den Leuten etwas bieten, was das investierte Geld wert ist. Und diejenigen, welche die Worte nicht entziffern können, sollen zumindest die Illustrationen genießen.‹

KAPITEL 5

Der Konsul Ihrer Majestät

Die Mannschaft der *Empress Philippa* hatte die Segel gerefft, und Kapitän Wingate befahl dem Maschinenmeister, den Dampfdruck zu erhöhen, als sich die Insel Sansibar ins Gesichtsfeld schob. Es war spät am Tag, und die Sonne hing wie ein großes orangefarbenes Stück Kohle tief über dem Indischen Ozean. Selbst so spät am Tag drückte die Hitze, und die Luft lag wie ein schweres Gewicht über der Welt.

Clive war auf die Kommandobrücke eingeladen worden, als das Schiff in den Hafen einlief, und er beobachtete mit äußerstem Interesse, wie die Farben der Stadt vor seinen Augen erblühten.

»Das sind merkwürdige Leute, Major«, erzählte ihm Wingate. »Großartige Segler; sie machen Dinge mit ihren Dhauen, die ich mich kaum mit einer vollaufgetakelten Fregatte getraue. Aber sie besitzen nicht die europäischen Maschinen, und sie bitten inständig darum.«

Clive hob die Augen hinauf zu der Wolke schwarzen Rauchs, der aus den Schornsteinen der *Empress* hervorquoll. »Darum fahren wir unter Dampf in den Hafen und nicht unter Segel, nehme ich an.«

»Das ist genau der Grund, Major. Ich will nicht behaupten, daß sie unsere Maschinen für etwas Übernatürliches halten. Obwohl ich mir vorstellen kann, daß es sie fast umgeworfen hat, als sie zum erstenmal ein Schiff erblickten, das sich ohne Segel bewegte, mit schwarzem Rauch, den die Schornsteine ausstießen.«

Er wandte sich um und gab dem Steuermann einen kurzen Befehl, dann nahm er den Gesprächsfaden wieder auf.

»Nein, sie sind nicht alle unwissend und abergläubisch. Ein paar von ihnen haben die großen Universitäten wie Berlin und Wien und Paris und Rom besucht. Einige waren sogar in England. Manche besitzen mehr Wissen, als wir ihnen zugestehen möchten. Es ist ihre Haltung, die sich so sehr von der unsrigen unterscheidet und auf die Sie achtgeben müssen.«

»Ich bin nicht ganz sicher, daß ich Sie richtig verstanden habe, Kapitän. Obwohl ich Ihnen sagen kann, daß ich einmal in Madagaskar gedient habe. Daher glaube ich, daß ich zumindest ein wenig Verständnis für die Menschen dieser Gegend hier aufbringen kann.«

»Das haben Sie gesagt, Major Folliot. Und ich denke, es wird Ihnen von Nutzen sein. Aber beurteilen Sie Sansibar nicht nach den madagassischen Menschen, und beurteilen Sie die Schwarzafrikaner nicht nach diesen beiden. Es sind unterschiedliche Zivilisationen, in manchen Fällen genauso verschieden wie der Chinese und der Franzose, wenn Sie verstehen, was ich Ihnen sagen will.«

Clive gab eine unverbindliche Antwort.

Kapitän Wingate schüttelte den Kopf. »Major Folliot, haben Sie je den Spruch gehört: ›Was ich nicht weiß, macht mich nicht heiß‹?«

»Habe ich, Sir. Es ist eigentlich ein fehlerhaftes Zitat aus den Werken von Sidney Smith.«

»Nun, es mag ein Zitat sein oder ein Fehler. Ich möchte Ihnen nur sagen, Major Folliot, daß es in jedem Fall kaum wahr ist. Was ich nicht weiß, kann mich sehr wohl heiß machen. Es kann mich töten. Jawohl, Sir!«

Der Kapitän gab dem Steuermann einen erneuten Befehl.

Eine Dhau unter Segeln hatte sich vom Hafen weg bewegt und nahm jetzt Kurs hinter der *Empress Philippa*. Clive sah die dunklen Gesichter der arabischen Seeleute, als sich die Dhau elegant über das grünliche Wasser bewegte.

»Es gibt allerdings noch eines, das gefährlicher ist als Unwissenheit«, faßte Kapitän Wingate zusammen. »Und das ist falsches Wissen. Das, Major Folliot, hat meiner Erfahrung nach mehr Männer getötet als Unwissenheit. Was sie wußten, war eben nicht so, wie es zu sein schien.«

Clive griff in die Westentasche und zog eine goldene Taschenuhr hervor. Er war heute zivil gekleidet, wie er es die meiste Zeit seiner Reise von England nach hier gewesen war.

»Ungeduldig, Major Folliot?«

»Sansibar ist nichts weiter als ein Ausgangsort für mich, Sir. Ich muß meine Arbeiten an meinen Verleger schicken, die nötigen Vorkehrungen treffen und dann ins Landinnere vorstoßen.«

»Ich verstehe, Major. Der Ruf der Familienpflichten. Sie sind ein glücklicher Mann, daß Sie eine solche Familie besitzen.«

Clive gab keine Antwort.

»Sie sehen diese Boje?« Kapitän Wingate deutete darauf.

Clive nickte.

»Für diesen Teil der Welt besitzen wir keine Tidetabellen. Es bleibt noch viel Arbeit zu tun, bis die Meere alle so sicher sind wie die Themse und der Kanal. Diese Boje zeigt uns die gegenwärtige Wassertiefe an. Wir haben Niedrigwasser. Wir werden hier Anker werfen und auf den Morgen warten. Ich erwarte dennoch, daß wir den Hafenmeister des Sultans bald zu Gesicht bekommen.«

Der Kapitän lachte. »Schauen Sie sich das an, Major Folliot! Wenn man vom Teufel spricht, kommt er.«

Wingate deutete erneut hinaus. Eine kleine Feluke schob sich durch das Hafenwasser. In der Stille des Nachmittags mußte das kleine Schiff schwer ums Vorwärtskommen kämpfen. Clive sah, daß das kleine Boot zwei Personen mit sich führte, einen einzelnen Seemann und einen Passagier, der sich groß in Schale geworfen hatte.

Die Feluke hatte schließlich neben der *Empress* beigedreht. Eine Strickleiter wurde vom Deck der *Empress* herabgelassen und das kleine Boot festgemacht, während die beiden Passagiere an Deck kletterten.

»Ich hoffe, daß es Ihnen nichts ausmacht, eine weitere Nacht in Ihrer Kabine zu verbringen, Major Folliot.« Kapitän Wingate geleitete Clive von der Brücke. »Wir könnten wegen der Gezeiten sowieso nicht vor dem Morgen anlegen. Ich könnte Sie mit einer Pinasse an Land bringen, aber ich gehe davon aus, daß der Hafenmeister zuerst mit uns sprechen möchte. Diese Araber sind ganz schön argwöhnisch. Er könnte es in den falschen Hals bekommen, wenn Sie versuchen, sich rasch davonzustehlen.«

»Davonstehlen? So etwas würde ich nie tun.«

»Natürlich nicht, Major. Aber sehen Sie, die Männer des Sultans kennen Sie nicht, nicht wahr?«

Clive lugte über die Reling auf das Deck, auf dem die beiden Ankömmlinge vom Deckoffizier der *Empress* begrüßt wurden.

Kapitän Wingate ging die hölzernen Stufen zum Deck hinab.

Der Hafenmeister, der ein feingearbeitetes Gewand und einen roten Fez trug, war in ein Gespräch mit dem Offizier verwickelt. Der Seemann war von seinem Herrn getrennt worden. Clive bemerkte, daß von irgendwoher ein zweiter Araber gekommen und den Seemann beiseite genommen hatte. Sie waren mit ähnlichen gestreiften Gewändern und verfilzten losen Turbanen bekleidet.

Clive sah auf die Taschenuhr und kehrte zu seiner Schreiberei zurück. Wenn er sich beeilte, könnte er seinen Artikel für den *Recorder* beenden und immer noch rechtzeitig zum Abendessen kommen.

Er beendete seine Aufgabe, faltete den Artikel zusammen und versiegelte ihn. Er würde ihn beim Konsul Ihrer Majestät in Sansibar abgeben, und er würde mit den nächsten ausgehenden diplomatischen Papieren weitergeleitet werden. Einen Moment lang hatte Clive daran gedacht, ihn statt dessen beim Zahlmeister der *Empress Philippa* zu lassen, aber Kapitän Wingate hatte gesagt, daß das Schiff sich weiter ostwärts bewegen werde, und die Ankunft des Artikels würde sich zu sehr verzögern, wenn er mit der *Empress* befördert würde.

Clive wußte nicht, wann er zu Bett gegangen war und wie viele Stunden eines unruhigen Schlafs er hinter sich gebracht hatte. Er wußte nur, daß er geweckt wurde, und zwar sehr gegen seinen Willen.

»Wir müssen weg vom Schiff, Major!« raunte Sergeant Smythe mit unterdrückter Stimme.

»Natürlich. Morgen früh.« Clive hatte rasch alle Sinne beisammen.

»Nich morgen früh, nein, Sör«, wisperte Sergeant Smythe. »Jetzt sofort, sofort, Sör. Glauben Sie mir, Sie wollen auf der Stelle von diesem Schiff runter. Der alte Hafenmeister — und er is nich der Hafenmeister, glauben sie mir, Sör, er is jemand anderer — redet noch immer mit Kapitän Wingate und Zahlmeister Fennely. Die örtliche Politik, Sör. Der Türkensultan, der Khedive von Ägypten, die Franzmänner — 'ne schreckliche Mischung, Sör. Sie woll'n nich auf'm Schiff bleib'n.«

Er sah Clive in die Augen und nickte befriedigt. »Jetzt ist Ihre Chance da, vom Schiff zu kommen und rasch runterzukommen und heil und ganz. Los, los!«

Er führte den stolpernden Clive Folliot zu seiner Kabine und half ihm hinein. Der arabische Seemann lag auf Sergeant Smythes Koje, entkleidet, gefesselt und geknebelt.

»Hinaus aus Ihrem Anzug und hinein in dieses Gewand, Sör!« drängte Smythe. »Und bitte, Major, ganz rasch und ganz leise.«

Verwirrt von Sergeant Smythes erstaunlicher Nachricht, gehorchte Clive.

Die Augen des Arabers blitzten, und er mühte sich darum, Hände und Füße freizubekommen. Ohne Erfolg.

Als Clive das Gewand des Arabers über den Kopf zog, wurde er nahezu überwältigt von den Gerüchen, die in dem rohgewebten Baumwollstoff gefangen waren. Reste von Fett, vielleicht Überreste eines Lamms, das der Araber gegessen hatte. Ein Geruch nach Moschus. Andere Gerüche, über deren Ursprung Clive nur rätseln konnte — und er zog es vor, es nicht zu tun.

»Hier, das kommt unter das Gewand.« Sergeant Smythe reichte Clive einen ledernen Harnisch mit einer leeren Scheide daran. »Um die Beine, wie die Strumpfbänder einer Frau, Sör.« Smythe nickte, um die geeignete Stelle für diese Vorrichtung anzuzeigen.

Sobald Clive den Harnisch ums Bein gelegt hatte, händigte ihm Smythe einen Dolch aus und deutete an, daß er in die Scheide gehörte. In der Zwischenzeit hatte sich Sergeant Smythe selbst in einen schmutzigen Araber verwandelt.

Smythe zog die Kapuze von Clives Gewand über den Kopf des Offiziers. Er schob ihn aus der Kabinentür und folgte ihm den Niedergang hinab. »Los, Sör, wir müssen los!«

»Aber meine Truhe«, gab Clive zu bedenken. »Meine Uniformen und meine Kleidung. Mein Schreibzeug. Mein Geld. Alles in meiner Kabine. Wir können die Sachen sicherlich auch an Land bringen.«

»Nein, können wir nich, Sör! Tut mir leid, aber Sie begreifen nich, daß es um Ihren Kopf geht! Unsere beiden Köpfe! Wir müssen *jetzt* los!«

Er stieß Clive eilig über die Niedergänge der *Empress Philippa*. Als sie das Deck erreichten, deutete Smythe an, Clive möge sich versteckt halten. Er lugte hinaus, wartete einen günstigen Augenblick ab und huschte dann übers Deck. Sein arabisches Gewand umflatterte ihn, so daß er aussah wie ein bleicher Schatten, der über die hölzerne Oberfläche huschte.

An der Reling der *Philippa* blieb er stehen und duckte sich in einen Schatten. Die Sturmwolken, die früher am Abend aufgezogen waren, wurden von einem kalten Wind zerstreut. Regentropfen platschten und wechselten mit Böen windgeborener Feuchtigkeit. Ein tropischer Mond sandte seine Strahlen durch ein Loch in den Wolken herab.

Clive sah, wie Sergeant Smythe ihm zuwinkte, und er drückte sich über das Deck und gesellte sich an der Reling der *Philippa* zum Sergeanten. »Wir können von Glück sagen, daß sie keinen Mann zurückgelassen haben, der die Feluke bewachen soll«, wisperte Smythe. »Aber wir können jeden Augenblick unser Glück verlieren.«

Als wollten sie den Worten Smythes' Nachdruck verleihen, ließen sich zwei ärgerliche Stimmen über den Engländern vernehmen. Clive warf einen Blick hinauf und erblickte ein Licht auf der Brücke der *Philippa*. Im Schein der Öllampen sah er die Silhouetten zweier Gestalten. Die eine war der Schiffszahlmeister, Herr Fennely. Die andere der arabische Hafenmeister. Sie waren laut und deuteten herab aufs Deck — deuteten genau auf die Stelle, wo Clive Folliot und Horace Hamilton Smythe sich in den Schatten aneinanderschmiegten. Kapitän Wingate war nirgendwo zu erblicken.

»Nun, Sör, setzen Sie sich in Bewegung!« drängte Smythe.

Die beiden Männer schwangten sich über die Reling. Clive erreichte die Strickleiter, die an der Schiffswand der *Philippa* befestigt war, als erster und kletterte hinunter in die unbewachte Feluke des Hafenmeisters. Sergeant Smythe folgte ohne Zögern. Sobald sie in das kleine Boot gestolpert waren, löste Sergeant Smythe die Leinen und ergriff zwei Ruder.

»Setzen Sie das Segel, Major!« rief er Clive zu.

Nur wenige Minuten, und sie befanden sich in guter Entfernung von der *Empress Philippa.* Vom Deck des Schiffs leuchteten Laternen, und Stimmen riefen ärgerlich in Englisch, Arabisch und Pidgin.

Auf dem Deck der *Empress* zuckte ein Blitz, dann ein weiterer. Kugeln wimmerten über den Köpfen oder spritzten wirkungslos neben der Feluke ins Wasser. Eine ging mitten durch das Segel des kleinen Boots, wobei es ein deutlichs *Plopp* gab, als sie die Leinwand zerriß.

Aber das Segel hatte den sich drehenden Wind eingefangen, der über dem Hafen wehte, und Clive, der sich Kenntnisse ins Gedächtnis zurückrief, die er vor langer Zeit auf Schottlands Seen erworben hatte, lenkte das Boot geschickt an Land und in Sicherheit.

Sie durchfuhren das verrückte Gemenge von Dhauen, Feluken und Handelsbarken, die im Hafen ankerten. Jeder Windstoß veränderte den Himmel und die Wolken, Dunkelheit und Licht. Clive war vollgesogen von Regenwasser und salzigen Spritzern, bis auf die Knochen durchfroren von dem kalten Wind.

»Wir können von Glück sagen, daß wir nich den vollen Monsun erwischt haben«, bemerkte Sergeant Smythe, als hätte er Folliots Gedanken gelesen. »Nun, hier ist eine Stelle, wo wir festmachen können.«

Sie machten die Feluke fest, refften das Segel und krochen auf ein rohes Dock. Fast alle Bewohner der Stadt waren ins Haus getrieben worden, vom schlechten Wetter ebenso wie von der späten Stunde. Die beiden gingen durch die Straßen, wobei Sergeant Smythe Major Folliot beinahe wie ein Blinder führte, der einen Sehenden durch pechschwarze Dunkelheit geleitet.

Clives Nase wurde von den Gerüchen der Stadt beleidigt, aber sehen konnte er nichts von ihr. In der Dunkelheit des Sturms gab es nichts zu erkennen.

Smythe zog schließlich an einem eisernen Tor. Es war mit einem schweren Schloß gesichert, aber Smythe wandte irgendeinen Trick an, und kurz darauf knarrte das Tor in den Angeln. Clive und sein Begleiter traten ein.

Sie fanden den Weg zu einer hohen hölzernen Tür. Smythe hob einen riesigen eisernen Türklopfer und ließ ihn fallen. Er landete mit einem tiefen Schlag auf dem dicken Holz. Nach längerem Warten knarrte die Tür auf.

Ein verschlafener Araberjunge in einem langen Baumwollgewand stand in der Tür. Er hielt mit der Hand eine Laterne hoch.

Sergeant Smythe erzählte ihm irgend etwas in der Sprache des Jungen, und der Junge trat beiseite und ließ die beiden Ankömmlinge näher treten.

»Ich wollte ...«, begann Clive.

Er wurde von der Ankunft eines schmalgesichtigen blondhaarigen Individuums mit Schnauzbart unterbrochen, das mit Nachtmantel und Hausschuhen bekleidet war. Es trug gleichfalls ein Licht bei sich, das seine jedoch war eine Kerze, die auf einem schweren Silberstock befestigt war, und die Flamme wurde von einem Glaszylinder wie dem auf einer Öllampe geschützt.

»Wer zum Teufel seid ihr?« fragte der schmalgesichtige Mann. »Irgendwelche schmutzige *Fellachen* kommen hier einfach herein, um mich mitten in der Nacht zu stören? Ich werde euch durchpeitschen und hinauswerfen lassen, wenn ihr keine Erklärung dafür habt!«

»Ich bin Major Clive Folliot, Sohn von Baron Tewkesbury, mein Herr! Und mein Begleiter ...« Er sah sich nach Sergeant Smythe um, aber Smythe und der Junge, der sie hereingelassen hatte, waren plötzlich verschwunden.

»Major Folliot? Tewkesbury?« echote der andere. Er sah Clive ins Gesicht. »Nun, Sie sind der zweite Major Folliot, den ich getroffen habe. Der andere behauptete gleichfalls, Sohn des Baron Tewkesbury zu sein.«

»Das muß mein Bruder gewesen sein, mein Herr! Er muß hier vor mehr als einem Jahr durchgekommen sein.«

»Ist er, ist er.« Der Mann senkte die Kerze. »Sie sind also ein weiterer Engländer, ja? Was wollen Sie dann mit dieser idiotischen Aufmachung? Sie kommen von einer Party?«

»Nein, mein Herr.«

»Nun, Sie sind auf jeden Fall hier an die richtige Stelle gekommen, junger Mann! Dies ist das Konsulat Ihrer Majestät, und ich bin Sir John Kirk, Konsul Ihrer Majestät. Wir wollen Ihnen ein Bad verschaffen und etwas angemessenere Kleidung, und dann will ich wissen, was, zum Teufel, mit Ihnen los ist. Sie sind weit weg von Tewkesbury, junger Mann. Sehr, sehr weit weg von Tewkesbury.«

KAPITEL 6

Der Korallenpalast

Der im Mittleren Osten vertraute, dem Ohr des Engländers jedoch fremde Ruf des Muezzins drang in Clive Folliots Schlaf. Er war wieder in Madagaskar und rannte durch eine Alptraumlandschaft aus Straßen und rasiermesserscharfen Felsen, wellenumtosten Stränden und dampfenden Dschungeln.

Jemand verfolgte ihn, jemand, dessen Atem heiß und feucht war und nach Tod roch, dessen Fänge schnappten und dessen Klauen bei jedem Schritt rasselten.

Clive wollte sich umschauen, wollte sehen, was ihn verfolgte, aber er wußte, daß ein einziger Blick Unheil bedeutete.

Er rannte immer schneller, stolperte in einen Bazar, fiel in die ausgelegten Teppiche des Händlers. Er schlug verzweifelt um sich, kämpfte darum freizukommen, ehe er überwältigt wurde. Aber seine Bemühungen verwikkelten ihn nur um so mehr in das schwere Gewebe.

Er wälzte sich mit geöffneten Augen herum und bereitete sich darauf vor, dem drohenden Tod ins Angesicht zu schauen.

Statt dessen blickte er in das Gesicht des Araberjungen, der ihn und Sergeant Smythe vergangene Nacht ins Konsulat eingelassen hatte.

Der Junge hatte weiche Gesichtszüge und große feuchte Augen von solch dunkler Farbe, daß sie beinahe purpurrot erschienen. Er trug ein sauberes Leinengewand, das bis zum Boden reichte. Die nackten Zehen lugten unter dem Saum hervor.

»Geht es Herrn gut?« fragte er. Die Stimme war weich und das wunderliche, unvollkommene Englisch angenehm fürs Ohr.

»Ja, mir geht's gut. Sehr gut«, stammelte Clive.

»Herr will Tasse Tee trinken, bevor aufstehen? Nach Aufstehen, Ehrenwerter Sir John hat Herrn eingeladen zu Frühstück. Ehrenwerter Sir John gesagt hat, sage Herrn, Frühstück ist Lachs und Hörnchen mit Marmelade. Herr wird vor Aufstehen Tee trinken werden?«

Clive dankte dem Jungen und nahm das Angebot des Konsuls an. Bald darauf, nachdem er sich mit einem geliehenen Apparat rasiert und leichte Khaki-Shorts von annähernd militärischem Schnitt angezogen hatte, gestattete sich Clive, dem Konsul unter die Augen zu treten.

Kirk saß an einem Eßtisch in einem sonnigen Zimmer, das zum Landhaus eines mittelständischen Kaufmanns gepaßt hätte. Als Clive den Raum betrat, setzte der Konsul die Tasse nieder, erhob sich und bot ihm die Hand.

»Schön, Sie sauber und wie ein Engländer gekleidet zu sehen, Folliot! Ich darf wohl sagen, daß Sie vergangene Nacht einen traurigen Anblick boten. Es goß in Strömen, und dann dieses donnernde Hämmern an der Tür, und Sie waren da und wirkten wie eine ertrunkene Ratte. Nun, heute sehen Sie wesentlich mehr wie ein Mensch aus, darf ich sagen.«

»Haben Sie ...«, wollte Clive fragen.

»Ich darf sagen, setzen Sie sich, Folliot! Entspannen Sie sich! Sie befinden sich hier nicht in London. Kein Grund zur Hektik. Hier in den Tropen geht es viel gemütlicher zu. Sie finden am besten schnell den Dreh heraus, andernfalls werden Sie nicht überleben. Frühstücken Sie zunächst.«

Er läutete, und ein Diener erschien.

»Befolge die Befehle von Major Folliot, Mahmoud. Bring dem Herrn etwas zu essen, bevor er zugrunde geht.«

Clive bestellte ein Frühstück, und der Diener verschwand.

»So träge, wie der Tag lang ist, diese Eingeborenen«, sagte Kirk. »Nichts zu tun, als ständig hinter ihnen her zu sein, andernfalls tun sie nichts als schlafen, und sie stehlen des Nachts wie die Raben.«

»Mahmoud, sagten Sie, heißt er?«

»Mahmoud, Ali, Abdul, tut doch nichts zur Sache, mein bester Folliot. Eingeborener ist Eingeborener. Ich darf sagen, waren Sie niemals zuvor weg von der Insel?«

»Nur einmal, Sir John. In Madagaskar.«

Kirk schauderte. »Schrecklicher Ort. Sansibar ist schlimm genug, aber es gibt schlimmere Orte, wohin man gehen kann. Nun, Major, worum geht's denn eigentlich?«

Diesesmal brachte Clive seine Frage vollständig an den Mann. »Ich bin in Begleitung eines anderen Engländers gekommen. Ein Sergeant Horace Hamilton Smythe.«

»Tut mir leid«, sagte Kirk.

»Was meinen Sie, Sir: *Tut mir leid?* Wir sind beisammengewesen. Es war Sergeant Smythe, der dieses — wie haben Sie's genannt? — donnernde Hämmern vollführte. Er war's, der das Schloß an der äußeren Umzäunung öffnete. Wo er jetzt ist, möchte ich gern wissen.«

Kirk nahm ein rundes Lammfleischstückchen vom Teller, tauchte es in ein Häufchen Pfefferminzcreme und schob es in den Mund. Er spülte es mit einem Schluck Tee hinunter. »Tut mir leid, Folliot. Nie von dem Burschen gehört. Hab mich gleichwohl gefragt, wie Sie das Tor aufgekriegt haben. Wir verschließen es gewöhnlich des Nachts, um die Bettler vom Grundstück fernzuhalten. Das Konsulat ist für sie eine reizvolle Beute, wissen Sie.«

Er schnappte sich eine kleine Kartoffel und ließ sie dem Fleischstückchen folgen. »Muß deshalb hinter den Leuten her sein. Abdul darf das Tor nicht über Nacht unverschlossen lassen, die halbe Stadt besteht aus seinen Verwandten, und sie schwärmen herein wie Heuschrecken, wenn man sie läßt.«

Clive blieb hartnäckig. »Wegen Sergeant Smythe, Sir John.«

»Kann ich nicht weiterhelfen. Nicht weiterhelfen. Hören Sie, ein armer Kerl wie ich bekommt den Eindruck, hier draußen von allem abgeschnitten zu sein. Muß natürlich die Flagge zeigen. Die Eingeborenen zur Räson bringen, die Interessen Ihrer Majestät schützen und so weiter. Heutzutage steckt jede Schwarzhaut die Nase in Ostafrika. Entsetzlich, Folliot, einfach entsetzlich. Ich beklage mich nicht, verstehen Sie. Pflicht, Pflicht, Pflicht.«

Er schmierte sich ein Brötchen und aß die Hälfte davon auf einen Sitz.

»Aber«, — er deutete mit seinem Buttermesser auf Clive —, »Sie haben mich darauf gebracht: Was ist der gegenwärtige Stand der Dinge im Königreich? Was ist im Parlament so los? Welche Theater haben in London eröffnet? Was sagt der neueste Klatsch vom Buckingham Palast? Prinz Albert ist jetzt lange genug tot, wissen Sie. Was soll eine junge und kräftige Königin wie Ihre Majestät anfangen, hm? Kann sich für die restliche Zeit ihres Lebens doch nicht selbst in ein Kloster sperren, wenn Sie verstehen, was ich meine. Nun, legen Sie los, Folliot, legen Sie los!«

Mißmutig schlug sich Clive durch ein endloses Mahl, wobei er seinem Gastgeber alles berichtete, was es in England Neues gab.

Nach beendetem Mahl führte Kirk Clive in sein Arbeitszimmer. Das war das Büro des Konsulats, bestehend aus Schreibtisch, offiziellem Siegel und einem Porträt der Königin.

»Sir John«, sagte Clive, »ich verstehe nicht, warum Sie darauf bestehen, nichts von Sergeant Smythe zu wissen. Aber da Sie sich weigern, weiter auf das Thema einzugehen, werde ich nicht in Sie dringen. Statt dessen möchte ich Sie dringend um Hilfe für meine Mission bitten.«

»Und das wäre, Folliot? Ein Engländer reist nicht ohne guten Grund in diese tropische Sickergrube.«

»Ich suche meinen Bruder Neville.«

Kirk verschränkte die Finger unterm Kinn. Clive schätzte den Konsul auf etwa fünfunddreißig Jahre, etwa zwei Jahre älter, als er selbst war, obgleich Sir John das Aussehen und das Flair eines Menschen hatte, der Dekaden von Zynismus und Ausschweifungen hinter sich hat. Vielleicht war dies das Ergebnis eines Lebens in den diplomatischen Diensten Ihrer Majestät. Konsul zu sein an einem Ort wie Sansibar, würde zweifelsohne einen Mann verändern.

»Neville Folliot war ein guter Bursche. Ist vergangenes Jahr hier durchgekommen, voller Idealismus.«

»Ich beabsichtige, seiner Spur zu folgen, Sir John.«

»Will die Quellen des Nils finden, hat der alte Neville gesagt. Burton, Speke, Livingstone, Baker — er will sie alle in den Schatten stellen, sie alle übertrumpfen. Will der berühmteste aller Forscher werden. Haha!«

Das Lachen Sir John Kirks klang unangenehm.

»Ich hab ihm gesagt, er soll zurück nach England gehen«, faßte der Konsul zusammen. »Afrika wird Sie verschlingen, hab ich ihm gesagt. Gehen Sie zurück in diese kühlen Breitengrade und zu diesen zivilisierten Straßen. Versuchen Sie nicht, Afrika zu erobern, denn Afrika wird Sie erobern.«

Er nickte nachdrücklich.

»Er ging trotzdem. Ich hab ihm dabei geholfen, seine Expedition auszurüsten. Hab ihn mit zum Palast hinunter genommen, ihn Seyyid vorgestellt. Hat alles seinen Appetit auf Afrika noch angeregt. Ich hab's vorausgesehen, Folliot. Afrika ist wie Morphium, Folliot. Wenn du's einmal gesehen hast, lechzt du nach mehr. Und jedes Mal, wenn du mehr davon genommen hast, steigert sich dein Verlangen. Ich bin hier in Sansibar so nah dran, wie ich's sein kann. Ich werde nie wieder einen Fuß auf den Kontinent setzen, oder ich bin verloren. Neville ist verloren, und wenn Sie zum Äquator gehen, werden Sie gleichfalls verloren sein. Gehen Sie nicht, Folliot, ich warne Sie!«

»Tut mir leid, Sir John. Ich bin fest entschlossen. Ich kann nicht von meiner Suche nach meinem Bruder ablassen, bis ich ihn sicher aus Afrika herausgebracht oder zumindest sein Schicksal erfahren habe.«

Clive erhob sich. Als Geste, daß er fest entschlossen sei, fuhr er sich mit der Hand über die Brust. »Ich habe gesprochen!« verkündete er.

Kirk lachte. »Ersparen Sie mir das Melodramatische, alter Knabe.« Er seufzte tief. »Nun gut. Ich kann Sie nicht abhalten, und ich werd's nicht versuchen. Wenn Sie entschlossen sind, sich zu zerstören, werde ich dafür sorgen, daß Sie das mit der nötigen Ausrüstung und unter angemessenem diplomatischen Schutz tun.«

Er rief nach dem Diener. Während der Eingeborene neben ihm stand, kritzelte Kirk eine Notiz auf einen offiziellen Briefbogen. Er schickte den Eingeborenen los, das Schreiben abzuliefern.

»Worum ging's da?« fragte Clive, sobald der Eingeborene verschwunden war.

»Das«, verkündigte der Konsul, »war eine Anfrage an Seine Magnifizenz, den Sultan Seyyid Majid ben Said, die per Boten zum königlichen Palast geschickt werden soll, um dem Sultan so schnell wie möglich übergeben zu werden. Sie sollte in etwa einer Stunde eintreffen und enthält die Anfrage nach der Gefälligkeit, den Konsul Ihrer Majestät und den ruhmvollen Besucher Major Clive Folliot noch am heutigen Tag im Palast zu empfangen.«

John Kirk grinste. »So, alter Knabe, wir tun besser daran, Sie ein bißchen herauszuputzen. Man ist, was die Kleidung betrifft, hierzulande nicht sehr anspruchsvoll. Glücklicherweise. Dann wollen wir los.«

»Wollen Sie nicht auf die Antwort des Sultans warten?«

Kirk grinste. »Seien Sie kein Narr, Folliot! Diese Leute wissen, wer hier das Sagen hat. Wenn die Araber oder die Schwarzen den Mund zu weit aufreißen, sorgen wir rasch dafür, daß er sich wieder schließt. Ihre Anführer sind klug genug, daß sie sich das ausrechnen können, und sie wissen, wenn sie ihre Leute nicht auf Vordermann halten, werden wir sie fallenlassen und jemand anderen einsetzen, der diese Aufgabe besser erfüllt.«

Er stand auf, bürstete sich einen Krümel aus dem weißen Schnurrbart und ließ eine Serviette zu Boden fallen. »Dann los, Folliot! Wir werden ein paar nette Aussichten auf unserem Weg zum Palast haben.« Er faßte Clive am Ellbogen und zog ihn aus dem Zimmer.

Als sie am Frühstückszimmer vorüberkamen, rief der Konsul über die Schulter zurück: »Abdullah! Ali! Hee, ihr Jungs, da hinein und saubermachen! Dieses Haus wird allmählich zum Saustall.«

Man hörte das eilige Tappen bloßer Füße, als die Diener zum Zimmer eilten und es zu säubern begannen.

Beim Nahen von Kirk und Folliot hoben die Pferde die Köpfe. Ein Pferdeknecht hielt das Zaumzeug der beiden Tiere. Das für den Konsul war ein wundervoller dunkler Fuchs mit einer Blesse auf der Stirn; sein Gast bekam einen gutmütigen Apfelschimmel.

John Kirk nahm die Zügel seines Fuchs und bestieg den Sattel. Der Konsul war mit einem leichten Anzug aus weißem Leinen bekleidet. Als Konzession an diesen Tag trug er einen Tropenhelm. Handschuhe, Reitpeitsche und Stiefel waren aus Korduanleder gefertigt.

Clive Folliot, noch immer in geliehener Kleidung, wartete, um sich mit dem Apfelschimmel zu befreunden, wobei er die Nüstern des Pferds tätschelte und einige Minuten mit ihm sprach, bevor er sich in den Sattel setzte.

Die Tore des Konsulats waren für den Tag geöffnet

worden, und die Pferde bewegten sich leichten Schritts hinaus.

»Sie werden mit dem alten Seyyid gut zurechtkommen«, meinte Kirk.

»Sie wollen sagen, daß er die Briten mag?«

»Seien Sie kein Narr, Folliot! Ich meine, daß er seine Schäfchen ins Trockene bringen will, und er ist gewillt, sein möglichstes zu tun, um uns bei Laune zu halten. Er will uns auf seiner Seite haben, oder er möchte zumindest, daß wir ab und zu beide Augen zudrücken angesichts dessen, was in seiner kleinen Welt vor sich geht. Und so lange das im Interesse Ihrer Majestät liegt, sind wir gewillt, das zu tun.«

Clive schüttelte den Klopf. Der Sturm der vergangenen Nacht hatte sich verzogen, und die Straßen von Sansibar, die sich kurzzeitig in Matsch verwandelt hatten, begaben sich schon wieder in ihren Normalzustand, das hieß, in eine hartgebackene Schicht aus Staub und Schmutz.

Sie näherten sich dem Markt, und ein Gemenge unterschiedlichster Gerüche beleidigte Clives Nase. Die Straßen waren schmal und erfüllt von weißgekleideten Arabern, schwarzen Afrikanern und Kaufleuten aus Indien und Indonesien. Clive erblickte keinen Europäer.

Überall lungerten Bettler herum. Zunächst sammelten sie sich um die beiden Engländer zu Pferde, aber Kirk schlug einige Male mit der Reitpeitsche um sich, und sie wichen zurück. Der überwiegende Teil des Verkehrs spielte sich per pedes ab, aber es gab auch einige Eselkarren und gelegentlich so etwas wie einen lahmen Gaul.

Und Kamele!

Clive hatte Kamele auf Madagaskar gesehen, aber das lag schon Jahre zurück. Er hatte vergessen, wie groß diese Viecher waren, wie hoch sie sich über den Fuchs und den Apfelschimmel erhoben, die er und Sir John Kirk ritten.

Die Stadt selbst lag auf hügeligem Terrain, und ihr Weg wand sich ein Stück hinauf und dann wieder hinab. Angesichts der seltsamen wiegenden Gangart der Kamele, die die Pferde der Engländer umgaben, kam sich Folliot vor, als wäre er zurück an Bord der *Empress Philippa.* Einige der riesigen Tiere wurden von stolzen Arabern geritten, deren Gewänder an ihnen herabhingen, um deren Köpfe sich Turbane wanden und die ihre verzierten langläufigen Flinten quer über den Schoß hielten.

Und der Geruch der Biester — es gab nichts Vergleichbares! Clive verlangte es nach der klaren Seeluft, die er an Deck der *Empress* geatmet hatte. Was ihn daran erinnerte ...

»Sir John!«

Der Konsul wandte sich ihm zu.

»Ich möchte meine Ausrüstung von der *Empress Philippa* bergen. Vergangene Nacht hat es ein wenig Durcheinander mit dem Hafenmeister gegeben, aber Kapitän Wingate wird meine Habe sicherlich an Land schicken.«

»Tatsächlich, wird er?« Kirk lachte auf.

In den Geruch von Pferden und Kamelen mischte sich jetzt der würzige Duft von Speisen, die im Freien gekocht wurden. Straßenverkäufer säumten die schmalen Straßen und hielten Kostproben ihrer Waren hoch, um die Reisenden zu verführen. Schmiede, Töpfer, Schuster füllten jede Lücke.

Und dennoch mischte sich allmählich ein anderer Geruch mit den übrigen. Es war ein menschlicher, ähnlich und dennoch unähnlich dem Moschusgeruch der Araber mit den langen Roben, an denen sie sich vorüberbewegten. Ein unangenehmer, ungesunder Geruch.

Clive rümpfte die Nase.

»Nun, was ist mit meiner Truhe? Ich kann zumindest zum Hafen hinunter und versuchen, eine Feluke anzuheuern, um hinaus zur *Empress Philippa* zu segeln und sie für mich zu holen.«

Die Straße führte wieder einmal bergan, und John Kirk zog die Zügel an.

Clive Folliot brachte seinen Apfelschimmel neben dem Fuchs von Kirk zum Stehen.

»Sehen Sie das?« Der Konsul hob einen weißbekleideten Arm und hielt dabei seine Reitpeitsche mit der korduanlederbedeckten Hand hoch. Er deutete auf den Hafen. Dort gab es kein Anzeichen der *Empress Philippa,* aber Kirk schwenkte den Arm nach rechts, zeigte in eine nördliche Richtung.

Eine Wolke schwarzen Rauchs erhob sich kaum sichtbar über den Ozean. Kirk fragte: »Hat Ihnen Kapitän Wingate sein nächstes Ziel genannt, Folliot?«

Clive stammelte etwas, während er versuchte, sich zu erinnern.

»Zerbrechen Sie sich nicht den Kopf, alter Junge. Er ist auf jeden Fall verschwunden. Auf halbem Weg nach Pemba, würde ich sagen. Vielleicht wendet er sich von hier aus ostwärts, Richtung Indien.«

»Ja«, brachte Clive heraus, »ich glaube, daß er irgend etwas von Indien gesagt hat.« Er spürte, wie Wangen und Ohren erröteten. Er kam sich wie ein kompletter Narr vor.

»Machen Sie sich nichts draus, alter Knabe! Wir werden Sie in Schuß bringen. Sie können hier in Sansibar alles bekommen, was Sie benötigen, aber sehen Sie, in der Tat, je mehr Sie sich auf dem Kontinent besorgen, desto leichter werden Sie's haben. Ziemlicher Ärger, alles auf eine Dhau zu laden und überzusetzen. Ziemlicher Ärger, glauben Sie mir!«

»Ich hätte gedacht, daß eine vollständige Expedition in Sansibar ausgerüstet werden könnte. Dann hinüber aufs Festland und immer nur los.«

Kirk schüttelte den Kopf. »Warum sich mehr Arbeit aufbürden als nötig, mein lieber Junge? Bringen Sie das gesamte Gepäck hier zusammen, laden Sie's auf, bringen Sie's zum Kontinent hinüber, laden Sie's dann wieder ab und suchen Sie alles wieder zusammen, und beginnen Sie mit Ihrer wirklichen Aufgabe. Verschwendung, Verschwendung.«

»Aber kann ich alles, was ich brauche, auf dem Festland bekommen?«

»Sie werden überrascht sein, Folliot. Sind einige Städte da, wo Sie sich versorgen können. Ist dort so was wie 'ne örtliche Industrie geworden, europäische Forschungsexpeditionen auszurüsten. 'ne Menge indische Kaufleute, arabische Händler, selbst Weiße, die halb zu Eingeborenen geworden sind. Vielleicht haben Sie die besten Aussichten in Bagomoyo. Tierisch elender Platz, aber ganz nützlich. Sie können dort alles bekommen, und ich garantiere Ihnen, Sie werden sich glücklich schätzen, sobald Sie einmal damit fertig sind.«

Zum erstenmal war ein gepflegtes Rasenstück in Sichtweite gekommen, nachdem sie das Konsulat Ihrer Majestät verlassen hatten. Die Straße verbreiterte sich, und die Zahl der Bettler und Händler nahm ab. Bewaffnete Wächter mit Fezen und paramilitärischer Kleidung zeigten sich.

Ein hoher schmiedeeiserner Zaun ragte drohend neben der Straße auf, der ein parkähnliches Gelände mit getrimmtem Rasen und offenbar wohlgepflegten Palmen umgab. Im Zentrum des Parks erhob sich ein korallenartiges weißes Gebäude.

Die beiden Reiter näherten sich, und Clive sah die geometrischen Figuren, die die Architektur beherrschten. Spitze Alkoven, überhängende Dächer, Pfeiler und Laubengänge waren großartig angelegt und wurden peinlich sauber gepflegt.

»Diesen Palast hat der alte Sultan Seyyid Said restauriert«, erzählte Kirk Clive. »Er war vor seiner Amtszeit ganz schön heruntergekommen. Oder zumindest behaupten das die Oldtimer. Zu Seyyid Saids Zeiten war mein Vorgänger hier, Atkins Hammerton. Feiner Knabe, der alte Sultan, wie man so hört. Hammerton war soweit, nach England zurückzukehren, als der alte Sultan das Ende seiner Regierungszeit erreicht hatte.«

Er schüttelte den Kopf.

Ein Araber lief auf das Tor zum Palast zu. Er betrachtete die Männer und ihre Pferde, ergriff die Zügel des Fuchses und des Apfelschimmels und führte sie zum Palast.

In dem Augenblick, als er zu Clive Folliot emporschaute, krallten sich die Blicke des Engländers und des arabischen Wächters ineinander. Sie verharrten so für einen Augenblick und dann wandte der Wächter den Kopf ab.

Aber der Moment war lange genug für Clive Folliot, den arabischen Wächter wiederzuerkennen, der tatsächlich ein Wächter sein mochte, aber keinesfalls ein Araber.

▪ ZWEI ▪

DIE QUELLEN DES NILS

KAPITEL 7

Die Dhau *Azazel*

Die heiße tropische Sonne brannte auf das bewegte tropische Meer, als die mit Lateinsegeln bestückte Dhau langsam aus Sansibars hitzebrütendem Hafen schlich.

Clive Folliot kniff bei diesem Glanz die Augen zusammen. Trotz des schützenden Rands seines Tropenhelms und der vergleichsweise bequemen Khakikleidung war er bereits naß vor Schweiß. Er schlug sich nervös auf die Taschen und überzeugte sich, daß er noch immer das königliche Schreiben besaß, das ihm vom Sultan von Sansibar ausgestellt worden war.

Das Schreiben wandte sich an alle innerhalb des Machtbereichs von Sultan Seyyid Majid ben Said, dem Gesalbten des Himmels, dem Bevorzugten des Gnadenreichen und so weiter und so weiter, dem Inhaber, dem Engländer Major Clive Folliot, einem Untertan der Königin Victoria und bevorzugtem Freund und Diener des zuvor genannten Sultans etcetera, alle Ehrerbietung und Unterstützung bei einer Mission zu gewähren, womit sie die Gnade und Dankbarkeit des Meistbegünstigten des All-Erbarmers und so weiter erringen könnten.

Sobald Clive den schmalen Küstenstrich, der — manchmal — den Sultan anerkannte, hinter sich gebracht hätte, besäße das königliche Schreiben keine legale Macht mehr, aber John Kirk hatte angemerkt, daß andere Könige, die über die Reiche des Äquators herrschten, ihm, vielleicht, eine gewisse Höflichkeit entgegenbrächten.

An der Luvseite der Dhau — südwestlich des Schiffs — flackerte ein grelles Licht am Himmel. Das Licht wuchs an Größe und Intensität, seine Farbe wechselte von Magentarot über ein verwirrendes Orange hin zu Türkis; dann verblaßte es langsam.

Clive vernahm das Keuchen und die Ausrufe der abergläubischen arabischen Seeleute, während das Schauspiel ablief.

Ein zweites Licht flackerte auf und verschwand.

Die Araber stießen laute Rufe aus. Die wenigen Worte ihrer Sprache, die Clive vor kurzem aufgeschnappt hatte, reichten aus, ihm mitzuteilen, was sie zu erblicken glaubten.

Dies muß eine Vorstellung der Engel sein, versicherte einer der Seeleute. Irgendeine große Seele habe ihre sterbliche Hülle abgelegt und werde von einem Kreis von Engeln und Huris im Paradies willkommen geheißen.

Nein, wandte ein anderer Matrose ein, die Lichter seien die flammenden Tore zur Hölle, und die Dämonen im Dienste des Scheitans bereiteten sich darauf vor, auf die Erde herabzusteigen und mit den Armeen der Gläubigen Krieg zu führen. Dies resultierte sicherlich aus dem Umstand, daß sie sich an Bord einer Dhau mit einem so ruchlosen Namen wie *Azazel* befanden — in der Tat ein Engel, aber einer, der gegen den Willen des Himmels rebelliert hatte und ausgestoßen worden war, um der verachtete und verfluchte Satan zu werden!

Während des seltsamen Spektakels waren die Lateinsegel der Dhau in sich zusammengesunken. Der Himmel verfinsterte sich, und man vernahm das Geräusch eines fernen Heulens.

Clive sah, wie die Seeleute auf die Knie fielen und die Hände hoben, um ihre Gottheit anzuflehen, und dabei erschrockene Gebete ausstießen. Er selbst verspürte einen ähnlichen Impuls, hielt sich jedoch zurück, um seine Würde bei diesen halbzivilisierten Semiten zu wahren. Selbst so war das himmlische Schauspiel schon erstaunlich und mysteriös gewesen. Was mochten die Lichter bedeuten? Falls es ein Naturphänomen gewesen sein sollte, ähnelte es keinem, das Clive zuvor bekannt gewesen wäre. Und falls das Phänomen menschlichen Ursprungs gewesen war — aber nein, das war zu weit hergeholt, als daß man überhaupt darüber nachdenken durfte.

Die Segel der Dhau flatterten ruckartig. Der Kapitän des Schiffs, ein muskulöser Araber in verfilzten Gewändern und mit struppigem Bart, warf sich unter seine Leute und schrie sie an, an ihre Plätze zurückzukehren, jedoch vergebens.

Clive schlug den Kragen hoch und barg das Kinn darin. Er umklammerte ihn mit der einen Hand, die hölzerne Reling der Dhau mit der anderen und schaute ehrfürchtig gen Norden.

Eine titanische schwarze Wolke näherte sich über der Straße von Sansibar. Darunter reichte eine rasend schnell kreisende schwarze Masse hinunter zum Wasser, während von der Oberfläche der Straße eine Säule von Grün hochstieg und sich mit der Schwärze traf. Einige schossen an den Rändern der ungeheuerlichen Wasserhose auf und nieder. Andere entluden sich inmitten der Säule und erleuchteten diese für Bruchteile von Sekunden, so daß die gesamte Masse von Wolke und Wasserhose in ein Wirrwarr aus Schwarz und Grün verwandelt wurde.

Die unnatürliche Stille, die geherrscht hatte, eine Stille, in der jedes gutturale Gebet und jeder Fluch, jedes Knarren der alten verrotteten Holzwände der Dhau zu hören gewesen waren, endete jäh. Mit einem einzigen stürmischen Aufschrei von Nässe war die Wasserhose über der *Azazel*.

Clive Folliot wurde vom Deck des Schiffs gehoben. Sein Griff um die Reling löste sich, als wäre er ein Kind, dem ein bulliger Mann das Spielzeug entrissen hatte.

Ein Augenblick seltsamer Objektivität. Als wäre er vom Körper losgelöst, vermochte Clive sowohl die Dinge zu beobachten, die ihm selbst widerfuhren, als auch die um sich herum, aber er war den Kräften hilflos ausgeliefert, die sich auf ihn und seine Welt gestürzt hatten.

Alles drehte sich. Der Himmel wurde zur See; die See zum Himmel. In seinem Stadium der Objektivität wies Clive diese Erklärung von sich. Statt dessen, so folgerte er, war er von dem ungeheuren Sturm auf den Kopf gestellt worden, der ihn und alles um ihn herum gepackt hatte.

Er sah Seeleute durch die Luft treiben wie graziöse Seeschwalben.

Er sah, wie sich die *Azazel* von der Oberfläche der Straße von Sansibar erhob und mit ehrwürdiger Grazie durch die Luft flog.

Er fragte sich, was die übrigen an Bord wohl taten. Er sah die Silhouette des Kapitäns, der sich langsam in der Luft drehte, während der Bart von dem Wirbelwind zur Seite gepeitscht wurde und das Gesicht ein Spiegel des Erstaunens war.

Er sah andere Seeleute, die er von Deck der *Azazel* kannte.

Einen Moment lang dachte er, er hätte das Gesicht von Horace Hamilton Smythe wiedererkannt, aber der Quartiermeister wurde zum Mandarin, zum Wächter des Sultans und war verschwunden, ehe sich Clive Folliot sicher sein konnte.

Er sah, wie das schwärzliche Wasser der Straße sich auf ihn zuschob, und in seinem Bewußtsein wandelte sich das Bild und wurde zu einem Bild seiner selbst, wie er vom Himmel auf das Meerwasser zustürzte.

Selbst als er ins Wasser stürzte, vermochte er das kakophonische Gemisch aus arabischem Wehklagen, zerbrechendem Holz, heulendem Wind, schlagenden Wellen zu vernehmen — und einen anderen Klang, einen seltsamen entfernten Klang, den er nicht identifizieren konnte, der jedoch, das wußte er, auf unerklärliche Weise den Schlüssel zu seinem Schicksal enthielt.

Vielleicht hatte er das Bewußtsein ganz kurz wiedererlangt, während er noch immer in den sich hebenden und senkenden Wassern der Straße untergetaucht war, aber wenn es so war, dann nur für einen Augenblick, und danach verlor er sich erneut in der Dunkelheit.

Als er wieder zu sich kam, lag er auf einem steinübersäten sandigen Strand. Die Sonne hob sich über Palmen, während die letzten Sterne allmählich von einem rasch heller werdenden Himmel verschwanden. Er erhob sich, überstand einen kurzen Schwindelanfall, ohne erneut zu Boden zu gehen, und stolperte zum nächstgelegenen Felsblock. Er lehnte sich dagegen und versuchte sich zurechtzufinden.

Die Straße von Sansibar zeigte keinerlei Anzeichen des mächtigen Sturms, der vorübergekommen war — oder von der Dhau *Azazel.* Clive langte nach seiner Taschenuhr und entdeckte, daß seine Kleidung halb zerrissen war von der Kraft, die das Segelschiff zerstört hatte.

Seine Uhr befand sich noch immer in der Tasche, aber sie war zerschlagen und völlig durchnäßt. Er warf sie mit einer Verwünschung ins Wasser.

Strandgut der gesunkenen Dhau lag über den Strand verstreut. Clive überprüfte, was er davon gebrauchen konnte, wobei er im Sand hin- und herlief, und die Khakikleidung und die wasserdurchtränkten Schuhe nahmen jedesmal weitere Schichten von Sand auf, wenn er niederkniete, um einen Ausrüstungsgegenstand näher zu untersuchen.

Es fand sich nichts von Nutzen. Zerschlagene Bretter, zerfetzte Teile von Segeltuch, zerbrochene Armaturen. Kein Gebrauchsgegenstand, kein Schiffswerkzeug, kein Degen oder Gewehr. Er war ein neuzeitlicher Robinson Crusoe, und er versuchte vergebens, sich daran zu erinnern, ob der echte Robinson Waffen und Werkzeuge auf seiner Insel gefunden hatte oder sich solche lediglich aus den rohen Materialien anfertigen mußte, die die Natur ihm lieferte.

Vielleicht fände Clive Folliot einen Freitag, der ihm helfen könnte!

Er ging weiter den Strand entlang. Er glaubte, die Konturen eines auf dem Rücken liegenden Menschen erkannt zu haben und lief schwerfällig über den Sand; die schweren Schuhe scheuerten an den Füßen.

Es war ein Mann — ein Matrose von der *Azazel!*

Clive kniete sich neben den Mann und blickte auf das unbewegliche Gesicht. Der Schrecken in den Augen des Mannes traf Folliot tief ins Herz. Er versuchte, den Mann aus dem Sand aufzuheben, und bemerkte, daß der Matrose das Genick gebrochen hatte. Er legte ihn wieder zurück, und es gelang ihm, mit zitternden Fingern die Augen des Matrosen zu schließen.

Weitere gräßliche Anzeichen der mörderischen Auswirkungen des Sturms lagen über dem Strand verstreut, aber Clive konnte sich nicht dazu aufraffen, jeden der Körper länger zu untersuchen, als nötig war, um festzustellen, daß sie nicht mehr lebten.

Bin ich der einzige Überlebende? grübelte er. *Hat der Sturm auch das letzte Mitglied der* Azazel *getötet?*

Vielleicht war Robinson Crusoe doch nicht das Vorbild für seine Situation. Vielleicht war er eher ein moderner Jonas.

Er machte sich auf den Weg zum Rand des Dschungels, der den Strand begrenzte. Er hatte zu seinem Erstaunen entdeckt, daß er seinen Tropenhelm offensichtlich irgendwo auf seiner Wanderung gefunden hatte und nun in der Hand hielt.

Er setzte ihn zerstreut auf.

Er versuchte, die Toten zu zählen, die am Strand herumlagen. Es waren sicherlich viel weniger Tote, als es Matrosen an Bord der *Azazel* gegeben hatte. Die übrigen mochten irgendwo weiter weg gestrandet oder sogar hinaus ins Meer getrieben worden sein, aber es war auch möglich, daß er nicht der einzige Überlebende des Sturms war.

Hatten andere vielleicht im Wasser überlebt und waren später von einem vorüberfahrenden Schiff aufgenommen worden? Oder waren sie an die Küste gespült worden und hatten sich auf den Weg ins Landesinnere gemacht, bevor Clive seine Sinne wieder beisammen hatte?

Er spitzte die Ohren. Irgendwo hatte er das Geräusch plätschernden Wassers vernommen. Er drehte sich langsam um sich selbst, bis er es geortet hatte, und dann ging er langsam am Rand des Dschungels entlang auf das Geräusch zu.

Er hatte keinen Appetit auf feste Nahrung, aber er hatte während seiner Zerreißprobe Salzwasser geschluckt und über Nacht am Strand gelegen. Jetzt, da die Sonne zu ihrem tropischen Zenit emporstieg, dörrten ihn die Strahlen aus, und er entdeckte, daß er so durstig war wie nie zuvor.

Er stolperte eine Zeitlang am Strand entlang, was ihm wie viele Stunden vorkam, aber jedesmal, wenn er anhielt und die Tageszeit aus der Position der Sonne bestimmte, fand er, daß lediglich Minuten vergangen sein konnten. Er stakte zum Strand zurück und tauchte die Hand in die sanften Wellen. Es war erstaunlich, wenn man daran dachte, daß dieses sich sanft kräuselnde Wasser eine Nacht zuvor ein wütender Mahlstrom gewesen war.

Er schöpfte eine Handvoll Wasser und hielt sie vors Gesicht. Er glaubte, es riechen zu können, versuchte sich vorzustellen, daß er die kühlende Frische auf der schwellenden Zunge und den gesprungenen Lippen schmecken könnte.

Er ließ es mit einem Klagelaut zwischen den Fingern hinabrinnen.

Er kannte nur den Preis, den er für einen Augenblick falscher Erleichterung zahlen müßte und den ein einziger Schluck Seewasser mit sich brächte!

Er verfiel in einen staksenden, watschelnden Gang.

Das Geräusch des fließenden Wasers war nahe! Er stolperte zurück in den Schatten des Dschungelrands und zwang sich, Schritt für Schritt weiterzugehen.

Vor ihm schnitt das klare Wasser des Wami-Flusses durch die sandige Küste und vereinigte sich mit dem Salzwasser der Straße von Sansibar.

Clive warf sich auf den Bauch und stillte seinen Durst im Wami. Zunächst ein Schmecken, um sicherzugehen, daß es sauber und frei von Salzspuren war. Dann ein vorsichtiger Schluck, und dann so viel, wie sein ausgedörrter Magen aufnehmen konnte.

Er ging einige hundert Meter flußaufwärts zwischen den hohen Bäumen weiter, die bis fast zum Flußufer standen. Er langte nach dem Lederköcher, in dem er Papier und Schreibutensilien sowie die groben Landkarten aufbewahrte, die er von dieser Gegend erworben hatte.

Natürlich — der Köcher war verschwunden.

Er wollte das königliche Schreiben von Syyid Majid ben Said finden. Aber nicht nur das Schreiben war verloren, der Teil der Kleidung, in den Clive es gesteckt hatte, war gleichfalls fort.

Es wurde Zeit, daß er sich zusammenriß. Er ließ sich am Fluß nieder und bemühte sich, so ruhig wie möglich die Karte wieder vor sein inneres Auge zu rufen. Die mystische Kraft, wie du Maurier sie sich einbildete, wäre nützlich gewesen, aber Folliot besaß lediglich ein begrenztes menschliches Erinnerungsvermögen, auf das er sich stützen konnte.

Sein Ziel war Bagomoyo, und er wußte, daß die Stadt einige Kilometer von der Mündung des Wami entfernt an der Küste lag. Und er wußte, daß der Wami in östliche Richtung floß und in die Meerenge mündete. So wie er jetzt am Flußufer saß, mit der Fließrichtung des Wassers von rechts nach links, wobei die Straße von Sansibar die Mündung des Flusses kennzeichnete, mußte er dessen Wasser überqueren, bevor er nach Bagomoyo weiterreisen konnte.

Die einzige Alternative bestand darin, sich nach Norden aufzumachen ... Er versuchte sich zu erinnern. Wenn er nordwärts zöge, träfe er irgendwann auf den Pangani-Fluß. An der Mündung des Flusses lag eine kleine Niederlassung, aber Folliot verspürte nicht den Wunsch, seiner Reise noch zusätzliche Kilometer aufzubürden.

Der Wami-Fluß sah weder zu tief noch zu reißend für eine Durchquerung aus.

Folliot suchte das Flußufer ab, bis er einen Ast fand, der von einem Baum herabgefallen war — er dankte dem Himmel dafür, daß die gewöhnlichen Palmen nicht die einzigen Gewächse in diesem Dschungel waren! Er zog die Schuhe aus, knotete die Bänder zusammen und hängte sie über den Ast. Er entledigte sich seiner Hose und hängte sie dazu.

Gekleidet in Shorts und zerrissene Hemdfetzen, den Tropenhelm noch immer auf den Kopf gestülpt, schwamm er durch den Fluß. Einen Arm hatte er um den Ast geschlungen; er benutzte ihn also sowohl als Stütze für sich selbst als auch als Träger für Schuhe und Hose.

Auf dem langsam dahinströmenden Wami schienen einige weitere Baumstämme dahinzutreiben. Clive fand das klare Wasser, das ihm den Sand vom Körper wusch, außerordentlich stärkend. Er war schon beinahe am Ufer, als einer der treibenden Baumstämme ein Paar katzengleiche gelbe Augen öffnete und ihn kalt anstarrte.

Mit einem Schlag des muskulösen Schwanzes stürzte sich das Krokodil auf Clive und hielt dabei das rosafarbene Maul mit den blitzenden dreieckigen Zähnen weit geöffnet.

Clive wich zur Seite aus, aber es war die Ankunft einer zweiten Amphibie, einer größeren und noch hungrigeren als der ersten, die ihm das Leben rettete.

Das zweite Krokodil schloß die Kiefer über dem Nakken des ersten, riß es zur Seite und erregte damit ein Gebrüll von Wut und Schmerz, das Clive noch hektischer zum Ufer paddeln ließ.

Die zwei hungrigen Untiere — das erste gut und gern vier, das zweite eher fünf Meter lang — kämpften und schnappten und brüllten in den Wassern des Wami. Clive kletterte ans Flußufer und zog seinen Ast und dessen kostbare Ladung mit sich. Er starrte schreckerfüllt auf die Tiere, die jetzt blindlings kämpften und augenscheinlich die Gegenwart eines Menschen und dessen Wert als potentielles Mahl vergessen hatten.

Clive nahm Schuhe und Hose vom Ast und zog sie an. Der Ast war zu schwer für ihn, aber es gelang ihm, ein Stück von seinem Ende abzubrechen, und er nahm es mit, als Spazierstock und als mögliche Waffe, sollte er eine benötigen.

Der Lärm der kämpfenden Krokodile wurde schwächer, je mehr sich Clive vom Fluß entfernte. Bei Einbruch der Nacht war er erschöpft. Sein Durst war zurückgekehrt, und diesesmal war er begleitet von den Regungen des Hungers.

Weit und breit gab es nichts Eßbares, und Folliot fühlte sich außerstande, auf Jagd zu gehen. Er entdeckte einen Baum, den er besteigen konnte, suchte eine Sitzposition, in der er's aushalten konnte, und es gelang ihm, ein paar Stunden unruhigen Schlaf zu finden.

Steif bis auf die Knochen, mit schmerzenden Muskeln, einem fauligen Geschmack im Mund und einem Grummeln im Magen kroch Clive Folliot vom Baum, auf dem er die Nacht verbracht hatte.

Er nahm seine Sachen und setzte seinen Weg in Richtung Bagomoyo fort. Er zog ein weiteres Mal die Möglichkeit in Betracht, nach Nahrung zu suchen, aber er entschied, daß er den Ort gegen Mittag erreicht haben könnte und daß er besser daran täte, dort nach Nahrung zu suchen als hier im Dschungel.

Er war kein erfahrener Reisender im afrikanischen

Busch, und während ihm klar wurde, daß seine Unwissenheit sein größtes Handikap war, wurde ihm gleichfalls klar, daß seine Unwissenheit sein größter Schatz war. Er würde auf der Hut sein, er würde seine Umgebung argwöhnisch betrachten, und diese wachsame Aufmerksamkeit würde ihn am Leben erhalten.

Er blieb nahe am Rand des Dschungels, wobei er das direkte Sonnenlicht und die austrocknende Luft des Strands vermied, ohne mit den Risiken im Innern des Dschungels konfrontiert zu werden. Er beobachtete die Äste der Bäume über sich, war sich immer bewußt, daß eine große Schlange oder ein anderer Räuber nur darauf wartete, sich auf ihn herabfallen zu lassen.

Er hatte gehofft, einen Pfad durch den Dschungel zu finden — einen, der von schwarzen Eingeborenen oder arabischen Händlern gebahnt worden wäre, oder einen, den wilde Tapire getreten hätten, die dieses Gebiet vielleicht bewohnten —, aber er konnte keinen ausmachen. Das Unterholz war jedoch nach wie vor nur mäßig dicht, und er war in der Lage, ohne die Hilfe einer Machete hindurchzukommen.

Es überfiel ihn wie das Pendel in einer Horrorgeschichte des Amerikaners Poe, aber es war bei weitem fürchterlicher als eine rasiermesserscharfe Klinge, denn es war lebendig und böswillig.

Es hatte viele Augen, die im gedämpften Licht des Dschungels glitzerten wie Rubine.

Es hatte Fänge, von denen Gift tropfte.

In irgendeinem dunklen Teil des Bewußtseins wurde sich Clive Folliot bewußt, daß es von einer langen Leine klebriger Seide herabhing. Aber er hatte nicht die Zeit, seine Überlegungen zu analysieren. Er konnte nur reflexartig reagieren, und es waren seine Reflexe, die ihn retteten, wenngleich nur knapp.

Es gelang ihm, den Spazierstock zu heben, das Überbleibsel des starken Astes, den er bei der Überquerung des Wami-Flusses benutzt hatte, bevor ihn die riesige Spinne erreicht hatte.

So traf die Arachnida auf den Stock. Clive schwang den Stock beinahe wie einen Cricket-Schläger. Er streifte die Spinne, nicht genau genug oder mit genügend Wucht, um sie beiseite zu schleudern. Aber statt daß das Tier direkt auf Folliot fiel, streifte es nur seine Wange.

Folliot spürte, wie ihm der Tropenhelm vom Kopf geschlagen wurde. Ein Feuerstreifen fuhr über die Seite des Gesichts, von der Nasenspitze bis zum Ohrläppchen. Er drehte sich auf dem Absatz um und sah, daß die Spinne den äußersten Punkt ihres Schwungs erreicht hatte und im Begriff war, zu ihm zurückzuschwingen.

Der Schwung der Spinne war genau wie der von Poes Pendel!

Clive hob den Spazierstock und schwang ihn erneut gegen die Spinne. Es war ein riesiges Biest — ein Monster von der Größe einer überfütterten Hauskatze; sein Faden mußte so dick wie eine Schnur sein!

Bevor das Ungeheuer den Tiefpunkt des Schwungs erreichte, gelang es Clive, sich von dem seidenen Faden zu lösen. Der Kurs des Fadens, zuvor ein schwungvoller Bogen, wurde zur Geraden.

Folliot verfehlte die Spinne mit dem Stock, aber die krabbelnden Beine des Biests fanden einen dürftigen Hebelpunkt an dem Holz, und es krabbelte das Stück Holz entlang, auf Folliots Arm und dann ihm auf die Schulter.

Clive wurde zu Boden geworfen. Er sah, wie die rubinroten Augen des Monsters bösartig in die seinen starrten. Die Spinne hockte sich auf Clives halbnackte Brust. Von den Fängen rann glitzerndes Gift.

Irgend etwas schwirrte über Clive Folliots Kopf, und die Spinne war von der Brust verschwunden. Verschwunden in einem einzigen Augenblick. Folliot kämpfte sich in die Höhe. Der Kopf schmerzte ihm, und sein Blick war getrübt. Die Vernunft sagte ihm benommen, daß das Gift, das er beim ersten Angriff der Spinne erhalten hatte, allmählich Wirkung zeigte.

Er lehnte sich gegen einen Baumstamm und blickte auf die Spinne. Sie lag auf dem Rücken, und ein knapp zwei Meter langer Speer durchbohrte ihren Körper. In der Kreatur war noch immer Leben, und sie kämpfte verzweifelt darum, wieder auf die Füße zu kommen. Clive sah fasziniert zu, wie die Spinne auf dem Boden des Dschungels um sich stieß und strampelte. Schließlich gelang es ihr, sich aufzurichten.

Der Speer des Eingeborenen steckte ihr noch immer im Fleisch, als die Spinne den Körper vorwärts zog. Die Augen waren auf Clive fixiert.

Folliot zog sich vor der Spinne zurück. Ein Teil seines Bewußtseins erinnerte sich schwach daran, daß ihm vor langer Zeit erzählt worden war, daß Spinnen keine Feinde angriffen, die größer seien als sie selbst. Er war bei weitem größer als diese Spinne, so groß sie auch sein mochte. Konnte nicht irgendein Biologieprofessor das Untier darüber aufklären, daß seine Verfolgung unnatürlich sei, und es davon überzeugen, daß es diese einstellen und verschwinden sollte?

Mit jedem Schritt fühlte sich Clive schwächer, benommener.

Mit jedem Schritt schien das Monster stärker zu werden.

KAPITEL 8

Bagomoyo

Irgend etwas in Clive sagte, daß er sterben werde, wenn er länger im Dschungel bleibe. Er würde mit absoluter Sicherheit umkommen. Er würde zusammenbrechen, und die Spinne würde ihn erreichen und ihm eine zweite und diesmal tödliche Dosis ihres Gifts einspritzen.

Beide, Säuger und Arachnida, würden beeinander auf dem Dschungelboden liegen, Beute für den erstbesten Aasfresser, der vorüberkäme.

Wessen Speer hatte die Spinne durchbohrt? Clive hatte nicht die leiseste Ahnung, aber wer auch immer den Speer mit solch großartiger Zielsicherheit und Kraft geworfen hatte, er zeigte keinerlei Neigung, sich zu zeigen oder weiteren Beistand zu leisten.

Folliot war auf sich selbst gestellt.

Es gelang ihm, die paar Meter vorwärts zu stolpern, die er benötigte, um das Unterholz zu verlassen, und er fand sich erneut am sandigen Strand. Er brachte ein wenig Distanz zwischen sich und den Dschungel.

Er hörte die acht klauengleichen Spinnenbeine über den Dschungelboden kratzen, hörte das Scharren des Speers sowie ein weiteres Geräusch, einen merkwürdig schnalzenden Laut, wie er ihn noch nie zuvor gehört hatte.

Besaß die Spinne eine Stimme?

War dies ihr Jagdschrei?

Folliot schauderte es.

Meerwasser schäumte ihm um die Fußknöchel.

Er wandte sich dem Dschungel zu, von dessen Rand ihm zwei Reihen wütender rubinroter Augen entgegenloderten.

Die Spinne löste sich aus dem Schatten der letzten

Baumreihe und bewegte sich in Richtung auf den Sand. Folliot wich zurück. Er langte nach dem Spazierstock und bemerkte in einer Woge jäher Verzweiflung, daß er ihn nicht länger bei sich trug — er hatte ihn im Dschungel fallengelassen, und er lag noch immer dort, weit weg von ihm, nutzlos.

Die Spinne stieß die seltsamen Schnalzlaute aus, die Fänge wie zwei Säbel gehoben.

Folliot taumelte einen Schritt zurück, einen weiteren. Sein Schuh rutschte auf etwas Flachem und Glattem aus, das von einer dünnen Schicht Sand bedeckt war. Er merkte, daß er die Balance verlor, stürzte und landete hart an der Wasserlinie.

Die Spinne ließ das Schnalzen erneut ertönen. Folliot sah, wie die Arachnida sich schmerzhaft voranzog, den Speer voraus, die feuergehärtete Spitze von geronnenem Blut bedeckt. In irgendwelchen dämmrigen Winkeln seines Bewußtseins bedauerte Clive die Spinne wegen der Schmerzen, an denen sie leiden mußte, und er bewunderte zugleich den Mut und die Zielstrebigkeit, die sie dazu trieben, sich zu ihrer Beute zu schleppen, obwohl sie selbst dem Tode nahe sein mußte.

Die Spinne erreichte Folliots Bein. Ein Tropfen Gift fiel von einem der Fänge auf die nackte Haut des Engländers herab, wo ihm die Khakihose weggerissen worden war.

Es war, als wäre Feuer auf Clives offenen Nervenenden entzündet worden. Elektrisiert von dem sengenden Schmerz, der vom Gift hervorgerufen worden war, griff Clives Hand instinktiv nach dem vergrabenen Gegenstand, was auch immer es sein mochte, der ihn zu Fall gebracht hatte.

Energisch schoß er in die Höhe und hielt dann den Gegenstand vor die verwunderten Augen. Es war ein Krummsäbel! Die metallische Klinge schimmerte frei von Rost. Der Säbel mußte von einem der Seeleute an Bord der *Azazel* getragen worden sein.

Welche Ironie des Schicksals hatte den Seemann an diese Küste gebracht, dann die Leiche zurück in die See geschwemmt, während die Waffe zurückgeblieben war?

Clive stand über der Spinne. Die Sonne warf seinen Schatten schwarz über ihren mit Blut bedeckten, vom Speer durchbohrten Körper. Folliot schwang den Säbel wie ein Todesengel und zerteilte die Spinne in zwei Hälften.

Das Töten war ein Akt der Gnade, nicht der Grausamkeit.

Clive packte den Speer am Griff. Er ging zum Wasser und wischte sorgfältig Blut und Gift der Spinne sowohl vom Speer als auch vom Säbel. Er tat gleiches mit der Wunde im Gesicht und dem brennenden Fleck am Bein.

Er rieb den Säbel vorsichtig mit weichem Sand ab, bis er völlig trocken war, wischte ihn anschließend sauber und steckte ihn in den dicken Gürtel, der seine zerfetzte Hose hielt.

Mit dem Speer in der Hand ging er zum Rand des Dschungels zurück und nahm seinen Marsch nach Bagomoyo wieder auf.

Der Kopf wollte ihm wieder ganz wirr werden, aber er behielt seine fünf Sinne beieinander, bis er das Ende des Dschungels erreichte, was bedeutete, daß er schließlich doch noch sicher nach Bagomoyo gekommen war.

An diesem Punkt verlor er das Bewußtsein. Vage Bilder der Erde und des Himmels, von großen Augen und dunklen Gesichtern und Worten, gesprochen in einer unvertrauten Sprache, traten an die Stelle wahrnehmbarer Erinnerungen.

Dann verschwanden selbst diese in der Dunkelheit, und für eine Weile wußte er überhaupt nichts mehr.

Es gab nichts als flackernde Lichter und tanzende Schatten und den leisen Klang eines fernen Gesangs und Trommelschläge und ein merkwürdiges Gefühl, als striche eine kühle Brise stoßweise über die schweißbedeckte heiße Haut.

Clive Folliot blinzelte und versuchte sich seiner Umgebung bewußt zu werden. Ein schwarzes Gesicht hing über ihm, ein schwarzes Gesicht über einem nackten Körper.

Er schloß die Augen für einen Moment, öffnete sie erneut, um herauszufinden, ob die seltsame Vision verschwunden wäre. War sie nicht. Die Frau kauerte geduldig neben ihm und wedelte mit einem Palmblatt. Das war die Ursache für die Brise, die er verspürt hatte.

Er hob die Hand ans Gesicht. Die Haut war fieberheiß, jedoch bedeckte eine Lage Blätter die Wunde, die der giftige Fang der Spinne hervorgerufen hatte.

Er versuchte sich aufzusetzen, doch die Frau legte ihm die Hand auf die Schulter und drückte ihn zurück. Sein Blick schweifte immer wieder von dem ernsten Gesicht zu dem großartigen Körper. Die Brüste waren unbedeckt und hingen anmutig vor ihm, sie schwangen bei jeder ihrer Bewegungen. Der Leib war schmal und die Hüften ausladend.

Sie trug ein Halsband aus hölzernen Ringen, die mit roter, gelber und brauner Farbe bemalt waren. Sie hatte sich etwas in die Haare geschmiert, vermutlich Lehm, den sie zu einer Spitze verbacken hatte.

»Wer bist du?« fragte Folliot. »Ist das Bagomoyo?«

Die Frau lächelte glücklich. »Bagomoyo«, entgegnete sie. Dann folgte eine Reihe sinnloser Laute.

»Sprichst du kein Englisch?« fragte er.

Ihre Antwort war unverständlich.

»Was ist mit französisch? Deutsch? Arabisch?« Wenn sie arabisch spräche, wäre das kaum besser, als wenn sie's nicht spräche, aber vielleicht gab es einen Araber in der Nachbarschaft, der eine der zivilisierten europäischen Sprachen beherrschte.

Sie schüttelte hilflos den Kopf.

»Gibt es hier keine weißen Männer?« versuchte er es.

»Hast du je zuvor einen weißen Mann gesehen? Einen Doktor? Einen Händler? Einen Missionar?«

Sie erkannte das letzte Wort, oder zumindest schien es so. Clive hatte einige Schwierigkeiten dabei, sich auf den Versuch eines Dialogs zu konzentrieren, da doch ihre Nacktheit so zur Schau gestellt war. Aber sie nickte und lächelte glücklich.

»Weißer Vater«, sagte sie.

»Ja! Gibt es einen weißten Vater in Bagomoyo?«

»Bagomoyo! Weißer Vater, Bagomoyo!« Sie redete in ihrer eigenen Sprache auf ihn ein, aber die Worte *weißer Vater* und *Bagomoyo* kehrten immer wieder zurück.

»Hol ihn!« drängte Folliot. »Bring mir den weißen Vater. Bring den weißen Vater zu mir, bitte.«

Clive konnte nicht abschätzen, wieviel sie von seinen Worten verstand. Aber sie hatte offensichtlich den Sinn der Worte begriffen, denn sie legte das Palmblatt beiseite und verließ die Hütte.

Clive lag da und starrte zur Decke der Hütte, die aus Holzlatten und Stroh bestand, sah zu, wie die Schatten tanzten, und hörte das Singen und rhythmische Schlagen der Trommeln. Er fühlte nach seiner Uhr und erinnerte sich daran, daß er sie am Strand weggeworfen hatte. Er fragte sich, wie spät es wohl war, wie lange er bewußtlos in der Hütte gelegen hatte und wie lange er jetzt hier warten mußte, bis der weiße Vater kam.

Er vernahm von außerhalb der Hütte ein geschäftiges Treiben und öffnete die Augen. Das Gesicht, das er erblickte, wurde von der Öllampe beleuchtet, die diese tanzenden Schatten warf, und es war rund und leutselig und rötlich, und der Haarkranz, der es umrahmte, mochte einmal rot gewesen sein, war jetzt jedoch nahezu grau.

Die matten Augen waren sicher einmal lebhaft blau gewesen, aber jetzt blickten sie durch dicke Gläser in einem Drahtgestell, und sie waren so bleich und grau wie der Haarkranz.

»Ist's denn wahr?« fragte der Ankömmling. »T'nembi hat die Wahrheit gesagt!«

Clive versuchte sich aufzusetzen, und ein Paar alter Hände, rauh von der Arbeit und stark, half ihm dabei. Sein Kopf schwang hin und her, vor den Augen tanzten Punkte, und in den Knochen spielte eine Million Dämonen Pauke.

Der Ankömmling drückte ihn auf das rohe Lager zurück, auf dem er gelegen hatte. »Ein bißchen zu rasch, junger Mann. Du bist noch nicht in der Lage aufzustehen, das steht fest.«

»Sie sprechen englisch«, stammelte Clive.

»Es gibt Leute, die meinen, daß ich es herzlich schlecht spreche«, entgegnete der andere, »doch es ist englisch. Aber ich habe auch kaum die Möglichkeit, meine Muttersprache in dieser Gegend zu gebrauchen.«

Der Mann beugte sich über Clive, und Folliot meinte, eine Spur Alkohol im Atem des anderen entdeckt zu haben. Der Mann schüttelte den Kopf. »Vielleicht bist du so freundlich, uns zu sagen, wer du bist, mein feiner junger Held. Du bist hier ins Lager gestolpert — wie mir T'nembi erzählt hat —, du hast einen Säbel geschwungen wie ein wilder Türke, einen Speer geschüttelt wie ein Eingeborener und von einer Spinne, groß wie ein Haus, phantasiert.«

Er beugte sich etwas weiter herab, um die verbundene Wunde auf Clives Gesicht zu untersuchen. Der Hauch von geistigen Getränken wurde stärker. Er pflückte einige der Blätter von der Wunde, nickte bedeutsam und drückte sie dann zurück auf Clives Haut.

»Ich kann das mit der Spinne beinahe glauben. Die liebe T'nembi, sie ist ein gutes Mädchen. Versucht, englisch zu lernen, hat jedoch bis jetzt erst wenige Worte aufgeschnappt. Ich glaube nicht, daß sie das Wort *Spinne* kennt, aber so, wie dein Gesicht aussieht, junger Held, schätze ich, daß sie's versteht.«

Er hockte sich auf die Fersen.

Clive richtete sich auf und stützte sich auf einen Ellbogen. Wieder langte der andere hinüber, um zu helfen. Diesesmal war Clive in der Lage, sich seinem Besucher Auge in Auge gegenüberzusetzen, ohne daß ihm schwach wurde. Er fragte: »Bin ich in Bagomoyo?«

»Das bist du wahrhaftig.« Der andere nickte.

»Und Sie — wer sind Sie?« fragte Clive.

»Vater O'Hara. Meine Mutter hat mich Timothy F. X genannt, nach ihrem teuren verschwundenen Bruder und ihrem Lieblingsheiligen. Und der liebe Gott rief mich zum Dienst an diesen armen umnachteten Heiden.« Er machte eine Geste, die das Innere der Hütte oder das ganze Afrika umfaßte, soweit Clive das beurteilen konnte.

Hinter dem Priester erkannte Clive den offenen Eingang zur Strohhütte. Die Dämmerung war angebrochen, und die grelle tropische Sonne hob sich über der Straße von Sansibar und schwang sich in den glitzernden Himmel über Bagomoyo.

»Glaubst du, daß du in der Lage bist, etwas Nahrung zu dir zu nehmen, junger Mann?« fragte der Priester.

Clive grunzte eine Bestätigung.

Vater O'Hara redete wie ein Wasserfall über die Schulter. Die schwarze Frau, T'nembi, erhob sich und verließ die Hütte. Clive hatte nicht bemerkt, daß sie sich an die Wand gedrückt hatte.

Sie war beinahe schneller zurück, als sie gegangen war, und brachte eine Schüssel mit heißem Brei und einen irdenen Krug, und sie setzte beides neben Vater O'Hara nieder.

Der Priester hob den Krug und tat einen langen Zug. »Das einheimische Bier«, erklärte er. »Ich vermisse den guten irischen Whiskey, aber dieses Bier ist besser als jedes andere, das ich in der Welt gekostet habe.«

Er sprach erneut mit T'nembi, die neben Clives Lager kniete und ihn mit dem Brei fütterte. Dieser hatte einen milden holzigen Geschmack, und sobald er den ersten

Happen geschluckt hatte, spürte Clive, wie er allmählich wieder zu Kräften kam.

Die Frau fütterte Clive mit den Fingern. Offenbar war Besteck in Bagomoyo unbekannt. T'nembi war noch immer nackt; für Vater O'Hara war der Anblick der Frau anscheinend genauso natürlich und wenig bemerkenswert wie der eines Baums, aber Clive wurde sich mit Unbehagen bewußt, daß T'nembi nicht nur unbekleidet, sondern eine der aufregendsten Frauen war, die er je erblickt hatte.

»Nun, du weißt jetzt, wer ich bin, mein Junge«, sagte Vater O'Hara, »aber ich habe keine Ahnung, wer du sein könntest, noch, wie du dazu gekommen bist, in dieser gefährlichen Gegend herumzuwandern, ohne Gesellschaft und beinahe ohne einen Fetzen Kleidung.«

Clive blickte an sich hinab und bemerkte, wie zerfetzt seine Kleidung war.

»Ich bin — ich bin Major Folliot«, brachte er heraus.

Der Priester sah ihm genau ins Gesicht. »Das kann ich schwerlich glauben, junger Mann.«

Clive wollte schon den Kopf schütteln, überlegte es sich jedoch anders. »Aber ich bin's. Ich bin Clive Folliot, Major im Fifth Imperial Horse Guards Regiment Ihrer Majestät.«

»Oho!« Der Priester nickte. Er nahm erneut einen langen Zug aus dem Krug und wischte sich den Mund mit dem Ärmel seines lose herabfallenden Gewands. »Das kann ich glauben. Ich dachte, Sie wollten behaupten, Major Neville Folliot zu sein, und Neville hab ich getroffen, und ich kann Ihnen sagen, daß Sie mit Sicherheit nicht er sind. Obwohl«, der Priester hielt inne, um Clives Gesichtszüge zu betrachten, »ich zugebe, daß zwischen euch beiden eine Ähnlichkeit besteht.«

»Sie kennen Neville?« Clive faßte mit zitternder Hand nach dem Ärmel des Priesters und hätte ihn beinahe dazu gebracht, den Krug umzustürzen.

»Vorsicht, Vorsicht, junger Mann! Alles wird Ihnen

erklärt. Stellen Sie nur Ihre Fragen, und ich werde die Antworten geben. Bittet, und ihr werdet erhalten, wie uns der Herr sagt.«

»Neville Folliot ist mein Bruder«, erklärte ihm Clive. »Ich bin auf der Suche nach ihm. Ich war an Bord einer Dhau aus Sansibar, als ...« Er hielt inne, während der volle Schrecken vergangener Stunden zu ihm zurückkehrte.

»Sie sind von der Wasserhose erwischt worden, nicht wahr?« meinte der Priester.

Clive senkte den Kopf. »Ich glaube ... daß ich der einzige Überlebende der *Azazel* bin. So bin ich auch in Besitz dieses Säbels gekommen.« Er schaute sich erneut in der Hütte um und entdeckte zum erstenmal, daß seine Waffe — seine beiden Waffen — sorgfältig gegen die Wand gelehnt standen, zusammen mit dem Tropenhelm und den Schuhen.

»Diese Stürme sind übel«, sagte Vater O'Hara. »Der Himmel weiß, wie viele Seelen unser Herr in ihrem Gefolge eingesammelt hat.« Er hob fromm den Blick zum Strohdach der Hütte. »Aber — sind Sie sicher, daß niemand sonst überlebt hat?«

Clive meinte, daß er sich nicht sicher sein könne, daß er niemanden sonst gesehen habe, als er, am Strand liegend, zu sich gekommen sei.

»Dann mag es andere geben«, beharrte O'Hara. »Dann könnte es andere gegeben haben.« Er schaute einen Moment lang in die Ferne, nippte an dem Krug und sprach weiter. »Sie sind den ganzen Weg vom Wrack gegangen? Den ganzen Weg bis hierher?«

»Nicht genau«, wandte Clive ein.

Der Priester sah ihn ein wenig fragend an, und Clive erzählte ihm die Geschichte seiner Begegnung mit den Krokodilen im Wami-Fluß und von dem Angriff der gigantischen Arachnida im Dschungel.

Als Clive seine Rede beendet hatte, nickte der Priester. »Die Spinne hat Sie angegriffen, sagen Sie?«

Clive bestätigte das.

»Nun, das ist merkwürdig«, meinte der Priester. »Und so sind Sie in den Besitz eines schönen arabischen Säbels und eines guten Speers gekommen.«

Clive nickte. Er nahm erneut etwas Brei aus T'nembis Händen. Seine Augen glitten über ihren üppigen Körper, bis sie wegschaute.

»Aber Sie haben mir nie gesagt«, sagte der Priester, »wer diesen Speer geworfen und Sie vor dem Angriff der Spinne gerettet hat. Sie verdanken jemandem Ihr Leben.«

»Ich weiß nicht, wer's war«, antwortete Clive. »Er ist ... Ich weiß es nicht, das ist alles.«

»Nun, was zu erfahren ist, werden Sie im rechten Augenblick erfahren. Aber es gibt noch etwas Merkwürdiges an Ihrer Geschichte, mein junger Folliot ... Nun, ich stelle Ihre Ehrenhaftigkeit nicht in Frage, verstehen Sie mich recht, aber Sie haben gerade eine Zerreißprobe hinter sich gebracht,und da kann man manchmal schon ein wenig verwirrt werden und sogar Wirklichkeit und Ilusion vertauschen ... Aber sie haben davon gesprochen, daß da dieses Feuerwerk vor dem Ausbruch des Sturms auftauchte.«

»Diese Lichter waren keine Illusion, Vater. Ich habe sie gesehen. Sie tanzten im Himmel. Sie waren wunderschön, wunderschön, aber furchteinflößend, sogar erschreckend. Und dann ist der Sturm ausgebrochen. Da gab's einen Zusammenhang, Vater O'Hara, da muß es einen geben.«

»Da gab's keinen Zusammenhang, Major!« O'Haras Stimme hatte einen neuen Tonfall, und auf dem Gesicht lag ein Ausdruck, den Clive zuvor noch nicht bemerkt hatte. »Da gab's keinen Zusammenhang, weil es keine Lichter gegeben hat, verstehen Sie mich? Solche Lichter gibt es nicht am Himmel.«

Der Priester hob den Krug und hielt ihn eine lange Zeit an die Lippen. Clive bemerkte, daß ihm die Hand zitterte, während sie den Krug hielt, und als er den Krug schließlich absetzte, wanderte sein Blick zunächst nach links, dann nach rechts, dann zu Boden, aber nicht zu Clive.

Nicht zu Clive.

Clive schlief und aß und kam wieder zu Kräften.

T'nembi kam und fütterte ihn, und Vater O'Hara kam und sprach mit ihm, aber niemals über die Lichter.

Der Priester war Neville tatsächlich begegnet. Clives Bruder war mit seiner schicksalsträchtigen Expedition durch Bagomoyo gekommen, und O'Hara hatte ihn kennengelernt, bevor er weitergezogen war.

O'Hara gab zu, daß er Neville dabei geholfen hatte, Träger aus der örtlichen Bevölkerung anzuheuern. Einige von ihnen waren von ihrer Expedition mit Neville Folliot zurückgekehrt, einige nicht. Die Frauen und Kinder der Männer, die nicht zurückgekehrt waren, waren von anderen Familien adoptiert worden, wie es Brauch bei den Afrikanern ist. Die Hinterbliebenen der Verschollenen weinten und trauerten, wie es die Hinterbliebenen der ganzen Welt tun, aber sie waren in diesem Land keine verlorenen Witwen oder Waisen.

Clive bat darum, mit denen zu sprechen, die zurückgekehrt waren, und O'Hara stellte sich als Dolmetscher zur Verfügung. Aber die Befragung ergab lediglich skizzenhafte Informationen. Neville hatte sich ins Landesinnere aufgemacht, sich dann nördlich gewandt, in Richtung auf den Victoria-See und den Sudan. Das war für Clive nicht weiter überraschend.

Nevilles Trupp hatte eine grauenhafte Gegend erreicht, die als der Sudd bekannt war, wobei sie offenbar ein Zusammentreffen mit den Mutesa vermeiden wollten, mit denen sie im Bruderkrieg lagen. Der Sudd war eine Gegend, die gekennzeichnet war durch verräterische Sümpfe, gefährliches Wild und unsichere Geographie. Einige von Nevilles Trägern hatten sich geweigert, den Sudd zu betreten, und sich zurück nach Bagomoyo aufgemacht. Das waren die Männer, die Clive jetzt befragte. Andere hatte Neville bestochen oder eingeschüchtert, so daß sie ihm folgten — und sie waren mit ihm zusammen verschwunden.

Sobald die Befragung vorüber war, beratschlagten Clive und O'Hara miteinander. Die Frauen des Orts hatten für Clive neue Kleidung genäht, eine fremdartige Hose und ein Hemd aus farbenfrohem Stoff, die er zusammen mit den Schuhen und dem Tropenhelm trug. Er begutachtete sich in einem kleinen kostbaren Spiegel, der Vater O'Hara gehörte, und er fand seinen Anblick lächerlich. Zumindest war er in der Lage, sich mit einem Apparat zu rasieren, den ihm der Priester geliehen hatte, und O'Hara hatte das Haar des Engländers geschnitten, das allmählich lang und zottelig wurde.

O'Hara fragte Clive, ob er seine Hilfe für die Rückkehr nach England über Sansibar benötigte.

»Keinesfalls!« schnappte Clive.

»Aber Sie haben sicherlich nicht vor ...«

»Sicherlich!« schnitt ihm Clive das Wort ab.

»Aber, Folliot, Sie haben keine Begleitung. Sie haben keine Ausrüstung. Und Sie haben kein Geld, mit dem Sie Träger anheuern oder eine Ausrüstung kaufen können. Sie können doch nicht darauf hoffen, Hunderte von Kilometern allein zu reisen, nur mit einer Klinge und einem Speer bewaffnet. Wie wollen Sie überleben?«

»Weiß ich nicht«, grummelte Clive. Er ließ das Kinn in die Hände fallen. Er war wieder gesund und kräftig, und ein Teil seines Bewußtseins hatte noch immer wie eh und je die Absicht, seinen Bruder zu finden.

Aber ein praktischerer Teil seiner selbst mußte zugeben, daß der Priester recht hatte. Er konnte die Expedition unmöglich allein durchführen, er hatte keine Helfer, und er besaß keine Mittel.

Am anderen Ende des Orts gab es eine Bewegung.

Clive und der Priester schauten auf, erhoben sich dann und starrten Seite an Seite die Erscheinung an, die über den festgestampften Lehm zu ihnen herüberkam.

Clive warf Vater O'Hara einen kurzen Seitenblick zu. Der Priester war ganz offensichtlich gleichfalls verdutzt von dem, was er sah.

Aber Clive hatte blitzartig den in Seide gekleideten Mandarin wiedererkannt, der an Bord der *Empress Philippa* so schön Mendelssohn gespielt hatte.

Der Mandarin war in ein dunkelrotes und grünes Gewand gekleidet, das mit Gold verziert war. Er thronte auf dem Rücken eines Kamels, und das Kamel war seinerseits mit feinem Stoff und poliertem Metall geschmückt. Die Dorfbewohner umkreisten aufgeregt das Tier und seinen exotischen Reiter. Ihr Häuptling, ein Mann, den Folliot durch Vermittlung von Vater O'Hara kennengelernt hatte, war aus seiner Hütte getreten und starrte den Mandarin an.

Vater O'Hara und Major Folliot überquerten das schmutzbedeckte Gelände, das in Bagomoyo als Stadtpark diente, und stellten sich neben den Häuptling.

Clive wollte sprechen, aber der Mandarin schoß ihm einen Blick zu, der Bände sprach. Wenn dies Sergeant Smythe war — und Clive wußte, daß es Smythe sein mußte —, wollte der Mann nicht enttarnt werden, genausowenig wie seine frühere Bekanntschaft mit Folliot.

Vater O'Hara — bemerkenswerter Mann! — sprach den Mandarin an. Die Worte kamen langsam, und das Gesicht legte sich in Falten, als er sich darauf konzentrierte, ein lange ungenutztes Wissen wieder aufzufrischen, aber er sprach chinesisch!

Der Mandarin lächelte den Priester an und antwortete in der gleichen Sprache. Er sprach gleichfalls langsam, aber er tat das mit der gleichen Zuversicht und Präzision, mit der er Klavier gespielt hatte.

Vater O'Hara übersetzte sowohl für den Mandarin als auch für Clive Folliot und den Häuptling des Dorfs, wobei er abwechselnd Chinesisch, Kisuaheli und Englisch sprach. Ein Dorfbewohner nahm das Kamel des Mandarins, um es zu tränken, nachdem der Himmlische von dessen Rücken gestiegen war und sich nun mit den übrigen in die Hütte des Häuptlings begab.

Während dieses Gebäude die gleiche rohe Bauweise aufwies wie die übrigen in Bagomoyo, war es doch das bei weitem größte und komfortabelste Haus im Dorf. Der Häuptling bat sowohl O'Hara als auch Folliot und den Chinesen, Platz zu nehmen.

Als letzterer von seinem Kamel gestiegen war, hatte er sorgfältig ein geschnitztes Kästchen oder eine Kassette von der Größe eines Buchs mitgenommen. Diese stellte er jetzt vor Clive Folliot auf die hartgestampfte Erde. Eine Weile lang sprach er mit Vater O'Hara.

»Dieser chinesische Herr sagt, daß er dieses Objekt«, — er wies auf die Kassette —, »am Strand nahe der Mündung des Wami-Flusses gefunden hat. Er behauptet, daß es zu Ihrem Eigentum zählt, Major Folliot.«

Clive sah dem Mandarin in die Augen. Hätte er es nicht besser gewußt, so hätte er sich leicht täuschen lassen und in dem Mann einen echten Orientalen gesehen, der kein Wort Englisch sprach. Clive sagte zu O'Hara: »Bitte sagen Sie dem Herrn, daß ich glaube, daß er in der Tat einen Gegenstand entdeckt hat, der zu meinem Besitz zählt und den ich auf dem Grund der Straße von Sansibar wähnte, im Wrack der Dhau *Azazel*. Bitte sagen Sie dem Herrn, daß ich äußerst dankbar für die Rückgabe meiner Kassette bin.«

Nachdem O'Hara übersetzt hatte, lächelte der Mandarin liebenswürdig, neigte den Kopf und murmelte ein paar Worte auf chinesisch. Er langte nach der Kassette und öffnete sie, und es zeigte sich ein Haufen von Gold und Gemmen sowie sauber gestapelte Banknoten. Der Wert der Noten, ausgestellt von der Bank von London, reichte von einem einzigen Pfund bis hin zu tausend.

KAPITEL 9

Lord Baker

Und wie gut ist dem Sör die hiesige Gegend bekannt?« fragte Smythe Clive Folliot. Der ehemalige Mandarin hatte sich zurückverwandelt und trug jetzt die Khakikleidung eines europäischen Forschers auf dem afrikanischen Kontinent. Auf seiner Kleidung gab es keine militärischen Abzeichen, aber im Augenblick wäre es schwergefallen, Horace Hamilton Smythe für etwas anderes als einen Soldaten zu halten.

»So leidlich, Smythe.« Clive war sich unsicher, wie er dieses chamäleonartige Individuum anreden sollte, aber da Smythe in die militärische Form der Anrede verfallen war, tat Folliot desgleichen.

»Bevor ich England verließ, habe ich alle Veröffentlichungen gelesen, die mir in die Hände gefallen sind«, fuhr Folliot fort. »Ich habe gleichfalls Vorträge von Sir Richard Burton besucht, und ich hatte einmal das Vergnügen, den beklagenswerten Herrn John Hanning Speke zu treffen.«

Smythe grunzte. Von irgendwoher aus den Taschen seines Buschanzugs holte er Pfeife und Tabaksbeutel hervor und machte sich langsam und gründlich daran, die Pfeife zu stopfen und den Tabak zu entzünden.

Folliot wartete ungeduldig, während Smythe die Prozedur vollführte. Folliot wußte, daß der andere schnell und entschlossen handeln konnte, wenn Not am Mann war, aber mit der gleichen Selbstverständlichkeit war er imstande, die trivialste Handlung so auszudehnen, bis er selbst die Geduld der Heiligen erschöpft hätte.

Schließlich kehrte Smythe zum Thema zurück. »Ich hatte gehofft«, — er machte eine Pause, um eine Rauchwolke aus der kurzen Pfeife auszustoßen —, »ich meine

Major Folliot«, — er nahm die Pfeife aus dem Mund und nickte sich in Übereinstimmung mit sich selbst zu —, »Major Neville Folliot, meine ich, Sör ...«

»Ja«, schnitt ihm Clive das Wort ab, »ja, meinen Bruder Neville. Was ist mit ihm, Smythe?«

»Nun, Sör«, Smythe studierte die Pfeife, »ich habe mich gefragt, ich möchte sogar sagen, ich hatte gehofft, daß Major Neville Folliot seinem Bruder einige Briefe geschrieben hätte, soll sagen, Ihnen, Sör.«

»Briefe aus Afrika, Smythe?«

»Genau, Sör. Ich wußte, daß der Major das verstehen würde, Sör.« Smythe strahlte. Er legte die Pfeife nieder, nahm einen gehörigen Schluck des einheimischen Biers und nahm die Pfeife wieder auf.

»Neville hat unserem Vater nach Hause geschrieben, Smythe. Nicht mir. Wir standen uns nicht — stehen uns nicht — sehr nahe oder haben ein solch herzliches Verhältnis zueinander.«

»Oh.« Smythe nickte. »Ich verstehe.« Er summte tonlos, sah Clive dann ins Gesicht. »Wenn ich so kühn sein darf, Sör — hatte der Major — Sie — Gelegenheit, die Briefe des Majors — Ihres Bruders — an den Baron — Ihren Vater — zu lesen?«

»Danke, ich weiß, wer mein Vater ist, Smythe. Und auch mein Bruder, wenn ich das so sagen darf. Baron Tewkesbury hatte die Angewohnheit, diejenigen Passagen aus Nevilles Briefen laut vorzulesen, die nicht völlig privater Natur waren. Das schloß Informationen über die Geographie der Region mit ein, die man in Betracht ziehen muß, danke.«

»Und kennt der Major die Route, der sein Bruder gefolgt ist, Sör? Enthielten die Briefe des Majors derlei Informationen? Will sagen, die Briefe des anderen Majors, Sör.«

»Genau das, Smythe. Neville hat sich von Bagomoyo aus nordwestlich gewandt, hat die südliche Küste von Victoria Nyanza umgangen und ist dann nach Norden gereist. Er hielt eine Verschnaufpause in Bukoba, bewegte sich dann parallel zum Ruwenzori-Gebiet ...«

»Die Mondberge, Sör!«

»Genau. Und verschwand irgendwo nördlich der Stadt Gondokoro. Zumindest war das der Ort, von wo aus er seine letzte Sendung an den Baron Tewkesbury abgeschickt hat.«

»Vielleicht wird der Major seine Vertrautheit mit der Region mit mir teilen. Es wäre leichter für mich, dem Major zu dienen«, sagte Smythe.

»Genau, Smythe, genau.« Folliot zog die Schuhe aus und legte sich aufs Feldbett. Er schloß die Augen und wunderte sich über die Talente und Vielseitigkeit von Horace Hamilton Smythe und über die Beschränktheit des Mannes zu anderen Zeiten.

Als sie sich Bukoba näherten, war die Gesellschaft auch nicht annähernd mehr in so guter Form, wie sie es beim Verlassen von Bagomoyo gewesen war.

Eine tägliche Routine hatte sich eingestellt, die den Trägern bestimmte Pflichten auferlegte. Es gab Treiber und Jäger, Tierführer und Lastenträger, Köche und Späher. Einige der Afrikaner hatten ihre Frauen als Köchinnen und Begleiterinnen mitnehmen wollen, aber da hatte Clive sein Veto eingelegt. Seine militärische Karriere hatte ihn gelehrt, daß auf einer solchen Expedition Frauen nichts als Schwierigkeiten mit sich brächten.

Die Männer hatten gemurrt, und Sergeant Smythe hatte ihm gesagt, daß einige der tüchtigeren Männer sich geweigert hätten mitzukommen, nachdem sie ihre Frauen nicht mitnehmen durften. Aber Clive war eisern geblieben.

Die Späher bewegten sich weit vor der Hauptgruppe und andere dienten zum Schutz der Flanken. In dieser Gegend gab es keine bekannten Stämme, aber nach dem Verschwinden von Neville wollte Clive keine unnötigen Risiken eingehen.

Drei Tage nachdem sie Bagomoyo verlassen hatten, waren zwei Männer desertiert und zu ihren Familien zurückgekehrt. »Kann man nichts dran machen, Sör«, lautete Nevilles Kommentar. »Die beiden Männer vermissen Frauen und Kinder. Sie wollten sie von Anfang an mitnehmen. Ich kenne die beiden. Gute Männer, ju, aber sie vermissen ihre Gefährtinnen und ihre Kleinen. Bin mein Leben lang Junggeselle gewesen, aber wenn ich verheiratet wäre, könnte ich ihnen daraus kaum einen Strick drehen. Nun, Sör, kann man nichts dran machen.«

Clive machte sich mehr Sorgen darum, ob weitere Männer desertieren würden, als um die beiden, die ihn bereits verlassen hatten. Er fragte Smythe, ob er erwarte, daß weitere Männer wegliefen.

»Kann ich genausowenig wie jeder andere voraussagen, Sör. Behandeln Sie sie gut, und lassen Sie sie wissen, daß am Ende des Wegs ein großzügiges Geschenk auf sie wartet, und sie werden gern bleiben. Aber falls zu viele Männer von Tieren aufgefressen oder vom Fieber niedergeworfen werden, oder falls die Lebensmittel knapp werden — nun, Sör, steh'n halt nich in den Diensten Ihrer Majestät, Sör. Sind bloß Bedienstete, wenn Sie meine Meinung hören wollen, Sör. Bedienstete. Sie können gehen, sehen Sie, Sör. Is nich so, als hätten sie 'n Eid eines Soldaten geleistet, sehen Sie.«

In Bukoba verloren sie weitere Männer. Gerüchte schwirrten unter den Helfern hin und her, erreichten später Sergeant Smythe, über ihn Clive Folliot, und sie erklärten, was geschehen war. Stammesloyalitäten waren im östlichen Afrika sehr streng, und jedes Wort, das auch nur etwas Bedeutung besaß, breitete sich von Ort zu Ort über den Dschungeltelegraphen aus. Die betreffenden Leute waren Junggesellen, die in Bukoba Verwandte hatten, und als sie von käuflichen Bräuten zu verführerisch niedrigen Preisen gehört hatten, machten sie sich daran, sie zu erwerben, sobald sich die Gelegenheit dafür bot, damit sie nicht das Risiko eingehen mußten, die Bräute an andere Bewerber zu verlieren.

Ehe Smythe oder Folliot auch nur etwas davon gehört hatten, waren die eifrigen Brautwerber und ihre errötenden Verlobten auf und davon, zurück nach Bagomoyo.

Sie versuchten, in Bukoba Ersatz anzuheuern, aber die Männer des Orts weigerten sich, mit Männern aus Bagomoyo zu dienen, und umgekehrt. Eine Sache war es, Bräute in einem anderen Ort zu kaufen. Aber es war eine andere und viel ernsthaftere Sache, mit Männern auf Safari zu gehen, die man nicht sein Leben lang kannte.

Vier Tage hinter Bukoba riß eine Löwin ein Maultier, und die Treiber versuchten sie zu töten. Das Ergebnis war ein Toter unter den tapferen Maultiertreibern sowie zwei Verwundete.

Die Löwin riß einen großen Teil des Gepäcks von dem toten Tier und verschwand damit. Auf dieser Expedition besaßen nur Clive und Horace Hamilton Smythe Gewehre, und keiner von beiden war nahe genug am Angriffsort gewesen, um die Löwin niederstrecken zu können. Wie es schien, war alles wie im Traum vorüber.

Sobald die Löwin außer Sicht und die Ordnung wieder hergestellt war, zog Clive Horace Hamilton Smythe beiseite. »Wir haben schon zuvor darüber gesprochen, Smythe. Wird uns das weitere Männer kosten?«

Smythe schüttelte den Kopf. »Weiß nich, Sör. Das sind gute, solide Männer. So zuverlässig, wie man sie auf dem ganzen Kontinent nur selten finden kann. Aber sie haben jetzt eine Scheißangst.«

Sie beerdigten den toten Man, und die beiden, die verwundet worden waren, kehrten nach Bagomoyo zurück. Glücklicherweise waren beide in der Lage, zu gehen und genügend Lebensmittel und Waffen zum eigenen Gebrauch zu tragen.

»Werden sie sicher zurückkehren?« fragte Folliot Smythe.

»Das kann man niemals vorher wissen, Sör. Ein Mann kann zehntausend Kilometer unbehelligt auf diesem Kontinent umherziehen und dann am Stich eines Skorpions sterben, während er bequem zu Hause auf seinem Stuhl sitzt.« Er hielt inne, rieb sich nachdenklich das Kinn und fuhr fort: »Wir sollten dennoch 'n paar Dinge unternehmen, um uns selbst zu schützen. Es gibt immer 'n Risiko, aber ein kluger Kopf kann sich vorsehen, wenn der Major versteht, was ich meine.«

Clive fragte ihn, was er im Kopf habe, und Smythe entwarf seinen Plan: Die Zahl der Späher erhöhen, sie noch weiter vor der Gruppe ausschicken; eine doppelte Linie bilden, so daß Raubtiere, die durch die erste Linie schlüpften, vielleicht von der zweiten entdeckt würden; ein Signalsystem zwischen der Hauptgesellschaft und den beiden Späherlinien einrichten.

KAPITEL 10

In den Sudd

Clive machte kein Auge zu. Sein Bewußtsein war ein einziger Wirrwarr von Gedanken, Bildern, Erinnerungen, Schmerz und Groll.

Neville hatte seine Kindheit zerstört. Obgleich sie Zwillinge waren, wurden die Brüder praktisch an zwei verschiedenen Tagen geboren. Und als mutmaßlicher Erbe des Barons von Tewkesbury war Neville von der Stunde seiner Geburt an in allem bevorzugt worden.

Clive gab jeden Versuch, Schlaf zu finden, lange vor Morgengrauen auf. Er kroch unter der leichten Decke hervor, die ihn warmgehalten hatte. Er hörte Horace Hamilton Smythe von dem anderen Feldbett atmen.

Vollständig bekleidet schlüpfte er aus dem Zelt und ging durch das Lager. Die Überreste einiger Kochfeuer glommen noch immer rötlich und schickten dünne, sich kringelnde Rauchfäden in die kühle Luft. Im Zentrum des Lagers tanzte ein Wachfeuer, neben dem der Wächter saß.

Clive ging zur *Boma*. Er zog ein Gewirr von Ranken, Zweigen und Dornen beiseite. An diesem Ort bestand keine ernsthafte Gefahr; es gab kaum Raubtiere, und wenn, dann betrachteten sie den Menschen eher als einen gefährlichen Eindringling, dem man um der eigenen Sicherheit willen fernbleiben mußte, denn als mögliche Beute.

Er trat aus der Umfriedung und schloß die Öffnung wieder, die er in die *Boma* gemacht hatte. Er ging schweigend unter den Sternen des Äquators dahin. An diesem Breitengrad waren die Konstellationen anders; einige von ihnen kannte er, andere nicht. Clive setzte sich auf den Boden. Er zog die Knie an, legte die Ellbogen darauf und starrte in die Dunkelheit.

Eine leichte Brise wehte von Westen und brachte noch immer frischere Luft von den Ruwenzori-Bergen mit sich. Aus jeder Richtung hörte Clive die Geräusche der kleineren Tiere. Er fühlte einen Anflug von Frieden, wie er ihn selten in seinem Leben kennengelernt hatte, ein Gefühl der Gemeinsamkeit mit allem, was Gott auf diesem wundersamen riesigen Kontinent geschaffen hatte.

Nicht nur Tewkesbury, sondern auch London, das gesamte England, schienen nicht Tausende, sondern Millionen von Kilometern entfernt zu sein. So, wie es jetzt stand, hätte Clive genausogut auf einer Savanne der Marsoberfläche sitzen können. Wenn er sich tatsächlich auf einer anderen Welt befände, könnte er seine Gedanken vielleicht hinaussenden und sie Millionen von Kilometer weit zum wartenden Gehirn George du Mauriers wirbeln lassen. Oder vielleicht, und dieser Gedanke traf ihn wie ein Schlag, zu dem von Annabella Leighton.

Was tat Annabella jetzt? Wieviel Uhr war es in London? Sicherlich war's der folgende Tag, und Annabella war aufgestanden und widmete sich ihren Pflichten, unterrichtete ihre Zöglinge. Außer am Sabbat! Überrascht wurde Clive klar, daß er die Spur von Tag und Datum verloren hatte.

Wann hatte er zuletzt einen Artikel an Maurice Carstairs geschickt? Er könnte ...

Eine krallengleiche Hand bohrte ihm lange knochige Finger in die Schulter und unterbrach die Träumereien, in die er verfallen war. Er fuhr herum und blickte in ein Gesicht, das wegen seines Grinsens noch schrecklicher aussah.

Im Osten erhellte sich allmählich der Himmel. Die funkelnden Sterne waren in einem Feld immer leuchtenderer Farben verschwunden, und es gab genügend Licht, um Folliot ein Gesicht von solcher Schwärze zu enthüllen, wie er es am Äquator schwärzer noch nicht gesehen hatte. Die Augen glühten ihn mit fiebriger Eindringlichkeit an. Das Grinsen war breit und zeigte zwei Reihen Zahnstümpfe, die jeden Londoner Zahnarzt in Ekstase versetzt hätten.

Über dem Gesicht türmte sich ein Turban aus lose eingeschlagenem weißen Leinen. Der Mann trug eine Art dünner Toga, die über der einen Schulter zusammengeknotet war, und er stützte sich auf einen Krummstab, der größer war als er selbst.

»Engländer.« Eine raspelnde Stimme drang zwischen den Zahnstümpfen hervor. »Engländer, warum ruhst du dich nicht aus? Du siehst schweren Zeiten entgegen.«

Clive sprang auf die Füße, wobei er dem Klauengriff des Mannes entkam. »Wer, zum Teufel, bist du? Was willst du?« Er rieb sich die Schulter und gab sich den Anschein, als wische er den Schmutz des Mannes ab, während er in Wirklichkeit versuchte, den Kreislauf wieder in Schwung zu bringen, den der Griff unterbrochen hatte.

»Ich, Sir? Ich bin der Diener des Engländers, sein Freund, sein Helfer und Führer. Ich werde Sidi Bombay genannt.«

Clive spähte in die dunklen Augen des Mannes. Er brach in Gelächter aus. »Smythe! Sergeant Smythe! Du bist in der Tat ein Meister des Verkleidens, obwohl mir die Gründe für deine Vorführung nicht klar sind.«

Sidi Bombay schüttelte den Kopf. »Ich bin nicht Sergeant Smythe. Ich kenne diesen ausgezeichneten Sergeanten. Er ist an mich herangetreten und hat mich gebeten, dir zu helfen. Ein äußerst bewundernswerter Mann ist er, ja, Engländer. Aber ich bin nicht er, nein, Engländer.«

Clive nahm das Kinn des Mannes in eine Hand und rieb ihm mit der anderen heftig über die Wange. Dann schaute er auf die Finger, dann wieder auf Sidi Bombays Gesicht. »Keine Schminke«, stammelte er. »Das ist deine echte Farbe.«

»So ist es, Engländer. Meine echte Farbe, tatsächlich. Wie sie es mein ganzes Leben lang gewesen ist, ja.«

»Und du sagst, daß dich Sergeant Smythe angeheuert hat?«

Der schwarze Mann nickte.

»Aber — warum?«

Sidi Bombay grinste erneut. »Er und ich sind alte Bekannte, Engländer. Ja, du wirst zum Sudd gehen, das weiß ich genau. Aber du kannst nicht durch den Sudd gehen, weißt du das nicht?«

Folliot lehnte es ab, eine direkte Antwort zu geben. »Was ist dann deine Aufgabe? Wozu hat dich Smythe angeheuert? Und warum, mein Gott, hat er nicht zunächst mich darum gebeten?«

»Ich bin zu deinem Zelt gekommen und habe mit deinem Sergeanten gesprochen. Er hat mir erzählt, daß du umherwanderst. Er sagt, wenn er gewußt hätte, daß ich hier bin, hätte er dich zuerst gefragt, ja, aber er hat es nicht gewußt.«

»Aber — warum?«

»Ich kann einen Schiffer finden, der dich durch den Sudd bringen wird. Ich kann dich selbst führen. Sonst, Engländer, wirst du im Sudd sterben. Du wirst niemals Fashoda erblicken. Nein, Engländer, niemals.«

Clive dachte an die weitere Reise, an die Möglichkeit, Neville zu finden und sicher nach England zurückzukehren. Selbst unter den besten Umständen waren die Chancen nicht besonders gut.

Er traf eine Entscheidung.

»Dann komm mit, Sidi Bombay!« Er wandte sich zurück zum Lager, blieb jedoch stehen, als er einen einzigen Flecken am Himmel erblickte, der in nächtlicher Dunkelheit zu verharren schien, während die Dämmerung das übrige Firmament mit Licht und großartigen Farben erfüllte. Der dunkle Fleck befand sich im Norden, in der Richtung, in die er die Expedition plante.

Einige Sterne waren sichtbar geblieben, und gerade

als Clive sie anstarrte, ordneten sie sich zu einer Spirale an und begannen zu kreiseln, zu kreiseln wie eine hypnotisierende Scheibe, immer schneller, immer heftiger.

Und dann waren sie jäh verschwunden, und auch der dunkle Fleck war weg. Die leuchtende tropische Morgendämmerung hatte begonnen.

Folliot faßte Sidi Bomby bei den Schultern. »Hast du das gesehen, Mann? Hast du das gesehen ... Da, im Himmel?«

Er ließ die knochige Schulter des schwarzen Mannes los und wies hinauf.

»Ich sehe nur den Morgen, Engländer, ja.«

»Aber ... Hast du nicht den dunklen Fleck gesehen? Die Spirale von Sternen?«

Sidi Bombay schüttelte den Kopf. »Wir müssen eilen, zu deinem Lager zurückzukommen, Engländer. Sergeant Smythe und die Träger erwarten uns. Wir müssen uns auf den Weg machen. Eine lange Reise steht uns bevor.«

Die *Boma* war abgebaut, die letzten glühenden Hölzer des Wachfeuers waren zu grauer Asche getreten, die Zelte waren abgebrochen und auf die Rücken der geduldigen Tragtiere gepackt worden.

Die Ruwenzore-Ebene fiel im Westen hinter ihnen zurück, und das Land färbte sich beinahe unmerklich mit jedem Kilometer, den sich die Expedition auf den Sudd zu bewegte.

Der Sudd befand sich da, wo Neville gewesen war, als er seinen letzten Brief nach England geschickt hatte. Er hatte den Sumpf als eine stinkende Gegend beschrieben, erfüllt von Lebensformen, die giftig oder sogar tödlich waren. Soweit hatte Clive der Spur seines Bruders ohne größere Schwierigkeiten folgen können. Er hatte absolut keine Vorstellung davon, wie es weitergehen sollte und ob er Neville lebend oder tot oder überhaupt fände.

Aber das größte Rätsel war bis dahin das seltsame Sternenschauspiel gewesen, das er zweimal in verschiedenen Formen gesehen hatte. Vor der Wasserhose hatten sich die Sterne zu einem explodierenden Feuerwerk verwandelt. Auf der Ebene draußen vor dem Lager hatten sie einen Teil des Himmels in Dunkelheit gehalten, während der übrige Himmel lichterfüllt gewesen war, und sie hatten sich zu einem hypnotisierenden Wirbel geformt, ehe sie verschwanden.

Was war geschehen?

Es war beinahe so gewesen, als wäre ein Stück des Firmaments herausgerissen worden und Clive hätte die Möglichkeit erhalten, in eine andere Sphäre, einen anderen Himmel zu schauen. Es war, als hätte er — zumindest in diesen kurzen Perioden — weder auf der Oberfläche der Erde noch auf einer der Sonnenwelten gestanden, sondern auf der Oberfläche zweier fremder Planeten, die zwei fremde Sonnen umkreisten. Sonnen, wo der Kosmos sich in so benahm, wie es sich die verrücktesten Denker auf der Erde weder vorstellen noch erträumen konnten.

Er hatte versucht, dieses Problem mit Vater O'Hara zu erörtern. Aber der alte Priester, sonst leutselig und offen, war erstarrt und hatte sich geweigert zuzugeben, daß er irgend etwas davon wußte.

Und Sidi Bombay ... Der Mann hatte sich so unersetzlich als Helfer erwiesen, wie er versprochen hatte, und Clive hatte Horace Hamilton Smythe dafür gedankt, daß er ihn in Dienst genommen hatte. Aber auch der schwarze Mann hatte seltsam reagiert, als Clive Folliot ihn zu dem bemerkenswerten Luftschauspiel hatte befragen wollen; er hatte ein Nichtwissen vorgetäuscht, das nicht echt gewesen sein konnte.

Als sie sich dem Sudd näherten, wurde die harte afrikanische Erde allmählich immer weicher und feuchter und brachte eine weitaus üppigere Vegetation hervor als in höheren und trockeneren Gegenden.

Am Abend, nachdem sie sich vergewissert hatten, daß das Lager gesichert war und die Tiere getränkt und gefüttert waren, setzten sich die drei Führer der Expedition zum Essen zusammen. Clive Folliot, Horace Hamilton Smythe und Sidi Bombay saßen mit ihrem leichten Gedeck an einem Klapptisch. Heißes Fleisch, grobes Brot und einheimisches Bier waren ihre übliche Nahrung. Es war einem Militärlager nicht unähnlich ... obwohl sich Clive fragte, wie sein kommandierender Offizier, Brigadier Leicester, wohl reagiert hätte angesichts eines Majors Ihrer Majestät Horse Guards, der mit einem unbestallten Offizier und einem Zivilisten schwarzer Hautfarbe und mit zerrissenem Turban zusammensäße!

Sie hatten eine rohe Karte zustande gebracht, und nachdem sie ihr Mahl beendet hatten, studierten sie gemeinsam das zerfetzte Blatt, das von einer flackernden Öllampe erleuchtet wurde.

Sie waren zwischen den beiden Gewässern Kyoga-See im Osten und dem weit größeren Luta Nzige im Westen hindurchgekommen. Gondokoro lag unmittelbar vor ihnen, und von dieser Stelle aus war Neville Folliot nach Norden aufgebrochen, um niemals mehr gesehen zu werden.

Mit diesen spärlichen Informationen planten die drei den weiteren Weg ihrer Expedition nach Gondokoro und darüber hinaus. Clives Interesse, die Suche nach den fabelhaften Quellen des Nils fortzusetzen, war geschwunden. Er hatte sowieso nie den großen Wunsch verspürt, den Spuren der historischen Wasserstraße zu folgen. Und nun wurde er mehr und mehr von dem Drang erfüllt, seines Bruders Schicksal zu ergründen. Andere Aspekte dieser Reise mochten im Interesse Maurice Carstairs und seiner Leser liegen, aber Clive wandelte sich allmählich vom Forscher zum Menschenjäger.

Tage später kamen sie durch Gondokoro. Die einheimischen Träger hatten Clive zu der Überzeugung gebracht, daß er einen blühenden Ort, wenn nicht sogar eine kleine Stadt erwarten konnte, statt dessen fanden sie nur die erbärmlichen Reste einer Stadt, die von Sklavenjägern ausgeraubt und Tage zuvor den Flammen übergeben worden war.

Kühle Überlegung riet Clive, seine Leute bei sich zu behalten, aber er konnte die erbarmungswürdigen Überlebenden des Angriffs nicht sich selbst überlassen. Einige Träger verließen daher die Expedition, um die Betagten, die Schwachen und die Hilflosen dabei zu unterstützen, von Gondokoro zurück nach Bagomoyo zu gelangen.

Folliots zusammengeschrumpfte Schar erreichte den Rand des Sudd eine gute Woche, nachdem sie die Ruinen von Gondokoro verlassen hatte.

Sidi Bombay war vor der Morgendämmerung aus dem Lager geschlüpft, und der erschöpfte Folliot hatte versucht, Informationen über den Deserteur aus Horace Hamilton Smythe herauszubekommen.

»Er ist dein Mann, Sergeant!« Clive war fuchtig. Schmerzende Füße, Insektenstiche und sonnenverbrannte Haut trugen nicht dazu bei, Clives Stimmung auszugleichen. »Er ist dein Mann, und jetzt hat er uns hier sitzengelassen! Was das alles soll, will ich wissen!«

Smythe lächelte einschmeichelnd. »Ich würd mir keine Sorgen um den alten Sidi Bombay machen, Major! Er is nich desertiert, nein, Sör! Er is auf 'nen Handel, der alte Sidi.«

Clive spürte, daß er errötete. Die Sonne war aufgegangen, und ihre Strahlen warfen über alles einen rötlich-goldenen Glanz, aber Folliots Röte rührte nicht von der Morgendämmerung her. »Handel? Was für einen Handel? Du hast den Mann ohne meine Erlaubnis angeheuert, und du erlaubst ihm, das Lager für irgendeinen zwielichtigen Handel zu verlassen, ohne meine Erlaubnis. Wohin ist der Mann gegangen, und was tut er gerade?«

»Ich weiß es nich, Sör. Und ich bitte darum, eine andere Meinung als der Major vortragen zu dürfen, aber ich habe Sidi Bombay nicht die Erlaubnis gegeben, das Lager zu verlassen. Er gehört sich selbst, der Sidi. Hat das schon immer getan, solang ich ihn kenne, und das is, wie ich zugeben muß, 'ne sehr lange Zeit. Sidi fragt nich um Erlaubnis. Er braucht keine Entlassung, Sör. Er kommt und geht, wie es ihm gefällt.«

»Ein freier Geist, hm? Ich bin überrascht davon, daß er nicht schon längst an die Wand gestellt und erschossen oder vielleicht an einem guten starken Baum aufgehängt worden ist.«

»Nein, Sör. Das sollte besser niemand mit Herrn Bombay versuchen, Sör. Sidi hat zu viele Freunde. Er hat für zu viele bedeutende Leute zu viele Dinge hingekriegt, vom Kongo bis zum Mekong. Sidi is 'ne Legende, und niemand wagt, ihn zu kreuzigen, Sör. Niemand.«

Clive schnaubte. »Nun, schnapp dir M'Gambi und brich das Lager ab und bring ein bißchen Schwung in die Gesellschaft. Und wenn wir das Wasser dort erreichen«, — er deutete nach vorn, in Richtung auf den großen Sumpf, der dort lag und zu dieser frühen Stunde von einer graublauen Masse bedeckt wurde —, »werden wir uns um irgendeine Schwimmbrücke oder ein Floß kümmern müssen.«

Horace Hamilton Smythe grinste hinter vorgehaltener Hand und brachte einen nicht ganz militärischen Gruß zustande, ehe er wieder ganz unschuldig dreinsah und sich davonmachte, um seine Pflichten zu erfüllen.

Vögel kreischten über den Köpfen, und unsichtbare Reptilien wanden sich durch das hohe Gras am Uferrand.

Clive untersuchte seine Stiefel und fand sie beinahe bis zu den Knien mit Matsch bedeckt. Selbst als er auf etwas wie festem Grund zu stehen schien, der von Büscheln harten sägeblattartigen Grases umgeben war, bemerkte er, daß er langsam in das Moor einsank. Er zog die Füße heraus und stellte sich wieder hin. Die Erde schien trocken und fest zu sein, aber innerhalb weniger Sekunden bemerkte Clive, daß er erneut einsank.

Der Morgennebel war vom Sudd weggebrannt worden, und einige Stunden lang bewegte sich die Gesellschaft in strahlendem Sonnenlicht. Aber am frühen Nachmittag war eine neue Bank stinkender Nässe aus Boden und Moor und Wasser gestiegen, die den gegenwärtigen Teil des Sudd bildeten, hohes Riet stach aus den Büscheln feuchten Grases. Man vernahm kleine Platscher, Zischen und, weniger häufig, Kreischen und Brüllen.

Der Sudd lebte, und Swenson befürchtete allmählich, daß dieses Leben bösartig war. Er sah sich um und bemerkte, schaudernd vor Überraschung, daß er allein war.

»Sergeant Smythe!«

»Bin schon da, Sör!« Der Mann tauchte wie eine Erscheinung aus einer treibenden Nebelbank auf.

»Sergeant Smythe, ich fürchte, daß wir eine Fehlplanung größeren Ausmaßes begangen haben. Wir sind hier, aber ich bezweifle, daß die Pferde und Maultiere in diesem Zeugs weiterkommen können.«

Er zog einen Stiefel aus dem Moor und schlenkerte einen Klumpen halbfester Erde weg, bevor er ihn niedersetzte und den Vorgang bei dem anderen Stiefel wiederholte.

»Außerdem habe ich so meine Zweifel wegen der Männer. Hast du M'Gambi wegen dieser Sache ausgehorcht? Werden unsere Träger loyal bleiben, oder werden sie sich jetzt von uns abwenden? Ich habe ein Gegrummel gehört, seitdem wir Gondokoro verlassen haben. Sie haben Angst vor den Sklavenjägern, und jetzt haben sie genausoviel Angst vor dem Sudd, wie es scheint.«

»Kann ihnen das nicht übelnehmen«, entgegnete Smythe. Er ahmte Clives Prozedur des Stiefelreinigens nach und setzte sie auf trockeneres Land. »Haben Sie sich je gefragt, wo Sie rauskommen, wenn Sie in das Zeugs hier einsinken, Major? Is beinahe wie Treibsand. Wenn Sie sich immerzu reinsinken lassen, vielleicht in einem von diesen neuen Taucheranzügen, wo die Deutschen erfunden haben, und immer weiter reinsinken — wo, glauben Sie, komm'n Sie wohl raus, Sör?«

Bevor Clive eine Antwort geben konnte, wurde eine schattenhafte Figur im Nebel sichtbar. Sie war groß und hager und eingehüllt in Weiß, und sie schien eher zu gleiten als zu gehen.

Clive faßte Smythes khakigekleidete Schulter und deutete mit dem Finger. »Schau dir das an!« rief er aus. »Das ist — kann es sein — ist das ein Geist?«

Die Gestalt glitt näher. Der Nebel teilte sich. Das schwarze freundliche Gesicht von Sidi Bombay nahm klare Konturen an; es war wie üblich von dem zerfetzten Turban gekrönt, und er selbst war in das leichentuchähnliche Gewand gekleidet. Er stand wie Charon im Heck einer flachen Barke. Die Barke verdrängte nur ein paar Zentimeter Wasser, und Sidi Bombay stakte durch den flachen Sumpf, indem er seinen langen Stab benutzte, als bewege er sich friedlich auf der Themse.

So schweigsam wie ein Geist hob Sidi Bombay einen dünnen Arm, zeigte mit den knochigen Fingern auf Clive Folliot und bedeutete ihm, die Barke zu besteigen.

Gleichzeitig löste Horace Hamilton Smythe Clives Hand von der Schulter, faßte Clive beim Ellbogen und schob ihn halb führend, halb drängend voran.

Als sie sich auf die Barke zu bewegten, bemerkte Clive zum ersten Mal eine kleine Verfärbung auf Smythes Handrücken. Sie sah aus wie Tintenflecken, als wäre Smythe tätowiert wie ein Seemann. Die Punkte waren in einem groben Kreis angeordnet, der Clive an die fremdartigen kreisenden Sterne erinnerte, die er im

Morgenhimmel erblickt hatte. Während Clive sie erstaunt anschaute, bewegten sich die Sterne, wirbelten um die eigene Achse, bis sie nichts weiter als ein Fleck auf der sonnengebräunten Haut von Smythe waren.

Clive bestieg verwirrt die Barke. Er sank auf die Fersen. Das Geräusch von Wasser, das gegen die rohgezimmerten hölzernen Planken schwappte, und das Saugen und Schmatzen von Sidi Bombays Stab, als er die Barke sternwärts vom Land wegschob, waren alles, was Clive zu hören vermochte.

Sie waren von Nebel umgeben. Der ferne Schrei einer unbekannten Kreatur des Sumpfes drang Clive penetrant in die Ohren. Er fühlte mehr, als er es sah, wie Sidi Bombay die Barke herumschwang und allmählich tiefer in den geheimnisvollen Sudd stakte.

▪ DREI ▪

WAS FÜR EINE WELT IST DIES?

KAPITEL 11

Das Rubinherz

Die Träger, die Clives Ausrüstung den gesamten Weg über seit Bagomoyo getragen hatten, waren zurückgelassen worden. Man brauchte sich weiter keine Sorgen um sie zu machen, und um die Wahrheit zu sagen, Clive hatte wenig Gedanken an sie verschwendet.

Was war geschehen? Welches Geheimnis teilten Horace Hamilton Smythe und Sidi Bombay? Wie lange war die Entführung von Clive Folliot — und kein anderer Ausdruck hätte dem Vorgang besser entsprochen — geplant worden?

Sicherlich mußte es eine Verbindung zwischen dem rätselhaften Symbol geben, das auf Smythes Hand tätowiert war, und der Sternenformation, die Clive beobachtet hatte, aber was in Himmels Namen konnte das sein?

Clive forderte von Smythe eine Erklärung.

Die Antwort bestand aus einem Kopfschütteln.

Folliot bohrte weiter nach.

»Tut mir leid, Sör«, entschuldigte sich Smythe, »es ist ebensosehr für mich ein Rätsel, wie es für den Major eines ist. Obwohl es natürlich keine Möglichkeit für die Träger gab, uns zu folgen. V'leicht weiß der alte Sidi Bombay, was er tut, Sör. In der Tat, ich bin sicher, daß er's weiß. Sidi hat mich noch nie zuvor im Stich gelassen, und ich bin mir sicher, daß er uns dieses Mal auch nich im Stich lassen wird.«

Clives Stirn war klamm. Der Sudd war heiß, aber der Nebel war seltsam kühl, und Tropfen fielen ihm auf die Haut. Er nahm den Tropenhelm ab, wischte sich das Gesicht mit dem Taschentuch und steckte das Tuch in eine der Taschen der Khakihosen zurück.

Smythe war ähnlich gekleidet wie Clive, aber auf dem Kopf trug er statt eines Tropenhelms eine Militärmütze mit Lederschirm, ohne Abzeichen. Die Buschjacke hielt ein Stoffgürtel, und von der Hüfte hing ein Halfter herab.

Clive tauchte eine Hand ins Wasser.

»Das würd ich nich tun, Sör.«

Clive sah Horace Hamilton Smythe in die Augen.

»Warum nicht, Sergeant?«

»Nicht sicher, Sör. Bitte, Sör!«

Ein Schnellen. Ein Platschen. Clive zog die Hand rasch aus dem Wasser, um ernsthafte Verletzungen zu vermeiden, aber eine Reihe rasiermesserscharfer Zähne schnitt über die Knöchel und hinterließ zickzackförmige Abdrücke. Blut tropfte aus den Kratzern. Clive holte das Taschentuch hervor und schlang es um die Hand.

»Tut mir leid, Sör.«

»Was — was war das?« Clive starrte in die Richtung, in der sich das Ding bewegt hatte, aber es war längst verschwunden, selbst seine Spur wurde vom langsam treibenden Nebel verdeckt. Er hatte einen einzigen Blick auf etwas metallischblau Gefärbtes mit stromlinienförmigem Köprer erhascht, dessen Bewegungen schlangenhaft und anmutig gewesen waren und das sich mit erstaunlicher Geschwindigkeit davonbewegt hatte.

»Bitte, Sör, stecken Sie die Hand nicht wieder ins Wasser, Sör. Der Major hat sehr viel Glück gehabt, sehr viel Glück.« Smythe hob die Augen, um in den Nebel zu blicken. Dann senkte er sie erneut, um Clive anzuschauen. »Verdammt viele gefährliche Kreaturen im Wasser hier, Major. Nich so viele fliegende. Würd nich schaden, auch darauf 'n Auge zu halten, aber hier sin nich so viele fliegende wie schwimmende.«

Clive blickte auf. »Du bist schon einmal im Sudd gewesen, Smythe?«

»Nein, Sör. Ich hab davon gehört, das is alles. Gefährlicher Ort. Das is alles, Sör.«

Der Nebel war dicht und kühl und feucht. Das Wasser war schwarz und beinahe undurchsichtig, und welche Kreaturen sich dort in der Schwärze tummelten, darüber vermochte Clive nicht einmal zu spekulieren. Es gab keine einzige Lichtquelle, keine Sonne, keinen Mond, die einen Hinweis auf Tages- oder Nachtzeit hätte geben können. Der Nebel selbst schimmerte, und einige seiner Teilchen glommen wie Stäubchen, die in einem Sonnenstrahl tanzten.

Hier und da platschte eine Kreatur im schwarzen Wasser.

Weniger häufig konnte man das Schlagen großer lederner Schwingen über den Köpfen vernehmen, und Clive spähte dann hinauf und sah eine schattenhafte Form, ungenau und dunkel und bedrohlich, die kreiste, herabtauchte und sich dann wieder erhob und im schimmernden Nebel verschwand.

Nur einmal kam solch ein Schatten in die Nähe der Barke, und Clive sah, wie Sidi Bombay bei seinem Nahen zu völliger Unbeweglichkeit erstarrte. Die Kreatur besaß einen langen Kopf mit dunklen glitzernden Augen und einem knochigen Kiefer, der sich öffnete und dabei Reihen von Zähnen zeigte, die das Licht des glänzenden Nebels einfingen und es wie eine Gaslaterne im Londoner Nebel zurückwarfen. Die dunkelbraun gefärbten Schwingen waren groß und ohne Federn. Durch die Haut der Kreatur konnte man die Lage der Knochen genau erkennen, und am vorderen Ende des Knochengerüsts befanden sich Klauen.

Als die Kreatur hinter der Barke davonsegelte, stieß sie einen merkwürdigen Schrei aus, einen Schrei, der nichts ähnelte, das Clive je zuvor gehört hatte, ein Schrei, bei dem es ihm kalt den Rücken hinunterlief und der ihn bis ins Mark erschauern ließ.

Im Nebel tauchten allmählich neue Dinge auf, die sich aus der Oberfläche des Wassers erhoben. Große Baumstämme, von denen sich unheimliche Äste wie anklagende Finger wegstreckten. Von den Zweigen hing Moos wie die Ärmel an der Robe eines Mönchs herab, und in dem Moos blühten erstaunliche Orchideen; während riesige Spinnen — vielleicht die Kusinen des Monsters, das Clive am Strand nahe des Wami-Flusses erschlagen hatte — die Moosstränge hinauf- und hinunterhuschten, deren Augen bösartig durch den bleichen Nebel blitzten.

Schroffe Felsen erhoben sich, und die riesigen Spinnen hasteten über deren Oberfläche, starrten der Barke nach, wobei ihre Fänge arbeiteten und die Beine zuckten und zappelten wie in einem unsichtbaren und unberührbaren Luftzug.

Ein Schrei hallte von irgendwo weiter vorn zurück.

Ein weiteres Geräusch, etwas näher und dennoch viel fremdartiger, war zu hören. Es hätte fast ein Gekicher sein können, und Clive stieß ein leises Gebet aus, daß es tatsächlich das Gekicher einer Hyäne sein möge und nichts Schlimmeres.

Zunächst waren die Felsen, die sich aus dem Wasser erhoben, grau und zerklüftet, wie Berge aus Granit, und das Wasser, durch das sich die Barke bewegte, war still und bewegungslos. Dann änderten sich die Felsen. Sie wurden größer, massiver und unterschieden sich deutlicher in der Farbgebung. Ein Anflug von beabsichtigter Formgebung war in ihnen zu erkennen. Clive fragte sich, ob es Überbleibsel einer uralten Zivilisation sein mochten, Monumente einer Rasse, die von der Erde verschwunden war, bevor die Pharaonen die Pyramiden von Ägypten errichtet hatten.

Das Wasser, auf dem sie sich bewegten, begann zu wirbeln und zu schäumen.

Höhe und Lautstärke der Tierschreie schwollen an — Kreischen, Brüllen, Schreien ... Das Platschen unsichtbarer Flossen, das Schlagen von Schwingen, die vom wirbelnden Nebel verborgen wurden, das Kratzen von Klauen oder Kieferknochen.

Falls die geformten Felsen Überbleibsel einer Nation waren, die vor unzähligen Jahrhunderten gelebt hatte und gestorben war, mochten die Kreaturen des Sumpfs vielleicht die Überlebenden uralter Spezies sein, die von der restlichen Erde Millionen Jahre zuvor verschwunden waren.

Sie kamen an einem kristallgleichen Felsen von der Größe eines Brougham* vorüber, der genauso klar war wie ein geschliffener blauer Diamant. In dem Kristall pulsierte ein Licht von der Farbe eines Rubins, als schlüge ein gigantisches Herz. Eine Kreatur kroch über den Felsen, irgend etwas wie eine Spinnenechse mit großen facettenhaften Insektenaugen. Seine Extremitäten waren unnatürlich lang für ein solches Tier, im Verhältnis zu seiner Größe so lang wie die bei einem Pavian.

Die Kreatur ließ sich mit einem fürchterlichen Schrei ins Wasser sinken.

Horace Hamilton Smythe und Sidi Bombay reagierten gleichzeitig.

Sidi Bombay wechselte seine Stellung und beabsichtigte, den Angriff des Dings mit seinem Stab abzuwehren. Im gleichen Augenblick zog Horace Hamilton Smythe einen großen Revolver aus dem Halfter. Er feuerte einen einzigen Schuß auf die angreifende Kreatur ab.

Der Knall der Feuerwaffe hallte durch den Sudd und kehrte immer und immer wieder zu den Männern in der Barke zurück. Die Kreatur fiel ins Wasser und schwamm mit erstaunlicher Geschwindigkeit davon, wobei sie sich mit den affenähnlichen Armen abstieß und dabei ihre Wut hinausschrie.

Im Augenblick des Angriffs der Kreatur war Sidi Bombays Aufmerksamkeit von der Führung der Barke abgelenkt worden. Das Schiff hatte sich dem Kristallfelsen zugedreht. Kurz bevor der Bug dagegenstieß, rief

---

* Geschlossene vierrädrige Kutsche mit offenem Fahrersitz. — *Anm. d. Übers.*

Clive eine Warnung. Er bemerkte, daß es zu spät war, um einen Zusammenstoß zu verhindern, und im gleichen Moment wurde ihm klar, daß es keinen Zusammenstoß geben würde. Der Felsen drehte sich und zeigte eine Öffnung.

Die Barke drang in das pulsierende Licht ein, in das schlagende Herz des Kristalls.

Bumm! Das Herz pulsierte, die Barke stieß in seinen purpurroten Glanz vor. Clive spürte, wie er von der Farbe gebadet wurde. Nein, er wurde mehr als gebadet. Er wurde durchdrungen, durchflutet, von dem rubinroten Pulsieren absorbiert.

Und dann glitt die Barke in eine andere Sphäre.

Ein merkwürdiger Ruhezustand kam über Clive. Er fühlte sich von allem Geschehen abgeschottet, abgeschottet sogar von sich selbst. Er fühlte sich, wie sich vielleicht ein Roboter fühlen mochte, wenn ein solcher Mechanismus Bewußtsein besitzen könnte, seiner eigenen Gedanken und Handlungen und Worte bewußt und dennoch davon abgetrennt.

Er legte die Hand auf Sergeant Smythes Handgelenk. »Laß mich das mal sehen!« befahl Clive. Smythe hielt Clive den Revolver zur näheren Überprüfung hin.

Er besaß einen langen Lauf, der vernickelt war — wenn nicht sogar versilbert. In den Lauf waren Ornamente geritzt, und der Griff war geschmückt mit einem polierten schwarzen Edelstein. Ob es schwarzer Obsidian oder mitternachtsblauer Onyx war, vermochte Clive nicht zu sagen.

»So etwas gehört kaum zur königlichen Ausstattung, Sergeant. Woher hast du das?«

Smythe schien tatsächlich zu erröten. »Ich hab 'ne Zeit in Amerika verbracht, Sör. 'ne Weile lang Cowboy gespielt. Er ist — nun, Sör — Sie können sozusagen sagen, eine Art Souvenir, Sör.«

Clive ließ das Handgelenk des Mannes los.

Als Smythe den Revolver in das Halfter zurücksteckte, drehte er ihn einen Augenblick lang und zeigte dabei die andere Seite des Griffs. In dem blauschwarzen Stein erblickte Clive das Schimmern einiger Lichtpunkte. Sie mochten vielleicht Teile eines weißen Steins sein, gegen den schwarzen gelegt, oder glitzernde Splitter von Diamanten.

Sie waren angeordnet wie die wirbelnden Sterne.

Ehe Clive etwas zu Smythe hätte sagen können, wurde die Barke weiter vorangerissen. Das Wasser schäumte wie ein Wildbach.

Sidi Bombay zog den Stab aus dem Wasser, legte ihn in die Barke und kniete im Bug des Fahrzeugs nieder. Das hölzerne Fahrzeug wurde immer schneller vorangerissen, und die Dunkelheit wurde immer tiefer. Merkwürdige Gerüche stiegen in Clive Folliots Nase, und die Luft, die gegen das Gesicht peitschte, schien erfüllt zu sein von gewissen Gebilden, die sich um ihn herum krümmten und unverständliches Kauderwelsch redeten, ihn schmähten und unaussprechliche Vorstellungen mit Organen von unvorstellbarem Zweck vollführten.

Ein Blitz von Dunkelheit, von absoluter Schwärze erschien in ihrer Umgebung, wie ein Blitz von Licht in einem hellen Tag stünde, worauf ein Donnerschlag erfolgte, der Folliot in den Ohren dröhnte.

Er befürchtete, daß der erstaunliche Blitz von Dunkelheit ihn habe erblinden lassen, aber nach einer Weile tauchten unbestimmte Bilder auf, die darauf hindeuteten, daß sich die Augen allmählich an die Dunkelheit gewöhnten, die ihn jetzt umgab.

Die Barke war zum völligen Stillstand gekommen, und die Luft, die Clive im Sumpf sosehr bedrückt hatte, war auf einmal dünn, eisig, kristallen. Weiße Gebilde wirbelten wie schwimmende Wesen umher, deren Formen in der Dämmerung kaum sichtbar waren.

Wo befanden sie sich?

Sicherlich nicht mehr im Sudd. Vielleicht waren sie nicht einmal mehr in Afrika — nicht einmal mehr auf der Erde! Ein verirrter Gedanke flackerte durch Clives Bewußtsein: *Wie sehr würde George du Maurier dies genießen, könnte er an meiner Stelle sein! Und wie sehr wüßte ich es zu schätzen, an seiner Stelle sicher in London zu sitzen!*

»Sergeant Smythe? Sidi Bombay?« Clive vernahm die eigene Stimme, und ihm fiel auf, daß er flüsterte.

»Noch nicht, o Engländer.« Zu Clives Überraschung sprach nicht Horace Hamilton Smythe, sondern der schwarze Sidi Bombay. »Ein wenig länger, o Engländer, nur noch ein bißchen Zeit. Warte, bis du wieder sehen kannst.«

Über die Barke senkte sich jetzt vollkommene Stille herab. Es gab keine Laute mehr von rufenden Tieren, von schwimmenden Fischen oder Reptilien, von schlagenden Schwingen der Luftwesen. Kein Geräusch fließenden Wassers. Clive hörte das Rauschen des eigenen Bluts und das Pochen des Pulses. Er vernahm das tiefe gleichmäßige Atmen des unerschütterlichen Horace Hamilton Smythe und die flacheren Atemzüge des hageren Sidi Bombay.

Clive blinzelte unsicher. In der Ferne, nicht weit über dem Boden, erschien ein verwaschener Lichtfleck, nicht größer als ein Pfennig. Das Licht war bleich, von einem fahlen Weiß, das langsam pulsierte. Es schien zu kreisen, sich in noch kleinere Punkte von Weiß zu trennen. Die Punkte setzten sich zu einer Spirale zusammen.

Die langsam kreisende Spirale hob sich von Augenhöhe zu einem Punkt hoch über den Köpfen, wie die Sonne, die sich vom Horizont zum Zenit erhob, aber die Lichter trennten sich gleichfalls und wurden immer strahlender, bis sie sich am Himmel von Horizont zu Horizont spannten und sich dabei langsam drehten, so daß jeder, der sie zu lange betrachtete, in Trance zu verfallen drohte.

Ihre Helligkeit wurde größer, bis Clive sich selbst, seine Begleiter, das Fahrzeug sowie die Umgebung erkennen konnte.

Augenblicklich erhoben sich die drei Männer und

entstiegen der Barke. Sie war an einer Küste mit pechrabenschwarzem Sand gelandet, der in eine Landschaft von gleicher Farbe überging. Es war, als wären sie auf die Größe von Marienkäfern zusammengeschrumpft und auf einem sorgfältig geformten Modell der Welt ausgesetzt worden, einer Welt, die aus einem einzigen Stück schwarzen Obsidians geschnitzt war und von einer wirbelnden Spirale winziger und funkelnder Diamanten erleuchtet wurde.

Sie entfernten sich von der Barke, von der Küste.

Alles war still.

Clive spähte den Weg zurück, den sie gekommen waren, und suchte dabei nach einem Zeichen, an dem er erkennen konnte, wie sie hierhergekommen waren.

Es gab kein solches Zeichen. Der Kristallfelsen mit dem pulsierenden rubinroten Herzen war verschwunden. Soweit Clive sehen konnte, existierte kein Durchgang. Es mußte einen geben, sagte ihm die Vernunft. Aber er war verschwunden. Wenn er denn überhaupt je existiert hatte, lag er jetzt jenseits seiner Sinneswahrnehmungen, außer Reichweite. Wo auch immer er sich jetzt befand, er mußte damit zurechtkommen.

Sidi Bombay und Horace Hamilton Smythe warteten auf ihn. Smythe stand in ordentlicher Paradestellung, Füße leicht gespreizt, Hände hinter dem Rücken verschränkt, der Griff seiner Pistole zeigte sich im Halfter an der Hüfte. Sidi Bombay, groß und hager, die schwarze Haut beinahe unsichtbar gegen den schwarzen Hintergrund, stand mit ausgestrecktem Arm da. Clive wurde merkwürdigerweise an ein Bild von Christus erinnert, der seine Jünger aufrief, ihm zu folgen.

Sie machten sich auf den Weg durch die schwarze Landschaft. Während sich die Augen allmählich an die seltsame Landschaft gewöhnten, zeigte es sich, daß das Licht der wirbelnden Sterne für den praktischen Gebrauch ausreichend war. Aber langsam überkam Clive Folliot eine tiefe Niedergeschlagenheit.

Alles war Schwärze. Der Himmel, mit Ausnahme der langsam rotierenden Lichtpunkte, war der Himmel einer Mitternacht. Der Boden unter den Füßen war totes Schwarz. Es gab Vegetation — Gras, höheres Gebüsch, dann, nicht weit entfernt, größere Bäume —, aber alles war schwarz. Noch weiter entfernt erhoben sich Hügel schwarz gegen einen schwarzen Horizont, deren Konturen gegen die ferne Schwärze des Raums lediglich aufgrund einer feinen Musterung zu erkennen waren — oder vielleicht auch aufgrund eines tief verwurzelten Gespürs für Entfernung und Masse.

Sie vernahmen keinen Tierlaut — tatsächlich waren die einzigen Laute die der drei Seite an Seite gehenden Männer. Und sie erblickten kein tierisches Leben; kein Nagetier oder Wiederkäuer flüchtete in Sicherheit, kein Raubtier näherte sich den dreien — oder zumindest kein Raubtier, das ein Zeichen seiner Anwesenheit gab. Kein fliegendes Tier schlug mit Schwingen, mochten sie gefiedert oder fleischig sein.

Sidi Bombay trieb dahin wie ein Geist, dessen dünne Robe und zerrissener Turban gegen die Dunkelheit sichtbar war.

Horace Hamilton Smythe führte sich wie ein Soldat auf, indem er durch die Landschaft marschierte. Sein Gesicht war besser als das von Sidi Bombay zu erkennen; auch die Khakikleidung war sichtbar. Hier und da, beim Schwung der Hüften oder bei einer Unebenheit des Bodens, sah man den Griff des Revolvers aus dem ledernen Halfter hervorlugen. An diesem Ort war der mitternachtsblaue Stern schwarz, und die glitzernden Diamanten, die die kreiselnde Spirale im Himmel widerspiegelten, schienen sich in Übereinstimmung mit diesen Sternen zu bewegen.

Die Landschaft stieg an.

Sie hatten sich weit von der Küste des schwarzen Wassers entfernt, wo ihre Barke gelandet war, und Clive Folliots Muskeln schrien nach einer Rast. Clive nahm an, daß die beiden anderen Männer ähnlich müde waren.

»Zeit für eine Rast — und eine Besprechung«, schlug Folliot vor. Er hatte mehr Gründe als diesen, eine Rast einzulegen. Abgesehen davon, daß er wirklich Ruhe und ein Gespräch benötigte, spürte er die Pflicht, sich seiner Rolle als Anführer der kleinen Gruppe erneut zu versichern. Sidi Bombay und Horace Hamilton Smythe waren von ihm eingestellt worden und so gesehen Bedienstete unter seinem Kommando.

Aber in Clive war das Gefühl gewachsen, daß ihm die Herrschaft entglitten war. Smythe behielt seine höfliche und untergeordnete Haltung, aber darunter lag eine Spur Unabhängigkeit. Und Sidi Bombay — Sidi Bombay war mit der Barke aufgetaucht und hatte die Gruppe zu diesem Ort geführt. Wer war dieser Mann? Welchem Herrn diente er? Was hatte er vor?

Clive ertappte sich bei der Frage, welchen Zweck diese Expedition nun verfolgte. Vielleicht das nackte Überleben! Die Verfolgung des verschwundenen Neville Folliot schien jetzt ein untergeordnetes Ziel zu sein — und blieb dennoch ein Ziel, von dem Clive nicht abweichen durfte.

Die drei Männer setzten sich auf die Erde. Clive betrachtete das hiesige pflanzliche Leben genau, das Gras und die kleineren Sträucher. Alles schien normal zu sein, abgesehen von der schwarzen Färbung. Die Luft war kühl und klar, abgesehen von einem leichten unbekannten, wengleich alles in allem angenehmen Beigeschmack.

»Ich frage mich«, grübelte Clive laut, »ob wir hier ein Lagerfeuer entzünden können. Wenn wir etwas trockenes Holz sammeln und entzünden — würde es brennen?«

»Mag sein, Engländer.« Sidi Bombays Stimme klang dünn und unvertraut in dieser unvertrauten Welt. »Aber wir dürfen nicht zu lange an einem Ort verbleiben. Wir haben noch einiges zu gehen. Zaudern bringt keinen Gewinn.«

»Gehen — gehen wohin?«

»Weiter, Engländer.« Sidi Bombay nickte, und sein weißer Turban hob und senkte sich in der Schwärze.

»Wir bewegen uns mit Sicherheit nicht nach Norden. In Richtung auf den Sudan?«

»Nach Norden, Engländer?« In dem Geisterlicht der wirbelnden Sterne reflektierten Sidi Bombays unregelmäßige Zähne das Licht der fernen Sterne wie weiße Rechtecke in einer schwarzen Maske. »In gewisser Weise, Engländer, mag man sagen, daß wir uns tatsächlich noch immer Richtung Norden bewegen.« Wieder hob und senkte sich der weiße Turban in spöttischer Zustimmung.

»Aber wo befinden wir uns? Wir haben mit Sicherheit den Sudd verlassen. So fremdartig dieser Ort hier auch sein mag, er ist noch immer erdähnlich. Hier gibt es keine Krokodile und Nashörner, Bäume und Raubtiere und nesterbauende Vögel. Dort steigt die Sonne empor und sinkt herab, und die Pflanzen sind grün. Und dort ist Leben, überall um einen herum. Aber hier ... Hier ...«

Er deutete auf ihre Umgebung. »Alles Schwärze. Alles — Tod.« Er hatte nicht die Absicht gehabt, melodramatisch zu werden, aber er hatte das letzte Wort unwillkürlich in einem Flüsterton ausgestoßen, der ein Schluchzen enthielt. Er blickte seine Gefährten bittend an. Obwohl er Offizier war und Smythe lediglich Quartiermeister und Sergeant — und Sidi Bombay war sogar nur ein farbiger Führer —, fühlte sich Clive hilflos und abhängig von den beiden anderen.

»Halten Sie die Ohren steif, Sör«, munterte ihn Smythe auf. »Alles wird sich im Lauf der Zeit aufklären.«

»Das weißt du, Sergeant?«

»Ich hoffe es, Sör. Wenn ich soviel sagen darf, ich bete darum.«

»Aber du weißt's nicht?«

»V'leicht machen wir uns am besten wieder auf den Weg, Sör.« Er langte in eine Tasche der Khakihose und zog eine massive Remontoiruhr hervor. Aus irgendeinem Grund mußte Clive Folliot angesichts dieser grotesken Handlung laut auflachen. Er wurde an das weiße Kaninchen aus Lewis Carrolls ›Alice im Wunderland‹ erinnert.

Smythe stimmte in das Gelächter ein.

Selbst Sidi Bombay gestattete sich ein trockenes Kichern.

Und Folliot stellte fest, daß er einen Teilsieg errungen hatte. Er hatte sich selbst wieder versichert, daß er jemand war, auf den man zählen konnte. Er sagte: »Sehr gut. Da keiner von uns an übermäßiger Müdigkeit leidet — oder an Hunger oder Durst —, wollen wir weiter.«

Ihr Weg führte stetig aufwärts, hinauf in die Schwärze. Die Luft wurde merklich dünner und kälter, aber die wirbelnden Sterne, die das notwendige Licht spendeten, blieben auf ihrer majestätischen Bahn. Abgesehen davon gab es kein Anzeichen dafür, daß Zeit verstrich.

Sie hätten für Stunden oder gar Jahrhunderte marschieren können, aber tatsächlich, so grübelte Folliot, marschierten sie durch irgendeine zeitlose Sphäre, in der weder Stunden noch Jahrhunderte eine Bedeutung hatten. Clive fragte sich, welche Stunde Horace Hamilton Smythes Taschenuhr anzeigte — aber dann fiel ihm ein, daß es letztlich überhaupt nichts bedeutete. Gleichgültig, ob die Uhr die sechste oder die zwölfte Stunde anzeigte, es machte keinerlei Unterschied.

Er stieß ein Kichern aus. Ihm fiel auf, daß er vertraute Melodien leise vor sich hinsummte. Eine davon war, wie er bemerkte, ein Lied, das sein Freund du Maurier in der Burleske *Cox and Box* gesungen hatte. Er lächelte kläglich. *Oh, du Maurier, wenn du mich jetzt nur sehen könntest. Wenn deine mystische Kommunikation unser beider Bewußtsein gerade in diesem Moment vereinen würde ...*

Die erneuten Gedanken an du Maurier brachten sein

Bewußtsein zurück nach London und zu Annabella Leighton. Ihre Lippen, ihr Gesicht schienen vor ihm in der Luft zu treiben. Die unheimliche Schwärze dieser fremdartigen Welt hoben das Rot ihrer Lippen, das Weiß ihrer Haut hervor. Er sah sie teilweise entkleidet, ihre Umrisse erleuchtet vom warmen Kaminfeuer ihrer Londoner Wohnung. Wie sie ihn manches Mal geneckt hatte, wenn sie sich langsam auszog, in Hemdchen und Strumpfhaltern posierte, ihn anlächelte und ...

»Engländer!«

Folliot blieb abrupt stehen, während Sidi Bombays Hand ihm durch die Khakijacke die Schulter drückte. Clive stand am Rand eines Vorsprungs. Die schwarze Landschaft hatte sich zu einem schroffen Gebirge angehoben. Zentimeter vor seinen Zehenspitzen fiel das Land nahezu senkrecht nach unten ab.

»Einen Schritt weiter, Engländer, und du hättest die Antworten auf alle Geheimnisse des Daseins erhalten!«

Am Fuß der Klippe erstreckte sich eine schwarze Landschaft. Von der Oberfläche eines Flusses, der eine kahle Ebene durchströmte, schimmerte glitzerndes Sternenlicht in diese Höhe herauf.

Und weit am Ende der Mitternachtsebene glitzerten verführerische Lichter, und aus einer prächtigen Stadt erhoben sich schwarze Türme schlank und hoch in die kalte schwarze Nacht.

Clive Folliot stand Seite an Seite mit dem hageren weißgekleideten Führer, tat einen langsamen Atemzug nach dem anderen und ließ die schmerzliche Aussicht langsam ins Bewußtsein sinken.

»Major Folliot, Sör! Sidi Bombay!«

Sidi Bombay hatte die Hand von Clives Schulter genommen und wandte sich Horace Hamilton Smythe zu.

»Schaut mal her, was hier herumliegt!« rief der Sergeant.

KAPITEL 12

Die Schweigende Stadt

Clive lief an Sergeant Smythes Seite.

»Sehen Sie mal, Sör!«

Smythe hatte sich vor einem rechteckigen Objekt mit gewölbter Oberfläche hingekniet. Es war genauso schwarz wie alles übrige in dieser Welt, aus einem glatten schwarzen Stein geschnitten. Es hatte die Länge eines Menschen, die Breite eines Menschen, und es war tief genug, um ...

»Ein Sarg, ja, das ist bestimmt ein Sarg.« Die trockene Stimme Sidi Bombays tönte über Clive Folliots Schulter.

»Aber wessen Sarg ... Was ...?« stammelte Clive verblüfft.

»Können Sie sich vorstellen, wie er hier heraufgekommen is, Sör?« fragte Sergeant Smythe mit heiserer Stimme.

Sidi Bombay streckte den Arm aus und intonierte: »Der Sarg des Propheten hob sich durch die Luft und wurde ins Paradies getragen. Mit Sicherheit kann der Sarg eines Geringeren auf diesen Berggipfel getragen werden.«

Smythe grunzte. »Ha! So wird's gewesen sein, Sidi Bombay. Ich will mich mit Leuten wie dir nicht über Theologie streiten.«

Ein verzerrtes Lächeln teilte Sidi Bombays hagere Züge. »Der englische Sergeant hat, wie ich sehe, gelernt, wann er sich nicht herausfordern lassen soll.«

»Aber wessen sterbliche Überreste könnte der Sarg enthalten?« Clive kehrte zum Thema zurück.

»Es gibt nur einen Weg, das herauszufinden, o Engländer.« Sidi Bombay näherte sich dem Sarg. Er suchte nach einer Möglichkeit, ihn zu öffnen, aber sein Verhalten war mehr das eines Mannes, der nach etwas ihm Bekannten suchte, als das eines Mannes, der lediglich ziellos herumsuchte. Es gab keine sichtbaren Scharniere an dem Sarg, aber eine eingelegte Leiste zeigte eine etwas andere Schwärze.

Clive Folliot, der Sidi Bombay über die Schulter zuschaute, erhaschte einen Schimmer der jetzt vertrauten Sternenspirale. Er beobachtete die langen knochigen Finger dabei, wie sie so rasch in einer bestimmten Reihenfolge über die schimmernden Punkte glitten, daß er sie niemals hätte nachvollziehen können.

Der Deckel des Sargs bog sich von den Männern weg, als wäre er an funkelnagelneuen maschinell hergestellten Scharnieren befestigt, die geölt worden waren, um lautlos zu funktionieren, und als würde das Ganze von einer strammen Feder angetrieben. In dem Sarg, auf einem schimmernden Polster, lag eine Leiche.

Das Gesicht war dem von Clive Folliot ausgesprochen ähnlich: lediglich eine andere Gesichtsbehaarung unterschied den einen Mann vom anderen. Die Haut war totenbleich, die Kleidung die Uniform eines Majors der Royal Somerset Grenadier Guards. Die Hände des Leichnams waren über der Vorderseite des glänzenden Uniformrocks gefaltet und umklammerten ein ledergebundenes Buch.

»Neville!« rief Clive Folliot.

Sergeant Smythe legte eine starke Hand auf Folliots Schulter. »Ruhig, Sör! Ruhig bleiben!«

»Aber — das ist mein Bruder! Mein Zwillingsbruder! Mein ...«

Clive Folliot fiel neben dem Sarg auf die Knie, ließ die Unterarme auf der Kante aus Obsidian ruhen und starrte wie vom Donner gerührt in das Gesicht des Leichnams, in ein Gesicht, das auf so erstaunliche Art dem eigenen ähnelte.

»Er ist niemals durch den Sudd gekommen. Irgendwie hat er die gleiche — Passage, den gleichen Kanal, das gleiche Tor durchschritten … dieses kristallene Rubinportal. Er ist gleichfalls hierhergekommen …«

»Ja, Engländer. So muß es sein, in der Tat, hier ist er.« Sidi Bombay hatte sich Clive genähert. Während er nickte, hob und senkte sich feierlich sein zerrissener Turban.

Clive hob das Gesicht und blickte Sidi Bombay und Horace Hamilton Smythe an. »Das gibt mir keine Antwort darauf, wie er gestorben ist und warum er sich hier befindet. Aber es beweist, daß er nicht allein hier war, denn er wurde in diesen Sarg gelegt, und das Ganze ist absichtlich hier heraufbefördert worden … Von irgendwelchen Leuten.«

Er machte eine Pause und fuhr fort: »Bei allem Respekt vor deiner Religion, Sidi Bombay, ich glaube nicht, daß Allah Neville in dem Sarg hier heraufbefördert hat. Irgend jemand aus Fleisch und Blut hat das getan. Vielleicht«, — und er streckte den Arm über den Sarg aus und deutete auf die Ansammlung eleganter Türme, die sich aus der Ebene jenseits der Bergwand erhoben —, »irgend jemand aus dieser Stadt.«

Sergeant Smythe richtete sich auf und stellte sich an die Felsenkante. »Vielleicht kann uns dein Allah dort hinunterfliegen, Sidi Bombay. Wenn nicht, wird's ein langer Marsch um den Rücken dieses Berges herum werden, bis wir einen Weg nach unten finden. Wir können nich den Weg zurück, den wir gekommen sind, glaub ich nich.«

»Allah könnte uns in Seiner Handfläche halten, o Sergeant. Für den Allmächtigen wäre diese Aufgabe nichts Besonderes. Aber wir sind hier unsere eigenen Herren, und es liegt an uns, aus dieser mißlichen Lage zu machen, was wir wollen.«

Clive war der kalte Schweiß ausgebrochen. »Das mag der Schlüssel sein …«, wisperte er. Er langte mit zitternden Händen nach den Fingern seines toten Bruders, um sie von dem Buch zu lösen. Die Finger waren eiskalt und steif, und Clive mußte sie vom Buch wegbiegen.

Sobald er das Buch losgelöst hatte, zog er es aus Nevilles toten Händen, erhob sich und hielt es vor sich hin. Als er versuchte, es zu öffnen, fand er es mit einem kleinen Schloß verschlossen, wie es kichernde Schulmädchen benutzten, um ihr Tagebuch zu sichern.

Clive drehte das Buch hin und her und suchte nach einem Hinweis, wie er es öffnen konnte. Zur Not hätte man das Schloß aufbrechen können. Er betrachtete das Buch im merkwürdigen Licht der kreisenden Sterne. Es war in schwarzes Leder gebunden und trug weder auf der Vorder- noch auf der Rückseite einen Titel. Das einzige Zeichen war eine Miniaturabbildung der Sternenspirale, die Clive so vertraut war.

Ein Geräusch wie das Scharren von Händen auf Kleidern ließ Clive aufschauen. Sidi Bombay und Horace Hamilton Smythe waren beiseite getreten, und es sah fast so aus, als kämpfe der Leichnam Major Neville Folliots und bewegte sich unruhig im Sarg.

Aber Clive bemerkte, daß das nicht im entferntesten der Fall war. Neville Folliot — wenn dies wirklich Neville war — verfiel allmählich. Das Fleisch, das bleich und gelbgrau auf den Polstern des Sargs lag, zeigte die endgültigen Auflösungserscheinungen des Todes. Die Uniform, die Neville trug — die glänzende Paradeuniform seiner Einheit, mit dem metallenen Putz und den golddurchwirkten Quasten —, schrumpfte ein und wurde zu Fetzen und Fäden.

Das nackte Skelett des Mannes, der runde Schädel mit den nunmehr leeren Höhlen, wo Sekunden zuvor noch Augäpfel gesichtslos zum schwarzen Himmel gestarrt hatten, zerbröckelte und zerfiel und ließ eine kalte Leere dort zurück, wo einstmals ein lebendiges Gehirn über die Theoreme des Aristoteles und die Verse des Homer nachgedacht hatte.

Eine verlorene Brise fuhr über den Berggipfel und

hob den Staub von Major Neville Folliot und die Wolle seiner Uniform aus der Seidenbespannung des Sargs und zerstreute beides über die Leere unterhalb der Klippe.

Clive merkte, wie ihn schauderte, aber er gewann die Herrschaft über sich selbst zurück. »Ich habe meinen Bruder gefunden. Ich habe damit den ersten Teil meiner Aufgabe erfüllt. Aber das Wissen, daß Neville Folliot tot ist, reicht nicht aus. Ich muß herausfinden, wie er gestorben ist. Warum er gestorben ist und von wessen Hand. Dieses Tagebuch wird uns viel erzählen, aber ich muß gleichfalls sehen, was dort drüben in der schwarzen Stadt zu finden ist, ehe ich nach England zurückkehren kann.«

Er blickte über die schwarze Ebene hinaus. »Wie können wir dort hinunterkommen?«

»Sarg sieht schrecklich groß aus, Sör.« Sergeant Smythe kniete neben dem Behältnis. Er langte hinein und hob eine Ecke des schimmernden Samtpolsters. Die Kante eines falschen Bodens zeigte sich ganz deutlich im Licht der kreisenden Sterne.

»Geh mir mal zur Hand, Sidi Bombay! Du hast gehört, was der Major gesagt hat.«

Zu Clives Erstaunen befolgte Sidi Bombay den Befehl des Sergeanten. Die beiden Männer stemmten den falschen Boden des Sargs auf und traten zurück, um das Versteck zu betrachten. »Schauen Sie sich das an, Sör! Genau das, was uns eine gute Fee bescheren könnte, sag ich Ihnen!«

Smythe deutete in den Sarg. Sorgfältig verstaut im Raum unter dem falschen Boden lag eine komplette Bergsteigerausrüstung — Haken, Seile, Pickel.

»Das wird 'ne Prüfung für unseren Mut, würd ich mal sagen«, behauptete Smythe.

»Und unseres Glaubens«, fügte Sidi Bombay hinzu.

Clive starrte den weißgekleideten Mann an. In diesem Augenblick schien Sidi Bombay alles zu wissen, was wissenswert war, und es schien erwiesen, daß er die treibende Kraft ihrer Gruppe sein würde. Im nächsten Moment wirkte er eher wie ein Reisender, ein vertrauensvoller Gefolgsmann. Clive sagte: »Sehr gut. Wenn wir hierbleiben, haben wir nichts zu gewinnen. Widmen wir uns unserer Aufgabe!«

Bei ihrem Abstieg hatte Clive die Spitzenposition übernommen. Er fühlte sich als Kommandierender und Anführer der Gesellschaft dazu verpflichtet.

Sidi Bombay hatte die mittlere Position eingenommen, war sowohl mit Folliot als auch mit Smythe über eine Sicherheitsleine verbunden. Sein großer, beinahe magerer Körper wog nur wenig, und trotz seiner manchmal überraschenden Zähigkeit fürchtete Clive um das Überleben dieses ausgemergelten uralten Körpers.

Horace Hamilton Smythe, körperlich der stärkste der drei, sicherte die Gruppe, wobei er die Sicherheitsleine um den Leib geschlungen hatte. Sollte Sidi Bombay stürzen, könnten Smythes starke Muskeln und sein fester Griff ihn möglicherweise retten. Sollte Clive Folliot stürzen, hätte Smythe gleichsam das Gewicht von allen dreien zu tragen.

Der Abstieg selbst war körperlich erschöpfend, wenngleich weniger schwierig, als Clive erwartet hatte. Als junger Mann hatte er die Hügel und die netten alten Berge seines Heimatlandes bestiegen. Er hatte aus sportlichen Gründen in den schweizerischen und italienischen Alpen das Bergsteigen betrieben. Er wußte, daß bei einem Abstieg mehr Anforderungen an Konzentration, Vorsicht und Überlegung als an rohe Kraft oder hohe Geschicklichkeit zu stellen waren.

Er plante jeden einzelnen Schritt, jeden Griff, jedes Plazieren der Finger oder Zehen, ehe er ihn durchführte. Wann immer es möglich war, plante er nicht nur eine Bewegung, sondern drei oder vier im voraus — wie ein Schachspieler, der einen Angriff vorbereitet.

Als er den Riß erblickte, hieß er ihn willkommen wegen der Hand- und Fußgriffe, die er bot, wegen der Möglichkeit, vielleicht zu rasten und zu ruhen. Erst als er sich in der Öffnung niederließ und in die Ritze in der Bergwand spähte, die sich wie die Iris eines titanischen Katzenauges öffnete, sah er die Bewegung.

Das Organ, das nach Clive griff, konnte alles mögliche sein, was es an Langem und Beweglichem und Tödlichem geben mochte. Der Arm eines riesigen Orang-Utans. Das Tentakel eines gigantischen Tintenfischs. Die Zunge eines ungeheuerlichen Lurchs.

Wie alles übrige auch, was sie bislang in dieser Welt gefunden hatten, war es gleichfalls pechschwarz. Es rollte sich aus, fuhr in einem tödlichen Wirbel an Clives Gesicht vorüber und wurde in den Spalt zurückgezogen. Clive erhaschte kaum einen Blick auf die gezackten Kanten des Tentakels, und als es zurückgezogen wurde, summte es hörbar gegen etwas. Von den wirbelnden Sternen in dem mitternächtlichen Himmel drangen fahle Lichtstrahlen in die Öffnung im Berg und wurden von den glitzernden Augen der Kreatur reflektiert.

Fröstelnd bemerkte Clive, daß die Zacken an der Sicherheitsleine entlanggefahren waren. Absichtlich oder auch nicht, das Ding hatte die Leine gekappt. Clive war jetzt ungesichert und von den beiden Kletterern am Berg über ihm abgeschnitten. Wenn er den Halt verlöre, gäbe es keine Hilfe von Sidi Bombay oder Horace Hamilton Smythe.

Er suchte sicheren Halt, beugte sich dabei so weit wie nur möglich von der Bergwand weg und spähte nach oben. Er erkannte Sidi Bombay etwa zwanzig Meter höher an der Wand, wie er langsam nach unten kam. Weitere fünfzehn oder zwanzig Meter höher erblickte Clive Horace Hamilton Smythe.

Mit aller Kraft rief Clive zu seinen Kameraden hinauf und bat sie, ihm ihre Waffen zuzuwerfen. Er mußte sich wiederholen, aber schließlich verstanden sie ihn.

Sidi Bombay ließ seinen Stab fallen und der taumelte auf Clive zu. Folliot faßte ihn mit beiden Händen, drückte sich dabei verzweifelt an die Wand des Spaltes und sicherte sich mit gespreizten Knien.

Er hielt den Stab in einer Hand, sicherte sich mit dem Ellbogen und spähte hinauf zu Horace Hamilton Smythe. Der Sergeant war eine schwarze Silhouette in der Schwärze der Nacht. Er rief zu Clive hinunter und ließ die Pistole fallen.

Sie stürzte nach unten. Clive schien es, als wäre die Zeit eingefroren. Der Revolver fiel unendlich langsam, drehte sich dabei unablässig um sich selbst, die diamantenen Sterne erschienen und verschwanden bei jeder Drehung, wurden größer und strahlender bei jeder Drehung, bis sich der Revolver nur noch etwa einen Meter über Clives Kopf befand.

Clive wagte nicht, den Blick von dem fallenden Revolver abzuwenden, nicht für den Bruchteil einer Sekunde. Wenn sich das Monster auf ihn zu bewegte, müßte er der Vorsehung vertrauen, daß es ihn nicht eher erreichte, bevor er den Revolver in Händen hielte.

Die Diamanten wirbelten noch einmal in seinem Blickfeld umher und glänzten dabei mit der Helligkeit von Sonnen. Dann fiel der Revolver mit einem dumpfen Schlag, der gleichermaßen zu hören wie zu fühlen war, Clive in die Hand.

Er schwang den Arm herum, während sich gleichzeitig Handfläche und Finger um den Griff des Revolvers schlossen und der Zeigefinger sich durch den Sicherheitsbügel schob. Er richtete den Revolver auf den Spalt und zielte.

In diesen vorüberhuschenden Augenblicken, diesen Sekundenbruchteilen, die es benötigte, diese Handlung zu vollführen, besaß Clive weder Gedanken noch Willen. Er war Passagier des eigenen Körpers, ein Beobachter im eigenen Schädel. Irgendein instinktives oder reflexartiges Wissen lenkte jeden Muskel.

Er streckte den Zeigefinger und drückte den Abzug des Revolvers, ohne daß er darüber nachdachte oder sich dazu zwingen mußte. Der Spalt wurde von dem Blitz erhellt, der aus der Mündung des Revolvers zuckte.

Das Licht erschien und verschwand schneller als ein Augenzwinkern. In diesem winzigen Bruchteil einer Sekunde erblickte Clive etwas, das ihn während des gesamten Rests seines Lebens begleiten würde, gleichgültig, ob diese Spanne in Augenblicken oder Dekaden zu bemessen wäre.

Ein Gesicht.

Ein ungeheuerliches, schreckliches Gesicht.

Kein menschliches Gesicht, aber ein Gesicht, das etwas Menschliches enthielt, irgend etwas Bizarres, Qualvolles, Schmerzerfülltes, ja Haßerfülltes, das einmal menschlich gewesen sein mochte. Und auch etwas Insektenhaftes, denn die Augen waren riesig und facettenhaft und warfen den Blitz des Revolvers in tausend zersplitterten Fragmenten zurück. Und auch noch etwas anderes, etwas Obszönes und Haßerfülltes und unendlich Verwerfliches.

Clive vermutete, daß es die Zunge dieses Gesichts gewesen war, die hinter ihm hergeschwirrt war, die Sicherheitsleine gekappt und ihn von dem weißgekleideten Sidi Bombay über sich getrennt hatte.

Und dann, als das Nachleuchten des Blitzes schwand, traf die Kugel aus Horace Hamilton Smythes Revolver dieses Gesicht, traf tödlich mitten hinein, und es zerplatzte wie eine überreife Tomate, die auf einen armen Unterhaltungskünstler in einer billigen Musikkneipe im schlimmsten Teil von Whitechapel geworfen wurde.

Der Knall des Revolvers hallte im Spalt wider, hallte in Clives klingelnden Ohren. Und zusammen mit dem Donner dieser Explosion kam das Geräusch der herausspritzenden Flüssigkeit. Zerplatzt. Zerschmettert.

Es explodierte, und Fetzen von Fleisch und Fluten abscheulichen Bluts und weitere ekelhafte Flüssigkeit, heiß und stinkend wie die tiefsten Abgründe der Hölle, überschwemmten Clive.

Er stemmte Sidi Bombays Stab gegen die Wände des Spalts, steckte sich Horace Hamilton Smythes Revolver in den Gürtel und klammerte sich an, klammerte sich verzweifelt ans Innere des Spalts.

Klumpen von Protoplasma zischten ihm um die Ohren und fielen hinunter auf die schwarze Ebene. Wo die heiße Flüssigkeit seinen Körper traf, spürte er eine augenblickliche und ekelhaft unnatürliche Wärme. Er blinzelte und sah an sich selbst hinab. Er war mit Schleim durchtränkt, aber noch während er seine Kleidung und die freien Körperteile untersuchte, zischte und dampfte und brodelte das Zeug davon, zerstreute sich in der kalten, dunklen, trockenen Luft des Bergs.

Bittere Galle stieg Clive in der Kehle auf, aber er zwang sie zurück, zwang sich zu Ruhe und Übersicht, ehe er das Gesicht den Begleitern über ihm zuwandte. Er rief ihnen etwas zu, und nach seinen Angaben kletterte Sidi Bombay so weit herab, bis das untere Ende der abgetrennten Sicherheitsleine in Clives Reichweite hing.

Clive knüpfte sich vorsichtig wieder an die Sicherheitsleine, wobei er die durchtrennten Enden fest verknotete.

Er setzte den Abstieg fort.

Der Marsch vom Fuß der Berge zur schwarzen Stadt verlief ereignislos.

Nichts lebte auf der schwarzen Ebene, kein lebendes Geschöpf schwamm im schwarzen Fluß. Zumindest keines, das sich Clive, Smythe oder Sidi Bombay zeigte.

Als sie die schwarze Stadt erreichten, wurde ihnen klar, daß sie noch größer, noch überwältigender war, als sie von der Klippe aus erschienen war, wo sie Nevilles Sarg gefunden hatten.

Das Licht der wirbelnden Sterne drang nur schwach in die Stadt hinein. Statt dessen tanzten glänzende Punkte in der Luft wie Stäubchen im Sonnenlicht. Jeder Punkt sandte ein winziges Lichtbündel aus, das tanzte und auf- und niederflog, unberührbar und ungreifbar. Die Lichtstäubchen schwärmten in unzählbaren Millionen umher und sorgten für eine Beleuchtung, die vergleichbar war mit einem dämmrigen Zwielicht.

Die Gebäude unterschieden sich in Größe und Form, aber sie waren alle in einem Ebenmaß aus Anmut und Stattlichkeit errichtet worden, das Aufschluß über die Natur ihrer Architekten gab. Alle waren sie schwarz, die einzigen Unterschiede im Material bestanden in dessen Oberfläche: einige waren blank poliert und schimmerten im reflektierten Licht der Sterne und Stäubchen; andere waren matt.

Es war nicht weiter schwierig, das Zentrum der Stadt zu finden, weil sich hier ein gewölbter Monolith himmelwärts streckte, dessen schmale schwarze Spitze in der Schwärze der Himmel verschwand. Der Turm war in mehr als einer Hinsicht ein Monolith: er war augenscheinlich ein einziges Stück Stein. Dies galt für alle Gebäude in der Stadt, und Clive Folliot argwöhnte, daß die gesamte Stadt in Wahrheit ein einziger Monolith war, eine einzige titantische Skulptur oder vielleicht ein Guß aus irgendeinem schwarzen basaltähnlichen Material, das zu einer einzigen Einheit geformt und gehärtet worden war.

Was, wenn die gesamte schwarze Welt ein Monolith wäre?

Er schüttelte den Kopf und näherte sich zunächst dem Bogenturm.

Durch ein hohes Tor gelangte er in eine große schwarze Halle. Dort bemerkte er einen Altar, auf dem ein Sarg stand, eine Miniaturausgabe des Sargs, in dem Bruder Neville gelegen hatte. Neben dem Altar hing ein mannshoher Gong, und daneben lag ein Schlegel.

Clive öffnete den Sarg ohne Schwierigkeiten. Darinnen lag ein Objekt von gewöhnlichem Aussehen, nichtsdestoweniger überraschend in seiner Erscheinung. Es war ein Schlüssel, ein kleiner gewöhnlicher Schlüssel, nicht länger als zwei Zentimeter.

Aber er war aus Bronze. Und er war nicht schwarz.

Ohne zu zögern, hob er den Schlüssel aus dem Behältnis, steckte ihn ins Schloß am Tagebuch seines Bruders und drehte ihn herum.

Er wandte sich der letzten Eintragung in dem Tagebuch zu. *Wenn du so weit gekommen bist*, las er, *mußt du den Altar im Turm von Q'oorna gefunden haben. Der Turm von Q'oorna stellt das Zentrum der Stadt von Q'oorna dar. Diese Welt ist das Dungeon von Q'oorna. Schlag den Gong, Clive. Das ist jetzt alles, was du zu tun hast, aber welche Zweifel du auch haben magst, du darfst nicht untätig bleiben. MEIN BRUDER CLIVE! ICH BESCHWÖRE DICH, SCHLAG DEN GONG!*

Kein Zweifel trübte Clives Bewußtsein, daß dieses Tagebuch von seinem Bruder geschrieben worden war. Er kannte diese Handschrift sein ganzes Leben lang, sie war der seinen sehr ähnlich, aber nicht gleich.

Vielleicht sollte er zum Anfang von Nevilles Tagebuch zurückblättern und die früheren Eintragungen lesen, ehe er der Aufforderung Folge leistete, aber er besaß nicht die Geduld. Nicht jetzt.

Er überdachte die Lage, in der er sich befand. Sein ganzes Leben lang war er seinem Bruder untergeordnet gewesen und von dessen stärkerem Willen beherrscht worden. Diese Expedition, die ihn von England nach Sansibar, von Sansibar zum Äquator und jetzt zu dieser fremden Welt, genannt das Dungeon von Q'oorna, geführt hatte — all das hatte Neville Folliot zum Thema, zum Anlaß. Clive hatte nicht wirklich den Wunsch verspürt, nach Afrika zu reisen. Er war im Grunde ein ruhiger Mann; er liebte es, sich als Intellektueller zu geben, und hatte den Wunsch, den Dienst Ihrer Majestät zu quittieren und zu einem ruhigen und beschaulichen Leben nach England zurückzukehren.

Statt dessen war er Tausende von Kilometern gereist, hatte Härten und Risiken überstanden und seinen Bruder gefunden — tot.

Aber selbst das hatte Clive nicht aus der Herrschaft seines älteren Zwillingsbruders entlassen. Noch aus dem Grab heraus kommandierte Neville Clives Handlungen. Aus dem Grab!

Clive legte das Tagebuch auf den Altar, nickte ernsthaft zunächst Quartiermeister Horace Hamilton Smythe und dann dem hageren Sidi Bombay mit seinem Turban zu. Mit ein paar Schritten ereichte er den Gong. Er hob den Schlegel und schwang ihn einmal.

Der Klang des Gongs war weich, jedoch nahezu unerträglich süß, und unendliche Harmonie von Unter- und Obertönen erfüllten sein Bewußtsein mit Klangfarben, die tanzten und wirbelten wie die Stäubchen in der Stadt und die Spiralsterne am Himmel.

Noch ehe der Klang zur Stille abebbte, hörte Clive das Getrampel von Füßen und die Rufe aus der Stadt von Q'oorna.

KAPITEL 13

Der Kalif von Q'oorna

Clive Folliot fuhr herum. Die Halle war voller Soldaten. Es waren Araber und Nubier und Mameluken. Sie waren mit Speeren und Säbeln und langläufigen, mit Ornamenten verzierten Büchsen bewaffnet, mit Bögen und Pfeilen, mit rohen Holzknüppeln und sogar Steinäxten.

Sie eilten heulend herbei, schwangen ihre Waffen und stießen Drohlaute aus und gestikulierten heftig, aber keiner griff die drei Außenseiter tatsächlich an.

Clive hatte nach der beinahe tödlichen Begegnung mit dem Gesicht im Spalt Sidi Bombay den Stab und Horace Hamilton Smythe den amerikanischen Marinecolt zurückgegeben, nachdem sie sicher den Fuß des Felsens erreicht hatten. Clive selbst war — wenn man es so ausdrücken wollte — mit dem Schlegel bewaffnet, den er benutzt hatte, um den Gong zu schlagen. Er hielt ihn in der einen, das Tagebuch seines Bruders in der anderen Hand.

Nun duckte sich Smythe und hielt dabei seinen amerikanischen Revolver kampfbereit vor sich.

»Nicht schießen, Smythe!« befahl Folliot. »Bleib ruhig, Mann! Wir wissen nicht, was sie wollen. Vielleicht können wir mit ihnen verhandeln.« Er wünschte sich etwas Tödlicheres als nur den Schlegel als Waffe — seinen Militärsäbel oder selbst den Säbel, den er am Strand gefunden und gegen die Riesenspinne benutzt hatte. Aber diese Waffen waren längst verschwunden; der Militärsäbel war mit dem Wrack der *Azazel* gesunken und der arabische Säbel in Bagomoyo zurückgelassen worden.

Hinter den Linien der buntgemischten Armee ertönte

ein Ruf, und mit einem unartikulierten Brüllen griffen die seltsamen Soldaten an.

Ein nubischer Speer sauste an Clives Wange vorüber. Er sah, wie Sidi Bombay einen blitzenden Säbel mit seinem Stab parierte. Sidi Bombay handhabte den schweren Stock, als wäre er Little John, der zusammen mit Robin Hood und dessen Gefolgschaft kämpfte.

Ein Krieger, völlig nackt bis auf einen Lendenschurz und Ketten, schwang Clive eine Keule entgegen. Clive parierte mit dem Schlegel, und als der Krieger an ihm vorübertaumelte, traf er den Mann kräftig hinters Ohr. Der Mann stürzte hinter Folliot zu Boden, und Clive hatte keine Zeit, sich weiter um ihn zu kümmern.

Aus dem Augenwinkel sah Clive einen orangefarbenen Blitz. Es gab einen Knall, der wie ein verstärkter Donner durch den höhlenartigen Raum hallte. Er fuhr herum und erblickte einen dolchbewehrten Banditen, der auf den schwarzen Marmorboden fiel. Er hatte sich auf Horace Hamilton Smythe geworfen, und Smythe hatte ihn mit einem einzigen Schuß aus dem Marinecolt erledigt.

Sidi Bombay, groß und hager und leichenblaß, war von Angreifern umringt. Ganz ruhig schwang er seinen Stab, wandte sich dabei einem Gegner nach dem anderen zu und hielt einen Kreis von einem bis zwei Meter um sich herum frei, mit sich selbst als Mittelpunkt.

Angreifer um Angreifer ging zu Boden. Säbel blitzten, Gewehre dröhnten, schwere Stäbe wurden gehoben, und Sidi Bombay, dessen Gesichtsausdruck ernste Gleichmütigkeit zeigte, schien seinen Stab immer genau zum richtigen Zeitpunkt an die richtige Stelle zu schwingen. Wo auch immer ein Säbel herabblitzte, er traf immer wieder gegen den Stab, wobei sich die Klinge löste und über die Angreifer hinweg durch die Luft wirbelte. Wo sich auch immer eine Flinte hob, da wurde Sidi Bombays Stab ein verwischter Fleck braunen Holzes gegen die schwarze Architektur, die Flinte klapperte zu Boden, ein Araber stolperte davon und hielt sich die gebrochenen Fingerknöchel.

Beinahe unbewußt hatten die drei Gefährten ein gleichseitiges Dreieck gebildet, Rücken an Rücken an Rücken. Smythe zielte mit dem Colt, feuerte, zielte, feuerte. Jeder Schuß warf einen Angreifer zu Boden. Der Mann verfehlte nicht einen einzigen.

Clive schwang ständig seinen Schlegel. Er befand sich in einem merkwürdig entrückten Bewußtseinszustand. Er konnte sich selbst beobachten, war imstande, jede Gefahr zu durchdenken und ihr zu begegnen. Er erteilte Befehle an den Körper, die Arme und Hände, die Füße, teilte ihnen mit, daß sie sich zu bewegen, sich umzudrehen, zu parieren und wie ein Meister im Florettfechten vorzugehen hätten, daß sie zuzustoßen hätten wie ein Soldat mit dem Bajonett und daß sie in Extremfällen den Schlegel wie ein berserkerhafter Wikinger zu schwingen, ihn gegen die Feinde zu schlagen hätten, jetzt vor einem drohenden Dolch beiseite springen müßten, jetzt den Schädel eines Widersachers wie eine Eierschale zerschlagen sollten.

Es war nicht festzustellen, wie viele Angreifer auf den Marmorboden gestreckt wurden. Keine Möglichkeit herauszufinden, wie hoch sich die Körper stapelten, wie rot das Blut über den glatten Marmorboden rann. Eine Wut, gleichermaßen gemischt aus Feuer und Eis, ergoß sich über Clive, floß ihm durch die Adern. Eine Gottheit des Kampfes sang ihm in den Ohren.

Aber das Ergebnis war unausweichlich. Die Übermacht gegen Clive und seine Freunde war überwältigend, fast unendlich groß.

Als Sergeant Smythe den Revolver leergeschossen hatte, gab es keine Möglichkeit mehr, ihn wieder zu laden. Ein rasiermesserscharfer malaiischer Dolch stieß auf ihn nieder, und er duckte sich beiseite und schwang den leergeschossenen Revolver gegen den Malaien mit dem Turban, der den Dolch gebraucht hatte. Der Mann sank in die Knie, und Smythe entriß seiner Hand die Waffe, drehte sie sogleich um, um sich gegen den nächsten Angreifer zu wehren.

Clive hörte ein bedrohliches Geräusch, eine Kombination von Donnern und Splittern, und er sah, wie auf der anderen Seite Sidi Bombay zwei Objekte in die Höhe hielt. Zum erstenmal in dieser Schlacht war der gleichgültige Ausdruck aus Sidi Bombays Gesicht geschwunden und hatte sich in Schrecken verwandelt. Der Stab des hageren Sidi Bombay war in zwei Teile zerbrochen, zweifellos wegen einer Attacke zuviel gegen die Axt, Keule, Flinte, gegen den Körper oder den Schädel eines Angreifers.

Clives eigene Waffe, der schwarze Schlegel, wurde plötzlich von einem Mameluken gepackt. Der Mann zog an dem Schlegel, und Clive zog heftig zurück, wobei er sich mit den Fersen gegen den Marmorboden stemmte. Der Mameluk flog auf Clive zu. Das letzte, was Clive sah, war der Kopf des Mannes, der auf sein Gesicht zuschoß, zu rasch zum Ausweichen.

Es folgte eine Zeit der Dunkelheit und des Schweigens, durchsetzt mit Blitzlichtern und heulenden Winden.

Clive öffnete die Augen und sah in das besorgte Gesicht Sidi Bombays.

»Der Engländer lebt noch. Ich hatte gedacht, du wärst an den Busen des Schöpfers gerufen worden, o Clive Folliot. Jawohl.«

Sidi Bombay neigte sich über ihn. Das dünne dunkle Gesicht war blutbeschmiert, genau wie Sidi Bombays zerrissenes weißes Gewand. Der hagere Mann half Clive, sich aufzusetzen. Clive fand Kraft und Atem wieder und stand auf.

Er befand sich im Raum des schwarzen Altars. Der steinerne Altar war zu einem Thron umgewandelt worden, auf dem der fetteste Mann saß, den Clive je gesehen hatte. Er war riesig, sowohl groß und breit als auch fett. Er mußte nahezu zwei Meter zwanzig Länge messen — zumindest wenn er stand. So wie er dasaß, mußte sein Gewicht nahezu siebenhundert Pfund betragen.

Winzige glitzernde Augen spähten aus den Fleischfalten, die man normalerweise ein Gesicht genannt hätte. Er war in prachtvolle Satingewänder gekleidet und trug einen großartigen Turban auf dem Kopf. Ein großer purpurroter Rubin glänzte von der Vorderseite des Turbans, und die Kleidung war mit Diamanten und Smaragden und Saphiren verziert. Nur wenig von der Haut war zu sehen, aber das, was man sah — besonders bemerkenswert die Hände —, war genauso aufgequollen von Fett wie das schweinchenhafte Gesicht.

An jedem der Finger trug er einen Ring, von denen keine zwei gleich aussahen, und er spielte mit ihnen, mit einem nach dem anderen, und er blickte nur selten auf von den fein gearbeiteten Edelmetallen und den kostbaren Edelsteinen.

Clive bemerkte, daß er zwischen Sidi Bombay und Horace Hamilton Smythe stand. Smythe sah ebenso zerschlagen aus wie Sidi Bombay. Ein rascher Blick teilte Clive mit, daß Smythes Nase gebrochen war, außerdem zog sich über die eine Wange ein langer Riß, und eines der Augen war geschlossen und verfärbt.

Der riesige Mann ihnen gegenüber sprach, und während er sprach, ging Clive irgendwo tief im Bewußtsein blitzartig auf, daß die Wunde auf Sergeant Smythes Gesicht roh vernäht worden war. Wenn die Prozedur auch schmerzhaft gewesen war, so hatte sie Smythe jedoch vor dem Tod durch Verbluten oder einer Infektion bewahrt.

Wer hatte das getan? Sidi Bombay? Oder einer von den Kerlen, die sie gefangengenommen hatten?

Der fette Mann sprach zu ihnen. Seine Worte quollen in raschem ununterbrochenen Fluß. Clive konnte den Sinn nicht verstehen. Einige Worte klangen irgendwie vertraut, wie ein Jargon aus Chinesisch und Spanisch,

Kisuaheli und Hindi. Gelegentlich tauchten vertraute Worte auf, Bruchstücke aus dem Französischen und Deutschen, Lateinischen und Griechischen, irgend etwas, das klang wie Hebräisch und sogar ein oder zwei Silben Englisch.

Einmal glaubte Clive sogar, seinen Nachnamen herausgehört zu haben.

Aber er verstand die Botschaft nicht.

Erst nach und nach nahmen für ihn die anderen Figuren Gestalt an, die im Halbkreis im Raum standen und diesesmal von den flackernden Fackeln in den Wandhalterungen beleuchtet wurden.

In der Nähe des Throns stand ein Mann, dessen Gewand Clive an einen Wesir am Hofe des Sultans von Sansibar erinnerte.

Der Herrscher beendete seinen Vortrag. Der Wesir wandte sich an Clive und seine Gefährten. Die Arme des Wesirs waren über der Brust verschränkt. Er schien auf Antwort zu warten.

Unvermutet fiel Sidi Bombay vor dem Herrscher aufs Gesicht. Der Herrscher sprach weitere unverständliche Worte, und Sidi Bombay richtete sich auf den Knien auf. Er kauderwelschte auf Hindi, nicht mit dem Herrscher, sondern mit dem Wesir.

»Was sagt der Kerl?« wisperte Clive Horace Hamilton Smythe zu.

Smythe wisperte zurück. »Ich kann nur 'n bißchen davon verstehen, Sör. Aber Sidi Bombay bittet um unser Leben.«

Ehe Clive antworten konnte, wurde er nach vorn gezerrt und mit dem Gesicht nach unten zu Boden geworfen. Diese entwürdigende Behandlung war nicht durch den Wesir erfolgt. Ein Paar wilder Dayaken war lautlos barfuß an ihn herangetreten und hatte ihn von hinten gepackt.

Clive versuchte sich zu wehren, aber er spürte etwas Kaltes und Scharfes im Nacken und erhaschte aus dem

Augenwinkel das Blitzen von poliertem Stahl. Mit beinahe lautlosem Greinen lag er still da. Er wurde mit gespreizten Beinen und Armen auf den polierten Marmor gelegt. Er war unverletzt, sah man von den Schrammen und Quetschungen ab, die er während der Schlacht abbekommen hatte. Der Kopf schmerzte ihm heftig, aber das war zu erwarten gewesen, und er war ziemlich sicher, daß er sich nichts gebrochen hatte. Aber ihm wurde klar, daß er sich in akuter Lebensgefahr befand. Diese Tatsache war verbunden mit der Verletzung seiner Würde: Ein Mitglied der englischen Aristokratie und ein Offizier in militärischen Diensten Ihrer Majestät wurde gezwungen, sich hilflos vor irgendeinem wilden Herrscher zu verneigen!

Clive brachte es fertig, sich aus den Augenwinkeln umzuschauen. Sidi Bombay, noch immer auf Knien, redete mit dem Wesir. Der Wesir gab Sidi Bombays Worte an den Herrscher weiter. Nur dem Wesir war es anscheinend gestattet, den Riesen anzusprechen, der auf dem Thron lümmelte.

Sergeant Smythe war nicht mehr zu sehen. Clive hoffte, daß Smythe noch immer hier war, noch immer hinter ihm, nur außerhalb seines Sichtbereichs — daß ihm nichts Schlimmes angetan worden war. Ein Paar nackter brauner Füße fiel Clive gleichfalls ins Auge, einer der Knöchel war mit einem Band von kleinen Knochen und Zähnen geschmückt.

Clive schreckte bei diesem Anblick zurück, nur um zu bemerken, daß sich just dieser Fuß hob, und er spürte, wie er ihm fest gegen den Hinterkopf gedrückt wurde. Eine weitere Bewegung, schien er zu sagen, und kalter Stahl würde den Kopf von den Schultern trennen.

Sidi Bombay nickte Clive zu und sagte: »Ja, das ist er.«

Der Herrscher sprach mit dem Wesir. Der Wesir sprach zu Sidi Bombay. Sidi Bombay nickte und sprach zu Clive Folliot. »Der Große Kalif Achmed Azis al Karami befiehlt dir, dich auf die Knie zu erheben, Engländer.«

Clive gelang es, ohne eine Bewegung Sidi Bombay zuzuflüstern: »Sag dem fetten Schwein, daß kein Offizier Ihrer Majestät einer solchen Beleidigung nachkommen wird.« Clive glaubte, hinter sich ein Wimmern zu hören. Er wagte nicht, sich umzuschauen, ob es Horace Hamilton Smythe war.

»Wenn ich dem Kalifen das sage, wird er den Befehl geben, dich auf der Stelle zu töten. Du hast die Wahl, Engländer, ja. Soll ich es ihm sagen?«

Clive überlegte. Er spürte, daß der nackte Fuß des Dayaken von seinem Schädel entfernt worden war, aber er verspürte gleichfalls die beständige Nähe des Stahls. Er hob sich vorsichtig auf die Knie. Er biß sich mit den Zähnen auf die Unterlippe und sah dem Kalifen ins Auge.

Langsam und deutlich sagte Folliot: »Ihre Magnifizenz, ich bin Offizier in den Diensten Ihrer Majestät Victoria. Als Mann bin ich von Ihrer Gnade abhängig. Sie mögen mich töten, wenn Sie wollen. Aber als Offizier Ihrer Majestät habe ich Ihnen alle Ehrerbietung erwiesen, derer Sie wert sind. Ich werde nicht länger vor Ihnen kriechen.«

Langsam und vorsichtig erhob er sich. »Sidi Bombay«, befahl er, »sag das dem Wesir, auf daß er es seinem Herrn weitersage.« Clive schaute den Kalifen direkt an. In den tiefversteckten Augen des Mannes entdeckte er einen neuen Ausdruck.

Gerade als Sidi Bombay seinen Hindi-Singsang begann, hörte Clive hinter sich das Zischen von kaltem Stahl. Er wandte sich weder dem Streich zu, noch duckte er sich vor ihm; wenn er das tat, würde es ihn erniedrigen, und er würde das Unausweichliche lediglich verlängern.

Kalif Achmed Aziz al Karami bewegte eine juwelenbesetzte Hand. Es war eine winzige Geste, kaum wahrnehmbar.

Aber der polierte Stahl änderte seine Bahn, obgleich er weiter auf Clives Nacken herniederschwang. Er fuhr am Kopf vorüber und schnitt eine winzige Locke des ungebändigten Haars ab, und diese segelte durch die Luft und sank langsam auf den schwarzen Marmorfußboden.

Der Kalif vollführte eine weitere Geste, diesesmal in Richtung auf Clive. Sie war kaum größer als die Bewegung, die Folliot das Leben gerettet hatte, die Drehung einer Hand. Das Licht der Fackeln flackerte und prallte zurück von den prachtvollen Gemmen, die Achmed Aziz al Karamins' fette Finger bedeckten.

Die Geste erinnerte an die Sternenspirale draußen.

Der Kalif sprach erneut, und Sidi Bombay, noch immer auf den Knien, übersetzte.

»Seine Magnifizenz sagt, daß du den Mut deines Bruders besitzt, Engländer. Er sagt, daß dein Mut dir das Leben gerettet hat und daß er das des Engländers Smythe und das meine gleichfalls retten und in deine Hände legen will.«

»Sag Seiner Magnifizenz, daß ich ihm danke.« Clive fragte sich, woher der Kalif gewußt hatte, wer er war, aber er zog es vor, nicht laut zu fragen. Sein Bewußtsein arbeitete wie wild, als er zu entscheiden versuchte, was als nächstes zu tun, was zu sagen wäre.

Der Kalif winkte seinem Wesir zu, der winkte einem Mann zu, der unter einer Fackel am Ende des Raums stand. Der Mann trat heran. Er hatte rötliche Haut und einen besonderen Ausdruck im Gesicht — eine fliehende Stirn und schrägstehende Augen, und er trug ein gefiedertes Lendentuch und einen Umhang.

Er zog etwas unter dem Umhang hervor und kam auf Clive zu. Er sagte etwas und hielt das Objekt vor sich hin.

Keuchend erkannte Clive das Tagebuch seines Bruders. Er nahm es dem Mann ab und öffnete es bei der letzten Eintragung, die er gelesen hatte — derjenigen, die ihn angewiesen hatte, den schwarzen Gong in eben jenem Raum zu schlagen. Er hatte das nur einige Stunden zuvor getan, und alles, was seitdem geschehen war, hatte alle Erwartungen übertroffen.

Im Tagebuch befand sich keine Eintragung! Noch bevor er lesen wollte, wandte sich Clive zurück zu den ersten Eintragungen des Tagebuchs, die vor den Zeilen lagen, die er gelesen hatte.

Sie waren verschwunden.

Er blätterte zu den neuen Eintragungen zurück. Es standen nur wenige Zeilen da. Diesesmal gab es keine direkten Anweisungen. Der Sinn des Textes war dunkel, fast rätselhaft. *Hüte dich vor deinen Freunden. Vertrau deinen Feinden. Erheb dich in die Tiefen und sink hinab zu den Höhen.*

Die Handschrift war eindeutig die von Neville Folliot. Und sie war völlig frisch! Was hatte das zu bedeuten? fragte sich Clive. Selbst wenn er ergründen konnte, wie die Eintragung in das Buch gekommen war — könnte man dem Tagebuch trauen? Er hatte die vorhergehende Anweisung befolgt, hatte den schwarzen Gong geschlagen — und war prompt von einem Mörderheer angegriffen worden! Was käme wohl heraus, wenn er eine weitere Anweisung von Neville Folliots Hand befolgte?

Hinter Clive trat Quartiermeister Horace Hamilton Smythe vor.

Achmed Aziz al Karami winkte, und ein Trupp Soldaten ergriff Clive und Sidi Bombay und Horace Hamilton Smythe.

Die Soldaten trieben Clive und seine Kameraden aus dem großen Raum. Sie sprachen kein Wort. Sie waren eine buntgemischte Mannschaft, Bodensatz aller Armeen der Welt, nicht nur aus dem Jahr 1868, sondern aus allen Zeiten. Ein römischer Zenturio, ein griechischer Helot, ein Ägypter im Gewand der elften Dynastie, ein blaubemalter Kelte, ein gefiederter Maya, ein

Orientale in der vierschrötigen und faulig riechenden Ausstattung einer Horde des Dschingis Khan.

Alles bewaffnete und kräftige Männer.

So wie Unverfrorenheit zuvor der Schlüssel zum Überleben gewesen war, so war Zurückhaltung der jetzt zu verfolgende Kurs, entschied Clive. Er hoffte, daß er dies Sidi Bombay und Horace Hamilton Smythe vermitteln konnte. Offensichtlich war es ihm gelungen — oder sie waren unabhängig von ihm zum gleichen Schluß gekommen.

Einer nach dem anderen, Clive an der Spitze und ein schlecht zusammenpassendes Soldatenpaar als Wache an der Seite eines jeden, so marschierten sie durch Korridore und einige Rampen hinunter.

Das Dungeon war riesig, obgleich seine Geräumigkeit durch die Zahl der Gefangenen darin eingeschränkt war.

Clive hatte keinerlei Vorstellung davon, was der Kalif im Sinn hatte. Das Tagebuch war noch immer in Clives Besitz, aber abgesehen davon besaßen weder er noch Sergeant Smythe noch Sidi Bombay Waffen, auch keine Werkzeuge, keinerlei Proviant oder irgendwelche Ausrüstung. Sie besaßen nichts weiter als die Kleider am Leib und ihre eigene Intelligenz und Erfahrung.

Das Dungeon war offensichtlich direkt aus dem Stein unterhalb des Schwarzen Turms von Q'oorna herausgeschnitten worden.

Aber von wem herausgeschnitten?

Oder womit?

Die Antwort darauf wurde bald offenbar. Ein schmaler Fluß strömte durch das Dungeon, vielleicht ein Nebenfluß des breiten Stroms, den Clive und seine Gefährten von dem Berggipfel aus gesehen hatten, wo sie Nevilles Sarg gefunden und zurückgelassen hatten. Wie viele Jahrhunderte lang dieser Strom hier schon floß, war nicht zu sagen.

Aber falls der Fluß diese Höhle herausgeschnitten hatte, mußte das Wasser von irgendwoher kommen und sie irgendwo wieder verlassen, und das bedeutete, es gab zwei mögliche Fluchtwege aus dem Dungeon, außer der Möglichkeit, durch die Öffnung zurückzukehren, durch die die Wächter Clive, Sidi Bombay und Sergeant Smythe ganz unzeremoniell hineingestoßen hatten.

Die Öffnung der Höhle wurde mit einer eisenbeschlagenen Wand verschlossen. Das einzige Tor in der Wand war gleichfalls eisenbeschlagen. Die Wächter hatten es geöffnet und die Gefangenen hindurchgeschoben. Dann hatten sie das Tor wieder zugeschlagen und es sicher verschlossen und waren den Weg zurückmarschiert, den sie gekommen waren.

Die Höhle wurde von einer Reihe von Fackeln erleuchtet, die hoch oben in den Wänden brannten. Die Fackeln wurden mit Öl versorgt. Woher das Öl kam, wann oder von wem es erneuert wurde, wußten die Neuankömmlinge nicht zu sagen.

Clive und seine Gefährten standen beieinander und spähten in die Dämmerung.

Wie viele Gefangene lebten in dieser riesigen Höhle?

Sie schien kein Ende zu nehmen. Hunderte, möglicherweise Tausende von Gefangenen standen oder lagen oder saßen in zusammengewürfelten Gruppen auf dem kalten feuchten Boden. Die Mischung hier war genauso polyglott wie die im Raum oben, aber diese Männer waren nicht so geschniegelt wie jene, auch nicht bewaffnet oder gerüstet. Statt dessen wirkten sie niedergeschlagen, die Kleidung war zerfetzt, die Gesichter waren hager, die Blicke gequält von Hoffnungslosigkeit.

Sie hatten sich nationenweise oder nach Rassenzugehörigkeit zusammengehockt. Da gab es Banden von dunkelhäutigen Männern, vielleicht afrikanische Stammesleute. Andere, genauso schwarz, mochten indische oder australische Eingeborene sein. Es gab gelbe Asiaten und rötlich gefärbte Indianer.

Aus jeder Gruppe stieg das Summen einer Unterhaltung, und das Ganze war so verschwommen und durcheinander, daß Clive nicht in der Lage war, aus irgendeiner der Stimmen etwas von Bedeutung herauszuhören.

Keiner der Männer trug etwas anderes als die Kleider am Leib bei sich.

Clive und seine Gefährten bewegten sich durch die Gruppen, wobei sie diese beim Vorübergehen studierten und dafür argwöhnische oder abschätzende Blicke ernteten. Sie fanden die Quelle des schwarzen Stroms. Der Strom trat aus einer Öffnung in der Höhlenwand aus. Clive untersuchte die Öffnung. Sie maß im Querschnitt weniger als dreißig Zentimeter. Durch diese Höhle gab es kein Entrinnen.

Die drei Gefährten folgten dem Lauf des Flusses, bis er sich zu einem kleinen Teich verbreiterte. Der Teich war annähernd rund, etwa drei Meter im Durchmesser. Seine Tiefe konnte man nicht abschätzen, aber es war offensichtlich, daß das Wasser das Dungeon durch diesen Tümpel verließ, denn der Fluß strömte stetig hinein, und vom Teich ging kein sichtbarer Wasserlauf aus.

Aber das war nicht das Erstaunlichste an diesem runden Teich. Clive und seine Gefährten waren nicht imstande, sich ihm zu nähern, denn er war völlig eingekreist ...

Von Frauen!

Frauen jedes nur denkbaren Typs, weiß und schwarz, gelb und braun. Die meisten erkannte Clive wieder, aber andere waren so fremdartig, daß sie ihm kaum menschlich erschienen. Schwere, ungeschlachte, haarige Frauen, die mehr wie Affen denn wie Menschen ausschauten. Vielleicht waren sie die Überlebenden irgendwelcher uralter Vorfahren der Menschheit, eine Rasse, die sich Tausende oder Millionen von Jahren zuvor entwickelt hatte, nur um einer fortgeschritteneren Spezies den Weg freizugeben, wenn ihre Zeit dann gekommen war.

Darwin wäre außer sich gewesen, wenn er diese Menschen gesehen hätte!

Und die anderen. Es gab Frauen mit haarlosen Schädeln und schlanken geschmeidigen Körpern, die besser in eine wäßrige Umgebung als auf die Erde passen mochten. Und andere mit langen Körpern und ausladenden, spitz zulaufenden Gliedmaßen, Frauen, die vielleicht in einer Welt aufgewachsen waren, wo die Anziehungskraft nicht sehr stark war — wenn nicht sogar fehlte — und wo sich der menschliche Körper zu erstaunlicher Höhe recken konnte.

Besonders eine Frau erregte Clive Folliots Aufmerksamkeit. Unter der zerrissenen Kleidung und hinter der verwahrlosten äußeren Erscheinung verbarg sich eine dunkelhaarige und dunkeläugige Schönheit; Haltung und Gliedmaßen waren so anmutig, daß es Clive Kehle und Brust zuschnürte.

In allem lag etwas von Annabella Leighton! Alle Frauen waren unter der äußeren Erscheinung Schwestern, so lautete eine übliche Maxime in der Armee. Hier bestand mit Sicherheit so etwas wie eine Verwandtschaft, und Clive war von der Erscheinung dieser Frau tief bewegt.

Er versuchte, sich der Frau zu nähern.

Zu seiner Überraschung traten die übrigen Frauen beiseite. Sie wollten mit den fremden Männern nicht in Berührung kommen. Clive spürte Sergeant Smythe und Sidi Bombay neben oder unmittelbar hinter sich.

Selbst als die anderen Frauen, schwarz und weiß, groß und klein, behaart und primitiv, glatthäutig und schlank, beiseite traten, verharrte die dunkle Schönheit an ihrem Platz.

Clive blieb vor ihr stehen. Er schaute ihr in die Augen. Sie hatte den Rücken dem Teich zugewandt. Sie erwiderte seinen Blick, und das Gesicht zeigte Neugier, Mut, vielleicht sogar Schlauheit. Sie trat nicht wie die übrigen beiseite. Sie bewegte sich keinen Zentimeter. Sie wich nicht vor Clive zurück.

Er hob die Hand, um sie zu berühren. Er bewegte sich langsam, wie es jemand bei einem wilden Tier täte, wenn er es zu beruhigen, zu zähmen versuchte, es vor allem nicht zu panischer Flucht veranlassen wollte.

Die Frau verfolgte die Bewegung von Clives Hand, verfolgte sie mit den Augen. Die Andeutung eines Lächelns umspielte ihren Mund.

Clive legte ihr die Hand sanft auf den Oberarm — oder versuchte es zumindest.

Als die Finger noch den winzigen Bruchteil eines Zentimeters von der Haut entfernt waren, leckte eine sengende Flamme von ihrer zu seiner Haut. Sie breitete sich über ihn aus und bedeckte den gesamten Körper. Jeder Nerv kreischte, die Augen traten ihm aus den Höhlen, die Haare standen ihm zu Berge. Er sah blaue Flammen über den Körper kriechen.

KAPITEL 14

»Zuviel Gänsehaut«

Clive Folliot saß auf dem Höhlenboden und spürte die Kälte und Feuchtigkeit durch die Khakihose und die dickbesohlten Schuhe. Zur Linken hockte Sidi Bombay in der Lotusstellung, das Gesicht ausdruckslos, die Hände ruhten mit den Handflächen auf der Innenseite der Knie. Zur Rechten saß Sergeant Horace Hamilton Smythe, das Gesicht erfüllt von dem Verlangen, die Dinge voranzutreiben.

Clive gegenüber saß die Frau, deren Berührung so elektrisch war. Sie lächelte Clive an. »Hätt ich beinah deine Stromkreise verschmort, Benutzer. Wär katastrophaler Fehler. Froh, diese Botschaft runterzubringen.«

Clive schüttelte den Kopf und schaute hilfesuchend Sidi Bombay und Horace Hamilton Smythe an, aber die verstanden sie genausowenig wie Folliot. »Wollen Sie sich entschuldigen, junge Dame?«

Sie lächelte und nickte. Zumindest darin stimmten sie überein. Sie schien englisch zu sprechen oder eine Variante davon. Clive hatte genügend Amerikaner kennengelernt, um einige der Besonderheiten wiederzuerkennen, die der Sprache in diesem Land zugestoßen waren, aber selbst Sergeant Smythe, der lange Zeit in Amerika gelebt hatte, konnte aus den Worten der Frau nicht mehr entnehmen als Clive.

Die Frau nickte heftig. »Stät ig!« sagte sie.

Stät ig? grübelte Clive. Was konnte sie damit meinen? Der Ausdruck schien bedeutungslos zu sein — aber, zusammen mit dem bestätigenden Nicken — *Bestätigung!* Das war's! Einige ihrer Äußerungen ergaben einen phantastischen Sinn; andere waren so verblüffend, als spräche sie altägyptisch.

»Dieser Ort ist das Dungeon von Q'corna«, sagte Clive. »Aber meine Freunde und ich wissen nicht, wo Q'oorna wirklich liegt. Wir waren dabei, den Äquator zu erforschen; wir versuchten, das Bahr-el-Zeraf im Sudd zu durchqueren. Wir wollten zum Sudan, waren auf der Suche nach den Oberläufen des Nil. Und auf der Suche nach meinem Bruder Neville. Dann ...«

Er ertappte sich dabei, wie er seine Verwirrung mit einem Schulterzucken und einer Geste verdeutlichte.

»Kopplungsfehler, hört sich an. Mistkäfer.«

Da war's wieder, sie sprach den verblüffenden Jargon, der sich sosehr wie Englisch anhörte, aber keine Bedeutung ergab.

»Aber Sie, junge Dame. Wir wissen noch nicht einmal Ihren Namen. Sie auch nicht die unsrigen.« Clive stellte seine Gefährten und sich selbst vor.

Nun war die junge Frau an der Reihe, verwirrt auszusehen, aber nach ein paar Sekunden nickte sie heftig und sagte: »Tig, tig. AiDi-Protokoll, sicher. Benutzer Annie, sicher.« Sie streckte die Hand aus, damit sie geschüttelt würde, zog sie dann rasch kichernd zurück. »Löscht deine Chips.«

Clive fragte, woher die Frau komme, und das brachte zumindest eine verständliche Antwort hervor. »San Francisco«, antwortete sie. Er hatte von diesem Ort gehört, ein wüster Hafen irgendwo in der Nähe der amerikanischen Goldminen. »Fehler Wahl San Francisco«, fuhr sie fort. »Absolute Adresse war London vor Dungeon.«

Absolute Adresse? Clive tauschte Blicke mit Sergeant Smythe aus. Aber er war fest entschlossen, weiterzumachen. Diese Frau, Benutzer Annie oder wie auch immer ihr Name lautete, war die einzige Person in dieser Vielvölkerversammlung des Dungeon, die gewillt und in der Lage schien, sich mit ihm zu unterhalten. Wenn er nur die Bedeutung ihrer Worte herausfinden und sich mit ihr in seinen Worten verständigen könnte.

»Benutzer Annie, willst du sagen, du bist von San Francisco nach London gezogen, bevor du nach, öh, Q'oorna gekommen bist?«

»Tig! Adresse London, Annie anna Crackbelles spielt Piccadilly für zweitausend offene Files Protokoll wenn — *wusch!* — fahr nach Dungeon, Stich, Benutzer, wertvoller Stich. Zuviel Gänsehaut hier. Meist Tempoids.« Sie brach in Gelächter aus und starrte Clive an.

Sie griff in ihre Bluse und tat etwas, dann hielt sie ihm die Hand erneut hin. Vorsichtig nahm Clive die Hand und schüttelte sie, ließ sie dann rasch fallen. Sie war warm und angenehm gewesen — die erste Berührung durch eine Frau seit langer Zeit. Benutzer Annie langte erneut in ihre Bluse.

»Du bis selbst 'n Tempoid, nich wahr, Clive?«

Er starrte sie bloß an.

»Oder vielleicht bin *ich* einer!« Ein neugieriger Blick glitt über ihre eigene Gestalt. »Wer kann das sagen? Wo ist die Uhr? Wie kann das jemand knacken?« Sie schien verblüfft zu sein.

»Tempoid?« fragte Clive. Aber sie sprach zumindest verständlich. Es war ein Kampf, Benutzer Annie zu verstehen, aber bis zu einem gewissen Grad konnte er's zumindest tun.

»Io funktionsfähig?« fragte Benutzer Annie. Das war wieder verblüffend. Io war die Tochter von Inachus, oder nicht? Er versuchte, sich seiner mythologischen Kenntnisse zu erinnern. Manchmal gleichgesetzt mit der niederen Gottheit Sis. Versuchte Benutzer Annie, ihn etwas wegen Ägypten zu fragen?

»File beendet neunzehn neunundneunzig«, sagte Benutzer Annie. »Große Audio Open Function in Piccadilly. File geöffnet zweitausend. *Wusch!* Fahrt hierher.« Sie spreizte die Hände.

Neunzehn neunundneunzig?

Zweitausend?

Sprach sie von den *Jahren* 1999 und 2000? Aber das

war mehr als ein Jahrhundert in der Zukunft? Und Tempoid ...

»Tempoid?« fragte er. »Wie in *tempus* ...«

»*Fugit!*« ergänzte sie grinsend. »Treffer! Was sagt deine Uhr, Anthro?«

Clive zögerte.

»Laden!« befahl Benutzer Annie. Sie schien beunruhigt zu sein wegen ihm. Vielleicht war sie allmählich genauso genervt von der bizarren Unterhaltung wie er selbst. »Aktivier dein Modem!«

Sie hatte ihn etwas wegen seiner Uhr gefragt. Das ergab überhaupt keinen Sinn. Aber Tempoid — *tempus fugit* — die Zeit fliegt — und sie hatte von 1999 und 2000 gesprochen. »Dies ist das Jahr unseres Herrn eintausendachthundertachtundsechzig«, konstatierte er feierlich.

»Bloß relativ«, sagte Benutzer Annie. Aber sie schien erfreut darüber zu sein, daß sie einige Informationen voneinander erhalten hatten. Clive war genauso erfreut.

Sie wedelte erneut mit der Hand und meinte damit das gesamte Dungeon. »Daten ungenügend für diese Adresse. Vielleicht irgendwie virtuell. Absolute Uhr und Adresse nicht erhältlich. Hm. Vorstellung erniedrigt, zu schlecht, nich, Benutzer?«

Clive wandte sich an seine Gefährten. »Ich meine — auch wenn's merkwürdig zu sein scheint —, daß, öh, Benutzer Annie uns sagt, daß sie von London hierher versetzt worden ist. Aber nicht bloß das. Sie wurde aus der Zukunft hierher versetzt. Aus dem Jahr 1999 oder 2000. File geschlossen, File geöffnet; 1999, 2000. Ich nehme an, sie spricht von einer Neujahrsfeier. Irgend etwas ist ihr am 31. Dezember 1999 zugestoßen, und sie wurde hierherversetzt. Ins Jahr 1868.«

»Sind Sie so sicher, Sör, daß dies das Jahr 1868 ist?« fragte Smythe. »Vielleicht sind wir in die Zeit der jungen Dame versetzt worden — und nich sie in die unsrige. Oder vielleicht noch irgendwas Merkwürdigeres.

Hat die junge Dame nich 'ne Bemerkung zur Relativität und zu Uhren und Kräften gemacht? Nich, daß ich das, was sie meint, genauso auffasse, Sör, aber man könnte meinen, daß das Dungeon sich nich ganz in, öh, ich weiß nich so ganz genau, wie ich's ausdrücken soll, Sör. V'leicht könnte der Major mir mit ein paar von seinen feinen Wörtern aus Cambridge aushelfen, Sör.«

Bevor Clive antworten konnte, sprach Sidi Bombay. »Zeit und Zeit, ihr Engländer, und Raum und Raum. Beide besitzen ihre Formen und ihre Windungen. Es gibt viel mehr Zeiten und viel mehr Räume, als du weißt.«

Clive ertappte sich dabei, wie er das hagere Gesicht anstarrte. Was wußte er von diesem Mann? Daß er aus Indien stammte, daß er sehr alt war. Aber wie lautete seine Philosophie? Was waren seine Gedanken? Clive wußte noch nicht einmal, ob Sidi Bombay den Hindus oder den Buddhisten oder den Mohammedanern anhing — obwohl er von Allah und dem Sarg des Propheten gesprochen hatte. Das hieß mit Sicherheit, daß er etwas von einem Moslem hatte. Noch hatte er auch nur im geringsten die Verbindung zwischen Sidi Bombay und Horace Hamilton Smythe und dem fremdartigen Symbol der wirbelnden Spiralsterne enträtselt.

Er schaute zur Decke des Dungeon hinauf und erblickte lediglich Schwärze — die Schwärze von rohem lebenden Basalt, der noch weiter geschwärzt war von unzähligen Fackeln, die im Dungeon gebrannt hatten. Was hätte er für einen kurzen Blick in den blauen Himmel gegeben — oder sogar auf den schwarzen Kristallhimmel der wirbelnden Welt von Q'oorna!

Und dennoch, durch Hartnäckigkeit gelang es ihm, ein besseres Verständnis von Benutzer Annies Geschichte zu gewinnen und, wie er hoffte, die junge Frau dazu zu bringen, etwas von seiner Geschichte zu verstehen.

Sie war tatsächlich Amerikanerin. Die Vorstellung

war erstaunlich, daß sie lebte, wie sie's tat, unabhängig, weder mit Familie noch mit Anstandsdame. Daß sie durch ihr Land fuhr — tatsächlich durch die ganze Welt! —, nur in Begleitung einer Gesellschaft reisender Musiker, die unter dem seltsamen Namen ›The Crackbelles‹ bekannt waren.

Er versuchte die Musik, die sie beschrieb, zu begreifen, aber selbst die Instrumente, die ihre Begleiter spielten, hatten seltsame Namen und wurden unverständlich beschrieben. Aber Benutzer Annie deutete am Ende zumindest an, daß ihr eigener Teil des Unternehmens darin bestand, vor dem Publikum zu singen und zu tanzen. Sie schien kaum der Typ Mädchen eines Musikschuppens zu sein — unabhängig und frech, wie sie war, aber weder billig noch gewöhnlich.

Die schmerzende Wirkung ihrer Berührung war das Ergebnis eines Phänomens, das sie ein Elektrofeld nannte und das seine Kraft aus einem winzigen Aggregat erhielt, das unter ihrer Kleidung versteckt war. Das Aggregat wurde von ihren eigenen Körperenergien gespeist, und Benutzer Annie fürchtete seinen Ausfall, wenn sie zu schwach oder zu müde würde. Und dann wäre sie der Gnade ihrer Umgebung anheimgegeben.

Sie warf einen furchtsamen Blick auf einige der brutaleren Typen, deren Schatten im Licht der Fackeln zu tanzen und sie bösartig anzuschielen schienen.

Clive fragte, wie das Aggregat genannt werde, das Benutzer Annies Elektrofeld versorgte.

»Ein Baalbec A-Neun«, antwortete sie. »Cono Modell. Kann 'n Auto nich von 'nem Bus unterscheiden. Könnte katastrophaler Irrtum sein, das!«

Es hatte keine Nahrung gegeben, seitdem Clive und die anderen hier angekommen waren, aber es gab wichtigere Dinge in Betracht zu ziehen als Fleisch und Brot. Clive fuhr hartnäckig fort: »Wer sind alle diese Leute? Was sind Tempoide? Was sind Extroide? Was sind Cybroide?«

»Du hast 'n paar Chips verfehlt, Benutzer!« Annie schüttelte den Kopf. »Machst 'n Witz? Irgendwann neulich 'n Hänger gehabt?«

Clive blieb hartnäckig.

Benutzer Annie stieß einen erbitterten Seufzer aus. »Tempoide sind Uhrbusser. Zukunftsbenutzer, Vergangenheitsbenutzer. Vielleicht jede Art von Zeitbenutzern. Lumpenkopf versteht das besser als du, Benutzer Clive. Lumpenkopf berechtigt. Gute Daten, knack das, Benutzer Clive!«

Uhrbusser? Und Bus? Meinte sie solche, die auf Uhren reisten? Nein — solche, die in der Zeit reisten! »Und Extroide?« fragte er.

Sie schüttelte den Kopf. »Ey, Anthro! File öffnen! Gegenerdler, Zimarzlaner, Beta Tories! Benutzer niemals input Planeten?«

Clive sprang auf die Füße. »Sie sind von anderen Planeten? Von Mars und Venus und Jupiter?«

»Die ganze Abtaste. Tig, tig, Benutzer. Das ist nicht aufgenommen, Nichheller?«

Clive legte die Hände über die Augen. »Du Maurier hatte doch recht gehabt«, wisperte er. »Er hätte hierhergebracht werden sollen, und ich hätte in England bleiben sollen. Oder zumindest in Sansibar.« Er sank langsam auf die Knie, bis seine Augen auf gleicher Höhe mit denen von Benutzer Annie waren. »Und Cybroide?» fragte er. »Sag mir bitte, was sind Cybroide?«

»Oh, Anthro! Dir fehl'n wirklich 'n paar Chips! System Interface Biomasse mit Hardware, das ist alles. Protoplasma SPO, mekki perrifs, reingewischte Naßware und chipslaufende Routine. Check mal dein Programm auf Viren, Benutzer! Richt dein System her!«

Sergeant Smythe unterbrach das Geplauder, indem er die Hand auf Clive Folliots Handgelenk legte. »Sehen Sie mal dahin, Sör!« Er warf den Kopf in Richtung auf eine Gruppe wildaussehender Individuen, die in kastanienbraun und gelb gesprenkelte Gewänder gekleidet waren. Zumindest zeigten die Lumpen, die ihre Schuppenkörper bedeckten, Spuren dieser Farben.

Sie warfen Clive und den anderen Blicke zu, und ein paar der energischeren unter ihnen zeigten alle Anzeichen dafür, daß sie etwas Gewalttätiges im Sinn hatten.

»Fräulein, öh, Annie«, redete Clive die junge Frau an. »Kann dein — wie nanntest du es?«

»Elektrofeld.«

»Ja, kann das mehr Personen als nur dich selbst umschließen?«

»Stä tig. Jedoch hoher Energieabfluß, Uhrzeit, vielleicht System bricht zusammen.«

»Könntest du uns alle umschließen?« Er deutete auf Sidi Bombay, Horace Hamilton Smythe und sich selbst.

Benutzer Annie sagte, sie könne.

Horace Hamilton Smythe trat an den Teich, in dem der schwarze Fluß verschwand. »Was genau tut dieses Dingsbums, Fräulein Annie?«

Einen Moment lang schaute sie verwirrt drein, dann klärte sich ihr Gesicht auf. »Lektrolisiert auftreffende Materie, Bubi.«

»Und Wasser, Fräulein? Was täte es im Wasser? Würd's das von dir fernhalten, so daß du immer noch atmen könntest — wie 'ne Taucherglocke, sozusagen?«

»Oh, Stä tig. Pozzi tiff! Pozzi tiff!« Die Worte trugen ihre Botschaft, und ihr heftiges Nicken und Gestikulieren bestätigten sie.

»Nun, Fräulein, ich schlage vor, daß wir vier uns von hier entfernen, weil das zukünftige Zusammenleben mit diesen unruhigen Burschen da drüben nicht sehr lange dauern würde.«

Er deutete mit dem Daumen über die Schulter auf die Gruppe in den kastanienbraunen und gelben Lumpen. Clive Folliot folgte Smythes Geste mit den Augen. Er konnte die Rasse der Männer nicht feststellen, und ihre gutturale Sprache war ihm völlig fremd. Im Vergleich dazu war Benutzer Annies ulkiger Jargon das königliche Englisch in Vollkommenheit.

Er faßte die zerlumpte Gruppe näher ins Auge. Im Blick hatten sie einen fremdartigen Ausdruck, als wären winzige Teleskop-Paare an der Stelle angebracht, wo sonst natürliche Organe lagen.

Einer der Männer öffnete den Mund, und Clive erhaschte das Aufblitzen von Metall und den Schimmer von etwas anderem, über dessen Natur er lieber nicht nachdachte.

Waren das Cybroide? Etwas wie Protoplasma und *mekky perifs,* was auch immer das sein mochte? Mekky? Mechanisch? Eine Mischung aus lebender Materie und Maschine? Er kannte einige rohe künstliche Gliedmaßen — Holzbeine und Hakenhände und sorgfältig geschnitzte hölzerne Zähne. Aber diese Kreaturen ...

Clive Folliot schauderte es.

Horace Hamilton Smythe führte sie zum Rand des Tümpels. Die anderen Frauen, die ihn umgaben, erlaubten den vier, zwischen ihnen hindurchzugehen. Als sie den Rand des Tümpels erreichten, sagte Smythe: »Jetzt ist's Zeit, Fräulein Annie. Wenn Sie verstehen, worum ich Sie bitte, Fräulein, jetzt ist's Zeit.«

Er deutete auf das Kleid der jungen Frau, und Benutzer Annie nickte. Sie griff mit einer Hand in die Bluse und faßte mit der anderen Smythe. Sidi Bombay und Clive Folliot reichten einander die Hände. Benutzer Annie stellte erneut etwas ein, und Clive Folliot verspürte ein kurzes Kribbeln. Dann wurde alles wieder normal.

»Nicht loslassen!« drängte Benutzer Annie.

Alle vier ließen sich in gegenseitiger Übereinstimmung in den Tümpel hinab.

Clive spürte, wie ihm das Wasser über dem Kpf zusammenschlug. Es war pechschwarz und so kalt wie ein Winter im hohen Norden, aber anstatt daß es ihm in die Nase lief, hielt die Flüssigkeit eine ganz knappe Distanz zu ihm. Er versuchte, sich ein Experiment in Naturphilosophie ins Gedächtnis zurückzurufen, von dem er in Cambridge Zeuge geworden war. Irgend etwas über die Anwendung galvanischer Kräfte, um Wasser in Sauerstoff und Wasserstoff zu elektrolysieren.

Das Phänomen war ihm damals als Kuriosität erschienen, aber jetzt bedeutete es, daß er und seine Gefährten in der Lage waren zu atmen, obwohl sie völlig von Wasser bedeckt waren!

Ihr Abwärtstrieb brachte sie zum Grund des Tümpels. Clive kniete auf dem felsigen Boden nieder, wobei er die Hand eines der anderen hielt — er wußte nicht, wessen Hand — und mit der freien Hand über den nackten Steinboden fühlte.

Er fiel gegen eine tiefe Stelle, und dort fand Clive, was er erhofft hatte: eine Öffnung, so groß wie ein Mann!

Er versuchte, mit den anderen zu sprechen, ihnen zu erklären, was er gefunden hatte, aber die dünne Decke von Luft, die ihm das Atmen gestattete, reichte nicht aus, um auch das Sprechen zu ermöglichen. Das einzige Geräusch, das ihm aus dem Mund kam, war ein unbestimmtes Gurgeln.

Er rechnete damit, daß die anderen seiner Führung folgen würden, als er den Fuß in die Öffnung setzte. Aber er zog sich zurück und nahm seine Stellung wieder ein. Er spürte, daß die Hand, die in der eigenen gelegen hatte, an der Seite am Bein hinabglitt und ihn schließlich bei einem seiner schweren Stiefel faßte. Er stieß ein Gebet zu der Gottheit aus, die diese dunkle und schreckliche Welt überblicken konnte, daß der Kontakt von Hand zu Knöchel nicht abreißen möge.

Er zog sich langsam durch die Öffnung, wobei er einen langsamen stetigen Fluß von Wasser um sich herum verspürte. Was würde er auf der anderen Seite finden? Einen weiteren Raum? Einen Durchgang, in dem er steckenbliebe, um dort einen schrecklichen Tod zu sterben?

Oder — die Freiheit?

Er konnte nichts sehen, zunächst.

Er konnte nichts hören, abgesehen vom Pochen des Pulses, dem Rauschen des Bluts.

Dann — vielleicht hatten sich die Augen auf ihre neue Umgebung, die Ohren auf das wäßrige Medium eingestellt — erschienen Formen und Farben und Geräusche.

Schlanke Wasserbewohner näherten sich und starrten die Menschen an. Leuchtende Augen spähten in die ihren. Tentakel schwangen und wurden ausgeworfen. Clive spürte, wie ihn ein gummiartiges muskulöses Anhängsel berührte. Aus welchen Gründen auch immer schien der Schockeffekt des Elektrofeldes dieses Wesen nicht abzuschrecken, oder es hatte seine Funktion in dem wäßrigen Medium eingestellt.

Der Gang um sie herum öffnete sich. Sie schwammen jetzt, getragen von der Strömung, und sie berührten nicht mehr länger die Wände des Gangs, durch den sie sich bewegten.

Clive spürte, wie die Hand, die den Fußknöchel umklammert hielt, sich an die Seite hocharbeitete. Er griff nach seinen Gefährten. Sie konnten einander jetzt wieder an den Händen fassen und Seite an Seite durch das Wasser bewegen. Sie waren unbewaffnet und wehrlos gegen jeden möglichen Angriff.

Clives Zeh stieß schmerzhaft gegen etwas Festes.

Er plazierte den Fuß sorgfältig und stellte fest, daß sich darunter glatter, felsiger Boden befand. Er schaute auf und bemerkte, daß über dem Wasser oben nicht länger das Dach der Höhle zu sehen war, sondern der hohe schwarze Himmel von Q'oorna. Die vertraute wirbelnde Sternspirale blinkte nieder, verzerrt und wabernd im strömenden Fluß.

Im Nu wateten Clive und seine Gefährten ans Ufer des schwarzen Flusses. Sie ließen die Hände los — vielleicht einen Augenblick zu früh, denn das Kraftfeld verschwand, und sie wurden plötzlich in das eisige Wasser gezogen —, alle außer Annie, die weiterhin von dem Elektrofeld geschützt wurde. Die anderen schüttelten sich wie Hunde, um das Wasser loszuwerden. Sie schüttelten sich und lachten gleichzeitig.

Clive zitterte vor Kälte. Die Sterne waren, wenn überhaupt etwas, dann leuchtender denn je. Er spähte hinauf in die Schwärze und nahm allmählich ferne Nebel und Sternenkonstellationen wahr. Lichtbänder, unermeßlich weit entfernt, schwebten über den Himmel. Die gesamte Beleuchtung war weit stärker als die einer gewöhnlichen Nacht; die Landschaft und ihre Bewohner wurden von dem düsteren Licht eines grimmigen winterlichen Zwielichts gebadet.

»Hat jemand eine Vorstellung davon, wo wir hier sind?« fragte Clive. »Dies hier ist natürlich Q'oorna — aber wo ist Q'oorna? *Was* ist Q'oorna?«

Benutzer Annie hatte in ihre Bluse gegriffen, um die Baalbec A-9 auszuschalten. »Lad 'n bißchen astronomische Software, Anthro.« Sie schwang den Arm elegant über dem Kopf. Clive konnte nicht anders: er bemerkte das Schwellen ihres Busens, die Bewegung, die ihre Geste begleitete.

»Daten ohne Beweiskraft«, fuhr sie fort, »aber hohe Wahrscheinlichkeit, Q'oorna ist möglicherweise ein Ausreißer-Planet.«

»Ein Ausreißer-Planet? Was meinst du damit?«

»Vielleicht Leute haben entschieden, eine Spritztour zu unternehmen, haben ihre Welt mitgenommen, haben ihre Sonne zurückgelassen.« Benutzer Annie blickte zu den Sternen auf. Ein unlesbarer Ausdruck flackerte ihr übers Gesicht. »Vielleicht jemand anderer schlung ihre Sonne. Q'oorna gelassen Waise, nicht Ausreißer. Signifikante Unterscheidung, Benutzer Clive Folliot.«

Clive schüttelte den Kopf. »Schlung ihre Sonne? Verschlungen? Wie in der Mythologie?«

Benutzer Annie schnaubte. »Nicht verschlungen. Irrtum, Datenverbindung fehlerhaft. Schlung. Korrigieren und weitermachen. Ju — ju — nehmen, wegnehmen, begrenzte Lexikon-Software, weggewischt, krumm — ju — ju. Verbindung komplett, Benutzer? Los! File beenden.«

Sie ging davon.

Clive hätte nicht sagen können, ob sie wirklich wußte, wohin sie ging, oder ob sie sich aus einer Laune heraus entschlossen hatte, dem Flußlauf zu folgen, aber an diesem bestürzenden Ort schien eine Idee so gut zu sein wie die andere.

Die Gruppe ging gemeinsam weiter.

Sie erreichten schließlich einen Grad an Müdigkeit und Hunger, der kurz vor einem akuten Zusammenbruch lag, und da rasteten sie. Wasser war kein Problem; sie ruhten sich alle paar Stunden aus und tranken aus dem Fluß. Horace Hamilton Smythes alte Taschenuhr hatte wunderbarerweise sowohl die Schlacht als auch das Bad überlebt. Wie lange sie noch funktionieren würde, darüber konnte man allenfalls spekulieren, aber im Augenblick tickte sie zumindest unermüdlich weiter.

Die Landschaft blieb so schwarz wie eh und je, aber der Himmel wurde immer heller. Es gab keinen Sonnenaufgang als solchen. Statt dessen wurden die Sterne und die verschwommeneren Bänder von Licht im Himmel leuchtender und auch zahlreicher.

Es war, als sei Q'oorna eine Welt, eine echte Welt an der äußersten Grenze der Schöpfung. Während sich Q'oorna im täglichen Lauf drehte, durchlief sie eine seltsame Art von Morgen- und Abenddämmerung, Tag und Nacht. Während sie das übrige Universum betrachteten, strömte ihnen das gesammelte Licht einer Milliarde Sonnen entgegen. Q'oorna war so weit entfernt von diesen Sternen, daß ihr gesamtes Licht niemals heller wurde als das Licht eines grauen und trüben Spätnachmittags in England. Und wenn Q'oornas Rotation einen Beobachter vom übrigen Universum abwandte, gab es bloß noch die rätselhafte Sternenspirale, diese wenigen, wenngleich beinahe schmerzhaft leuchtenden Lichtpunkte im Himmel des Planeten.

Clive schauderte, als er sich vorzustellen versuchte, wo es einen solchen Ort, wo es solche Bedingungen geben mochte.

Vor ihnen gähnte ein Abgrund.

Schon von weither vernahmen sie ein fernes Brüllen. Vielleicht fiel der Strom, dem sie folgten, über den Rand des Abgrunds, und das Geräusch war das eines Wasserfalls.

Zwischen den vieren fiel kein Wort, und es hätte wenig Sinn gehabt. Sie wußten alle, daß sie weitergehen würden, bis sie den Rand erreicht hätten.

Als sie etwa einen Kilometer vom Abgrund entfernt waren, deutete ihnen ein kleiner Lichtschimmer an, daß es einen Weg hinüber gab. Sie konnten das andere Ende der Schlucht nicht erkennen; dafür war sie zu breit. Aber ein großer eleganter Bogen schwang sich über den Abgrund und verschwand in einem schwachleuchtenden Nebel, der sich von unten erhob.

Das Brüllen wurde lauter.

Clive blieb stehen und faßte Horace Hamilton Smythe am Arm. »Hörst du das, Sergeant?«

»Was, Sör?«

»Dieses Brüllen, Heulen — was auch immer es sein mag.«

»Ja, Sör. Natürlich, Sör.«

»Das ist kein Wasserfall. Das ist ... das ist eine Art Stimme.«

»Ja, Sör. Soviel hab ich auch herausgefunden, Sör.«

»Und ... und ... Sergeant Smythe ... sie ... sie singt. Es ist eine rohe, eine schrecklich rohe Stimme, als wäre das Brüllen eines Löwen mit dem Heulen eines gigantischen Wolfs gekreuzt worden. Aber ich schwöre bei allem, was mir heilig ist, Sergeant, was auch immer es ist, es tut sein Bestes, um ›God Save the Queen‹ zu singen!«

KAPITEL 15

Der Zwerg kommt hinzu

Das also ist *Finnbogg.*
Einem Menschen ähnlich, aber kein Mensch.

Kaum eineinhalb Meter groß und so dick, daß ihn Clive aus der Entfernung für Zwiddeldei oder Zwiddeldum hätte halten können, einen der rundlichen Zwillinge in Lewis Carrolls Erzählung. Hier war ein kurzes lustiges Individuum, das auf der Bühne einer Musikkneipe in Whitechapel besser zu Hause gewesen wäre denn als Wächter einer Brücke über einen verbotenen Abgrund in dieser fernen Hölle, genannt Q'oorna.

Je näher sie der Brücke kamen, desto mehr sah er einem Menschen sowohl ähnlicher als auch unähnlicher.

Er hatte zwei Arme und zwei Beine. Körper und Hände und Füße waren wie die eines Menschen geformt, wenngleich Clive nicht sagen konnte, wie viele Finger oder Zehen Finnbogg hatte.

Das Gesicht sah aus wie das einer Bulldogge. Die Brauen sträubten sich, die Nase war wie bei einem Mops breit und flach, und die Nasenflügel hoben sich gegen das flache Gesicht ab. Die untere Kinnlade stand vor, und daraus ragten Zähne wie Hauer heraus, die über die Oberlippe reichten. Er schnappte mit ihnen, während er herumtänzelte, und wenn er sie zusammenschlug, flogen buchstäblich Funken in die schwarze Nacht von Q'oorna.

Und er heulte und brüllte mit der Stimme eines mächtigen Tiers, aber als Clive und Sidi Bombay und Horace Hamilton Smythe und Benutzer Annie näherkamen, wurden Melodie und sogar Worte von ›God Save the Queen‹ erkennbar.

Als sie noch etwa hundert Meter von der Brücke und ihrem erstaunlichen Wächter entfernt waren, überraschte sie das Wesen erneut. Es ließ sich auf alle viere fallen, wobei die affenähnlichen Arme und die kurzen Beine perfekt aufeinander abgestimmt waren. Es flitzte mit erstaunlicher Geschwindigkeit durch die schwarze Landschaft.

Bevor Clive und die anderen reagieren konnten, bevor Annie in ihr Kleid langen und das Elektrofeld des Baalbec A-9 aktivieren konnte, war er schon bei ihnen. Fast schneller, als das Auge zu folgen vermochte, umkreiste er sie, warf sich dann auf die schwarze Erde, wälzte sich gegen ihre Beine und rieb die Fänge schrekkenerregend daran.

Annie kreischte.

Folliot jammerte und schreckte zurück.

Horace Hamilton Smythe stieß einen nicht druckreifen Fluch aus.

Und Sidi Bombay kniete nieder, umarmte die Kreatur und ließ die hageren schwarzen Hände durch das seltsame buschige Fell gleiten, kraulte Schultern und Rükken und drückte schließlich das Kinn an das struppige Gesicht und die rasiermesserscharfen Fänge.

»Siehst du, Engländer? Wir haben einen Freund gefunden.«

»Du hast recht«, brachte Clive heraus. Er kniete neben dem Inder nieder und griff nach dem massigen Wesen. Es — er — war erstaunlich massig. Knochen wie Eisenpfosten, Gliedmaßen wie Baumstämme, ein Gesicht, das wie das Gesicht einer genialen Bulldogge trotz seiner Wildheit merkwürdig anziehend war in seiner Häßlichkeit und seinem beinahe pathetischen Eifer, gefallen zu wollen.

Schließlich wich das Monster einige Schritte zurück. Es erhob sich und summte tief, summte ein Lied, das bei den Kadetten von Sandhurst sehr beliebt gewesen war. Clive Folliot erkannte die Melodie. Es war eine Melodie, die sein Bruder Neville gesungen hatte, wenn er zu tief ins Glas geschaut hatte, ein Lied mit einem Text, der eine Hure in Whitechapel hätte erröten lassen.

»Was bist du?« wollte Clive von der Kreatur wissen. »Wer bist du? Wohin führt diese Brücke?« Er deutete auf die aufsteigende Brücke, die im Nebel verschwand. Von hier aus sah man, daß die Brücke aus dem lebendigen Basalt herausgeschlagen worden war, schwarz und glatt und glänzend unter den Sternen von Q'oorna.

»Finnbogg«, antwortete das Geschöpf. Es heulte und machte Luftsprünge und quasselte wie verrückt — aber es war nicht verrückt. »Glücklich«, knurrte Finnbogg. »Glücklich, glücklich Finnbogg. Kommt zum Spielen, kommt ihr Leute, kommt gleich heute. Gut, gut, nett, nett.«

Er hüpfte heran und legte eine der schweren pfotengleichen Hände Clive und eine Annie auf die Wange. »Nette Tempoide spielen Finnbogg, glücklich Finnbogg, kommen und spielen. Erzähle Finnbogg eine Geschichte.«

Clive schüttelte den Kopf. »Eine Geschichte?«

Das Geschöpf schlug Kapriolen. »Geschichte! Finnbogg lieben Geschichten. Wie ›Perlguckelchen und Weißmäuschen‹. Oder ›Strohhalm, Kohle und Bohne‹. Kennen ›Strohhalm, Kohle und Bohne‹, ihr? Finnboggs Lieblingsgeschichte. ›In einem Dorfe wohnte eine arme alte Frau, die hatte ein Gericht Bohnen zusammengebracht und wollte sie kochen. Sie machte also auf ihrem Herd ein Feuer zurecht, und damit es desto schneller brennen sollte, zündete sie es ...‹«

Finnbogg hielt inne. Er setzte sich auf die massigen Hinterläufe und schaute von einem Gesicht zum nächsten. »Kein Wesen kennen Geschichte? Keiner kennen ›Strohhalm, Kohle und Bohne‹ Geschichte? Kennen andere Geschichte? Erzählen Finnbogg Geschichte. Finnbogg mögen Geschichte, bewahren Geschichte auf, niemals vergessen gute Geschichte.«

Clive überhörte die Bitte des Geschöpfs. »Bist du jemand aus Q'oorna?« wollte er wissen.

Finnbogg schlug einen Purzelbaum, sprang direkt in die Luft — mindestens vier Meter in die Luft! —, landete auf den Händen und sprang zurück auf die Füße. »Nicht Q'oornan!« brüllte er. »Finnbogg Finnbogg von Finnbogg!« rief er. Er sah Clive tief in die Augen. »Finnbogg kennen dich. Finnbogg Freund. Mann Freund, sonst Finnbogg *töten!*«

Das letzte Wort schien das Geschöpf auf eine Idee zu bringen. Es warf sich auf ein imaginäres Raubtier, zeigte die Fänge und knirschte furchterregend mit den großen Zähnen. Es brüllte in vorgeblicher Wut — Clive hoffte, daß es tatsächlich vorgeblich wäre — und warf den großen Kopf nach rechts und links. Wenn er in diesem Augenblick einen Feind zwischen den Zähnen gehalten hätte, wäre dessen Nacken genauso leicht zerbrochen worden wie der eines Kaninchens im Griff eines Terriers.

»Engländer«, sagte Sidi Bombay leicht, »erkennst du nicht das Totem deines eigenen Landes? Selbst der Prophet, gesegnet sei Sein Name, war nicht vollkommen. Dieser anspruchslose Diener Gottes kann die Abneigung des Propheten dem ehrwürdigen Hund gegenüber nicht begreifen.«

Clive starrte das fremdartige Wesen an. Sidi Bombay hatte Clives Eindruck von Finnbogg noch verstärkt. Das massige, muskulöse Wesen war in der Tat eine Bulldogge oder etwas, von dem Darwin vielleicht vorausgesagt hätte, daß es nach einer Million Generationen von Bulldoggen entstünde, die den Status des Menschseins anstrebten. Es war genauso energisch, genauso enthusiastisch, genauso beeinflußbar und genauso gierig nach Anerkennung wie eine Bulldogge. Und es besaß ein furchteinflößendes Gesicht, und im Kampf würde es sich zweifelsohne genauso tödlich und starrsinnig erweisen wie eine Bulldogge.

»Du kennst mich?« fragte Clive das hündische Wesen.

»Folliot«, grollte es als Antwort. »Folliot, Folliot, guter Major, ja, Finnbogg Freund Folliot.«

»V'leicht ist der Bruder des Majors hier vorübergekommen, Sör«, schlug Sergeant Smythe vor.

»Vielleicht«, entgegnete Clive sanft. »Wenn dem so ist, scheint er tatsächlich einmal einen guten Eindruck hinterlassen zu haben. Nun, sehen wir einem geschenkten Gaul — oder Hund! — nicht ins Maul, nicht wahr, Smythe? Es sieht so aus, als hätten wir einen vertrauensvollen Freund und einen starken Verbündeten gefunden.«

Die junge Frau nahm Finnboggs pfotengleiche Hand vom Gesicht und hielt sie zwischen den eigenen anmutigen Händen. »AiDi-Protokoll Finnbogg«, sagte sie. »Benutzer Annie aufnahmebereit, Modem verbunden. Beabsichtigte Aufgabe Bestimmung.«

»Schlechte Q'oornans sagen Finnbogg bewachen Brücke. Sagen Finnbogg nicht lassen Tempoide überqueren Brücke. Nicht lassen Extroide überqueren Brükke. Nicht lassen Cybroide überqueren Brücke. Nur Q'oornans überqueren Brücke. Wo Finnboggs Geschwister? Jungenwelpen, Mädchenwelpen, Finnboggs, verschwunden. Hinunter? Alle weg hinunter? Verschwunden? Wo Welpen?«

Das Geschöpf warf sich winselnd und — dessen war sich Clive sicher — tatsächlich weinend zu Boden.

Finnbogg zog sich, Bauch auf der Erde, zum Rand des Abgrunds. Er lehnte sich weitüber, purzelte beinahe über den schwarzen Rand, hielt sich jedoch mit Fingern von unglaublicher Stärke zurück. Aus den Tiefen stiegen Nebelschwaden herauf. Der Fluß, dem Clives Gesellschaft gefolgt war, ergoß sich über den Rand des Abgrunds und stürzte in die Tiefe, und Gischt spritzte hoch und verbarg den Boden des Abgrunds.

»Wohin führt diese Brücke?« fragte Clive. Er musterte den Brückenbogen. Er war schmal, erlaubte den Gefährten kaum, Seite an Seite zu passieren. Er würde mit Sicherheit keine Kutsche mit Passagieren oder einen Güterwagen tragen. Er hob sich in den Himmel von Q'oorna, eine Silhouette gegen die funkelnden fernen Nebel, und verschwand in der Ferne.

»Schlechte Q'oornans niemals sagen Finnbogg. Schlagen Finnbogg, schimpfen Finnbogg, nie lieben Finnbogg, nie nie nie. Nehmen Jungenwelpen, Mädchenwelpen, wo Geschwister? Nie sagen Geschichte. Wesen kennen Geschichte von Rübe? Nein? Q'oornans nie erzählen Geschichte. Schlecht schlecht schlecht.« Er machte ein Geräusch, ein simples Knurren, aber es war das Knurren von tausend Geschöpfen in einem. Er fiel erneut auf alle viere.

Die junge Frau kniete nieder und legte die Arme um Finnboggs Nacken. »Öffne Datenverbindung, Benutzer Finnbogg. Sysop Annie fährt Liebhaben Protokoll.« Sie drückte das struppige Gesicht gegen den Busen und hielt die Fänge des Geschöpfs fest an das dünne Kleid, das ihre weichen üppigen Brüste bedeckte.

»Was sagt die junge Frau, Sör?« fragte Sergeant Smythe.

»Ich denke, daß sie Finnbogg gesagt hat, daß sie ihn lieb hat«, antwortete Clive. »Und irgendwie, Sergeant Smythe, glaube ich, daß sie die Wahrheit sagt.«

Finnbogg sprang auf die Füße, hampelte in verrückten Kreisen um die anderen herum und drückte Annies Hand mit der seinen.

»Kommen, kommen, Tempoids. Kommen. Finnbogg euer Finnbogg jetzt. Nicht Q'oornans Finnbogg, nein, nein, nicht mehr Q'oornans. Kommen, kommen, Tempoids. Überqueren Finnbogg Brücke. Überqueren, überqueren, kommen hier.«

Wie ein eifriger Hund an der Leine zerrte er Annie zur Brücke. Die anderen folgten.

Sie waren kaum dreißig Meter weit gekommen, als Clive schaudernd bemerkte, daß die Brücke aus einem einzigen Stück Basalt bestand, das sich über dem Abgrund erhob. Es gab keinerlei Geländer, keine Laufstege. Die Oberfläche war glatt und schlüpfrig dort, wo sie vom Nebel feucht war. Ein einziger Fehltritt, ein Ausrutscher, würde sie in den schwarzen Abgrund und ins sichere Verderben stürzen.

Weil er jetzt glücklich war, mit neuen Freunden zusammenzusein, schmetterte Finnbogg ein Lied, das Clive auf den Straßen von London gehört hatte, wohin es aus Boston in Amerika gelangt war. »Champagne Charlie was his name«, brüllte das Geschöpf, »Champagne Charlie was his name.«

Clive wurde von irgend etwas beunruhigt, das er nicht ausmachen konnte und das ihn nicht in Ruhe ließ, bis er's durch sein geistiges Labyrinth verfolgt und gefunden hatte.

Das war's! ›Champagne Charlie‹ war nur ein Jahr zuvor nach England gekommen, dessen war er sich sicher. Aus Boston war eine Loseblattsammlung Musik importiert worden, und über Nacht sang halb London das gleiche dämliche Lied. Wenn Finnbogg das Lied kannte, mußte es innerhalb des vergangenen Jahrs nach Q'oorna gekommen sein. Aller Wahrscheinlichkeit nach war es also Clives Bruder Neville gewesen, der es mitgebracht hatte.

Ungeachtet aller Ablenkungen und Mißgeschicke war Clive noch immer auf der richtigen Spur! Er hatte Nevilles Leiche gesehen — oder vielmehr das, was Nevilles Leiche zu sein schien. Aber im Tagebuch hatte es frische Eintragungen gegeben, und jetzt war Finnbogg, wenngleich indirekt, ein Zeuge, der nahelegte, daß Neville lebte.

Sie stiegen langsam zum höchsten Punkt der Brücke. Es wurde immer schwieriger, gleichmäßig Schritt zu halten und sich vorwärtszubewegen. Die Krümmung nach oben war nicht steil — das allein ermöglichte es, den Anstieg ohne die Ausrüstung zu bewältigen, die die

Reisenden jetzt nicht mehr besaßen —, aber als sie weiterstiegen, fiel die Temperatur ins Bodenlose. Die Nebeltröpfchen, die auf der Brücke kondensierten, gefroren, und die sowieso schon rutschige Oberfläche polierten Obsidians trug eine dünne Eisdecke.

Allein Finnbogg hatte keine Schwierigkeiten damit, sich auf den Füßen zu halten. Seine Füße waren nackt, die Sohlen geteilt wie bei einem Hund. Die Pfoten waren abgehärtet, weil sie lange Jahre dem harten Boden und der rauhen Pflicht ausgesetzt gewesen waren, der Finnbogg an der Brücke nachgekommen war. Die Nägel waren wie die eines Hundes stark und gebogen, und er hatte sie — vielleicht um die Langeweile zu vertreiben — nadelspitz geschärft, genau wie die der Finger.

Er ging glücklich dahin und sang ›Champagne Charlie‹, ›When You and I Were Young, Maggie‹, ›Work for the Night Is Coming‹ und ›Tenting on the Old Camp Ground‹. Gelegentlich brach er besonders fröhlich in seinen Lieblingsgesang aus, ›God Save the Queen‹.

Das Klettern wurde allmählich zur Gewohnheit. Es war nicht besonders schwer, abgesehen davon, daß man jeden Schritt sorgfältig setzen mußte, um der Gefahr eines bösen Ausrutschers zu begegenen.

Selbst der joviale Finnbogg geriet allmählich in eine ruhigere Stimmung und summte ein Medley von Negro Spirituals. Er mochte jedes einzelne Lied und wiederholte es häufiger, als Clive Folliot zählen konnte, ehe er sich dem nächsten zuwandte. Und Finnboggs Summen hatte die gewöhnliche Lautstärke und Tonqualität der Dampfmaschinen an Bord der *Empress Philippa*.

Clive ertappte sich dabei, wie er über Kapitän Wingate und Zahlmeister Fennely und die übrigen Personen nachdachte, denen er an Bord des Schiffs begegnet war — das Trio von Kartenschwindlern, besonders Lorena Ransome. Sie war eine Circe gewesen, und sie schien mehr als gewillt gewesen zu sein, ihre Reize mit Clive zu teilen.

Eine warme Phantasie erlöste ihn aus der klaren Langeweile der Basaltbrücke. Er wurde von einer merkwürdig angenehmen Melancholie ergriffen. Er konnte das Gefühl herbeirufen, den besonderen Geruch von …

Ein Schrei erschütterte seine Träumereien.

Benutzer Annie sprang zurück und stieß dabei mit Folliot zusammen. Er fiel auf ein Knie und klammerte sich fest, um nicht von der Brücke gefegt zu werden. Ein riesiger Schatten erhob sich und verdeckte eine Stelle am Himmel, von wo aus Sterne und verschwommene Nebel ihr geisterhaftes Licht warfen.

Der Schatten zögerte kurz und wuchs dann mit alarmierender Geschwindigkeit, als er auf die Reisenden zufiel.

Allmählich zeigten sich Umrisse auf dem Ding, denn es war ein festes Objekt, eine lebendige Kreatur, die Sterne und Nebel verdeckte, nicht mehr bloß ein Schatten. Es besaß riesige Schwingen, die in der nebligen Luft summten und zischten. Die Augen glühten in einem eigenen bösartigen Licht, und als ihr Blick auf Clive fiel, spürte er, wie ihn ein wunderliches Gefühl durchlief, als hielten die Augen tatsächlich einen unsichtbaren gefährlichen Strahl auf ihn gerichtet, wie einen dieser Strahlen, von denen in den Veröffentlichungen von William Crookes spekuliert wurde.

Es besaß eine Reihe von Klauen und in der Körpermitte etliche Öffnungen, durch die ein rötlicher Glanz zu erkennen war.

Es richtete sich parallel zum Weg auf der Brücke aus und surrte und summte die Reisenden an. Kleine schwarze Objekte fielen von ihm herab, fielen aus den Öffnungen des Körpers. Sowie sie die Brücke streiften, explodierten sie wie Granaten.

Die Kreatur fegte zurück und schrie dabei ihre Boshaftigkeit hinaus.

Sie schlug einen weiten Bogen, verschwand im Nebel und erschien dann erneut weit entfernt zu einer Seite der Reisenden. Dann jagte sie wieder auf sie zu, aber diesesmal glitt sie nicht über sie hinweg, als sie herangekommen war. Statt dessen stand sie wie ein angriffslustiger Hengst in der Luft. Clive sah die Feuer der Hölle in dem Ding brennen.

Finnbogg sprang hoch in die Luft.

Die Bulldogge von Mann und das unheimliche fliegende Ding stießen mit einem einzigen ohrenbetäubenden Krachen zusammen und fielen dann in einem zweiten und lauteren Aufschlag, der den Basalt zum Wanken brachte, zurück auf die eisige Brücke.

Sie umklammerten sich wie Ringer, sie kämpften, rutschten vor und zurück, von links nach rechts, näherten sich auf Bruchteile eines Zentimeters dem Verderben, kämpften sich dann zusammen zurück auf die relative Sicherheit des Wegs.

Mit einem letzten Zähneknirschen, Zerren, Malmen riß Finnbogg den Angreifer in zwei Hälften. Finnbogg hielt die beiden Teile des Dings in die Luft. Aus den beiden Hälften ergossen sich häßliche Flüssigkeiten, purpurrot und lavendelblau und magentarot, die zischten und dann zu einem stechenden Gas sublimierten, sobald sie das Eis auf der Brücke berührten.

Finnbogg riß ein Teil des Dings ab und packte es mit den Fängen. Er knurrte und spuckte es aus. »Schlechtes Fleisch, schlecht, schlecht, nicht schmecken gut, armer Finnbogg, schlechtes Ding, schlecht, schlecht, schlecht.«

»Ist es — war es lebendig, Finnbogg?« Folliot schaute die zerrissenen Überbleibsel von der Seite an und versuchte zu verstehen, was es war, das er da anschaute. »War es ein natürliches Tier oder eine mechanische Vorrichtung? Ich dachte, es sei ein Tier, aber ...«

Er runzelte die Stirn und langte nach einem der kleineren Teile, die auf den eisigen Weg gefallen waren. Es schien künstlich zusammengesetzt zu sein, Splitter aus Metall oder Ton oder Glas, sicher nicht das Ergebnis der organischen Natur, sondern von angewandter Intelligenz.

»Schlecht leben«, knurrte Finnbogg. »Schlecht leben, machen — hu — hu — mehr Teile. Mehr Teile für schlecht leben. Nicht gut zu essen, nicht gut zu spielen, nie erzählt Finnbogg Geschichte, nicht schön.«

Quartiermeister Sergeant Horace Hamilton Smythe gesellte sich zu Folliot, um die Teile zu untersuchen. »V'leicht möchte der Major Herrn, äh, Finnbogg fragen, ob das ein Diener der Q'oornans war. Schienen mir ganz schön seltsam zu sein, diese Q'oornans. Hatten kaum Zeit, mit ihnen da in ihrer Stadt zu reden, aber ich hab nich ganz mitgekriegt, ob die so was wie das Ding hier hatten, das sie losschicken konnten, um ihre Befehle zu befolgen. Stimmt der Major da nich zu, Sör, wenn ich so frei sein darf, Sör?«

Clive erwartete halb, daß der Mann in Habachtstellung ginge und einen flotten Gruß entböte, aber er stand nur erwartungsvoll da.

»Gut geredet«, gestand Clive zu. Und zu Finnbogg sagte er: »War dieses — schlechte Ding — von den Q'oornans? Haben die Leute, die dich an die Brücke gestellt haben, um sie zu bewachen, dieses Ding hinter uns hergeschickt, was meinst du?«

Finnbogg stand ruhig da und schüttelte den zotteligen Kopf. Schließlich sagte er: »Nicht, nicht Q'oornan. Nicht, nicht Q'oornans schlecht, Himmelsding schlecht. Schlecht, schlecht. Zwei schlecht, nicht eins schlecht, nicht so schlecht, schlecht, schlecht. Nicht, nicht.« Er schüttelte traurig den Kopf.

Sergeant Smythe durchsuchte methodisch die Überbleibsel des geschlagenen Angreifers und tauschte leise vertrauliche Worte mit Sidi Bombay aus. »Einiges an netter handwerklicher Arbeit hier, Sör. Wenn das das richtige Wort dafür ist. Hähä!« Er grinste über seinen eigenen Witz.

»Was meinst du, Smythe? Was soll das alles?«

»Bißchen geborgen, Sör. Schauen Sie, Sör.« Er entfernte sorgfältig einige schwarze Kügelchen aus den

Überbleibseln des Angreifers. »Diese kleinen süßen Dinger scheinen beim Aufprall zu explodieren. Könnten sie als Bomben benutzen, wenn's nötig ist, stimmt der Major nicht zu? Und schauen Sie hier, Sör.«

Es war ihm gelungen, einige der Klauen von dieser Kreatur abzutrennen. Eine merkwürdige Vorrichtung aus horniger Materie und Metall, mit komplizierten Vorrichtungen von Gelenken und Zahnrädern darin.

»Weiß noch nich mal, für was das gut sein soll, Sör, aber es sieht aus, als könnte es 'ne Art Universalwerkzeug sein.« Er machte mit dem Ding einen Ausfall, kratzte damit über einen imaginären Gegner. Die Klaue schnappte bösartig in der Luft. »Muß verdammt vorsichtig mit dem Ding sein, Sör; sieht so aus, als könnt es sich gegen einen selbst wenden, wissen Sie. Aber es könnt 'ne sehr hübsche Waffe machen, wie Sie sehen.«

Er machte sich daran, weitere Klauen abzulösen und an Clive, Sidi Bombay und Benutzer Annie zu verteilen. Annie hielt die Klaue vors Gesicht, strich mit den Händen darüber und nickte glücklich. »AiDi-Protokoll komplett, cybroide Ausrüstung, Io Verbindung unterbrochen. *Ha!*« Ihr kurzer Ausbruch von Gelächter war wie das Gebimmel einer Glocke.

Horace Hamilton Smythe steckte eine Klaue in die Tasche des zerrissenen Khakianzugs. Als er Finnbogg eine hinhielt, nahm sie der andere dankbar an, zermalmte sie zwischen den Zähnen und warf sie weg. »Nicht schmecken gut«, knurrte er. »Schlecht, schlecht.« Er schnüffelte und machte sich wieder auf den Weg.

Bald erreichten sie den höchsten Punkt der Brücke.

Clive stand an der Spitze, drehte sich um die eigene Achse und schaute sich um.

Es war sowohl der großartigste wie auch schrecklichste Anblick, den er je erlebt hatte.

Sie hatten die Obergrenze des Nebels überschritten, der aus dem Abgrund hervorquoll. Direkt unter der Gesellschaft waberte es wie dicker Londoner Nebel. Er waberte in der Schlucht auf und nieder, und ein Nebelfluß schien rechts und links der Reisenden zu strömen, der sich in beiden Richtungen über die Grenzen des Horizonts hinaus erstreckte.

Aber vor und hinter ihnen zerstreute sich der Nebel und die Landschaft von O'oorna lag majestätisch da wie das Reich des römischen Pluto. Schwarzer Boden, glatt und hügelig, erstreckte sich kilometerweit. Hier und dort wuchs ein wenig Vegetation, erkennbar an den borstenförmigen unregelmäßigen Umrissen und dem gefleckten Äußeren, sie war jedoch genauso schwarz wie der Grund, auf dem sie stand, und der Himmel, der sich darüber türmte.

Und in größerer Entfernung unregelmäßig verteilte Haufen von diamantweißen und diamantblitzenden Lichtern. Lichtern, die Städte bedeuten mußten.

Und in diesen Städten — was? Es gab keine Möglichkeit, das in Erfahrung zu bringen, außer sie würden das andere Ende der Brücke erreichen und dann die Ebene durchqueren, um nachzuforschen.

Clive verspürte einen warmen Körper, senkte den Blick und entdeckte, daß Benutzer Annie ihm den Arm drückte. Der Kopf war gegen die Schulter gedrückt. Offensichtlich war ihr Baalbec A-9 Elektrofeld abgeschaltet, denn er verspürte keinen galvanischen Schlag — nur den Druck eines weiblichen Körpers.

»Kleine Annie«, murmelte er, »merkwürdiges Wesen aus einer anderen Zeit. Verstehst du diese Welt? Verstehst du Clive Folliot? Werde ich je auch nur die leiseste Ahnung von deiner Welt und dir selbst bekommen?«

Sie schaute zu ihm auf, und er sah in den Augen etwas Seltsames, aber auch Beruhigendes, etwas Fremdes, aber auch Vertrautes. Was sah er? Er schüttelte verblüfft den Kopf.

»Opsys Fehlfunktion?« fragte Annie sanft. »Fehleranalyse-Programm geladen? Virenprogramm am laufen? Ah, Benutzer Clive, Hauptanschluß einstecken Komponenten, ah.«

Clive glaubte, eine Träne auf ihrer Wange zu erblikken. In dem seltsamen Zwielicht, das so nahe ans Tageslicht kam, wie es in Q'oorna überhaupt möglich war, glitzerte ein winziger Funke in der Träne. Aber das war mit Sicherheit eine Besonderheit ihrer Umgebung, eine Spiegelung irgendeines unendlich weit entfernten Sterns.

»Aaah! Rettet mich vor den Schlägen Vishnus!« Vielleicht war's die Wärme von Sidi Bombays bloßen Füßen, die die dünne Eisdecke geschmolzen und ihn den Halt hatte verlieren lassen. Sidi Bombay stürzte auf die schwarze Brücke und rutschte auf den Rand zu. Sie waren von der höchsten Stelle der Brücke herabgestiegen, und sobald sie sich wieder mitten im Nebel befanden, wurde die Brücke erneut eisglatt.

Finnbogg knurrte und warf sich in Richtung auf Sidi Bombay. Zur gleichen Zeit zog der hagere Mann die Klaue aus dem zerrissenen Gewand und hakte die nadelscharfen Spitzen ins Eis. Sie hielt, und er ergriff sie verzweifelt mit beiden Händen, während der Körper darunter im Kreis schwang und er verzweifelt über dem Abgrund baumelte, die Gliedmaßen dabei wie Dreschflegel bewegte und um Hilfe schrie.

Finnbogg streckte die pfotengleiche Hand aus und faßte Sidi Bombays Handgelenk. Der massige hundeähnliche Zwerg zog die skelettgleiche Gestalt zurück über die Kante der Brücke. Sidi Bombay klammerte sich an Finnbogg, stieß dabei leise Klagelaute aus und stieß die Stirn immer wieder gegen den muskulösen Körper seines Retters.

»Schlecht«, sagte Finnbogg ernst. »Sidi Bombay Mann fallen, verschwinden. Ah! Ah, alles brechen Sidi Bombay, nicht. Kommen Finnbogg, Sidi Bombay.« Erstaunlicherweise hob Finnbogg Sidi Bombay mit einer

Hand und drückte ihn gegen die massige bulldoggengleiche Brust.

»Andere, kommen. Tempoids, kommen Finnbogg.« Er deutete über die Schulter.

Finnbogg formte aus den Baumstammarmen eine Art Korb und hob Clive und Annie und Horace Hamilton Smythe hoch. Es gab kaum genügend Platz für sie, aber die dicken Knochen der massigen Kreatur und die mächtigen Muskeln trugen ihr Gewicht, als wären sie Puppen.

Finnbogg nahm einen ruhigen gleichmäßigen Schritt auf, wobei die klauengleichen Zehennägel sich fest in den eisbedeckten Basalt krallten. Die mächtige Stimme stieß ein Lied nach dem anderen hervor, Lieder aus Muskkneipen und immer wieder eine aufwühlende Reprise von ›God Save the Queen‹.

Clive suchte den Himmel über ihnen ab. Je tiefer sie in den Nebel vorstießen, desto weniger blieb zu sehen. Was bedeutete, daß sie ihre potentiellen Angreifer nicht erkennen konnten, aber dieses Handikap war gegenseitig, und es tauchten keine weiteren Lufttiere auf.

Sie vernahmen jedoch ein schleifendes Geräusch. Clive spähte die Brücke hinab. Finnboggs schwerfällige Gliedmaßen bewegten sich rhythmisch, sanft. Es wäre ein leichtes gewesen, sich bei dem einschläfernden Geräusch zurückzuziehen und zu dösen, aber das unerwartete Geräusch hielt Folliot wach.

Er glaubte das Flackern eines totenbleichen *Etwas* am Rand des Weges zu erkennen. Die Bewegung von irgend etwas Weißem in diesem schwarzen Hades war an sich schon schockierend, aber es war tatsächlich da. Es erschien erneut, flackerte am Rand des Basalts und flammte kurz auf, um dann wieder zu verschwinden.

Ohne weitere Warnung schwankte die gesamte Brükke.

Finnbogg stieß ein überraschtes Knurren aus und hielt an, grub die Klauen seiner Extremitäten in den Boden, um festen Halt zu gewinnen. Er wartete einige Sekunden lang und bewegte sich dann weiter.

Die Brücke schüttelte sich erneut.

Clive spähte zum Rand des Pfads. Vielleicht hatten die weißen Fühler etwas mit dem Rütteln zu tun. Sie mußten zu einer Kreatur gehören, die sich an die Unterseite der Brücke klammerte, genauso wie sich Finnbogg an die Oberseite klammerte.

Finnbogg setzte sich erneut in Bewegung, aber jetzt war die Schwingung zu einem stetigen pulsierenden Schlagen geworden. *Bumm-bumm-bumm,* und bei jeder Wiederholung des Geräusches wackelte die Brücke.

»Setze kleine Freunde ab!« grunzte Finnbogg. Er blieb stehen und schüttelte sich, als Clive und die übrigen aus den Armen kletterten und sich vorsichtig auf den Basalt stellten, der jetzt eher naß und schlüpfrig als eisglatt war.

Der massige Zwerg Finnbogg pflanzte sich in die Mitte der Brücke.

Als er umherspähte, sah Clive die Ursache des Rüttelns. Es näherte sich langsam, Schritt für Schritt. Die Silhouette Finnboggs erschien gegen den neuen Ankömmling auf einmal wie eine erbarmungswürdige Mücke.

▪ VIER ▪

MEHR WELTEN ALS DIESE EINE

KAPITEL 16

»Verdammt sollst du sein, Clive Folliot!«

Das Tentakel gehörte zu dem Ding, wie Clive Folliot bemerkte. Es waren lange peitschenähnliche Organe, mit denen es sich seinen Weg ertastete. Es war ein Schrecken, der alles auf diesem Weg übertraf.

Als Ganzes gesehen ähnelte es nichts, worauf Clive je den Blick geworfen hatte. Aber in den einzelnen Teilen war es ihm vertraut, und das vergrößerte sein Entsetzen noch.

Es rutschte auf Tentakeln voran. Sie waren zahllos, einige dick, einige dünn, und das längste davon kaum kürzer als ein Fußballfeld. Über den Tentakeln erhob sich der erstaunliche Rumpf. Er war so dick wie ein riesiger Baum. Er war über und über bedeckt mit hervorquellenden Organen, Saugern, Fühlern, Mündern, Kieferknochen und Klauen. Wie bei einer titanischen Kriegsmaschine — aber das hier war das Produkt irgendeiner verrückten satanischen Gottheit. Kein Mensch hätte je einen solchen Schrecken ersinnen können.

Das Ding war so riesig, daß das obere Ende des Rumpfs in den Nebelschwaden verschwand, die die Brücke einhüllten. Clive sah diese Ungeheuerlichkeit an wie ein Bauernlümmel, der die Nelsonsäule am Trafalgar Square angafft. Das obere Rumpfende des Monsters trug einen zweiten Ring von Tentakeln, die davon herabhingen wie der Mantel einer eleganten Dame, die zu einem Wohltätigkeitsball eintrifft. Noch weiter oben, verhüllt sowohl vom oberen Tentakelring als auch vom dichter werdenden Nebel, mußte sich der Kopf der Kreatur befinden.

Ein dünnes Tentakel glitt unterhalb des Pfades hervor und bewegte sich tastend auf die Reisenden zu. Clive sah fasziniert zu, wie es sich seinen Weg ertastete, sich dabei hob und senkte, nach links und nach rechts fühlte wie ein unabhängiges Wesen, eine bedauernswerte blinde Kreatur, dennoch eine tödliche Bedrohung, die sich ihren Weg suchte.

Es berührte Benutzer Annies Fußknöchel. Sie kreischte auf und wich zurück. Clive fragte sich, ob sie ihren Baalbec A-9 angeschaltet hatte. Hatte sie ihr Verteidigungsfeld vergessen oder war seine Schockwirkung zu gering, um das Monster zu berühren?

Das Tentakel hob und senkte sich blindlings hin und her. Ein weiteres Tentakel kam von der anderen Seite des Basalts heran und schwang sich hinüber zu dem ersten. Sergeant Smythe stand zwischen beiden. In völliger Übereinstimmung bewegten sie sich auf ihn zu, um ihn zu fangen und sich ihm um den Leib zu winden.

Schneller, als das Auge folgen konnte, hob Smythe die halbmechanische Klaue, die er dem Luftcybroiden abgenommen hatte. Als wären Arm und Klaue ein organisches Ganzes, griff er die Tentakel an, die sich um ihn gewunden hatten. Die Spitze der Klaue war extrem scharf, und Smythe handhabte sie mit erstaunlichem Geschick.

Beinahe vom ersten Augenblick an krümmten sich die Tentakel und tanzten umher.

Smythe wurde umhergewirbelt wie ein Derwisch.

Ein Tentakel zog sich vom Körper zurück und zuckte wie eine Peitsche den Bruchteil eines Zentimeters vor dem Gesicht. Smythe grinste jenes Grinsen, das Clive Folliot auf seinem Gesicht mehr als einmal in der Hitze des Kampfs gesehen hatte. Sein Ausdruck war der eines Berserkers. Sein Gehabe das eines Chirurgen: kalt und zielstrebig und bestimmt, um seine blutige, aber notwendige Aufgabe zu erfüllen.

Smythe zerschnitt die Tentakel in Fetzen, dann ergriff

er mit noch erstaunlicherer Geschwindigkeit und erstaunlicherem Geschick die ausgefransten Enden und knotete sie mit einem Seemannsknoten zusammen.

In dem Nebel über ihnen, wo sich der unsichtbare Kopf befand, heulte das Monster auf wie tausend verdammte Seelen auf einmal.

Sidi Bombay stand dicht daneben und hielt seine Klaue bereit. Mit der freien Hand gestikulierte er zu Horace Hamilton Smythe hinüber.

Sergeant Smythe nickte und warf dem Inder seine Klaue zu. »Los, alter Freund, zeig dem Ding dein besonderes Talent!«

Benutzer Annie war neben Clive Folliot getreten. Er legte ihr den Arm um die Schultern und hielt sie fest. Sie sahen Sidi Bombay fasziniert zu.

Der hagere Mann hielt in jeder Hand eine Klaue. Während er sie wie ein Bergsteiger seine Felshaken benutzte, kletterte er in das Dickicht von Tentakeln, die sich im kalten Nebel wanden und nach ihm schnappten.

In der Zwischenzeit hatte sich Finnbogg auf seine offensichtlichen Vorfahren besonnen. Er schnappte eine Traube von Tentakeln mit dem mächtigen Unterkiefer und stemmte die vier Gliedmaßen fest gegen die Oberfläche der Brücke. Er zerrte wütend an den Tentakeln und schlug die ganze Zeit über mit den unvergleichlichen Kinnmuskeln zu und mahlte mit den schrecklichen Fängen.

Oberhalb des Weges kletterte Sidi Bombay wie ein wahnsinniger Bergsteiger. Der Anblick war unglaublich. Er schwang eine Klaue nach oben, hakte sie in die sich windende Masse von Tentakeln, wobei er sich mit der anderen Hand und den bloßen Füßen festhielt, schwang dann die zweite Klaue hoch und zog dabei die Füße so weit hinauf, bis er sich um eine Körperlänge hochgehoben hatte. Wie er es fertigbrachte, seinen Weg in diesem Dschungel aus schleimigen, sich windenden Tentakeln zu verfolgen, war Clive ein Rätsel.

Vor Clive und Annie war Finnbogg weiterhin dabei, die unteren Tentakel des Monsters anzugreifen. Er riß eine sich windende Masse von der Kreatur ab, der ein dampfender Schwall heißer stinkender Flüssigkeit folgte. Wo auch immer sie auf den Basalt traf, verformte sie sich sogleich zu glitzernden Lachen, die dampften und zischten und blubberten und sich zu einem brennenden Gas verflüchtigten, das hinaus in die Schwärze zog.

Sidi Bombay war im Nebel verschwunden. Die Geräusche der Kreatur wurden lauter. Ein mächtiges Donnern ertönte, eine Geräuschemischung aus den Hufschlägen einer riesigen bösartigen Herde und dem Rumpeln eines schrecklichen Erdrutsches.

Das Ungeheuer schwang hin und her.

Ein Nest ineinander verflochtener Tentakel packte Sergeant Smythe erneut, und dieses Mal hatte er keine Waffe zur Hand. Rasend vor Wut griff er die würgenden Stränge mit bloßen Händen an.

Sie wanden sich nach oben und hoben Smythes Körper in die Höhe. Vor Clives und Annies entsetzten Augen wurde der Sergeant von einer Traube von Tentakeln zur nächsten gereicht. Seine Schreie hallten bis zu ihnen herunter, aber sie waren unverständlich. Der Weg, den er verfolgte, war kreisförmig und brachte ihn gleichzeitig rund um die Kreatur herum und nach oben, in Richtung auf den gigantischen Rumpf, der von Organen des Schreckens und der Zerstörung übersät war.

Der mächtige Finnbogg hatte sich einen Weg in die Tentakeltraube gebahnt. Nur noch die Hälfte des hündischen Wesens war sichtbar. Aus dem Innern eines Vorhangs von Tentakeln hörte man sein Knurren und das Schnappen der rasiermesserscharfen Fänge an den gummiartigen Organen.

Bis zu diesem Augenblick hatte Clive wie erstarrt vor Schreck und Faszination über diesen Anblick dagestanden. Er schüttelte sich, und dann sah er, daß Annie sich dem Gemetzel angeschlossen hatte. Bewaffnet mit einer Klaue und sich selbst verfluchend, daß er nicht rascher gehandelt hatte, lief er los, um Finnbogg beizustehen.

Clive packte eines der gummiartigen Tentakel und hackte mit der Klaue darauf ein. Er sah, daß Benutzer Annie das gleiche tat.

Obwohl er keine Anleitung für den Gebrauch der Klaue erhalten hatte, fühlte Clive dennoch eine jähe Woge von Zuversicht. Die Waffe war so perfekt gestaltet, daß es keiner Anweisung, sondern nur des festen Willens bedurfte, von ihr Gebrauch zu machen. Er hatte das erste Tentakel, das er erreicht hatte, weggeschnitten und langte jetzt nach dem nächsten.

Er sah Finnboggs Hinterteil. Der furchtlose, jedoch langsam begreifende Finnbogg hatte die Bedrohung zu spät erkannt. Während er sich immer weiter seinen Weg in das Nest von Tentakeln gekämpft hatte, ging er jetzt das Risiko ein, in eine Falle zu geraten, ohne sich daraus zurückziehen zu können.

Dann kippte die gigantische Kreatur auf die Oberfläche der Brücke wie ein Baum vor dem Holzfäller. Sie neigte sich zunächst langsam von den Kameraden weg. Ihre Tausende von Scheren, Tentakel und Fühler schlugen durch die Luft und erzeugten dabei ein Rasseln und Surren, das klang wie ein Hurrikan, der über den tropischen Dschungel auf einer Ozeaninsel zieht. Die Atmosphäre wurde zu einem Schaum aus Nebel und Geifer und menschlichem Schweiß und den stinkenden stickigen Exkrementen der verwundeten Bestie geschlagen.

Das Hämmern und Donnern und Mahlen der inneren Organe der Kreatur wurden lauter.

Sie krachte auf den Weg, prallte einmal zurück und landete erneut, lag hingestreckt da und bedeckte die gesamte Breite des Wegs. Ihre Tentakel wanden sich, und ihre Scheren zuckten schmerzerfüllt in der Schwärze. Sie stieß Laute aus, die nach Schmerzens- und Verzweiflungsschreien klangen.

Ein Rumpeln und Krachen.
Die Brücke selbst bewegte sich.

Clive sah das untere Teil der Kreatur. Es war nahezu rund. Das meiste davon bestand aus einer transparenten Membran. Die Membran war von einer Reihe wütend peitschender Tentakel umgeben. Durch die transparente Membran sah er einen Teil des Innern. Er erblickte dort schreckliche Dinge, ganze Kreaturen, gleichermaßen Menschen und Fremdwesen, als Ganzes verschluckt, die in einer schweren, leimartigen Flüssigkeit trieben. Einige von ihnen waren bereits skelettiert, andere hatten noch immer Fleisch an sich, und noch andere, das Schrecklichste von allen, waren augenscheinlich noch am Leben, sie winkten mit Armen und Beinen, kämpften kraftlos gegen das unvermeidliche Schicksal.

Zwischen den Körpern schwammen träge Miniaturausgaben des riesigen Monsters. Das eine oder andere hielt gelegentlich inne und streckte einen Rüssel aus, um einen Menschen oder ein Fremdwesen zu durchbohren. Während Clive in hilflosem Schrecken zusah, schrumpfte das Opfer zusammen, und die schmausende Kreatur schwoll an.

Jetzt wand sich Benutzer Annie aus Clives Griff. Sie griff in die Bluse und bewegte die Hand. Folliot sah, daß sie das Elektrofeld anschaltete.

Sie hielt eine Klaue in der Hand und rannte auf die transparente Membran zu, die Klaue weit vorgestreckt.

Clive nahm an, sie wolle die Membran in der heroischen, wenngleich vergeblichen Angst durchtrennen, die Gefangenen zu retten. Er stieß einen Ruf aus und rannte ihr nach. Die früheren Opfer der Kreatur befanden sich jenseits aller Rettung. Sie würde bloß die Jungen der Kreatur befreien und sich dann deren erneuter Attacke gegenübersehen.

Annie erreichte die Membran, bevor Clive sie einholen konnte. Sie machte sich mit der Klaue darüber her. Aber was sie auch immer vorgehabt hatte, die Wirkung des Elektrofeldes auf die Kreatur war weit größer, als es die Klaue allein vermocht hätte.

Jedes Tentakel, jede Hülle, jeder Fühler und jede Wimper des Monsters verfielen in krampfartige Zukkungen.

Die heulende Stimme schwoll zu einer Höhe und Lautstärke an, die jeden früheren Augenblick des Kampfes weit übertraf.

Annie und Clive wurden zurückgeworfen und konnten kaum verhindern, daß sie von der Oberfläche der Brücke in den dunstigen Abgrund darunter geschleuert wurden.

Das Monster vollführte eine halbe Drehung, so daß ihr bis dahin unsichtbares oberes Ende hinter Clive und Annie losbrüllte.

Als das Ende der Kreatur in Sicht kam, überfiel Clive eine schreckliche Ahnung dessen, was er gleich zu sehen bekäme. Der obere Kragen von Tentakeln war noch immer nach außen gestreckt wie ein elisabethanischer Reifrock, nur daß sie sich wanden und nach irgend etwas nicht Vorhandenem griffen, als sie nahten.

Sie rutschten mit einem schrecklichen Gestank und Spritzern einer ekelhaften Flüssigkeit an Clive und Annie vorüber.

Dann erschien der Kopf, ein Kopf, volle vier Meter hoch und einen halben bis einen Meter breit.

Er hatte das dunkle Haar von Clive und die sonnengebräunte Haut eines Offiziers, gleichfalls genauso gefärbt wie Clives eigene Haut. Die Augenbrauen und der Schnurrbart gemahnten ebenfalls an ihn, aber der Schnurrbart war auf andere Art getrimmt.

Die Lippen waren zu einem Knurren zurückgezogen, so daß sich Zähne, groß wie ein Fußball, zeigten. Die Augen waren groß vor Schrecken und Wut. Der Mund öffnete sich zum Sprechen, aber bevor ein Laut herauskommen konnte, war das Gesicht verschwunden.

Es war ein Gesicht, das Clive wiedererkannte.

Das riesige Monster war über die Basaltkante der Bogenbrücke getaumelt. Während es im Nebel und in den Tiefen des Abgrunds verschwand, drehte es sich langsam Kopf über Kopf. Die mächtige Stimme brüllte mit einer Färbung, die Clive nur allzu vertraut war.

»Clive Folliot«, donnerte und hallte es, »verdammt sollst du sein, Clive Folliot! Verdammt in die tiefsten Tiefen der Hölle! Verdammt dazu, die Ewigkeit im Dungeon zu verbringen!«

Hinter Clive und Annie krachte die Brücke und schüttelte sich. Vor ihnen geschah desgleichen. In der Oberfläche zeigten sich Risse.

Annies Hand lag in ihrem Kleid. Sie schaltete den Baalbec A-9 ab. »Exit Programm!« rief sie Clive zu. »Abschalten! Systemabsturz!« Sie faßte ihn an der Hand und rannte los.

Es kostete ihn keine Sekunde, um festzustellen, daß sie recht hatte. Die Brücke zerbröckelte, ihre zarte Struktur war schwer beschädigt von den Stößen des tonnenschweren Monsters. Die einzige Hoffnung für die Überlebenden dieses Zusammentreffens bestand darin, das andere Ende der Brücke zu erreichen, bevor sie zerfiel und in die Spalte stürzte.

Immer und immer wieder rutschten sie in den schleimigen Absonderungen aus, die das Monster hinterlassen hatte. Nach einer Weile gaben sie es auf, immer wieder von neuem aufzustehen und loszulaufen, sondern rutschten ganz einfach wie Schlitten in der Eisbahn, wobei sie sich bemühten, das Gewicht so zu verteilen, daß sie in der Mitte des Wegs blieben und die gefährlichen Ränder vermieden.

Sie erreichten Finnbogg, der zufrieden die letzten Tentakeltrauben der Kreatur schluckte, die er abgebissen hatte. Er sah sie auf sich zugleiten, beschloß, daß ihre Bewegungsform Spaß machte, und gesellte sich zu ihnen.

Fast am Ende der Brücke begegneten sie Horace Hamilton Smythe. Er war vom ersten großen Zucken der Kreatur dorthin geschleudert worden, als sie mit Annies Elektrofeld in Berührung gekommen war.

Es gab kein Anzeichen von Sidi Bombay.

»Ich bete für seine Seele«, murmelte Clive.

»Würd das nich empfehlen«, verbesserte Smythe. Er setzte sich auf und ließ sich von den anderen auf die Füße helfen.

Clive schnappte zurück. »Nur weil der Bursche eine schwarze Haut hat, Sergeant Smythe, und in einem lustig ausschauenden Gebäude betet und nicht in einer ordentlichen Kirche, bedeutet das noch lange nicht, daß er nicht gleichfalls ein Kind Gottes ist.«

»Bezweifle kein Wort, Sör, kein Wort. Würd dennoch nich für Sidi Bombays Seele beten, nein, Sör. Ich hab Sidi Bombay durch mehr Gefahren durchkommen sehen als die hier. Ich wette meinen Kopf, daß wir Sidi Bombay nicht das letzte Mal gesehen haben, Sör, keinesfalls.«

»Ich nehme die Wette an, Sergeant«, grinste Clive Folliot. »Und ich hoffe zum ersten Mal in meinem Leben, daß ich eine Wette verliere!«

»Sidi Bombay ist ein guter Kerl, Major.« Smythe nickte.

»Aber wem hat er gedient, Smythe?« Clives momentaner Übermut wegen ihrer Rettung schwand allmählich und wurde von ernsteren Gedanken ersetzt. »Er war's, der uns an diesen schrecklichen Ort gebracht hat. Er ist so selbstverständlich mit seiner Barke erschienen, als wir den Sudd betraten. Und seitdem — nun, ich glaube nicht, daß ich der Legende des unergründlichen Orientalen Glauben schenke, Sergeant, aber ich gäb 'ne Stange Geld darum zu wissen, was Sidi Bombay tatsächlich vorhatte.«

Smythe rieb sich den Nacken. »Ich weiß nicht so recht, was ich sagen soll, Major. Aber ich würd dem alten Sidi mein Leben anvertrauen, wirklich. Ich hab das schon oft genug getan, die ganzen Jahre hindurch, und er hat mich niemals fallengelassen. Ich erwarte wirklich, daß wir ihn wiedersehen, Sör. Und wenn wir das tun, erwarte ich von dem alten Sidi, daß er sich als so ehrenhaft wie eh und je erweisen wird.«

Sie hatten einen relativ sicheren Ort gefunden, um ihr Lager aufzuschlagen. Es gab keine Zelte, es gab kein Bett, es gab keine richtige Ausrüstung.

Das Terrain auf dieser Seite des Abgrunds war abwechslungsreicher als die Region um die Stadt Q'oorna. Hier war die Oberfläche hügelig, mit grasbewachsenen Hängen und waldigen Tälern. Alles war schwarz, wie es seit der Ankunft auf diesem Planeten der Fall gewesen war. Clive merkte, daß sein Körper erneut nach Nahrung und Schlaf verlangte. Bis zu diesem Punkt hatte er von den eigenen Reserven gelebt, dank irgendwelcher Mechanismen, die sich vielleicht in alten Zeiten entwikkelt hatten, als der primitive Mensch lange Perioden ohne Nahrung und Ruhezeiten überdauern mußte.

Finnbogg hatte sich für die Gesellschaft als unersetzlich erwiesen. Mit seiner ungeheuren Kraft und seinem Durchhaltevermögen hatte er die anderen getragen, wenn sie zu erschöpft zum Gehen waren. Es war ein Anblick wie der einer Ameise, die einen Brotkrumen von mehrfacher Größe trägt.

Sie hatten ihr Lager einige Kilometer vom Ende der Brücke aufgeschlagen. Trotz ihrer Verletzungen und ihrer Erschöpfung wollte keiner von ihnen irgendwo in der Nähe des Schreckens bleiben, den sie durchlitten hatten. Finnbogg hatte Annie, Smythe und Clive Folliot verlassen und war freiwillig losgezogen. Er kehrte mit Buschgehölz für ein Feuer und mit Beeren und einigen wilden Gemüsen zurück, die er ihnen auf seine hündische enthusiastische Weise anbot, damit sie sie probierten.

Während sie die Nahrung widerwillig kosteten —

kohlschwarze Beeren, Äpfel und Kartoffeln oder zumindest rohe Analogien dieser Früche waren schwer gut zu heißen —, errichtete der zwergenhafte Finnbogg ein Feuer aus Zweigen und Ästen. Er entzündete das Feuer auf altmodische Art und Weise, indem er Zweige gegeneinanderrieb, ein Vorgang, der die Geduld aller anderen strapaziert hätte, den er jedoch gleichmütig betrieb, bis er Erfolg hatte.

Das Feuer brannte mit reiner weißer Flamme. Dünner Rauch erhob sich über den Ring aus Ästen. Clive wußte, daß sie ihre Strategie durchsprechen, ihr armseliges Wissen und ihre begrenzte Intelligenz vereinigen und sich entscheiden sollten, was jetzt anzufangen sei, nachdem sie Sidi Bombay verloren hatten — und selbst anscheinend in dieser fremden Welt verloren waren.

Aber er war zu erschöpft; die Nahrung hatte sich angenehm in seinem Bauch angehäuft, und Benutzer Annie summte eine Melodie aus ihrer eigenen Zeit, einhundert und mehr Jahre in Clives Zukunft. Kurioserweise war es die vertraute Melodie eines italienischen Komponisten des achtzehnten Jahrhunderts.

Clive lächelte. Vielleicht hatte etwas Schönes und Wertvolles in der Welt Bestand, trotz aller Bemühungen des Menschen, das Gute zu erniedrigen und zu zerstören.

Er legte sich auf den Rücken, und Annie legte sich neben ihn.

Er führte weder Papier noch Stift mit sich, so schrieb er in Gedanken eine Geschichte für Maurice Carstairs. Wenn er sie nur lebhaft genug durchdachte, konnten die telepathischen Ströme George du Maurier vielleicht erreichen, und du Maurier konnte sie für Carstairs übersetzen und zu Papier bringen. Folliot lachte bei diesem Gedanken, und er spürte, wie sich Annie bei diesem Laut regte. Sie war, gegen ihn gelehnt, in Schlaf gefallen, und er spürte ihren Atem sanft und warm am Nakken vorbeistreichen.

Speziell und exclusiv für die Leser von The Recorder and Dispatch. *Datumslinie von Q'oorna. Ihr Korrespondent ist heute einer Kreatur begegnet, die mindestens dreißig Meter hoch und mit Tentakeln und Fühlern sowie mit einem durchsichtigen Fenster in der Unterseite ausgestattet war und einen erbarmungswürdigen Anblick im Innern bot. Die Kreatur hatte das Gesicht des älteren Bruders Ihres Korrespondenten, und sie sprach mit einer tausendfach verstärkten menschlichen Stimme.*

Er wiederholte in Gedanken die Details der Schlacht und beschwor ein Bild der riesigen Kreatur herauf, das auf der Frontseite von *The Recorder and Dispatch* hätte reproduziert werden können. Das Blatt hätte so waggonweise verkauft werden können. Und wenn Clive nach England zurückkehren und sein Buch schreiben würde, könnte er Burton und Darwin und alle übrigen auf einmal ausstechen!

Irgendwie vermischte sich die angenehme Aussicht, Bestsellerautor zu werden — mit Einladungen zu Lesungsreisen und dem Wohlstand, der unausweichlich einen solchen Erfolg begleiten mußte —, mit einer Wiederholung der letzten Worte des Monsters:

›Verdammt sollst du sein, Clive Folliot! Verdammt sollst du sein in die tiefsten Tiefen der Hölle! Verdammt sollst du sein, die Ewigkeit im Dungeon zu verbringen!‹

Sein Bruder. Sein eigener Bruder, Neville Folliot. Sie waren sich niemals besonders nahegestanden, waren nie Freunde gewesen. Aber was hatte Clive getan, um einen solchen Haß im eigenen Zwillingsbruder hervorzurufen?

Und — wie war Neville in diesen scheußlichen Riesen verwandelt worden, der von der Brücke getaumelt war? *War* Neville der Riese gewesen? Er hatte Nevilles Gesicht, er sprach mit Nevilles Stimme, und er hatte ihn, Clive, mit Namen angesprochen.

Aber — war er Neville?

Süße Träume verwandelten sich in Nachtmahre, die

erst bei der Herankunft von Q'oornas bleicher Dämmerung endeten.

Es war Finnbogg gelungen, einen Fisch aus dem Fluß zu fangen. Der Anblick der pechschwarzen Kreatur war eine Überraschung. Sergeant Smythe übernahm die Aufgabe, das Lagerfeuer zu entfachen, und sie steckten den Fisch auf einen Stock und brieten ihn. Ein erstes Mal dieses noch immer dampfende schwarze Fleisch zu kosten, war eine Überwindung, aber Beschaffenheit und Geschmack waren ausgezeichnet, und sie genossen ein schmackhaftes Mahl aus Finnboggs Fang.

Dann mußten sie über ihr weiteres Vorgehen entscheiden. Es gab kein Zurück zur Stadt von Q'oorna — der Abgrund, den sie überquert hatten, war bodenlos, und die Brücke war verschwunden.

Sie konnten weiter über Land ziehen oder ein dauerhaftes Lager dort errichten, wo sie bereits ein provisorisches erstellt hatten. Aber keine der beiden Entscheidungen hatte einen Sinn.

Sie konnten sich ein Ziel vornehmen — vielleicht eine der Städte, die sie in der schwarzen Landschaft erblickt hatten, als sie oben auf der Bogenbrücke gestanden hatten. Dieser Weg allein versprach ihnen, sie aus Q'oorna hinauszubringen — oder ihnen eine Antwort darauf zu geben, was diese schwarze Welt eigentlich mit ihnen vorhatte.

Mitten in der Debatte stellte Clive Folliot Horace Hamilton Smythe zur Rede. Diese Befragung war längst überfällig, aber bis jetzt hatte sich noch keine Gelegenheit ergeben, sie durchzuführen. Sie waren immer von der einen oder anderen Tätigkeit in Anspruch genommen gewesen, sei es in dem flachen Boot bei der Durchquerung des Bahr-el-Zeraf, beim Auffinden von Neville Folliots Sarg, beim Hinabklettern am Felsen, bei der Erforschung der öden Stadt von Q'oorna oder bei der Überquerung der Brücke mit Finnbogg. Es hatte einen Gedankenaustausch über Sidi Bombays Verschwinden gegeben, aber Clive war alles andere als zufriedengestellt.

Die Zeit für tieferes Nachbohren war gekommen.

»Du bist ein Teil davon«, klagte ihn Clive an. »Du und Sidi Bombay, ihr beide, nehme ich an. Aber du *bist* Teil davon, Smythe.«

»Teil wovon, Sör?« fragte Smythe mit treuherziger Miene.

»Du mischst bei den Q'oornans mit. Der Priester in Bagomoyo vielleicht auch, wenn ich jetzt darüber nachdenke. Sie sind verantwortlich für alles, was Neville zugestoßen sein mag. Sie haben mich entführt, und sie scheinen auch Fräulein Annie aus der Zukunft entführt zu haben.«

Er deutete auf Annie. Sie saß auf der Erde und hörte dem Dialog intensiv zu. Wieviel davon verstand sie? Überhaupt etwas? fragte sich Clive. Vor ihr lag Finnbogg ausgestreckt auf der Erde. Annlie ließ die Fingernägel durch sein Haar gleiten. Das zwergenhafte hundeähnliche Wesen seufzte zufrieden.

»Sie haben auch Finnbogg hierhergebracht, die arme Kreatur. Und der Himmel weiß, wie viele sonst noch. Die Tempoiden, die Extroiden, die Cybroiden, die wir als Gefangene im Dungeon vorgefunden haben. Aus wie vielen Nationen stammen sie? Wie vielen Welten? Wie vielen Zeitaltern?«

»Sie glauben, ich könnte das alles beantworten, Sör?« Sergeant Smythe grinste unter dem buschigen Schnauzbart. »Ich bin ein einfacher Quartiermeister, Sör. Ein besserer Nachschubgehilfe, ein militärischer Gemüsehändler. Ich weiß nichts über verschiedene Welten und Cyber-wasauchimmer und Tempo-wieheißtesdochgleich, Sör. Der Major bringt mich zu sehr in Verlegenheit.«

Clive erwartete schon, daß Horace Hamilton Smythe aufstehen, die Asche aus seiner Pfeife klopfen, ein Tuch ums Gesicht legen und in die englische Nacht hinausgehen werde. Das war eine Vorstellung, die er in einem gemütlichen Pub nach einer langen Nacht mit etlichen Gläsern Bier und ein paar leckeren Scones gegeben hatte.

Der schwarze Himmel mit seinen Flecken von milchigem Nebel und den funkelnden Punkten der Sterne und das flackernde Lagerfeuer fügten sich nahtlos ein in die Illusion, daß sie sich an einem weit prosaischeren Ort als Q'oorna aufhielten.

Smythe war zweifelsohne eine so perfekte Ausgabe des guten, soliden, beständigen Engländers, daß Clive dem Anschein fast erlegen wäre und die Ausreden akzeptiert hätte. Aber das Gegenteil war um so vieles augenfälliger. Es gab einfach zuviel Unerklärliches in Smythes Verhalten.

»Nun gut«, sagte Clive, »du bestreitest, daß du der klavierspielende Mandarin an Bord der *Empress Philippa* gewesen bist? Daß du einen arabischen Wächter im Palast des Sultans von Sansibar dargestellt hast?«

Smythe zögerte allzulange mit der Antwort.

»Nun, Sör. Is nich genau so, daß ich das alles abstreiten muß, Sör«, antwortete Smythe schließlich. »Aber ich geb's auch nich genau zu.«

»Oh, rück raus, Mann! Wir kennen einander zu lange und zu gut für dieses Spiel. Los, legen wir die Karten auf den Tisch! Ich bin völlig offen gewesen, von Anfang an bis jetzt. Aber du hast niemals irgendeinen Grund für irgend etwas angegeben.«

Smythe wand sich jetzt. Während der vielen Jahre, seit Clive ihn kannte, hatte er den Sergeanten niemals so verlegen gesehen. Er beschloß, daß dies der Moment zum Zuschlagen war.

»Wir schieben jetzt alles beiseite«, erklärte Clive. »Ich werd's nicht vergessen, und eine Zeit wird kommen, wo es gilt, Rechenschaft abzulegen. Sei dir dessen sicher, Sergeant. Aber jetzt will ich dieses Thema fallenlassen, wenn du mir nur eine einzige Frage beantworten willst.

Antworte offen, ehrlich, vollständig. Willst du das tun, Sergeant, und wir werden uns dann auf den Weg machen? Willst du es tun?«

Der Smythe, den Clive Folliot so gut zu kennen glaubte, hätte mit einem direkten Ja oder Nein geantwortet. Aber *dieser* Sergeant Smythe sagte: »Hängt von der Frage ab, Sör. Tatsächlich. Warum versuchen Sie's nicht?«

Clive spuckte die Worte fast aus. »Was bedeutet die sprialförmige Sternenformation, die ich auf dem Griff deines Revolvers gesehen habe?«

KAPITEL 17

Eine Fahrt auf dem Fluß

Horace Hamilton Smythe lachte und erhob sich. Er ging die paar Schritte zum Lagerfeuer hinüber und machte sich daran, es auszutreten. »Der Herr sei Ihnen gewogen, Major Folliot! Hab nie gedacht, daß Sie deswegen so erregt sind. Meine Güte, wir wollen uns auf den Weg machen, und ich werde Ihnen die ganze Geschichte während des Marschs erzählen.«

Er schüttelte amüsiert den Kopf. »Nehmen Sie mich beim Wort: Wenn das das einzige ist, was den Major bewegt, ist er in der Tat ein glücklicher Mann.«

»Lokales Netz wendet sich genau gegen Osten«, sagte Benutzer Annie plötzlich.

Clive dachte — nicht zum ersten Mal —, daß sie auf einer völlig anderen Ebene als die übrigen lebte. Und ihre Wahrnehmung mußte auf irgendeine völlig unverständliche Weise weit von der der anderen abweichen.

»Wird uns das zu einer der Städte bringen, die wir gesehen haben?« fragte Clive sie. »Vor allem zur nächstgelegenen?«

Annie sah ihm ins Gesicht, und für einen kurzen Moment schien es, als blicke ihm Annabella Leighton entgegen. Eine Welle unerträglicher Melancholie schwappte über Clive. Er wandte sich heftig von der Frau ab.

Annie sagte: »Possi. Sicher. Doppelt tif, Benutzer Clive.«

Annie griff in ihre Bluse und machte die vertraute Bewegung, von der Clive wußte, daß sie den Baalbec A-9 anschaltete. Sie kniete auf dem schwarzen Boden nieder und deutete mit einem langen schmalen Finger auf eine glatte Stelle.

Auf dem Boden erschien eine Karte, deren Linien leuchtend glänzten. Annie zeigte auf den hellsten Fleck der Karte und verkündete: »Absolute Adresse Benutzerfile.« Sie lachte.

Das Geräusch ging Folliot ans Herz. Es ähnelte so sehr dem Gelächter Miß Leightons. So sehr ...

»Kann Ihr Elektrofeld überall Karten erzeugen, Miß Annie?«

Folliot war in die Art der Anrede verfallen, die er in einer anständigen englischen Gesellschaft verwendet hätte.

»Nega tif. Baalbec A-9 Alt Function, topographischer Abtaster und sichtbares Readout, Benutzer.«

Clive tat nicht einmal so, als verstünde er das. Sein Gesicht mußte seine Verblüffung zeigen, denn Annie gab eine weitere Erklärung — für sie eine Seltenheit.

»Will nichttechnischen Jargon versuchen.« Sie konzentrierte sich stirnrunzelnd. »Okay, ich kann eine Karte machen. Eine verdammt schlechte Karte. Wir sin nich verloren, wir sin genau hier, Mama und Papa sin verlorengegangen. Ihr kapito, Honcho?«

Clive verstand soviel: Benutzer Annies verborgene Maschine konnte eine Karte der Region von Q'oorna anfertigen, in der sie sich aufhielten. Was sie vorfänden, wenn sie die nächstgelegene Stadt erreichten, mochte entweder ihr Untergang oder die Lösung aller Rätsel bedeuten, denen sie schon begegnet waren.

Sie konnten ihren Weg zum Besseren oder Schlimmeren wählen. Zumindest bis zu einem gewissen Grad konnten sie ihr Geschick bestimmen. »›Manchmal ist der Mensch‹«, zitierte er Cassius, »›der Herr seines Geschicks.‹« Und es war jetzt möglich, daß das auch auf Clive Folliot und Horace Hamilton Smythe und Benutzer Annie und den vierschrötigen massigen Finnbogg zutraf.

Sie stellten sich gemeinsam der Situation.

Clive musterte den Himmel. »Ich frage mich«, grummelte er, »ob der Polarstern von Q'oorna aus sichtbar ist. Da wir hier niemals richtiges Tageslicht zu sehen bekommen, brauchen wir einen Anhaltspunkt. Es sei denn — Miß Annie —, der Baalbec A-9 kann als Kompaß dienen.«

»Kompaß«, wiederholte Annie. Das Gesicht umwölkte sich vor Konzentration. »Ah, Netz Orientierungs Weiser. Tif, tif.«

Aber meinte sie *possi tif* oder *nega tif?* fragte sich Clive.

Sie lief zum nächsten Strauch und kam mit einem großen pechschwarzen Blatt zurück. Sie hielt es vorsichtig in der Hand, während sie mit dem Finger darauf zeigte. Die Netzkarte, die auf dem Boden in der Nähe des Lagerfeuers erschienen war, war jetzt auf dem Blatt zu sehen. Sie hielt den Finger für eine Weile darüber und griff dann in ihre Bluse, um den Baalbec A-9 abzuschalten.

Die Karte verblieb auf dem Blatt, und die weißen Linien schienen nicht sosehr auf die schwarze Oberfläche gedruckt zu sein als vielmehr darauf zu leuchten. Der glänzende Punkt, der die Gesellschaft der Reisenden repräsentierte — vielleicht, so überlegte Clive, Baalbec A-9 selbst —, pulsierte ihnen wie ein schlagendes Herz entgegen.

Benutzer Annie zeigte Sergeant Smythe die Karte. Vielleicht hatte sie bemerkt, daß er Soldat war und eine lange Erfahrung im Marschieren nach Karten besaß. Clive Folliot dagegen war ein krasser Amateur, und Annie selbst war von ihrer städtischen Herkunft her sicherlich nicht ans Reisen durch die Wildnis gewöhnt.

Finnbogg schien heute glänzend gelaunt zu sein. Er trottete neben den übrigen her oder machte sich auf, um irgendeinen interessanten Geruch oder ein interessantes Geräusch näher zu untersuchen. Seine hündische Natur gewann offensichtlich die Oberhand über die menschliche Seite seines Wesens. Vielleicht wechselten die beiden Seiten einander ab, oder vielleicht war's auch nur der Umstand, daß er sich in ländlicher Umgebung befand, der den Wechsel herbeiführte.

Die zwergenhafte Kreatur hatte eine besondere Zuneigung zu Benutzer Annie gefaßt. Er lief häufig an ihrer Seite und rieb das mächtige Gesicht und die schrecklichen Fänge an ihr, bis sie ihm den struppigen Kopf kraulte. Dann zappelte er vor Vergnügen und machte sich wieder davon.

Es war schwer, die Zeit zu bestimmen, aber nachdem sie schätzungsweise zwei Stunden marschiert waren, befahl Clive eine Rast. Sie befanden sich in einer offenen Gegend, das Land war relativ eben, zu ihrer Rechten befanden sich niedrige bewaldete Hügel, und zu ihrer Linken lag eine Hochebene.

Finnbogg ließ sich auf die Fersen nieder und ähnelte erneut gleichermaßen einem Hund wie einem Menschen. Er blickte zum Himmel auf, und das Bulldoggengesicht war eine melancholische Maske. Benutzer Annie hatte sich neben ihn gesetzt und ihm den Arm um die muskelbepackten Schultern gelegt.

Der Zwerg ließ ein klagendes Schniefen hören.

Clive trat heran und hockte sich vor Finnbogg. »Was ist los, alter Knabe?« fragte er. Er konnte sich nicht entscheiden, ob er die Kreatur als Mensch oder als Tier behandeln sollte — oder als Kind.

Finnbogg grummelte in sich hinein.

Folliot schüttelte den Kopf. »Was war das? Konnte das nicht so ganz verstehen, alter Junge. Was hast du da gesagt, mein guter Finnbogg?«

Das Wesen bewegte ganz leicht den Kopf und hielt ihn nach einer Seite. Diese Geste ließ ihn mehr denn je wie eine riesige englische Bulldogge aussehen. »Finnbogg Hündchen, ooh, ooh, Tempoid. Jungenwelp, Mädchenwelp. Herr und Dam. Ooh, Finnbogg will heim. Ooh, heim, heim, heim.«

Clive klopfte ihm auf die Schulter. »Du willst nach

Hause, nicht wahr? Kann dir das kein bißchen übelnehmen, Finnbogg. Wer wollte das nicht, hm?«

»Nicht ganz so einfach, denk ich, Major, Sör.« Sergeant Horace Hamilton Smythe hatte sich zu dem Kreis um Finnbogg gesellt.

»Was meinst du damit, Sergeant?«

»Ich glaube, der Knabe versucht uns mehr zu sagen, als daß er Heimweh hat. Nun, jeder frischgebackene Rekrut schreit in der ersten Nacht nach seiner Mami und seinem kleinen Heiabett. Aber Bruder Finnbogg hier, nun, er ist schon mächtig lange von seiner Familie getrennt, schätz ich.«

»Bist du das, Finnbogg? Du bist nicht auf Q'oorna geboren, nicht wahr? Wer hat dich hergebracht? Wie lange ist das her, hm? Wie lange bist du schon hier? Und — wo *ist* dein Zuhause?«

Finnbogg hob eine der massigen Gliedmaßen. Es hätte die Pfote eines Hundes sein können, die von irgendeinem verrückten Chirurgen in die Hand eines Menschen verwandelt worden war. »Finnbogg Zuhause«, wimmerte er. Er deutete mit dem klauenbewehrten Finger zum Himmel hinauf, auf einen leuchtenden Stern. »Finnbogg Zuhause«, wiederholte er. »Jungenwelp und Mädchenwelp, Herr und Dam. Oh, oh, Finnbogg will nach Hause gehen.«

»Wann haben sie dich nach Q'oorna gebracht, Finnbogg? Wie lange bist du auf dieser Welt?« Sobald er die Fragen gestellt hatte, war Folliot klar, daß Finnbogg wohl nicht in der Lage war, sie zu beantworten.

Überall, wohin Clive Folliot auch gereist war, sei es in England, sei es in Europa oder Afrika, hatte es eine einheitliche Erfahrung der Zeit gegeben. Selbst für Leute ohne Kalender und Uhren gab es den täglichen Wechsel von Tag und Nacht, den langsameren Wechsel der Jahreszeiten. Stunden, Wochen und Monate waren menschliche Begriffe, menschliche Erfindungen. Aber Tage und Jahre waren Teil der natürlichen Ordnung, und jeder verstand sie, weil jeder sie erlebte. Jeder auf der Erde.

Aber der mystische du Maurier mit seinem Interesse an interplanetarischer Verständigung, hatte eine Studie von Mars und Venus, Jupiter und Saturn und Merkur angefertigt. Er hatte Folliot bis zur abgrundtiefen Langeweile mit diesem Thema genervt. Das heißt, Folliot hatte sich gelangweilt, nicht du Maurier; der Zeichner hätte sich endlos über dieses Thema auslassen können, zumindest war's Clive so vorgekommen.

Du Maurier hatte behauptet, daß die Länge des Tages und die des Jahres auf allen Welten verschieden sei. War das Marsjahr nicht zweimal so lang wie das der Erde? Und das des winzigen Merkur nicht weit kürzer? Finnbogg hätte vielleicht die Antwort geben können, aber was könnte sie bedeuten?

»Oh, viele Jahre«, greinte Finnbogg. »Viele, viele Jahre.«

»Wie viele Jahre?« bohrte Clive nach — aber er fragte sich, ob selbst Zahlen für diese Kreatur überhaupt eine Bedeutung besaßen. Er hatte Pferde gesehen, die man zum Zählen abgerichtet hatte, obgleich einige Skeptiker darauf beharrten, daß das angebliche mathematische Geschick lediglich ein konditionierter Reflex, ein klug vorbereiteter Trick sei. Konnten Hunde zählen? War Finnbogg wirklich ein Hund?

In Clives Kopf schwirrte es.

»Zehntausend Jahre«, klagte Finnbogg.

Clive starrte ihn an und sah tatsächlich Tränen über Finnboggs haariges Kinn laufen. Zehntausend Jahre? Sicherlich konnte die Kreatur nicht verstehen, was sie da sagte. Vielleicht war's einfach seine Art mitzuteilen, daß er für eine lange Zeit auf Q'oorna war — länger, als er ausdrücken oder sich ins Gedächtnis zurückrufen konnte.

Oder er war vielleicht tatsächlich zehntausend Jahre lang auf Q'oorna.

»Annie Zuhause«, sagte Finnbogg jetzt. Er hielt das Gesicht himmelwärts gerichtet, während die Pfotenhand auf einen Stern in der Nähe eines anderen Sterns deutete, den er für sich als Zuhause reklamierte.

»Annie Zuhause«, wiederholte Finnbogg. Dann fügte er hinzu: »Clive Zuhause, Horace Zuhause, Sidi Bombay Zuhause.« Die ganze Zeit über deutete er auf das gleiche glitzernde Objekt. Vielleicht wußte er, wovon er sprach.

»Kann das sein?« fragte Clive. »Kreist Q'oorna tatsächlich um eine andere Sonne als um die irdische?«

Benutzer Annie sah überrascht aus, weil er überhaupt gefragt hatte. »Blasen Irrtum, Anthro? Nicht unsere Sonne. Keine andere Sonne. Doppelte Verneinung. Keine Sonne. Q'oorna hat keine Sonne.«

Sie hatte natürlich recht. Irgendwie hatten die geistigen Gewohnheiten eines ganzen Lebens in Clives Sicht der Dinge die Oberhand behalten. Er wußte, daß Q'oorna keine eigene Sonne besaß, sonst hätte der ›Tag‹ dieses Planeten sie gezeigt. »Und du glaubst, daß das wirklich unsere eigene Sonne ist? Dieser winzige Stern, auf den Finnbogg zeigt?«

Annie nickte.

In Clive blitzte eine Idee auf. »Kann Ihr, öh, Baalbec A-neun eine Karte des Himmels zeigen, Miß Annie, wie er eine von der Oberfläche des Planeten zeigen kann?«

Sie nickte bestätigend.

»Dann bitte. So schnell Sie können.«

Annie nahm ein weiteres größeres Blatt. »Input Q'oorna«, murmelte sie, während die Hand verschwand, als sie an den verborgenen Knöpfen ihres wunderbaren Mechanismus hantierte. »Input Q'oorna, input Erde, input Finnboggs Welt.«

Sie sah Clive an. »Vorhandene Zeit Verlagerung Anzeiger bereit.«

Clive sagte: »Entschuldigen Sie, Miß Annie. Ich habe keine Ahnung, was Sie meinen.«

Sie lächelte, und er hätte ein Königreich darum gegeben, die Feinheiten und Geheimnisse zu ergründen, die unter diesem einfachen Ausdruck lagen. »Mein Baalbec kann Zeitrouten genausogut wie Raumrouten anzeigen. Wenn ich es will. Aber jetzt — läuft alles.« Sie deutete auf das schwarze Blatt. Zunächst geschah nichts, dann erschien nach und nach eine Karte des Himmels.

Folliot nahm Finnbogg beim Ellbogen und lenkte seine Aufmerksamkeit auf die Karte. »Kannst du das verstehen, Finnbogg? Siehst du das?« Er deutete auf den Himmel, dann auf die Karte. »Das ist ein Abbild des Himmels. Siehst du?«

Er deutete auf den Stern, den Finnbogg als seinen bezeichnet hatte, dann auf die Karte. »Siehst du, sie sind sich gleich. Der wirkliche Stern. Das Abbild. Verstehst du?«

Finnbogg sah zwischen Karte und Himmel hin und her. In den Augen dämmerte langsam Verständnis. »Finnbogg Zuhause.« Er deutete auf die Karte, dann auf den Himmel. »Mädchenwelp, Jungenwelp. Finnbogg will sein Zuhause.«

»Ja«, nickte Folliot, »wir alle wollen unser Zuhause, nicht wahr?« Er warf Sergeant Smythe einen Seitenblick zu. »Zumindest glaube ich, daß es alle wollen.«

Sie waren stehengeblieben. Clive trieb sie wieder an. Sobald sie wieder unterwegs waren, fragte er Finnbogg, ob er sich daran erinnern könne, wie er nach Q'oorna gekommen sei.

Das massige Wesen schüttelte traurig den Kopf. »Finnbogg Jungenwelp. Ah, Folliot, lange Zeit her. Zehntausend Jahre her, nicht, Folliot?« Er grinste Clive an, obgleich die Tränen auf den haarigen Wangen glänzten. Er versuchte verzweifelt, seinen neuen Freunden zu gefallen.

»Noch Jungenwelp«, wiederholte Finnbogg. »Erinnere mich Zuhause, ah, Herr und Dam. Riechen so schön. Herr riechen wie Holz, wie Hundeschweiß, wie

Himmel und Gras. Dam riechen so süß, riechen wie Milch, schmecken wie Liebe, süße Finnbogg Dam.« Er unterbrach sich lange genug, um sich die Nase zu putzen, ein mächtiger trompetenartiger Klang für den im übrigen massigen, simplen, gutherzigen Kerl.

»Ich schätze, Q'oornans gekommen.«

Finnbogg benutzte das Personalpronomen nicht sehr häufig, aber er schnappte einige der menschlichen Sprachgewohnheiten auf. Das war immerhin ein Zeichen von Fortschritt. Selbst Benutzer Annie schien sich allmählich anzugleichen.

»Q'oornans alle Geschwister stehlen. Ah, wo Finnboggs Geschwister? Wo Jungenwelp? Wo Mädchenwelp? Alle süßen Hunde und Hündinnen!«

»Die Q'oornans kamen also auf deinen Planeten, wie? Eine Welt wie die Erde?« bohrte Clive weiter.

Finnbogg sah verblüfft aus.

»Hm, du kennst die Erde natürlich nicht. Nun, war es dann eine Welt wie, hm, Q'oorna? War sie so? Himmel und Meere und Hügel und Seen? Wälder und Städte und Äcker?«

»Erde so, dann Erde wie Finnbogg Zuhause, ja, Folliot«, stimmte Finnbogg zu.

»Und wie sind diese Q'oornans zu deiner Welt gekommen? Sind sie durch irgendeine Art von spirituellem Medium gekommen? Weißt du, wovon ich rede, Finnbogg?«

Der große zottelige Kopf ging auf und nieder, auf und nieder. »Geister, ja. Sind mit Geister gekommen.«

»Wie haben sie dich dann zum Dungeon gebracht? Nach Q'oorna? Hatten sie eine Möglichkeit, dich astral zu befördern?«

»Astral, ja«, pflichtete Finnbogg bei. »Bringen astral. Bringen Finnbogg, bringen Geschwister.«

»Ha! Und was ist mit deinem Herr und Dam? Haben sie die Q'oornans gleichfalls mitgebracht? Sind sie im Dungeon?«

Große Tränen rollten Finnbogg übers Gesicht. Er beachtete sie nicht, und sie fielen vom großen Unterkiefer hinab und hinterließen eine Spur winziger Kügelchen auf dem Boden, während er unerschütterlich weitertrottete. »Nicht in Dungeon, Folliot. Herr tot. Dam tot. Geschwister . . .«

Er machte eine merkwürdig menschliche Geste, ein Schulterzucken in hilfloser Resignation, und hielt die Flächen der pfotengleichen Hand nach oben, die Muskeln der Schultern hoben sich, und der struppige Kopf neigte sich zur Seite.

Zum gegenwärtigen Zeitpunkt hatte er nichts weiter zu sagen.

Nicht lange danach trafen sie auf eine Herde grasender Tiere. Sie hatten sich um ein Wasserloch versammelt. Großartige anmutige Wesen wie Steinböcke, mit langem gekrümmten Nacken und geraden, einen Meter langen Hörnern. Sie waren pechschwarz. Die Luft war kalt und feucht, und als das Leittier die Gesellschaft ausmachte, stieß es einen durchdringenden Warnschrei aus. Die Herde machte sich aus dem Staub und verschwand mit erstaunlich großen Sprüngen von fünf bis zehn Metern Weite über die Ebene.

Sie fanden etwas Vegetation, Abarten von Obstbäumen und Beerensträuchern. Finnbogg behauptete, die Früchte wiederzuerkennen, und beharrte darauf, daß sie schmackhaft und nahrhaft seien. Clive hatte herausgefunden, daß Finnboggs Stoffwechsel dem seinen ähnlich war, daß seine Nahrung für ihn also zumindest harmlos und möglicherweise sogar nahrhaft war.

Sie legten für ein weiteres Mahl eine Pause ein. Clive — und Finnbogg — hatten recht. Die Beeren waren sauer, aber genießbar. Sie erinnerten Clive an wilde Brombeeren, die er als Junge bei einem Besuch auf dem Landsitz seines Vetters gefunden hatte. Die anderen Früchte waren gleichfalls gut. Darüber hinaus gab es Wasser, was Clive mehr als gelegen kam.

»Nun gut«, wandte sich Folliot an Horace Hamilton Smythe, »nachdem wir unsere Mahlzeit und die Gelegenheit hatten, unsere müden Knochen auszuruhen, ist es an der Zeit für deine Geschichte, Sergeant. Rück raus damit!«

»Meine Geschichte, Sör? Sie meinen eine Geschichte wie die von Finnbogg? Guter Gott, Major ... Ich bin mit dem Major und Sidi Bombay hierhergekommen. Wir sind zusammen hereingewandert, erinnert sich der Major nicht daran? Wir hatten unser kleines Bad im Sudd, suchten nach dem lieben Bruder des Majors, und wir sind in das Dungeon gestolpert. Das ist alles, was dazu zu sagen ist, Sör!«

Clive räusperte sich. »Zunächst einmal, Sergeant Smythe, glaube ich keinesfalls, daß das alles ist, was dazu zu sagen ist. O nein! Es gibt eine Menge mehr zu sagen, in der Tat.«

Er stand auf und ging hin und her, die Hände auf dem Rücken verschränkt. Er blieb stehen und starrte zum Himmel. Ein großer Nebel lag im Zentrum seines Blicks, und zu seiner Rechten hing der Stern, von dem Benutzer Annie behauptet hatte, es sei die irdische Sonne.

Bist du dort, du Maurier? Hast du mit Carstairs Kontakt aufgenommen? Haben meine Berichte ihn erreicht? Ich bin mir sicher, daß die letzten nicht angekommen sind. Würdest du ihm bitte diesen überbringen? Ich gehe über die Oberfläche einer schwarzen Welt, in Begleitung einer Frau aus der Zukunft und einer seltsamen Kreatur von einem entlegenen Planeten. Wir sind einem Tier begegnet und haben mit ihm gekämpft, und das Lexikon von Alfred Russel Wallace selbst ...

»Ja, Sör?« Smythe unterbrach seine Verbindung mit dem fernen du Maurier — wenn eine solche tatsächlich bestanden hatte. Wenn tatsächlich eine Verbindung zwischen den beiden Männern bestanden hatte, war es eine völlig einseitige gewesen. Clive hatte ihm seine Gedanken gesendet — oder hatte sich bemüht, es zu tun.

Er hatte keine Antwort erhalten, nicht einmal ein Anzeichen dafür entdeckt, daß die Botschaft angekommen war.

»Ja, Smythe.« *Zurück in die Gegenwart, Clive Folliot.* »Ich glaube keinen Augenblick daran, daß du und Sidi Bombay die beiden Unschuldslämmer seid, die ihr sein wolltet, als wir Bahr-el-Zeraf betraten. Aber du schuldest mir noch immer eine Erklärung für die Pistole.«

»Mein Marinecolt, Sör. Hübsches Stück. Hab ihn an Bord eines Schaufelraddampfers auf dem Mississippi bekommen, kurz bevor die Amerikaner ihren Krieg untereinander begannen. Wünschte, ich hätte ihn wieder an der Hüfte, Sör. Liegt jetzt irgendwo da ...« Er machte eine vage Geste in die Richtung, aus der sie gekommen waren.

Natürlich. Smythes Pistole war in der großen Halle unterhalb des Turms von Q'oorna verlorengegangen. Wenn Clive bloß in der Lage gewesen wäre, mit dem Herrscher der Stadt zu reden! Wenn Nevilles Tagebuch bloß mehr Informationen über diese Leute hergegeben hätte! Wo waren sie hergekommen? Auf welche Weise hatte sie der schwarze Gong zusammengerufen? Hatten sie sich lediglich versteckt und auf ein Zeichen gewartet, um sich den Fremden bekanntzumachen, oder waren sie auf irgendeine weit geheimnisvollere oder gar mystische Weise zusammengerufen worden?

Vielleicht besaßen die Q'oornans magische Kräfte. Sicherlich erinnerte Finnboggs Beschreibung der Reise von seiner Heimatwelt zum Dungeon mehr an magische als an rein physikalische Kräfte. Waren die Q'oornans normalerweise Bewohner einer fremden astralen Sphäre, die sich nur dann zu gewöhnlichen Sterblichen manifestierten, wenn sie vom Gong gerufen wurden?

Aber die Schlacht, die Clive und seine Kameraden geschlagen hatten, war sehr real und sehr handfest gewesen. Er trug noch immer die Narben, die das bewiesen! Und die Welt, durch die sie sich im Augenblick bewegten, schien ein sehr realer und handfester, wenngleich ein sehr sonderbarer Ort zu sein.

Clive wandte sich an Horace Hamilton Smythe. »Was ist mit der Sternenspirale? Was hat sie zu bedeuten?«

»Sör, die war schon da, als ich in Besitz der Waffe kam. Sie hat nichts zu bedeuten, Sör! Zumindest soweit ich weiß. Der, öh, Herr, von dem ich, öh, den Colt erhielt, hat das gleiche gesagt. Es war eine hübsche Waffe. Ich wünschte, ich hätte sie zurück, Sör.«

Clive rückte Smythe zu Leibe. Er hielt die Hände an das Gesicht des Sergeanten, die Handflächen parallel zu den stoppelbärtigen Wangen. »Steh auf, Sergeant!« Folliot hob langsam die Hände, als wären sie an den Wangen des Sergeants festgewachsen.

Und als wären diese Hände an den Wangen festgewachsen, erhob sich Sergeant Horace Hamilton Smythe.

»Du wirst mir jetzt auf der Stelle sagen, Sergeant, und zwar ohne Ausflüchte, wie du in den Besitz dieser Waffe gekommen bist und von wem du sie erhalten hast.«

Smythe betrachtete seine Zehen. In dem fahlen Licht, das auf Q'oorna strahlende Mittagszeit anzeigen sollte, war es unmöglich, Genaues zu sehen, aber Clive Folliot glaubte, daß der Soldat tatsächlich errötete.

»Ich hab eine junge Dame in Amerika getroffen, Sör. Ich reiste auf der *John C. Calhoun,* Sör. Von Memphis nach New Orleans. Ich hab eine sehr reizende junge Dame getroffen, die mit ihrem Bruder auf dem Flußschiff reiste. Wir, öh, sind in ein sehr freundschaftliches Pokerspiel verwickelt worden. Ich fürchte, daß ich eine Menge Geld verloren hab, Sör. Eine große Menge.«

»Sag mir nicht, daß du mehr verloren hast, als du bezahlen konntest, Sergeant! Ein angesehener Unteroffizier in militärischen Diensten Ihrer Majestät doch nicht!«

»Nein, Sör. So etwas würd ich nie tun, Major Folliot! Niemals!«

»Ich bin erleichtert, das zu hören. Nun, und dann?«

»Sör, ich war, wie sie in Amerika sagen, völlig ausgezogen, Sör. Nun, wir erreichten New Orleans, und ich stand ohne Mittel da, und der Herr und die Dame haben mich eingeladen, mit ihnen die Hotelsuite zu teilen. Sie waren sehr gastfreundlich. Sie sagten beide, daß es ihnen sehr leid täte, mein Geld gewonnen zu haben. Sie sagten, sie würden es mir gern zurückgeben, aber sie könnten das nich tun, Sör. Sie brauchten das Geld für ihre eigenen Angelegenheiten.«

Er rieb sich gequält die Hände. »Das ist äußerst peinlich, Major. Ist es wirklich nötig?«

»Fortfahren!«

»Jawohl, Sör.«

Clive merkte, wie sowohl Benutzer Annie als auch der vierschrötige Finnbogg Smythes Erzählung lauschten. Wieviel verstanden sie davon, sie eine Frau mit einem unverständlichen Bewußtsein, eine Tempoide, und er ein Wesen von einem fremden Planeten?

»Sie waren Bruder und Schwester, die zusammen reisten, hab ich das dem Major schon gesagt? Er war Geschäftsmann, ein sehr erfolgreicher Geschäftsmann. Und die Dame war Witwe. Sehr jung und schön war sie, aber schon Witwe. Mir tat die Dame furchtbar leid, wirklich, Sör. Und da der Herr ein Zimmer hatte und die Dame ein anderes, nahm ich sicher an, daß ich mit auf das Zimmer des Herrn käme. Ich hoffte, das Hotel früh am nächsten Morgen verlassen zu können, Sör, und einen Engländer zu finden, um ihm meine mißliche Lage zu erklären und vielleicht einige Mittel zu borgen.«

Er schüttelte traurig den Kopf.

»Wir haben uns am Abend für ein paar Schlucke ihres amerikanischen Gebräus getroffen, etwas, das sie aus einem Grund, den ich niemals verstehen werde, Bourbon Whiskey nennen, Sör. Wir tranken ein paar kleine Runden Bourbon, und dann sagte der Herr, daß er sehr müde sei, und zog sich ins Bett im anderen Zimmer zurück und ließ mich in der sehr angenehmen Gesellschaft seiner Schwester.«

Smythes Augen huschten unruhig umher.

»Fortfahren!« befahl Folliot.

»Jawohl, Sör. Nun, Sör, ich weiß nicht genau, was geschah. Die Dame war sehr hübsch. Der Bourbon sehr angenehm. Ich erinnere mich daran, daß die Dame einen köstlichen Parfümduft verströmte. Das nächste, was ich weiß, es war der folgende Morgen, Sör. Der Herr platzte in das Zimmer der Dame, und, öh, und, öh ...«

»Schon gut, Smythe. Vergiß diese Szene. Ich kann's mir gut vorstellen. Wenn ich eine Schwester hätte ... wenn du eine hättest ... Laß gut sein. Was ist als nächstes geschehen?«

»Ich fürchte, der Herr hat mich zum Duell gefordert, Major Folliot.«

»Guter Gott, nein! Das wird ja immer schlimmer! Und dann?«

»Wir haben das Duell mit Pistolen ausgefochten. Auf einer Lichtung am Fluß. Der Mississippi, Sör. Ich fürchte, ich hab den Herrn getötet, Sör. Alle stimmten darin überein, daß es eine Ehrenangelegenheit gewesen sei. Die örtlichen Behörden erhoben keine Anklage. Der Herr hatte die Waffen vorgeschlagen, Sör. Ich wollte es nich tun, Sör. Der Herr hat als erster geschossen, Sör, und sein Schuß hat mich bloß gestreift. Sehen Sie, was für eine Narbe er hinterlassen hat, Sör, hier.«

Smythe streckte die Hand aus und zeigte Clive die Narbe. Es war die gleiche Narbe, die Clive zuvor für eine Miniaturwiedergabe der Spiralsterne gehalten hatte. Er blinzelte und untersuchte die Narbe. Vielleicht war die Ähnlichkeit zufällig. Oder vielleicht ... Er vermochte es einfach nicht zu sagen.

»Ich wollte dann alles zurücknehmen, Sör. Aber der Herr bestand darauf, daß ich meine Waffe abfeuerte. Er sagte, seine Ehre sei nicht wiederhergestellt, bis ich's täte.«

Smythe brachte es fertig, den Blick zu heben und Clive voll ins Gesicht zu sehen. »Ich hab den Lauf auf den Boden gerichtet und den Abzug betätigt, Sör. Es war das schlimmste Glück, das ich je gehabt habe, Sör. Die Kugel hat einen Felsen gestreift und ist dann als Querschläger direkt auf meinen Gegner geprallt und hat ihn ins Herz getroffen. Er wurde auf der Stelle getötet, Sör.

Die Dame, Sör, sie hat gesagt, daß ich ehrenhaft gehandelt hätte. Sie bestand darauf, daß ich die Duellpistole behalten sollte. So hat sie sie genannt, Sör, aber tatsächlich war's ein Marinecolt. Der, den Sie gesehen haben, Sör. Mit den Spiralsternen im Griff, Sör. Ein hübsches Stück. Ich wünschte, ich hätte ihn wieder zurück, Sör.«

Clive legte die Hand auf die Schulter des anderen. »In Ordnung, Sergeant Smythe. Das ist Vergangenheit, und ich denke, du hast — nun, vielleicht unklug gehandelt, aber nicht unehrenhaft, wenn man das Duell betrachtet. Und was die Dame betrifft: Was vergangen ist, kann man nicht wieder gutmachen.«

Er gab Benutzer Annie und Finnbogg ein Zeichen. »Wir wollen weiter.« Sobald sie wieder unterwegs waren, sagte Clive: »Eine Frage noch, Sergeant. Wie lauteten die Namen — des Herrn und der Dame?«

»Ich werd sie nie vergessen, Sör. Es war ein Minenmillionär, ein Herr Philo Goode. Er hatte sein Glück mit einer Edelsteinmine in Missouri gemacht. Bemerkenswert, Sör. Sie graben Diamanten und Smaragde und Rubine aus, alles an einem Ort, hat Herr Goode gesagt. Und die Dame war seine Schwester. Ich hab das zuvor schon erwähnt, nicht wahr, Sör? Sie war Witwe. Ihr Name war Lorena Ransome. Ihr Ehemann war Prediger, Missionar gewesen, der von grimmigen Apachen im Wilden Westen getötet wurde. Reverend Amos Ransome, das war sein Name, Sör.«

Horace Hamilton Smythe seufzte schwer.

»Ah, war das eine Schönheit, Major! Sie können sich nicht vorstellen, was für eine Schönheit.«

»Doch, kann ich, Sergeant. Glaub mir, ich kann.«

»Bitte, Sör, reiben Sie mir das nicht dauernd so unter die Nase.«

»Ich reib dir das nicht unter die Nase, Sergeant! Erzähl mir nicht, daß du das Gaunertrio vergessen hast, das mich beinahe ausgenommen hat, an Bord der *Empress Philippa.*«

»Nein, Sör, natürlich nicht.«

»Aber denk nach, Mann! Das war das gleiche Trio! Du hast Philo Goode niemals umgebracht! Sein Tod war ein Schwindel — der Himmel weiß, warum. Und Amos Ransome ist weder tot, noch ist Lorena Ransome seine Witwe. Sie sind an Bord der *Empress Philippa* als Bruder und Schwester gereist und haben vorgegeben, Goode nicht zu kennen!«

»Ich ... ich ... wenn Sie's sagen, Sör, das ergibt alles Sinn. Natürlich.« Smythes Gesicht hatte den Ausdruck eines vom Schlachtbeil getroffenen Stiers.

»Aber du hast die Vorfälle auf der *John C. Calhoun* und der *Empress Philippa* nicht miteinander in Verbindung gebracht? Du hast das Trio als Kartenschwindler erkannt, aber du hast sie nicht mit den Kartenschwindlern in Zusammenhang gebracht, die dich in Amerika ausgenommen haben? Wie ist das möglich, Sergeant Smythe? Sie müssen etwas mit deinem Gehirn angestellt haben.«

»Ich weiß nicht, Sör. Ich versteh das nicht. Es ergibt überhaupt keinen Sinn mehr, Sör. Überhaupt keinen Sinn.«

Smythe trottete mit hängenden Schultern weiter. »Ich nehm nicht an, Sör ...«, begann Smythe, nachdem sie einen guten Kilometer hinter sich gebracht hatten.

Folliot sagte: »Ja?«

»Nun, ich versuch mich gerade zu erinnern, Sör. Da

standen wir, nahe am Fluß. Da war die Witwe, Frau Ransome.«

»Ja, Sergeant. Wenn sie es wirklich war.«

»Und die Sekundanten und Zeugen. Sie nehmen das Duellieren in New Orleans sehr ernst, Sör. Da war 'ne ganz schöne Ansammlung von Damen und Herren. Sekundanten und Zeugen und Schiedsrichter. Herr Goode hatte das alles arrangiert, da ich niemand in New Orleans kannte, wissen Sie, Major Folliot.«

»Ja, Smythe. Ich verstehe schon. Was versuchst du mir gerade zu sagen, Mann?«

»Nun, Sör, es war so. Ich kann mich an die Szene ganz genau erinnern. Sehr, sehr genau. Bis auf einen bestimmten Augenblick. Den Augenblick, da mir Frau Ransome die Pistole übergeben hat. Es war sogar ein Richter anwesend, der dem Vorfall beiwohnte.«

Ein Wind war aufgekommen, ein kalter Wind, der Feuchtigkeit mit sich trug. Clive fragte sich, ob es in Q'oorna jemals regnete. Es mußte regnen, um die Vegetation und das Tierleben zu erhalten, die sie beobachtet hatten. Es mußte regnen ... oder schreien! Ihn schauderte.

»Der Richter«, sagte Sergeant Smythe gerade, »nahm beide Pistolen. Ich händigte ihm die meine aus, und die andere nahm er aus Herrn Goodes toter Hand, Major Folliot. Nachdem sie überprüft worden waren, gab er sie Frau Ransome zurück. Sie reichte mir eine. Sie sagte, daß sie eine behalten wolle, und so mußte ich die andere behalten.«

Er zitterte sichtlich. Der kalte Wind mochte die Ursache sein oder aber die Erinnerungen, die er gerade beschrieb.

»Sie sagte — Major, ich kann mich so deutlich daran erinnern wie an das Gesicht meiner Mutter, Sör —, sie sagte: ›Sie müssen sich das ansehen.‹ Und sie hielt den Revolver so, daß ich den Griff genau vor Augen hatte. Ich hatte die Sterne im Griff zuvor nicht bemerkt. Vielleicht waren sie die ganze Zeit über dagewesen, aber ich hatte sie nicht gesehen.«

Ein noch heftigeres Zittern durchlief ihn.

»Ich weiß nicht, was geschehen ist, Sör. Ich schaute hin, wie mich Frau Ransome gebeten hatte. Und ... Ich weiß nicht, was geschehen ist, Sör. Seitdem glaube ich, nicht mehr richtig in Ordnung zu sein. Ich spüre mich, ich kann alles tun, was ich zuvor tat, Major. Aber — manchmal weiß ich nicht, *warum* ich die Dinge tue, die ich tue. Manchmal — versteh ich mich selbst nicht, Major.«

Er legte eine Pause ein und sagte dann: »Vielleicht habe ich darum die *John C. Calhoun* und die *Empress Philippa* nicht in Zusammenhang gebracht. Oder die Leute. Die Leute. Ich weiß nicht, Sör. Was denken Sie, Sör?«

»Ich weiß nicht, was ich davon halten soll, Smythe. Entweder bist du das Opfer eines Komplotts und der Kräfte, die alles Vorstellbare weit übertreffen ... oder du bist ein Heuchler größten Ausmaßes.«

»Ein Heuchler, Sör? Ich bitte doch sehr, Major!«

»An Bord der *Empress Philippa* — und nachher, wenn ich mich jetzt recht besinne — hast du alle Anzeichen davon gezeigt, daß du ein Meister im Verkleiden bist, Smythe. Mandarin, Araber ... Du könntest die besten Schauspieler von West End dazu bringen, sich in Grund und Boden zu schämen. Und du hast das Gaunertrio im Salon der *Empress* auffliegen lassen.«

Smythe schaute verblüfft drein.

»Jetzt hast du mir diese wüste Geschichte erzählt«, fuhr Folliot fort, »über Gauner auf einem Dampfschiff des Mississippi und Verlockungen und Duelle in New Orleans. Du spinnst ein Garn um diese Pistole, und du weist darauf hin — wenigstens weist du darauf hin —, daß du das Opfer einer Art mesmerischen Banns gewesen bist, den Fräulein Ransome beschworen hat. Oder Frau Ransome, was auch immer ihre wahre Identität sein mag. Du erzählst mir diese wüste Geschichte, und du erwartest von mir, daß ich ... Ich ...«

Er sprach nicht weiter, weil ihm einfach nichts mehr einfallen wollte. Sergeant Smythe war sein Förderer gewesen, als er selbst ein grüner Leutnant gewesen war, und hatte sich in Krieg und Frieden als Kamerad erwiesen. Clive wußte, daß Smythe ihm mehr als einmal das Leben gerettet hatte!

Und dennoch schien es so, daß Smythe ein geheimes und finsteres Spiel spielte. Ein Spiel, bei dem der Einsatz aus dem Leben selbst bestand.

Und Clive Folliot mochte durchaus der Verlierer dieses Spiels sein!

KAPITEL 18

Der See des Hades

Sie umrundeten den Hügel und glaubten zu wissen, was als nächstes käme. Sie hatten Annies Karte; sie waren ihr seit Tagen gefolgt, und sie hatte sich als zuverlässig erwiesen.

Dann wußten sie's besser.

Die Karte hatte eine tiefgelegene Region angezeigt. Sie schien schmal zu sein, durchsetzt von Sümpfen. Sie kam Clive vor wie eine Wiederholung des Sudd am Äquator, aber Horace Hamilton Smythe wies darauf hin, daß die sumpfige Gegend hier viel kleiner sei als der Bahr-el-Zeraf. Wenn sie vorsichtig aufträten, könnten sie sie mühelos durchqueren.

»Ich bin nicht überzeugt davon«, wandte Clive ein. »Vielleicht können wir drei vorsichtig auftreten.« Er brauchte nicht genauer zu betonen, daß er sich selbst, Sergeant Smythe und Benutzer Annie meinte. »Aber was mit ihm ...?«

Er deutete mit einer Kopfbewegung auf Finnbogg.

»Schade, Sör. Mag es nicht, das Tier zu verlieren, wenn's nicht sein muß.«

»Tier?« erregte sich Folliot. »Er ist kein Tier. Er ...«

»Er ist ein Hündchen, Sör. Ich bin genauso stolz auf ihn wie Sie. Der arme Sidi Bombay würde vielleicht nicht soviel um ihn gegeben haben, aber ich glaube, er ist ein großartiger alter Hundeknabe. Dennoch bleibt ein Mann immer noch ein Mann, und ein Tier ist etwas anderes. Sie glauben nicht an den Burschen Darwin, Sör, hoffe ich. Wir sind alle bloß ein Haufen blutrünstiger Tiere, das würd er sagen. Können das nicht unterschreiben, hoffe ich!«

»Oh, hör mir auf mit Darwin! Ich rede von Finnbogg.

Ich gebe zu, daß er mehr einem Hund gleicht. Aber wir gleichen eher den Affen, Sergeant Smythe, falls dir das noch nicht aufgefallen ist. Wir haben die gleiche Anzahl Gliedmaßen in der gleichen Anordnung; unsere äußeren Organe und Formen ähneln sich ganz schön. Aber das heißt noch lange nicht, daß ein Mann das gleiche ist wie ein Schimpanse. Und bloß weil Finnbogg einem Hund ähnelt, heißt das noch lange nicht, daß er einer ist.«

Smythe gab sich geschlagen. Vielleicht war er noch immer wegen der Geschichte von der *John C. Calhoun* verärgert. Oder vielleicht fügte er sich Folliots Rang. Auf jeden Fall ... »Nein, Sör. Aber wir müssen immer noch durch diesen scheußlichen kleinen Sumpf.«

Sie hatten Annies Karte vor sich ausgebreitet. Clive Folliot nahm sie auf und schob sie gefaltet in eine Tasche seiner Khakijacke. »Dann weiter!« rief er.

Das war, als sie den Hügel umrundeten. Der Sumpf breitete sich vor ihnen aus, wie es die Karte angezeigt hatte. Er sah nicht allzu schlimm aus. Es gab Tümpel. Es gab marschige Bereiche, die sich als Treibsand herausstellen mochten und große Vorsicht erforderten. Es gab Grasbüschel und Bäume, die sich aus dem Sumpf erhoben und von denen Moos herabhing sowie das Q'ornansche Äquivalent von anderen irdischen Parasiten ... Schlingpflanzen, Wein und pechschwarze Orchideen.

»Glaubt der Major, daß wir auf irgendeine Art Wild treffen werden, Sör?« Smythe spähte nach vorn.

Bevor Folliot Antwort geben konnte, schoß das Wasser in der Mitte des größten Tümpels auf. Die Flüssigkeit spritzte wie bei einem Geysir in die Höhe und gleichzeitig etliche Meter in alle Richtungen. Die Reisenden wurden von oben bis unten durchnäßt. Das Wasser war überraschend warm, beinahe heiß. Es stank zum Himmel. Überall dort, wo es die Haut berührte, hinterließ es einen schaumigen Überrest, der biß und brannte, auch nachdem er weggewischt worden war.

Und zusammen mit der ausgespienen Flüssigkeit fiel ein Regen von Kreaturen herab, deren Größe von der eines Pfennigs bis hin zu der einer großen Wasserratte reichte.

Folliot rief Benutzer Annie zu, ihr Schutzfeld anzuschalten, aber dafür war's zu spät. Die Kreaturen schwärmten über sie herein.

Eine Kröte von mehr als zwanzig Zentimeter hüpfte Clive auf die Schulter und grub die Zehen hinein. Jeder Zeh trug eine Klaue an der Spitze, und die Klauen bohrten sich in die Haut wie eine Reihe glühendheißer Gabeln.

Ein formloser Klumpen, wie ihn vielleicht Mynheer Leeuwenhoek durch sein Mikroskop betrachtet haben mochte, hatte sich auf Horace Hamilton Smythes Gesicht gesetzt. Zunächst war es nur ein schwarzer Fleck, der an einen Tintenklecks erinnerte, dann aber schrie Smythe auf und rieb daran und versuchte verzweifelt, ihn wegzuwischen, erreichte jedoch nur, daß er anschwoll und sich dabei ausbreitete, bis er Nase und Mund bedeckte und Smythe zu ersticken drohte.

Finnbogg wurde von unzähligen Horden insektenähnlicher Kreaturen umschwärmt, Skorpione und Wespen und Maden und Blutegel und andere Wesen jeder Art und Sorte. Der muskulöse Finnbogg wälzte sich auf der Erde und zerdrückte seine Peiniger zu Hunderten ... aber sie griffen ihn weiter zu Tausenden an.

Folliot und seine Gefährten besaßen noch immer die Klauen, die sie dem fliegenden Tier abgenommen hatten. Clive benutzte die seine, um die Kröte von den Schultern zu reißen und von sich wegzuschleudern, aber ein Ding wie eine riesenhafte Wasserlarve jagte über seinen Körper. Er langte nach ihr und öffnete den Mund zu einem Ruf. Das Ding bewegte sich schnell wie der Blitz. Clive preßte die Zähne zusammen, ergriff das Insekt mit einer Hand und hackte mit der Klaue danach. Es löste seinen Griff, und er schleuderte es beiseite.

Er würgte, beugte sich vornüber und erbrach sich. Er

hatte den Kopf und das Vorderteil der Wasserlarve abgebissen, aber der restliche Teil der Kreatur hatte weiterhin gekämpft und Clive dabei einen brennenden Schmerz durch Zunge und Lippen gejagt. Der Inhalt des Magens kam hoch und spritzte auf die Erde, und der Rest des Insekts wand sich noch immer schwach in der dampfenden Masse.

Eine schwarze Schlange bäumte sich vor Clive auf und schwenkte den kapuzenartigen Kopf dreißig Zentimeter vor Folliots Gesicht. Die Zunge leckte. Die Schlange sah aus wie die tödliche ägyptische Kobra, die schwarzen Augen reflektierten die bleichen Nebel und die Sterne, die von oben glitzerten.

»Systemabsturz! Systemabsturz! Katastrophaler Irrtum!« Das war Benutzer Annies Stimme. Clive stand wie erstarrt und fixierte die Kobra. Er wußte genug von solchen Kreaturen, um zu wissen, daß ihre Beweglichkeit beschränkt war und die Bewegungen nicht allzu schnell waren. Aber bei dieser kurzen Entfernung brauchte sich die Kobra nur vornüber fallen zu lassen — so schlugen die Kobras zu —, und Clive würde eine tödliche Dosis Gift erhalten.

Annie benutzte ihre Klaue nicht. Statt dessen hob sie die Hand und deutete mit dem Finger auf die Kobra, und sie wich zurück und schlängelte zurück zum Sumpf. Ein Ding wie ein gigantischer Egel hatte sich auf Annies Handrücken festgesetzt, und Clive riß ihn ab und warf ihn so weit weg, wie er nur konnte. Annie strich ihm mit dem Finger über den Körper und entfernte ein halbes Dutzend Dinger, die ihm in die Kleidung gerutscht waren, ohne daß er's überhaupt bemerkt hatte. Wo immer ihre Finger hindeuteten, fühlte Clive ein Geflecht von Feuer, aber selbst das konnte er aushalten, weil er wußte, daß die angreifenden Viecher den Stromstoß des Elektrofeldes nicht aushalten konnten.

Annie behandelte Horace Hamilton Smythe auf die gleiche Art.

Alle drei rannten zu Finnbogg. Der massige Gefährte wälzte sich noch immer am Boden; er wand sich und riß dabei an sich selbst herum. Folliot und Smythe hielten ihn fest, während Annie den Finger über den Körper laufen ließ und dabei einen Plagegeist nach dem anderen entfernte.

»Was ist mit dir?« rief Folliot Annie zu. »Kannst du die Vorrichtung an dir selbst verwenden?«

Sie schien zu verstehen. »Elektrofeld Kraft erschöpft. Benutzer Ausschluß Mode. Manueller Eingriff gefragt!«

Während sie diese Worte rief, war sie schon dabei, sich die Kleider auszuziehen. Sie zögerte keinen Augenblick lang. Noch bevor sie völlig nackt war, waren Clive Folliot und Horace Hamilton Smythe schon dabei, ihr die schrecklichen Biester von der Haut zu sammeln.

Alles war im Nu vorüber. Annie zeichnete einen Ring in die Erde, der sie alle vier umschloß. Irgendwie hinterließ der Baalbec A-9 eine Ladung auf der Erde. Keins der Schreckensgeschöpfe, die aus dem Tümpel hervorgeschossen kamen — und noch immer hervorschossen —, überquerte die Linie.

Im Kampf darum, sich von den Plagen zu befreien, die sie überfallen hatten, hatten die Reisenden den Geysir völlig außer acht gelassen, der sie hervorgebracht hatte. Jetzt sahen sie, daß er noch immer seinen fauligen Auswurf in die Luft spie, und nicht nur das stinkende schwarze Wasser spritzte umher, sondern auch ein steter Strom der scheußlichen Wesen.

Als der Fluß des Geysirs endlich abebbte, war der Boden von einem lebenden Teppich kriechender, hüpfender, schnalzender Widerwärtigkeiten bedeckt. Sie krochen einer über den anderen, kämpften, töteten und verschlangen einander, begatteten sich in verrückter Ekstase.

Nur der Ring, den Annies Baalbec A-9 geschaffen hatte, schützte die vier.

Clive fand heraus, daß der Geysir lediglich für eine

Viertelstunde spuckte, und die Orgie des Schlemmens und Begattens und Tötens dauerte weniger als eine Stunde. Daraufhin verfielen die Kreaturen in völlige Mattigkeit und schleppten sich langsam und schwerfällig zurück in den Sumpf.

Wie ein lebendiger Organismus schien sich die Erde selbst hinunterzubewegen, hinunter. In Wirklichkeit war's die gemeinsame Bewegung Zehntausender Abscheulichkeiten, aber sie erzeugten den Anschein eines einzigen Schreckens, und sie stürzten sich mit einem unentwegten, ekelerregenden, schmatzenden Geräusch in den Tümpel; es klang, als sauge ein schreckliches Biest die Eingeweide eines hilflosen Opfers aus.

Benutzer Annie bückte sich langsam und suchte ihre Kleider zusammen. Sie zitterte, als sie sich anzog, und Folliot hielt ihr galant den Arm, um sie zu stützen. Sergeant Smythe schlug vor, sie solle ihr Elektrofeld die ganze Zeit über angeschaltet halten, aber Annie schüttelte den Kopf. Zum erstenmal sprach sie verständlich: »Baalbec A-9 benutzt meine eigene Energie.« Sie drückte den Daumen auf das weiche Fleisch oberhalb des Herzens. »Der A-Neun hat keine Batterien. Keine externe Kraftquelle.« Sie lächelte bedauernd. »Baalbec benutzt Annies Energie. Nicht so stark. Nicht so stark.«

Sie war offensichtlich erschöpft und nahe daran, vor Erschöpfung zu weinen.

Benutzer Annie sank aufs Hinterteil und hielt die Hand über die Augen. »Jeujeu!« murmelte sie.

Clive kniete vor ihr.

Sie sah ihm ins Gesicht, die Tränen tropften ihr schließlich doch aus den Augen. »System überladen, Benutzer Folliot. System völlig überladen. Stromkreise überlastet, glühen, Benutzer.« Sie warf sich ihm in die Arme, drückte sich wie eine Katze gegen seine Schulter und weinte ihm ins Jackett.

Sobald der Boden wieder gesäubert war — was nicht lange dauerte —, entschlossen sie sich zum Weitergehen. Sie hatten keine Vorstellung davon, wie häufig die Eruptionen des Geysirs auftraten. Es mochten Jahre zwischen den Ausbrüchen vergehen oder nur Minuten. Sie verspürten nicht den Wunsch zu bleiben, um es herauszufinden. Sie wollten auch nicht unbedingt den Sumpf durchqueren.

»Andern Weg aus Q'oorna hinaus«, bot Finnbogg an. »Viel mehr von Dungeon als Q'oorna.«

Die anderen sahen sich an. Wenn sie einander nur ganz und gar verstanden hätten, wären ihre Chancen, zu entkommen oder zumindest zu überleben, größer gewesen. Aber nur Clive und Horace Hamilton Smythe konnten in voller Übereinstimmung miteinander reden. Benutzer Annie verfiel zu oft in ihren fremden futuristischen Jargon, und Finnbogg besaß bei allem Eifer lediglich das Vokabular, das man von einem klugen Hund erwarten konnte.

Sie marschierten südwärts, parallel zum Rand des Sumpfes, und folgten dabei dem Fuß der Hügel, die sie überwunden hatten.

»Wie können wir Q'oorna sonst noch verlassen, Finnbogg?« fragte Clive.

»Oh, großer Wasserberg. O ja, großer Wasserberg, aus Q'oorna raus, Folliot. O ja.«

Clive wandte sich an Horace Hamilton Smythe. »Was meint er wohl damit? Großer Wasserberg. Denkst du, er meint einen Gletscher?«

Smythe fragte Finnbogg: »Du meinst Eis?«

Finnbogg schaute bloß verwirrt drein.

»Eis. Oh, verdammt noch mal. Sieh mal, Bursche, Eis ist wie Wasser, nur daß es sehr kalt ist, hm? Wenn Wasser kalt genug wird, wird es hart. Hart wie Diamanten. Glas. Gottverflucht. Wasserfelsen, hm, Finnbogg?«

Finnbogg nickte heftig mit dem massigen Schädel. »Hart, ja. Wasser wie Felsen. Ja. Nein. Kein Weg hinaus.

Eis? Hm, Smythe hartes Wasser Eis, hā? Gut! Gut, gut, gut. Nein. Nicht hart. Nicht Eis. Große Berge wie Wasser, ah«, — er deutete mit der pfotengleichen Hand auf den jetzt fernen Sumpf —, »Wasserberg hinauf. Schlechter Wasserberg hinauf. Guter Wasserberg hinab.«

»Bei Gott!« rief Folliot aus. »Er redet von einem Wasserfall, Smythe! Er sagt, wir können hier herauskommen, indem wir einen Wasserfall durchqueren!«

Er imitierte die Bewegung eines Wasserfalls mit beiden Händen.

Finnbogg sagte: »Ja, ja. Hinaus aus Q'oorna, Wasserberg hinunter. Ja. Mehr Wege, auch, Folliot. Viele Weg aus Q'oorna. Weg vom Himmel auf Boden. Oh, Sterne, Wolken, schwarzer Himmel, weißes Leuchten, weggehen von Q'oorna. Oder Herz von Stein. Ja, wie harter Wasserfelsen und rotes leuchtendes Herz. Und Haus. Haus auf«, — er vollführte mit den Händen eine Geste parallel zum Boden —, »auf Messern. Ja, Smythe. Ja, Folliot. Wie Haus auf Messern. Haus bewegt sich, Messer bleiben, gehen hinaus aus Q'oorna. Hinaus, ja, gut, sehen Jugenwelp, Mädchenwelp, Herr und Dam. Sehen Finnbogg Heim, gut, ja, gehen.«

Smythe sagte: »Diese Himmel-auf-Erde-Sache bringt nichts zum Läuten, aber der Felsen mit dem leuchtenden roten Herzen ...«

»Ja!« unterbrach Clive. »Das ist eine perfekte Beschreibung dessen, wie wir durch den Bahr-el-Zeraf gekommen sind! Und das sich bewegende Haus auf Messern, hast du das begriffen, Smythe?«

»Ich weiß nicht genau, Sör, daß ich's verstanden hab.«

»Ich weiß es gleichfalls nicht *genau*«, entgegnete Folliot. »Aber ich verwette meinen monatlichen Scheck, daß der gute Bruder Finnbogg auf seine eigene hündische Weise eine Eisenbahn beschrieben hat.«

Smythe schaute verwirrt drein. Dann nachdenklich.

Dann teilte sich das Gesicht zu einem glücklichen Grinsen. »Ich glaube, der Major hat völlig recht, tatsächlich! Ja, Sör! Ein Haus, das sich auf Messern bewegt. Zwei lange Klingen, die Schienen. Kann es hier auf Q'oorna eine Eisenbahn geben?«

»Wissen wir nicht, nicht wahr, Sergeant? Wir wissen nicht, wer die Q'oornas sind, woher sie stammen, warum sie Leute hierhinbringen. Nicht bloß Leute wie wir selbst, sondern auch Extroide, Tempoide, Cybroide. Wir lernen erst allmählich, was es mit dieser Welt auf sich hat, Sergeant Smythe. Und ich denke, daß unsere Ziele sich gleichfalls ändern werden.«

»Ich weiß nicht so ganz, worauf der Major hinaus will, fürchte ich, Sör.«

Sie hatten den größten Teil des Sumpfs hinter sich gelassen, obgleich das Land zu ihrer Linken noch immer morastig war. Es gab ferne Laute: den Ruf wilder Tiere, ein Gleiten im Ried, das den Weg einer Wasserschlange oder Amphibie anzeigte, das gelegentliche Schlagen großer Schwingen oder den Ruf eines Vogels.

Dann ein Krachen und Zischen wie bei einer Silvesterrakete.

Sie blieben stehen und schauten zum Himmel.

Etwas Glänzendes und Stromlinienförmiges schoß über den nachmittäglichen Himmel. Es hätte eine Lokomotive sein können, aber eine Lokomotive, die in irgendeiner phantastischen Zukunft gepackt und in der Gegenwart niedergesetzt worden war. Nur, daß *niedergesetzt* nicht ganz der richtige Ausdruck ist, denn diese Erscheinung glitt Hunderte von Metern über ihren Köpfen dahin. Sie kam aus der Richtung des Abgrunds und der zerstörten Brücke, und während sie sie beobachteten, passierte sie den Sumpf, der sie beinahe das Leben gekostet hätte, und rutschte vom Himmel herab.

»Es — es wird zerschellen!« keuchte Smythe hervor.

Noch während der Sergeant sprach, fiel das große Fahrzeug zu Boden. In diesem eingefrorenen Augenblick erkannte Clive ganz deutlich die Form des Fahrzeugs. Wenn er Papier und Bleistift dabei gehabt hätte, hätte er eine genaue Skizze für *The London Illustrated Recorder and Dispatch* anfertigen können. Es war über hundert Meter lang, mit glatter Spitze. Fensterreihen liefen über die Wände der Wagen, die wie die einer Dampfeisenbahn angeordnet waren.

Es gab keine Spuren und keine sichtbaren Anzeichen von Levitation. Genügend Versuche waren unternommen worden, fliegende Transportwagen der Zukunft zu zeigen, und es gab Männer, die sich bemüht hatten, sie zu bauen, obgleich nur die kleinsten Gleiter — in der Tat nur wenig größer als übergroße Drachen für Kinder — Anzeichen von Erfolg gezeigt hatten.

Was auch immer dieses Wunder in der Luft hielt, der Mechanismus hatte jedenfalls versagt. Der Luft-Zug fiel nicht kopfüber zu Boden, sondern glitt auf die Erdoberfläche zu und rutschte wie eine echte Eisenbahn darüberhin und hinterließ dabei eine lange Erdfurche.

Die vier Reisenden rannten auf das Fahrzeug zu. Zunächst war Clive Folliot vorn, aber Finnbogg überholte ihn rasch und lief weiter.

Sie riskierten ihr Leben, als sie die morastigen Ausläufer des Sumpfes durchquerten. Glücklicherweise gab es keinen Treibsand, und Finnboggs breite Fußsohlen verteilten sein Gewicht genügend, so daß er durch die morastigen Stellen platschen konnte, ohne einzusinken.

Sie benötigten mehrere Stunden, um das zerschellte Fahrzeug zu erreichen. Als sie ankamen, machte der späte Nachmittag allmählich Q'oornas düsterer Version der Abenddämmerung Platz.

Das Fahrzeug ähnelte sehr stark einem irdischen Zug. Die Reisenden pflegten die äußere Plattform des rückwärtigen Waggons zu erklettern. Die Wagen sahen nicht sehr schwer beschädigt aus. Clive mutmaßte, daß das Fahrzeug seine Energie verloren hatte — ungefähr so, als hätte man den Kessel einer Dampflokomotive erlöschen lassen, so daß der Druck verlorengegangen wäre. Die Lokomotive würde noch ausrollen, aber sie würde unbeschädigt bleiben.

Weil sich dieser Zug durch die Luft und nicht auf Schienen bewegt hatte, war er schwer auf die Erde gestürzt, man durfte einige Schäden erwarten. Dennoch würde der Zug seine Reise fortsetzen können, falls die Energieversorgung repariert würde.

Konnten die vier Reisenden ihren Weg mit dem Zug fortsetzen? Wohin würde er sie bringen? Vielleicht — möglicherweise! — zu einem größeren Handels- und Regierungszentrum auf Q'oorna. Dort, dachte Clive, würden sie eine rasche Entscheidung fällen: ob sie versuchen würden, sich unter die örtliche Bevölkerung zu mischen und nach Informationen Ausschau zu halten, ohne mit der Regierung in Kontakt zu treten, oder ob sie sich gleich zum Regierungssitz aufmachen und den Herrschern von Q'oorna entgegentreten würden.

Ihre Erlebnisse im Schwarzen Turm beflügelte nicht gerade die letzte Vorgehensweise, aber Clive fühlte sich zunehmend selbstsicher und durchsetzungsfähig. Er war halb ausgetrickst und halb in diese verrückte Welt entführt worden. Er war kein Objekt der örtlichen Tyrannen. Er würde sich den Launen irgendeines unbedeutenden Duodezfürsten nicht unterwerfen.

Er zog eine Tür zurück und führte seine Gesellschaft in den rückwärtigen Waggon.

Er war in ein Szenario gestolpert, das aus den skandalösesten Werken von Edward Gibbon hätte stammen können. Imposante Marmorsäulen erhoben sich und umringten ein glänzendes Bad. Statuen, in den lebendigsten Farben bemalt, zogen den Blick auf sich. Sie waren alle nackt, und einige davon waren mit den erstaunlichsten Dingen beschäftigt.

Das Bad selbst war von anmutigen Damen und muskulösen jungen Männern bevölkert. Die Damen hatten das Haar mit farbenfrohen Bändern aufgebunden. Diese waren die einzigen Kleidungsstücke, die man in dem kleinen Teich finden konnte.

Neben dem Bad spielte eine Gruppe von Musikanten leise Lyra und Rohrflöte, während Diener Körbe mit frischen Früchten herbeibrachten.

Von allen den Aussichten und Tätigkeiten waren für Clive vielleicht die schockierendsten die vielen Farbschattierungen vor ihm. Verschwunden waren die Schatten von Schwarz, die alles und jedes Sichtbare erfüllt hatten. Rot und Pink, Gelb und Grün und Braun und Blau stachen von überallher, bis er merkte, daß er nicht mehr länger zu schauen vermochte. Er war wie ein Gourmand, der bis zum Platzen geschlemmt hatte und immer noch eine weitere Delikatesse, einen weiteren Geruch aufnehmen mußte, noch einen und noch einen.

Benutzer Annie stieß ihn beiseite und lief hinüber zu dem Bad. Sie stürzte sich kopfüber in das bläuliche Wasser — und blieb trocken. Die Badenden um sie her agierten weiter, als wäre nichts geschehen.

Neben Clive Folliot nahm Quartiermeister Sergeant Horace Hamilton Smythe eine glänzende gelbe Birne auf — oder versuchte, sie aufzunehmen. Die Hand glitt durch die Frucht, wie eine Geistererscheinung durch die Wand glitt.

Clive erkannte eine der Statuen, offensichtlich eine römische Kopie eines Werks des großen griechischen Künstlers Praxiteles. Clive berührte die Statue — oder versuchte es, denn er hatte nicht mehr Erfolg als Annie mit dem Schwimmen im Bad oder Horace Hamilton Smythe, der die Birne essen wollte.

»Es ist unwirklich«, rief er aus, »alles eine Illusion!«

»Oder eine Fata Morgana«, verbesserte Smythe. »Es mag alles existieren, aber es ist durch die Entfernung von uns getrennt. Ah, oder durch etwas viel Subtileres als einfach die Entfernung, Major. Ich denke, es *ist* real. Wir können es sehen, aber wir können's nicht berühren.«

Als ob sie Smythes Annahme unterstützen wollten,

hatten einige der jungen Römer aufgehört, im Bad herumzutollen, und starrten die Neuankömmlinge an.

Einer der jungen Männer, überraschend stofflich, hatte sich Benutzer Annie genähert. Annie stand wieder auf den Beinen und starrte den Römer an. Er erreichte sie und wollte ihr die Hand auf die Schulter legen, aber die Hand glitt durch den Körper hindurch. Sein Gesicht zeigte Anzeichen von Überraschung.

Annie erwiderte die Bewegung, legte ihrerseits die Hand auf den Römer — nicht auf die Schulter —, aber mit dem gleichen Ergebnis. Annie kicherte, machte weitere Annäherungsversuche, alle ohne sichtbare Wirkung.

»Sie sind völlig still!« rief Folliot aus.

»Hologramme«, sagte Benutzer Annie zwischen Anfällen von Kichern, »virtuelle Bilder. Temporäre Schwankungen im Stromkreis!«

Clive schüttelte den Kopf. »Wo auch immer sie sein mögen, was auch immer sie sein mögen, wir können nichts weiter tun, als ihnen Zeichen geben. Laßt uns weitergehen!«

Finnbogg hatte die Szenerie schweigend beobachtet. Aber er schloß sich den anderen an, als sie den nächsten Wagen des Zugs betraten.

Es war eine Szenerie von Dante oder vielleicht aus den Predigten eines strenggläubigen Theologen, der mit jedem Atemzug Feuer und Schwefel ausspie. Flammen tanzten um sie herum, Teufel mit Gabeln zwickten und zwackten die verdammten Seelen, Flüsse aus glühender Lava strömten in Seen lebender Funken.

Finnbogg achtete nicht auf die Dämonen und Flammen. Vielleicht waren sie für sein fremdes Bewußtsein bedeutungslose Bilder. Vielleicht registrierte er sie mit seinem fremdartigen Gehirn als Waldlichtungen und liebliche Weiden — oder er registrierte sie überhaupt nicht! Wie dem auch sein mochte, er führte die anderen durch das Inferno in den nächsten Wagen.

Jedes Abteil des Zugs schien eine andere Welt zu sein. Einige waren von unglaublicher Schönheit, andere von unglaublichem Schrecken. Einige boten Verlockungen, denen man kaum widerstehen konnte — bis Clive und die übrigen entdeckten, daß alles nur Illusion, nicht Wirklichkeit war.

Im weiteren Verlauf betraten sie etwas, das — zumindest für Folliot und Clive — wie ein ganz gewöhnliches Abteil eines Zugs aus dem neunzehnten Jahrhundert wirkte.

Damen in langen Kleidern und mit bescheidenen Hüten auf den Köpfen saßen da und hielten Körbe mit Strickzeug oder Eßwaren im Schoß. Herren in Zylinderhüten und mit Backenbärten begleiteten sie. Andere saßen schweigend da und lasen die neueste Zeitung oder einfach gebundene Geschichten.

Am Ende des Wagens waren zwei Sitze so angeordnet, daß sie einander gegenüberstanden. Ein tragbares Tischchen war zwischen den Knien der vier Personen aufgeschlagen worden, die die Sitze einnahmen. Ein Kartenspiel und ein Haufen farbiger Holzjetons lagen auf dem Tischchen.

Eine der vier Personen war ein stattlicher Mann in fortgeschrittenem Alter, der ein Weinbrandglas vor sich stehen hatte und aussah, als leide er unter fortgeschrittener Vergiftung. Obgleich er reich gekleidet war, lagen vor ihm keine Jetons. Eine goldene Taschenuhr mit Kette lag auf dem Tisch, genauso wie ein Haufen größerer Banknoten. Der schwerfällige Mann schwitzte und schien besorgt zu sein.

Die Person neben ihm war eine hübsche Frau. Sie saß dem Mann sehr nahe, und sie wisperte ihm aufmunternde Worte zu, wobei sie ihm die wohlgeformten Lippen dicht ans Ohr hielt.

Die Neuankömmlinge blieben neben der Gruppe stehen.

»Philo Goode!« rief Smythe aus.

»Amos Ransome!« rief Folliot aus.

»Lorena Ransome!« riefen beide aus.

Die drei Gauner sprangen auf und ließen ihr neuestes Opfer überrascht und verblüfft über den Zwischenfall sitzen. Ohne einen Blick zurückzuwerfen, rannten sie zum Vorderteil des Waggons und sprangen hinaus.

Folliot und Smythe folgten und zogen Benutzer Annie und den massigen Finnbogg gleichsam im Kielwasser nach sich.

Als sie von der Plattform sprangen, den Gaunern hart auf den Fersen, fiel Clive irgendwo in einem abgetrennten Teil seines Bewußtseins auf, daß er das Wispern von Lorena Ransome, die Ausrufe der Gauner und das Klatschen der Sohlen auf dem Boden des Eisenbahnwaggons gehört hatte, als sie flohen. Diese Personen waren keine Abbilder.

Sie waren real!

Aber Clive fand keine Gelegenheit, solchen metaphysischen Irrgedanken weiter Raum zu lassen. Ein paar Zentimeter unter dem Waggon hätte sich feste Erde befinden sollen.

Statt dessen taumelte er durch einen pechschwarzen leeren Raum. Während er sich drehte, sah er, daß Horace Hamilton Smythe und Benutzer Annie und der Zwerg Finnbogg genau wie er taumelten und fielen. Und weiter unten die drei Gauner.

Irgendwie fielen die Gauner rascher als Clive und seine Gefährten. Sie waren zunächst lediglich einige Meter entfernt gewesen, bewegten sich dann jedoch immer schneller und schneller, wurden zu Miniaturausgaben ihrer selbst, dann zu Licht- und Farbpunkten. Schließlich verschwanden sie gänzlich.

Der Wind peitschte und pfiff Clive um die Ohren und zerrte an den Kleidern. Er besaß noch immer die Klaue — sein einziges Werkzeug oder seine einzige Waffe außer den bloßen Händen und seinen erfolglosen Talenten. Er wußte, daß Annie ihren Baalbec A-9 mit sich trug, einen Gegenstand mit unbekannten und möglicherweise entscheidenden Fähigkeiten. Smythe war bei ihm. Clive hatte den Mann als seinen zuverlässigsten Verbündeten betrachtet, aber jetzt war er ihm ein Rätsel geworden. Und dann war da noch der eifrige, vertrauensvolle Finnbogg.

Die vorbeiströmende Luft erhob sich zu einem Kreischen. Dann bemerkte Clive, daß nicht allein der Wind, der ihm um die Ohren peitschte, für dieses Geräusch verantwortlich war. Irgend etwas anderes kreischte, etwas Riesiges und Furchtbares, etwas, das alles, was sie an Wundern und Schrecken erlebt hatten, nachdem er die Wohnung von Miß Annabella Leighton verlassen hatte, zu purer Bedeutungslosigkeit verkommen ließ.

Er drehte sich einmal mehr in der Luft und erblickte unter sich ein Gesicht, das von Tentakeln umgeben war, ein Gesicht, das dem ähnelte, das er im Kampf beim Abstieg vom Felsen zerstört hatte. Aber dieses Gesicht war hundertfach schrecklicher, und es kreischte zu Clive herauf, mit weit geöffnetem Mund, in dem Reihen schrecklicher rasiermesserscharfer Zähne kauten, und Clive fiel hilflos darauf zu, ohne die Möglichkeit anzuhalten.

KAPITEL 19

Shriek kommt hinzu

Clive fand die Zeit sich zu fragen: *Ist das mit den Gaunern geschehen?* Dann gab's keine Zeit mehr, weiter nachzudenken, keine Zeit für gar nichts mehr. Die Kiefer schlossen sich. Die glitzernden dreieckigen Zähne schnappten zu und bildeten dabei eine feste Oberfläche glänzenden Zahnschmelzes, umgeben von fürchterlichen fleischigen Lippen, die zu einem haßerfüllten Knurren zurückgezogen waren.

Mit einem harten Schlag krachte Clive auf den granitharten Boden. Von dem Schlag, den seine Schuhe beim Aufprall auf die Zähne erhalten hatten, wurde Clive zur Seite geschleudert, und er taumelte über die knurrenden Lippen und fiel auf eine steinübersäte Lichtung. Benutzer Annie, Horace Hamilton Smythe und Finnbogg taumelten hinter ihm her, fielen übereinander. Man hörte Grunzen und das Zischen nach ausgestoßener Luft, aber sie kamen alle schnell auf die Füße und untersuchten sich flüchtig. Es gab keine größeren Verletzungen. Das allein war eine Erleichterung.

Aber das Quartett hatte keine Zeit, sich auf kleine Schnitte und Schrammen zu untersuchen. Die Lichtung war auf drei Seiten von schattigen Wäldern umgeben. Die vierte Seite war ein tiefer Abhang, an dem Hartholzbüsche und verkrümmte Bäume um Halt und ums Überleben kämpften; sie waren eng an die Felsbrocken gedrückt, die sie davor bewahren mochten, bei jedem Regenguß weggeschwemmt zu werden.

Am Fuß des Hangs zeigte sich eine möglicherweise einen Meter hohe und gleichbreite Öffnung. Sie führte in den Hügel hinein, in eine Tiefe und Dunkelheit, über die man von außen nichts weiter sagen konnte. Für den

Bruchteil einer Sekunde, den Clive benötigte, um auf die Beine zu kommen und in die Öffnung zu starren, dachte er, daß er einen fernen Schimmer erblickt hätte, eine blasse Lichterkette, die vielleicht — lediglich vielleicht — die mittlerweile vertraute, rätselhaft glänzende und sich drehende Sternenspirale sein mochte.

Clive blinzelte. Das Licht im Freien war verwirrend. Er legte den Kopf für einen kurzen Blick zum Himmel in den Nacken.

Die ewige Schwärze, an die er sich auf den Ebenen von Q'oorna gewöhnt hatte, war nicht mehr vorhanden. Hier gab es einen anderen Himmel, einen Himmel von verschiedener Farbe, einen Himmel, so grün wie die Federn einer Krickente. Es gab keine funkelnden Spiralsterne, auch nicht die fernen verschwommenen Nebel, die Q'oorna ein bleiches Tageslicht verliehen hatten. Statt dessen standen zwei Sonnen am Himmel!

Die eine war ein gigantischer flackernder Schlackehaufen, der bereit schien, sich auf die Erde zu stürzen und die gesamte Welt in einer letzten Orgie zu verschlingen. Der andere war ein Punkt von leuchtendem Blau, der den roten Riesen umkreiste, unbekümmert darum, daß er das Angesicht eines Nachbarn überquerte, der Milliarden von Malen größer war als er selbst

»Was nun, Sör?« fragte Horace Hamilton Smythe Clive. »Sollen wir die Höhle betreten?«

Clive schüttelte den Kopf, als ob ihm das einen klaren Kopf und die Antwort auf Smythes Frage verschaffen könnte. Bevor er sprechen konnte, ertönte ganz aus der Nähe das Getrampel fester Schritte. Ihm folgte eine heulende Kakophonie von einem Dutzend Stimmen.

Eine Horde primitiver Jäger erschien, die mit Speeren und Knüppeln bewaffnet und mit roh geschneiderten Tierhäuten bekleidet waren. Selbst diese waren für Clive ein willkommener Anblick. Die Jäger blieben stehen und sahen Clive und seine Gefährten an. Dies war für sie ein genauso überraschender Anblick wie für die anderen.

Clive und seine Freunde standen im Halbkreis, mit der Öffnung der Höhle als Zentrum.

Bevor irgend jemand imstande war zu sprechen, stellten sich die Primitiven vor der Höhle auf und schnitten Clive und seine Truppe von der Öffnung ab. Ihr Anführer verschwand im Innern, während sein Gefolge mit dem Rücken zur Höhlenöffnung dastand und Clive und seine Freunde mit den Speeren auf Distanz hielt.

Benutzer Annie kreischte.

Clive fuhr herum und erblickte den neuesten Ankömmling. Er erinnerte vage an einen Menschen, genau wie Finnbogg beim ersten Anblick vage an einen Menschen erinnert hatte. Aber so wie Finnboggs hündische Natur bei näherem Betrachten deutlicher geworden war, so wurden die nichtmenschlichen Merkmale dieses Wesens deutlicher.

Sie hatte vier Arme statt zwei, so daß die Kreatur mehrere Dinge gleichzeitig tun oder alle vier Arme für eine Tätigkeit benutzen konnte. Und sie hatte vier Beine statt zwei, so daß sie mit unglaublicher Beweglichkeit und Zähigkeit gehen oder rennen oder klettern oder krabbeln konnte.

Der Rumpf war kurios gebaut, mit dünner Brust und massigem Unterleib, und das Gesicht zeigte nicht zwei, sondern acht Augen, die rötlich unter der Doppelsonne glühten. Blieben noch rudimentäre Haare auf dem Körper, Haare von steifer und spitzer Konsistenz.

Aus dem Maul ragten zahnähnliche Teile, aber beim näheren Hinsehen fiel Clive auf, daß es sich nicht um echte Zähne, sondern um Kieferknochen wie bei einer Spinne handelte. Er dachte an die gigantische Spinne, mit der er um sein Leben gekämpft hatte, zuerst auf dem Dschungelpfad und dann am Strand nahe am Wami-Fluß, und einen Augenblick lang fürchtete er, schwindelig zu werden.

Er wußte jetzt, worauf sich Darwin in seinen so viel diskutierten und verdammten Werken bezogen hatte. Wenn eine Rasse von Spinnen sich jemals über tausend Millionen Jahre — er versuchte, sich an Darwins Ausdruck *Evolution* zu erinnern — so weit entwickelte, daß sie einen dem Menschen vergleichbaren Status erreichten, dann mochte diese erstaunliche Kreatur das Ergebnis davon sein.

Die Primitiven standen nur da und schauten den fremdartigen Ankömmling an. Nachdem sie den Augenblick betäubter Unbeweglichkeit überwunden hatten, flohen sie kreischend vor Schreck.

Jetzt begab sich die Kreatur zu der Höhlenöffnung. Clive hatte gesehen, wie der Anführer der primitiven Jäger in dieser Öffnung verschwunden war. Er war gefangen, vom Körper des Neuankömmlings von der Außenwelt und seinen Mitstreitern abgeschnitten.

Die Kreatur starrte Clive und die übrigen an. Sie gab keinen Laut von sich, aber Clive spürte, wie eine Botschaft von ihr ausging. *Bleib stehen, wo du bist,* schien sie ihm zu sagen. Er schaute seine Gefährten an. Sie nickten ihm zu. Alle, selbst Finnbogg, hatten die Botschaft der Kreatur empfangen.

»Was nun, Sör?« frage Horace Smythe.

»Ich möchte mit dem Ding nicht kämpfen«, sagte Clive. »Selbst nicht mit Hilfe unserer Klauen.«

»Nein, Sör. Meinen Sie etwa, wir sollten uns bloß ruhig davonstehlen? Diese Wälder sehen so aus, als könnte man sich darin verstecken.«

»Ich bin sicher, daß diese Jäger sich in der Nähe aufhalten, Sergeant. Ich denke, wir können dabei gewinnen, wenn wir bleiben, wo wir sind. Diese neue Kreatur scheint nicht feindselig gestimmt zu sein.«

Sie setzten sich auf die Erde. Wie eine Spinne, die bewegungslos und unendlich geduldig in der Mitte ihres Netzes verharrt und die Ankunft ihrer Opfer erwartet — so verharrte das große spinnenähnliche Wesen bewegungslos in der Öffnung der Höhle. Die beiden Sonnen krochen langsam über den Himmel dem Horizont entgegen.

Clive und seine Freunde waren allein, abgeschnitten von ihrer gewöhnlichen Realität, hilflos auf einer Lichtung.

Oder?

»Annie«, sagte Clive, »habe ich dir gegenüber jemals meinen Freund du Maurier erwähnt?«

»Nein.« Annie schüttelte den Kopf. »AiDi-Bezug Daphne?«

»Daphne? Nein. George du Maurier. Der Karikaturist.«

Annie lächelte. »Oh, pozzi tif. Ich habe seine Bücher gespeichert. *Trilby. The Martian.* Gutes Eingangslevel Seffer.«

»Seffer?« fragte Clive.

»Hmja, Seffer. Hmja, Wells, Verne, Heinlein, die da. Seffer Äquivalent, hmja, Science Fiction-Autoren.« Sie grinste. »Ich mag Seff. Alle Crackbelles mögen Seff. Jeder mag Seff.«

»George du Maurier ist mein Freund, Annie. Er glaubt, daß mentale Kommunikation zwischen den Planeten möglich ist.«

Sie grinste. »Clive glaubt das auch?«

»Ich weiß nicht. Ich weiß wirklich nicht. Aber ich frage mich ... Deine Elektrofeldausrüstung ...«

»Baalbec A-Neun.«

»Kann sie mir — helfen? Wenn ich beabsichtige, George du Maurier eine Botschaft zu senden ... Ich habe keine Vorstellung davon, welche Art elektrischer oder ätherischer oder mesmerischer Welle eine solche Botschaft tragen mag. Aber vielleicht könnte deine Ausrüstung dabei helfen. Könnte als eine Art von ätherischem Telegraphen dienen.«

Annie lächelte. »Unbestimmt, Clive. Mach den Versuch. Hier.« Sie ergriff so rasch und unerwartet seine

Hand, daß er keine Gelegenheit fand, sich dagegen zu sträuben, und plazierte sie so, daß der Daumen auf einer Stelle direkt oberhalb des Brustbeins ruhte. Er hatte das warme nachgiebige Fleisch an diesem Punkt erwartet, was er aber nicht erwartet hatte, war die besondere Struktur und Form, die er *unter* der Haut verspürte. Das mußte der Baalbec A-9 sein, der ihr in den Brustkorb gepflanzt worden war. Er schloß die Augen und konzentrierte sich, wobei er das Bild von George du Maurier hervorrief.

Er dachte: *Du Maurier, ich habe keine Vorstellung davon, ob du mich hören kannst oder nicht. Wenn du's kannst, ersuche ich dich dringlichst um Reaktion.*

Ich bin in eine andere Welt gefallen, du Maurier. Ich habe keine Vorstellung davon, wo ich bin. Ein anderer Planet ... Eine andere Ebene des Seins ... Irgendein anderer Existenzzustand, der außerhalb unserer gewöhnlichen Wahrnehmung von Zeit und Raum liegt.

Ich bin von England zum Sudd gereist, in die Gegend am Äquator, wo mein Bruder Neville zuletzt gesehen worden ist. Von dort bin ich durch ein seltsames Tor gegangen, ein Tor, das in einen großen Felsen eingeschlossen war, dessen rubinrotes Herz glänzte und pulsierte wie ein lebendes Organ. Ich war begleitet von Quartiermeister Sergeant Horace Hamilton Smythe, aus meiner eigenen Einheit, und von dem Inder Sidi Bombay.

Wir fanden uns in einer seltsamen Sphäre wieder, die bekannt ist als das Dungeon. Wer diesen Ort regiert, was deren Absichten sein mögen, habe ich noch nicht ergründen können. Ich glaube, daß Neville sich hier aufhält. An einem Punkt habe ich geglaubt, seine Leiche gefunden zu haben, aber ich glaube jetzt, daß es sich bloß um ein Trugbild gehandelt hat und daß Neville noch immer irgendwo im Dungeon lebt.

Innerhalb des Dungeon gibt es Ebenen und Wirklichkeiten, zahllose unergründliche Welten. Sergeant Smythe ist noch immer bei mir. Sidi Bombay ist verschwunden. Bei mir ist gleichfalls ein Wesen namens Finnbogg, wie ein Mann und doch nicht ein Mann ... eine schöne junge Frau, die aus dem Jahr 1999 zu kommen scheint und mir dabei hilft, dir diese Botschaft zu senden. Ihr Name ist Annie.

Du Maurier, ich bitte dich flehentlich, im Namen unserer Freundschaft, im Namen deiner eigenen psychischen Untersuchungen, im Namen der allgemeinen Menschlichkeit, tu folgende Dinge für mich:

Suche Maurice Carstairs vom The Recorder and Dispatch *auf. Bereite einen Bericht für ihn vor, der auf dem basiert, was ich dir gesagt habe. Ich werde versuchen, dir weitere Details und die weiteren Entwicklungen zukommen zu lassen. Wenn ich je meinen Weg zurück nach England finden sollte, werde ich als Ergebnis dieses Abenteuers reich und berühmt sein!*

Nimm mit meinem Vater auf dem Familiensitz Kontakt auf. Sag ihm, daß ich noch immer auf Nevilles Spur bin und daß der Titel eines Barons Tewkesbury niemals aussterben wird.

Nimm Kontakt auf mit der Dame, die mich zur Premiere von Cox und Box *begleitet hat. Du wirst ihre Wohnung in der obersten Etage des größten Hauses am Plantagenet Court finden. Ich gehe davon aus, daß du die Straße kennst. Wenn nicht — sie ist leicht zu finden. Sag ihr, daß ich sie liebe und daß ich zurückkehren werde, um mein Versprechen zu halten.*

Und dann, du Maurier, der letzte und größte Gefallen von allen. Du mußt mir antworten. Gib mir materielle Hilfe, falls du kannst, und falls nicht, dann laß mir wenigstens ein paar Worte zukommen. Physisch oder mesmerisch, wie immer du es tun kannst. Laß mich wissen, daß ich dich erreicht habe. Laß mich wissen, daß ich nicht ewig und für alle Zeiten hier im Dungeon gestrandet bin. Bitte, du Maurier — tu dies für mich. Wenn ich nach London zurückkehre, wirst du Reichtum und Ruhm mit mir teilen.

Gott segne dich, du Maurier! Ich kann nur hoffen, daß du mich irgendwie hörst. Wenn du mich im Schlaf hörst, weißt du, daß dies kein Traum ist! Wenn du mich hörst, während du wach bist, bist du nicht verrückt! Ich bin wirklich, ich lebe, und ich bete darum, daß dich diese Botschaft erreicht.

Auf Wiedersehen, du Maurier! Auf Wiedersehen! Laß mich nicht im Stich, mein Freund! Du bist mein einziger Kontakt in der Welt, den ich seit dreiunddreißig Jahren kenne!

Er ließ die Hand in den Schoß fallen. Wie lange waren er und Annie und Horace und der große Finnbogg in ihrer halbkreisförmigen Anordnung verblieben?

Annie sah bleich aus, erschöpft. Sie sagte: »Ich glaube ... ich glaube ... aber ich bin so müde, Clive.«

Clive hatte sich selbst in einem abwesenden Zustand befunden. Er blinzelte. Die Sonne — vielmehr die Sonnen — dieser Welt waren hinter den Bäumen herabgesunken, die die Öffnung der Höhle umstanden. Eine schreiende Abenddämmerung färbte den Himmel. In England hätte Clive innegehalten, um das Bild zu bewundern, das von der großartigen Palette der Natur gemalt worden war, aber hier im Dungeon konnte er bloß auf das achtgliedrige Wesen starren, das noch immer den Eingang zur Höhle blockierte.

Von irgendwoher tief aus dem Innern der Höhle drang ein einzelner gequälter Schrei, gefolgt von kratzenden und kauenden Lauten. Das seltsame achtgliedrige Wesen, das die Öffnung der Höhle versperrte, nickte und bewegte sich langsam von der Stelle.

Während Clive fasziniert die Kreatur beobachtete, hörte und sah er, wie einige der Wilden wieder aus den Wäldern krochen, in denen der Stamm verschwunden war.

Die vierarmige Kreatur stieß einen weiteren ihrer entsetzlichen Schreie aus, zog mit mehreren Händen Büschel von langem spitzem Haar aus dem Körper und warf die Haare in Richtung auf die Wälder. Die Haare flogen wie winzige Wurfspeere, und wo sie einen der Primitiven trafen, schwoll dieser beinahe augenblicklich an und verfärbte sich. Sekunden danach stürzte er zu Boden, und die Körper verwandelten sich in scheußliche aufgeblähte Travestien menschlicher Formen, die sich wanden und aufquollen und entfärbten und schließlich zu Lachen einer schrecklichen und widerlichen Flüssigkeit zerfielen, in der die Knochen lagen wie Löffelbiskuits in einer Schüssel Sahne.

Vielleicht wären wir mit den Wilden besser zurechtgekommen, dachte Clive. Aber die Gefährten hatten keine andere Wahl. Zumindest hatten sie nicht länger mehr eine Wahl.

Jetzt geschah etwas mit dem Gesicht des Spinnenwesens. Clive starrte fasziniert hin. Er wußte, daß es keinen Zweck hatte, eine Flucht ins Auge zu fassen, und während er zusah, wurde ihm klar, daß ihn das Wesen auf eine phantastisch fremdartige spinnenhafte Weise *anlächelte.* Ihn und seine drei Freunde anlächelte.

Die vier Arme des Wesens streckten sich aus, und sie faßten, eine Hand für jeden, Clive und Annie und Smythe und Finnbogg bei den Händen. Annies Elektrofeld hatte sich zu Clives Glück von einer Verteidigungswaffe zu einem Werkzeug der Kommunikation verwandelt, und Annie war von der Übertragung von Clives Botschaft an du Maurier so erschöpft gewesen, daß sie vergessen hatte, es wieder auszuschalten.

Mit überraschender Freundlichkeit, wenngleich mit einer Kraft, die sogar den vierschrötigen massigen Finnbogg überwältigte, trieb das Spinnenwesen die Gruppe vor sich her, als es auf vier Beinen zur Öffnung der Höhle eilte, die die Wilden gerade zuvor umringt hatten.

Und als die Hand des Spinnenwesens Clive Folliots Hand ergriff, spürte er eine seltsame Art von Kommunikation, sowohl mit dem Spinnenwesen als auch — durch dessen Vermittlung — mit seinen drei Gefährten. Vielleicht war das die mentale Telepathie, von der George du Maurier gesprochen hatte, oder vielleicht war's irgend etwas anderes, so etwas wie ein elektrischer Austausch der Gehirnwellen der drei menschlichen und des Hundewesens mit denen der Spinnenkreatur.

Clive spürte, wie er in das Bewußtsein der großen

Spinne hineingezogen wurde. Er fand heraus, daß er die Kreatur erfahren konnte — nicht so, als höre er sie sprechen, sondern als sei er auf wunderbare Art und Weise *sie geworden.*

Das Wesen hatte keinen Namen, wie Clive es verstanden hätte, aber es dachte von sich als die Ursache des gräßlichen Schreis, den Clive mehrere Male vernommen hatte, und für ihn wurde das ihr Name: *Shriek**. Es gab keinen anderen möglichen Namen für das Wesen, keinen, den ihr Annie oder Finnbogg oder Smythe möglicherweise hätten geben können.

Und als er das Wesen mit diesem Namen identifizierte, wurde ihm klar, daß diese Kreatur kein neutrales *Es* war, sondern ein Wesen von erstaunlich machtvoller Sexualität. Unzweifelhaft eine *Sie.*

Er war dabei, das Bewußtsein einer sich sexuell bewußten, vielleicht sogar sexuell erregten weiblichen Spinne zu erforschen — und was hatte er über deren Begattungsgewohnheiten gelernt? Er suchte sich eine Vorlesung in Naturgeschichte in Cambridge ins Gedächtnis zurückzurufen. Ja, er sah den Professor mit dem Backenbart, dem roten Kinn und der Brille vor sich, hörte die zittrige betagte Stimme. Ja, die weibliche Spinne ließ sich begatten, und nach der Begattung fraß sie ihren Gefährten auf.

Aber — Shriek war keine Spinne, so wenig, wie Finnbogg ein Hund oder Clive und Annie Orang-Utans waren. Sie waren entwickelte Nachfolger dieser alten Spezies. Er betete darum, daß Shriek zivilisiert war, daß ihre Spezies im Verlauf der Evolution die gräßlichen Praktiken ihrer Vorfahren abgelegt hatte. Und in einer Woge rein geistiger Verständigung erhielt er die Antwort von dem Wesen, das ihm die Hand hielt wie ein Kindermädchen ihrem dahinwatschelnden Schützling.

Und durch Shriek sah sich Clive in einem seltsamen

---

* Hohes schrilles Kreischen. — *Anm. d. Übers.*

mentalen Kontakt mit Finnbogg und Horace Hamilton Smythe.

In Finnboggs Bewußtsein fand er absonderliche Erinnerungen. Erinnerungen aus der Kindheit des hundeähnlichen Wesens. Finnboggs früheste Erinnerungen waren die an die Mutter und Schwestern und Brüder. Diese Wesen waren in der Tat hundeähnlich; und wie bei einem Hund beruhten Finnboggs früheste und stärkste Eindrücke auf dem Geruchssinn. Der warme beruhigende Geruch seiner Dam, das vertraute Fleisch, die Milch der Zitzen. Das rauhe Gefühl der Zunge, wenn sie ihn und die Brüder und Schwestern ableckte. Die Gerüche der Geschwister, einander ähnlich und sehr verschieden vom Geruch der Dam, und dennoch so deutlich verschieden voneinander wie die Gesichter von Clives eigenen Freunden. Zuerst konnte er die Männchen von den Weibchen unterscheiden, aber darüber hinaus konnte keines der Welpen mit dem anderen verwechselt werden. Und der Geruch des Herrn, stark und dominierend, durchsetzt mit dem scharfen Geruch Tausender zappelnder Kreaturen und von Substanzen, dem das große Männchen außerhalb der behaglichen Hundehütte begegnete, wo die Dam ihre Welpen hegte und pflegte ...

Clive wußte, daß er über die Lichtung geführt wurde, daß er die Höhle betrat. Er wußte, daß der gesamte Vorgang lediglich einige Sekunden dauerte, und dennoch wurden in dem mentalen Austausch, der mit und in Shriek stattfand, Jahre von Ereignissen und Erfahrungen ausgetauscht.

Er betrat das Bewußtsein von Horace Hamilton Smythe, und er hatte jählings Zugriff zu allen Erinnerungen und allen Gefühlen Smythes. Er hatte eine ganze Menge neuer Erfahrungen gesammelt. Eine Kindheit, die auf einem idyllischen kleinen Bauernhof im Süden Englands begonnen hatte. Der Vater war weit wortkarger, weit strenger, weit weniger angenehm als die Mutter gewesen, aber dennoch ein guter und loyaler und angesehener Mann, der sich um sein Heim und seine Familie und seine Nation kümmerte. Und dann die anderen. Der kleine Horace hatte gleichfalls seine Geschwister, Brüder und Schwestern. Und einen Hund, ein großes eigenwilliges Wesen.

Es wurde in Clives Bewußtsein deutlicher. Es war eine Bulldogge, ausgesprochen häßlich und mächtig eigensinnig. Sie war wie Finnbogg, sehr ähnlich wie Finnbogg. Aber irgendwann brach eine Tierseuche aus, und den Verlust des Hofs, den Tod von Smythes Vater, konnte Clive erkennen. Die Mutter, vom Land vertrieben, sammelte ihre Kinder und zog nach Norden. Die große Bulldogge war eingeschläfert worden — der traurigste Augenblick in Horace Hamilton Smythes Leben: Der Junge hatte tagelang geweint, war untröstlich gewesen. Kein Wunder, fiel Clive ein, daß Smythe so von Finnbogg eingenommen war.

Dann waren die Witwe Smythe und ihre Kinder in Londons Vorstädten gelandet, in der verächtlichen Armut der Notunterkünfte. Die Mutter war zu immer niedrigeren Arbeiten gezwungen worden, die Töchter in ein ehrloses und die Söhne in ein kriminelles Dasein abgetrieben, bis der junge Horace für sich eine neue Heimat in den Diensten Ihrer Majestät gefunden hatte. Aber statt Sergeant zu werden, der in der Jugend eine tiefverborgene Kraft und eine mögliche Tugend spürte, hätte Smythe auch in der Themse treibend enden können, mit einem Messer im Bauch, oder er hätte schon vor langer Zeit an einem der Galgen von Dartmoor gehangen.

Clive teilte Smythes Erinnerungen an seine Feldzüge. Er sah sich selbst, Clive Folliot, wie Smythe ihn gesehen hatte — ein alles in allem nicht gerade schmeichelhaftes Bild, aber ein Bild, das von einer gewissen Zuneigung gefärbt war. Er wiederholte mit Smythe die letzten Begegnungen mit Sidi Bombay, und er sah Smythes amerikanische Abenteuer, wie sie der Sergeant vor noch gar nicht langer Zeit beschrieben hatte.

In Horace Hamilton Smythes Leben gab es noch andere Zwischenspiele, Odysseen und Vorfälle, die Clive Folliot überraschten. Er erblickte Smythe, eingehüllt in Felle, den eisigen Winden ausgesetzt, wie er darum kämpfte, die Spitzen des Himalayas zu ersteigen und sich dann den geheiligten Bereichen der abgeschiedenen Reiche von Tibet und Nepal zu nähern. Er erblickte Smythe in den Dschungeln des Amazonas, wie er die verlorenen Zivilisationen des Reichs von Brasilien ergründete.

Was suchte ein einfacher Quartiermeister, Sergeant der Armee Ihrer Majestät, in solch abgeschiedenen Gegenden? Schlagartig erkannte Clive, daß weit mehr in Horace Hamilton Smythe steckte, als er je gedacht hatte.

Wenn Clive einen solch tiefen Zugriff zu dem Bewußtsein und den Erinnerungen seiner Gefährten hatte, das wurde ihm klar, mußten sie den gleichen Zugriff zu seinem Bewußtsein haben. Es gab Vorfälle in seinem Leben, auf die er nicht gerade stolz war, aber jetzt konnte er nichts unternehmen, um sich selbst vor der geistigen Prüfung zu schützen. Ob er's wollte oder nicht, die anderen würden Dinge erfahren, die er im Traum nicht in seinen Artikeln für Maurice Carstairs zu publizieren gedachte.

Bis jetzt hatte er sich über diese seltsame mentale Vereinigung noch nicht Benutzer Annie genähert, und einen Augenblick lang überlegte er, ob er's überhaupt tun sollte. Die Berührung mit dem Bewußtsein von Horace Hamilton Smythe war überraschend einfach zu handhaben gewesen. Er und Smythe waren natürlich Abkömmlinge desselben Lands, und sie waren nahezu gleichen Alters. Er hätte vielleicht größere Schwierigkeiten erwartet, als es um den mentalen Kontakt mit Finnbogg gegangen war. Der Zwerg war schließlich Abkömmling einer völlig anderen Spezies, das Ergebnis einer anderen Welt. Aber vielleicht hatten der starke hündische Zug des massigen Finnbogg sowie die natürliche Affinität zwischen Mensch und Hund den Kontakt ermöglicht ...

Aber Annie ... Er näherte sich ihr mental, und die Annäherung war wie die an ein wunderschönes feines Licht. So erschöpft sie nach dem Versuch gewesen sein mochte, mit du Maurier Verbindung aufzunehmen, sosehr bewegte sie sich jetzt — wenn das das richtige Wort war — mit unbeschreiblicher und hellwacher Anmut. Sie zog ihn zu sich heran, und er merkte, wie er gierig und aufgeregt auf sie zutrieb. Aber bevor er das Licht berühren konnte, das Annie darstellte, entschlüpfte sie und tanzte vor ihm her und narrte seine mentale Berührung wie ein Irrlicht.

Später, schien sie ihm ins Ohr zu flüstern. *Die Zeit wird kommen, Clive, die Zeit wird kommen.* Er glaubte, sie tanzen zu sehen, nackt tanzen zu sehen. Er griff erneut nach ihr, fand jedoch statt dessen Shrieks Bewußtsein.

Welche Erinnerungen hatte Shriek? Was waren ihre Gedanken? Clive vermochte sie zu spüren, sie irgendwie zu teilen, selbst als Shriek sein eigenes Bewußtsein untersuchte und erforschte. Er spürte eine Intelligenz, die größer war als die eigene, älter und weiser. Aber wo die Fremdheit von Finnbogg die eines warmblütigen hundeähnlichen Säugetiers gewesen war — oder etwas, das einem solchen sehr ähnlich war —, war Shriek für Clive weit fremdartiger. Sie war eine Arachnida, ein kaltblütiges, eierlegendes, achtbeiniges, achtäugiges Wesen.

Die Chemie ihres Körpers war von der seinen äußerst verschieden. Sie sonderte Chemikalien ab, die durch die steifen Borsten des Körpers abgegeben wurden, und sie konnte die Chemikalien variieren, um das Ergebnis zu erzielen, das sie wünschte, von Schrecken und Unterwerfung hin zu freiwilliger Zusammenarbeit, zu unkontrollierter Lust, zu Tod. Sie hatte diese Chemie nicht auf Clive und seine Freunde angewandt, weil es nicht nötig gewesen war.

Sie brauchte Clive und Annie und Finnbogg und Smythe für etwas Bestimmtes. Clive konnte die Absicht in Shrieks Bewußtsein erkennen, aber es war eine Absicht, die seiner eigenen Erfahrung und seinem eigenen Verständnis so fern lag, daß sie ihn lediglich als bedeutungslos verschwommene Eindrücke erreichten.

Shriek schob Clive und die übrigen durch die niedrige Öffnung der Höhle. Der seltsame Eindruck einer Vereinigung mit den anderen riß, sobald Shriek sie losließ, aber im letzten Moment dieser Vereinigung geschah etwas anderes.

Clive empfing den deutlichen Eindruck, daß er und die anderen diese Vereinigung sowohl mit als auch ohne Shrieks Eingriff wiedererlangen konnten. Unter ihrem Einfluß hatten sich ihr Bewußtsein und ihr unendlich komplexes Nervennetzwerk verändert. Willentlich oder nicht, bewußt oder nicht, Shriek hatte Clive und Annie und Smythe und Finnbogg die Fähigkeit verliehen, die Gedanken auszutauschen, indem sie sich einfach bei den Fingern berührten und sich gestatteten, ineinander überzufließen.

Hinter Clive wurde der Eingang zur Höhle von Finnboggs massigem Rumpf blockiert — Annie und Horace Hamilton Smythe waren ihm bereits nach innen gefolgt. Das Licht von draußen kehrte zurück, als Finnbogg die Höhle betrat, verdunkelte sich erneut, als Shrieks spinnengleiche Formen die Öffnung für einen Augenblick erfüllten.

Dann war Shriek gleichfalls im Innern, und Clive und die übrigen erblickten die Welt, die sie und das Spinnenwesen betreten hatten.

■ FÜNF ■

DIE NESTWELTEN

KAPITEL 20

Ins Nest

Sie befanden sich in einem ovalen höhlenartigen Raum, wie im Innern eines Eis. Glänzende Teilchen schienen in der Luft zu oszillieren, so daß die Kammer so hell war wie der Tag, obgleich sie keine einzige erkennbare Lichtquelle enthielt.

Aufgrund dieser merkwürdigen Beleuchtung warfen, wie Clive bemerkte, er und seine Gefährten keine Schatten: jedes Atom der Luft strahlte!

Clive wandte sich um und sah, daß Shriek offensichtlich die runde Öffnung blockierte, durch die sie die Kammer betreten hatten. Man hätte eine Scheibe von Tageslicht sowie ein wenig der Außenwelt sehen sollen, aber Clive vermochte nichts davon zu erkennen. Statt dessen waren die Wände der Kammer mit Öffnungen übersät. Einige davon befanden sich direkt über dem Kopf und sogar in der Decke der Kammer. Weitere waren in den Wänden und noch weitere im Boden.

Sie alle leuchteten, und sie leuchteten alle in verschiedenen — unterschiedlichen — Farben. Clive vermochte Rot und Grün und ein schimmerndes Gelb und ein prächtiges Purpur und Blauschattierungen sowie jede andere ihm bekannte Farbe zu identifizieren. Und viele Farben vermochte er nicht zu identifizieren.

Clive erforschte die Gegebenheiten mit den Augen. »Was denkt ihr?« fragte er die übrigen.

»Ich denke, daß wir in diesem Osterei keine allzu große Zukunft haben werden«, sagte Sergeant Smythe.

»Beträchtlich weniger irgendwo anders«, hielt Clive entgegen.

Benutzer Annie hatte sich neben ihn gedrückt. Er verspürte die Wärme des Körpers sowie ein leichtes Zittern, das ihn durchlief. Er hielt sie fest. Er war erleichtert, daß ihr Elektrofeld abgeschaltet war.

»Exit Programm«, schlug Annie vor.

Clive war versucht, seine Finger mit den ihren zu verschränken, in der Absicht, mit ihr Verbindung aufzunehmen, aber das war jetzt dafür nicht der rechte Augenblick.

Shriek stellte mit den Kieferknochen einen Klicklaut her. Es war der erste Laut, den sie von sich gegeben hatte — zumindest der erste, von dem Clive wußte —, abgesehen von ihrem unheimlichen Kreischen. Sie deutete auf die Löcher in der ovalen Kammer.

Es war klar, was sie meinte. Sie sollten nicht hierbleiben. Sie hatten die Qual der Wahl, welchen Ausgang sie nehmen sollten, und sie mußten rasch handeln.

Clive sagte: »Nun, welcher soll's sein? Irgendwelche Vorschläge?«

Finnbogg zog es vor, nicht an der Debatte teilzunehmen. Er hechtete auf das nächstgelegene Loch zu, eine leuchtende Scheibe, die aquamarinfarben glänzte.

Clive fuhr in der Absicht herum, den Zwerg zurückzuhalten, aber die Bewegung war unnötig gewesen. Finnbogg stand verblüfft da, gehalten von einer Oberfläche reinen festen Lichts.

Horace Smythe trat mutig auf ein karmesinrotes Loch, wobei er es zunächst mit der Spitze eines Fußes untersuchte und sich dann breitbeinig und grinsend daraufstellte. »Versuchen Sie's, Major! Es kribbelt. Macht diese müden Hunde wieder glücklich!«

Hinter Finnbogg hatte Annie allmählich den Geist dieses Spiels begriffen, und sie sprang von Öffnung zu Öffnung, machte einen Satz von einer festen Scheibe in Gelb, Grün und Orange zur nächsten.

Clive grinste, sprang auf einen Kreis in strahlendem Magentarot — und merkte, wie er hindurchfegte, und das einzige Gefühl dabei war ein nicht unangenehmes Prickeln auf der Haut, während er die Öffnung passierte.

Benutzer Annie folgte ihm, dann Finnbogg, der glücklich und erleichtert schien, nicht zurückgelassen zu werden.

Clive hörte hinter sich ein Scharren und sah über die Schulter, wie Shriek gleichfalls die Öffnung betrat. Sie ließ sie also nicht im Stich.

Zumindest noch nicht.

Clive spürte, wie er ins Rutschen kam und immer schneller einen nach unten führenden Schacht hinunterfiel. Die magentarote Beleuchtung kam aus den Wänden der Röhre, wie die Beleuchtung zuvor aus den Luftatomen der eiförmigen Höhle gekommen war.

An der Innenseite der Röhre mochte es vielleicht Bilder oder Inschriften gegeben haben, aber wenn dem so war, flitzten sie so rasch an ihnen vorüber, daß sie lediglich einen völlig verschwommenen Eindruck davon gewinnen konnten. Selbst während er rutschte, grübelte Clive über die merkwürdigen verschiedenfarbigen Öffnungen nach. Kurze Zeit hatte es so ausgesehen, als hätten die Gefährten die Wahl, wo sie die eiförmige Kammer verlassen wollten. Aber jeder Ausgang war ihnen verschlossen gewesen — zumindest jeder, den sie ausprobiert hatten —, bis Clive versucht hatte, sich auf diese magentarote Scheibe zu stellen.

Irgend jemand oder irgend etwas hatte ihnen diese Wahl aufgezwungen!

Der Schacht entließ sie hoch oben auf einem Berghang. Clive erwartete, irgendwelche exotischen Ausblicke vorzufinden; er wurde überrascht, obgleich keinesfalls enttäuscht. Der Berghang war bedeckt von Vegetation und fiel zu ihren Füßen in ein üppiges Tal hinab.

Neben sich hörte Clive, wie Horace Hamilton Smythe ausrief: »Ich sag's doch, wie zu Hause!«

Finnbogg stieß einen Laut aus, der offensichtlich die gleiche glückliche Bedeutung hatte.

Und die Aussicht *ähnelte* einigen ländlichen Teilen

Englands. Hügel, grüne Felder, gelbbraune Wege aus hartgebackener Erde. Es gab sogar Gebäude, strohgedeckte Hütten und in einer Entfernung, in der Clive es kaum noch erkennen konnte, ein imponierend großes Landhaus, errichtet im klassischen Tudorstil.

Er rieb sich die Augen. »Ist das England?« Er hob den Kopf und hoffte dabei — und erwartete es halb —, den blauen englischen Himmel mit den bauschigen Wolken und der freundlichen Sonne irgendwo über einem fernen Horizont zu erblicken.

Aber der Horizont fiel nicht so ab, wie er es sollte. Das Land *hob* sich in der Ferne, so daß winzige abgelegene Objekte über nähergelegenen hingen. Noch weiter entfernt wurde das Land vom Nebel verhüllt.

Die Öffnung des Tunnels war nirgends zu erblicken. Nicht zum ersten Mal, seit er in dieses Abenteuer gestiegen war, fiel ihm auf, daß es keinen Weg zurück gab.

Shrieks kräftige Hand ergiff die von Clive, und eine kalte klickende und raspelnde Stimme sagte in seinem Bewußtsein: »Nein, Clive Folliot, es ist nicht England.«

Clive wußte, daß er das Raspeln von Shrieks Kieferknochen vernommen hatte. Er wußte, daß ihre Sprache der seinen weniger verwandt und ihm viel fremder war als der exotische Dialekt der Tibeter oder der australischen Eingeborenen. Und dennoch, weil der Kontakt hergestellt war, verstand er sie.

»Warum hast du uns hierhergebracht?« fragte Folliot das Spinnenwesen.

»Ich habe sehr lange auf euch gewartet, Clive Folliot. Auf dich und deine Gefährten.«

»Aber — warum? Was hast du mit uns zu schaffen? Es gibt Personen und Kräfte, die hinter den Kulissen arbeiten und uns alle manipulieren. Wer sind sie? Was ist ihr Ziel?«

Shrieks Gesicht verzog sich zu dieser Version eines Lächelns, die das Blut zum Gerinnen brachte. »Was ist dein Ziel, Clive Folliot?«

»Meinen Bruder zu finden.« Shriek hätte das eigentlich aus ihrer vorherigen mentalen Verbindung herausfinden können. Aber nun war er gezwungen, die eigenen Motive zu ergründen, und mußte sich den Zweifel eingestehen, ob er wirklich Neville zu finden wünschte. Neville. Er mochte glücklicher sein, wenn Neville tot wäre — oder für immer im Dungeon verloren, ein Ergebnis, das beinahe genauso wünschenswert wäre. Könnte Clive seinen Weg zurück nach England finden, würde er im Laufe der Zeit in beiden Fällen die Herrschaft über alle Tewkesbury-Besitztümer erringen, den Wohlstand der Familie. Er wäre ein gemachter Mann, ob mit oder ohne den Ruhm und das Glück, die ihm ein Buch verschaffen mochten.

Clive konnte nicht herausfinden, wieviel von seinen Überlegungen Shriek verstanden hatte. Auf jeden Fall ließ sie seine Hand los und trollte sich auf den vier Spinnenbeinen den Hang hinab. Clive zog kurz in Betracht, eine andere Richtung einzuschlagen, aber er spürte Wohlwollen bei Shriek und ein Zentrum der Kraft, dem nicht leicht zu widerstehen war. Er wandte sich an seine übrigen Gefährten: »Wir bleiben am besten zusammen. Was immer geschehen mag, unsere beste Chance besteht darin, beieinanderzubleiben, unsere Kräfte zusammenzuhalten, einander beizustehen.«

Allein Finnbogg schien eine dunkle Ahnung davon zu haben, wo sie sich befanden. Wie ein Hund schnüffelte der Zwerg mit geblähten Nüstern am Hang hin und her. Kleine Schluchzer von Enttäuschung stiegen ihm aus der Kehle.

»Was ist los, alter Knabe?« fragte ihn Clive.

»Schlechter Ort, schlecht.« Finnbogg stieß Clive an und warf ihn beinahe zu Boden. Der massige Finnbogg wollte offensichtlich eine Rückversicherung, und Clive streichelte ihm den Kopf.

»Warum ist's ein schlechter Ort, Finnbogg?«

Annie und Horace beobachteten die anderen. Shriek

hatte sich getrollt. Sie stand am Fuß des Hügels und spähte zu ihnen zurück.

Einen Augenblick später ging sie weiter.

Es war für Clive ein Moment schwieriger Entscheidung. Er hatte sich eben entschieden — oder hatte geglaubt sich entschieden zu haben —, Shriek zu folgen. Aber Finnbogg war gerade jetzt nicht willens weiterzugehen. Clive mußte sich also entscheiden, ob er dem Spinnenwesen folgte und Finnbogg zurückließ oder ob er bei dem massigen Zwerg bleiben wollte.

Er konnte Finnbogg nicht im Stich lassen. Er wandte das Gesicht von Shriek ab und blickte tröstend in Finnboggs große feuchte Augen. Als er sich erneut umwandte, war Shriek verschwunden. Aber Annie und Horace waren, zu Clives Dankbarkeit, bei ihm und dem Zwerg geblieben.

Clive wiederholte seine Frage an Finnbogg.

»Schlecht Nihonjin hier. Nicht mögen irgend jemanden sonst. Nicht mögen Finnbogg Leute, nicht mögen Major Leute, nicht mögen Q'oornans. Nicht mögen einen Gaijin. Schlecht Nihonjin töten jeden, jeden, jeden.« Er schnüffelte, und sein Schnüffeln wäre komisch gewesen, wenn seine Traurigkeit nicht so tief und ernst gewesen wäre.

»Nihonjin?« rief Annie aus. »Gaijin?«

»Ja, ja«, keuchte Finnbogg. »Annie kennt Nihonjin?«

»Hohe Wahrscheinlichkeit, Benutzer Finnbogg. Nihonjin Anthros? Frauen?«

Finnbogg schüttelte verwirrt den Kopf.

»Ah … Jungen Nihonjin oder Mädchen Nihonjin?«

»Alles Jungen, alles Jungen, ja! Nihonjin hier, oh, schlecht, schlecht.«

Clive sagte: »Wovon redet ihr eigentlich?«

Bevor Finnbogg oder Annie antworten konnten, sagte Horace Hamilton Smythe: »Ich denke, ich weiß, was er meint, Sör.«

»Tatsächlich?«

Während sie miteinander redeten, waren die vier Gefährten den Hang hinabgestiegen und hatten die Stelle erreicht, wo sie Shriek zuletzt gesehen hatten. Clive spähte umher, suchte nach der Arachnida, aber vergebens.

»Tatsächlich, Sör«, nickte Smythe.

»Nun?«

»Ist der Major je nach Osten gekommen?«

»Nicht weiter als bis Sansibar, Smythe.«

»Ich bin viel weiter gekommen, Sör. Bin im Fernen Osten gewesen. Wie ich mich erinnere, Sör, nennen die Japaner ihr Land Nippon oder Nihon. Sich selbst nennen sie Nihonjin.«

»Dieses drollige kleine Volk?«

»Sie sind 'ne ganze Menge mehr als drollig, Sör.«

»Nun, ich habe ihre Gemälde und ihre Vasen gesehen. Sehr hübsch. Habe einen Vortrag oder zwei über ihre Gebräuche gehört. Glaube, ich hab mal einen Japaner getroffen. Hab ihn für einen Chinesen gehalten. Der Bursche schien bestürzt zu sein. Weiß nicht, warum. Sie sehen alle gleich aus, kommen aus der gleichen Ecke von Gottes Erde, stimmt's? Wo ist da der Unterschied, hm? Aber der Bursche hat ziemlichen Wert darauf gelegt, wollte es nicht durchgehen lassen. Mußte mich schließlich entschuldigen. Verdammt seltsamer Knabe, sag ich dir!«

»Jawohl, Sör.« Smythes Gesicht war eine Studie der Neutralität.

Clive blickte sich um. Annie und Finnbog waren in eine angeregte Unterhaltung verwickelt. Annie hatte sich auf den Boden gesetzt und sprach ernst auf den Zwerg ein. Sie stellte ihm Fragen, und er nickte mit dem großen Kopf Zustimmung oder Ablehnung.

»Nennen sich selbst Nihonjin, so so«, sagte Clive zu Smythe. »Nun, mir ist nicht klar, warum der alte Finnbogg so beunruhigt wegen ihnen ist. Nur eine Bande höflicher kleiner Burschen, interessiert an Ikebana und

Teetrinken und daran, diese lustigen Gewänder zu tragen, wie auch immer sie diese Dinger nennen.«

»Kimonos, Sör.«

»Tatsächlich.« Clive wandte sich an Finnbogg. »Nun, alter Knabe, wenn du denkst, diese Nihonjin sind so schlecht, frage ich dich, was wir tun sollen, hm? Du bist dir sicher, daß sie hier in der Gegend leben? Glaubst du nicht, daß wir mitten durch die Erde gefallen sind wie irgendwelche Gestalten von Lewis Carroll, nicht wahr? Und in Japan gelandet sind? Hm?«

»Nihonjin hier. Finnbogg weiß. Kennt Nihonjin. Nicht viele, aber sehr schlechte Leute, sehr grimmige Leute. Selbst Q'oornans Angst vor Nihonjin, Freund Clive.«

»Und was sollen wir tun?«

»Können zurückgehen?« Der Zwerg deutete auf den Hügel hinter ihnen. Die Öffnung, durch die sie gekommen waren, blieb eine trügerische Beute. »Vielleicht zurück nach Hause? Zurück zum Fluß?«

»Laßt uns nachschauen!« Clive deutete vage auf die Stelle, an der sie herausgekommen waren.

Finnbogg löste sich von den anderen und rannte den Hügel hinauf. Clive, Annie und Smythe folgten ihm. Der Abhang war mit verkümmerten Bäumen und Buschwerk übersät. Der Abstieg war wesentlich einfacher gewesen als der Aufsteig, und alle außer Finnbogg benutzten die Vegetation, um sich daran weiter hochzuziehen.

Der Zwerg kam ein gutes Stück vor seinen Gefährten an. Er sprang zu der Stelle, an der sie heruntergekommen waren — und prallte zurück. Er trommelte mit den massigen Fäusten auf die Erde, trat sie mit den großen Füßen, vergebens. Er zog mit schweren Fingern an den Büschen, zerrte Erdbrocken beiseite, wandte sich hierhin und dorthin, schüffelte am Boden und heulte unglücklich, fand jedoch kein Anzeichen für den glänzenden Schacht.

»Kann nicht zurück«, wimmerte er. »Verloren. Finnbogg verloren. Finnboggs Feunde verloren. Jeder verloren. Oh, Nihonjin kommen. Werden gebratenen Finnbogg zu Mittag essen.«

»Sie sind Kannibalen?«

Finnbogg wimmerte.

»Ich würde die Ängste des Hundeknaben nicht zu ernst nehmen«, riet Smythe.

»Hm?«

»Finnboggs einfache Seele, Major. Und wir haben gesehen, wie sehr er wunderbare Geschichten liebt. Wo hat er, nebenbei, etwas von den Nihonjin gehört? Glaub nich, daß er zuvor schon mal hiergewesen is. Erzählt uns vielleicht 'ne Geschichte von 'ner Märchentante ... oder dem Hundeäquivalent davon, wenn der Major versteht, was ich meine, Sör.«

Clive blickte übers Land, beschattete dabei die Augen mit einer Hand. Es war so verteufelt *normal,* dachte er. Auf eine paradoxe Weise war das das Fremdartigste von allem. Er versuchte, seine Erfahrungen seit dem Eintritt in das Dungeon durch den Felsen mit dem Rubinherzen im Sudd zu rekonstruieren.

Was war die Natur des Dungeon?

Zunächst hatte es wie eine Welt geschienen, die man mit der Erde vergleichen konnte, so fremdartig es auf seine Weise auch gewesen sein mochte. Ein schwarzer Planet, der sich einsam drehte, die Millionen und Abermillionen von Sternen, die sich, wie Clive wußte, alle auf der einen Seite befanden, und die rätselhafte Sternenspirale auf der anderen Seite. Während sich das Dungeon drehte, würde jeder Punkt davon zunächst die Millionen von Sternen sehen — was, wie Clive allmählich glaubte, das bekannte Universum war — und dann die Sternenspirale, die seinem Gefühl nach die Antwort auf alle Mysterien des Dungeon in sich barg.

Aber sobald man die verschiedenen Ebenen passierte, änderte sich alles.

Da war der seltsame Luft-Zug mit seinen Wagen, von denen jeder verschiedenen Punkten von Zeit und Raum entrissen schien.

Da war der merkwürdige Sturz, als Clive und seine Gefährten Philo Goode und dessen Mitverschworene aus dem Zug heraus verfolgt hatten.

Da war die eiförmige Kammer mit den glänzenden vielfarbigen Scheiben. Warum waren alle diese Scheiben bis auf eine verschlossen und undurchdringlich gewesen, während die eine, die die Reisenden zu diesem Berghang gebracht hatte, sich mühelos für sie geöffnet hatte?

Die Struktur des Dungeon war ein Mysterium, genausosehr wie sein Zweck.

»Major, Sör?«

Clive blinzelte.

»Sollten wir nich besser weitergehen, Sör?«

»Wohin, Smythe?«

»Ich weiß nich, Sör. Der Major ist der kommandierende Offizier, Sör. Man hatte gehofft, daß er einen Plan anbieten würde, Sör.« Smythes Gesicht war so sanft und erwartungsvoll wie das eines unschuldigen Kindes.

»Nun, ich nehme an, daß es nicht sonderlich konstruktiv ist, hier herumzustehen. Wenn ich nur wüßte, wohin Shriek verschwunden ist, aber es scheint so, als gäb's nichts zu gewinnen, wenn wir hier auf dem Hang warten. Sie wird möglicherweise niemals zurückkehren.« Er glaubte das nicht wirklich, aber er merkte, daß Smythe recht hatte. Mit passivem Verhalten konnte man im Dungeon nicht überleben.

»Schlage vor, wir folgen einem allgemeinen Weg nach unten«, schlug Clive vor. »Was ist deine Meinung, Smythe?«

»Da andere Informationen fehlen, Sör, ist das meistens eine gute Idee. Führt zum Wasser, führt meistens zu einer Siedlung in der Region. Und es ist für die Truppe am leichtesten. Gute militärische Doktrin, wie ich sicher annehme, daß sich der Major von seinen Übungen bei den Guards her erinnern wird.«

»Sehr gut ...«

»Nur, Sör, wenn ich so verwegen sein darf, Sör. Vielleicht könnte Miß Annie ihren Apparat dazu benutzen, uns erneut eine Karte anzufertigen.«

»Glänzende Idee, ja.« Er schaute die junge Frau an.

Sie langte wortlos ans Brustbein und tat etwas mit dem Baalbec A-9. »Wie ist das?« fragte sie.

In der Luft vor ihr erschien ein dreidimensionales Abbild der Landschaft vor ihnen. Es erinnerte einen an die Sandkastenmodelle, die Brigadier Leicesters Stab dazu benutzt hatte, taktische Probleme zu erörtern, wenn die Guards sich darauf vorbereiteten, ins Manöver zu ziehen.

Clive erkannte den Berghang, auf dem sie standen. Er suchte vergebens nach der winzigen Abbildung der glänzenden Scheibe, durch die sie herausgekommen waren. Hügel und Täler breiteten sich vor ihnen aus sowie einige ruhige Flüsse, die zu einem größeren Fluß zusammenströmten. Wenn das substanzlose Modell groß genug wäre, könnte Clive schließlich auch erfahren, wohin der Strom führte: zu Seen, Flüssen, schließlich zum Meer. Und natürlich zu den fernen Orten, die soviel quälende Hoffnung auf Offenbarung bargen, wenn nicht sogar das endgültige Entkommen aus dem Dungeon.

Gab es dort einen Hafen? Gab es da Schiffe und Seeleute, denen die gesamte Geographie dieser Welt bekannt war?

Zur Rechten der Reisenden, unterhalb einer Hügelkette, zeigte das Modell eine flache Ebene, wenig größer als eine große Wiese.

Alles, was das Modell von der Landschaft zeigte, war ruhig, friedlich, still. Alles, außer der Wiese.

Dort rührte sich etwas.

KAPITEL 21

Nihonjin!

»Laßt uns nachsehen!« befahl Clive.

Annie bewegte die Hand, und die geisterhafte Miniatur verschwand.

Sie setzten sich in Bewegung, Clive und Horace Smythe an der Spitze und Annie dicht hinter ihnen, um den armen Finnbogg aufzumuntern. Der Zwerg zitterte und jaulte, hatte Angst davor weiterzugehen, aber noch mehr Angst vor der Aussicht, allein zurückgelassen zu werden.

Sie achteten nicht weiter darauf, wie lange sie benötigten, um die nächste Hügelkette zu erreichen, mußten auch den grasbedeckten Hang nicht umgehen, um herauszufinden, was sich da gerührt hatte. Irgend etwas — irgendein Ding, etwas größer als ein tanzendes Stäubchen — kam um den nächstgelegenen Hügel herum.

Clive starrte überrascht hin. »Was ist das?«

»Kann ich nicht sagen, Sör. Aber es kommt uns entgegen. Wir werden's bald genug wissen.«

Die vier Gefährten setzten ihren Marsch in Richtung auf die Hügel fort, und das Objekt kam ihnen weiterhin entgegen.

»Sieht — sieht aus wie ein Fahrzeug. Vielleicht eine Kutsche.«

»Gefällt mir gar nicht, das, Sör. Ich weiß einfach nicht, was es ist oder wer dahintersteckt. Ich fürchte, daß Finnbogg trotz allem recht hat mit diesen Japanern.«

Clive schüttelte den Kopf. »Wer es auch sein mag, Smythe, ich freue mich über jeden freundlichen Zeitgenossen, dem ich an diesem gottverlassenen Ort begegne.«

»Ich bin mir nicht so sicher, daß man uns unbedingt freundlich gesonnen ist, Sör. Das ist meine Ansicht.«

Mittlerweile heulte Finnbogg und duckte sich hinter Annie. Annie blieb stehen und spähte unter der vorgehaltenen Hand auf das sich nähernde Fahrzeug.

»Ist nicht ganz 'ne Kutsche«, sagte Clive. »Sieht mehr aus wie 'ne Art von Fahrrad, Rikscha oder so was. Schaut doch nur, wie diese beiden Burschen da nebeneinander in die Pedale treten! Und diese Rolldinger statt Rädern. Und ihr großer Boß auf dem Rücksitz.«

Der komische Apparat hatte sich bis auf Rufweite genähert, etwas weniger als die Länge eines Fußballfeldes. Clive sah, wie sich die beiden Männer über die Lenkräder beugten und mit den Beinen die Pedale stetig auf- und niedertraten, die die Rolldinger antrieben, die ihrerseits das Fahrzeug vorwärtsbewegten. Der Mann, der mitten auf dem Rücksitz des kuriosen Apparates saß, hielt die Arme vor der Brust verschränkt. Während die Maschinerie noch dahinholperte, griff er an die Seite, zog einen Apparat heraus und hielt ihn ans Gesicht.

»Was ist das für 'n Ding?« fragte Clive.

Sergeant Smythe erwiderte: »Sieht aus wie 'n Fernglas. Zwei davon, Sör, zusammengeklebt. Ich glaube, daß uns der Bursche mustert.«

Der Mann senkte den Apparat.

»Sehen Sie ihn sich jetzt an, Sör. Sitzt den armen Kerls richtig im Nacken, nich wahr? Und sie legen sich mächtig in die Pedale. Treiben die Karre an wie der Teufel.«

Während sich das Vehikel näherte, hörte man, wie sein Mechanismus klapperte und die Einzelteile quietschten wie bei einer Kutsche, die über eine staubige Straße im ländlichen Sussex holperte. Es bremste ein paar Meter vor Clive und den anderen. Die zwei Pedaltreter sprangen herab und stellten sich zwischen die Karre und Clives Gesellschaft. Es waren braunhäutige Männer von orientalischem Aussehen, beide anscheinend in den Vierzigern. Sie trugen geflickte, jedoch sehr saubere Überreste von gelbbraunen Militäruniformen, Gamaschen, Hosen und behelfsmäßige Stiefel.

Der Mann hinter ihnen stand auf, ohne die Karre zu verlassen. Er war an die zehn Jahre älter als die anderen und trug eine Uniform mit sorgfältig aufgenähten Hoheitszeichen. Er deutete auf Annie und rief einen Befehl in einer Sprache, die Clive nicht verstand.

Folliot richtete sich auf. Er sprach im örtlichen Dialekt und verlangte, die Identität des Mannes zu erfahren.

Der Mann sah überrascht aus, aber er erholte sich und schaltete von der eigenen Sprache auf den hiesigen Dialekt um. »Ich bin Sergeant Chuichi Fushida von der sechzehnten Abteilung der herrschaftlichen japanischen Luftlandetruppen der Marine. Und ihr seid meine Gefangenen. Ihr werdet mit uns zur Basis kommen.«

»Da werden Sie kein Glück haben, Sergeant«, entgegnete Clive. »Mit Sicherheit nicht.« Er wandte sich an Horace Hamilton Smythe. »Vielleicht kannst du besser mit diesem Burschen umgehen.«

»Verstanden, Sör«, entgegnete Smythe. »Hier ist Smythe, mein Brüderlein. Leitender Quartiermeister Sergeant des Regiments, fünfte herrschaftliche Horse Guards Ihrer Majestät. Vielleicht können wir das Ding hinkriegen, hm, Sergeant? Wie war doch gleich der Name, Fushida?«

Der Orientale sah aus wie vom Donner gerührt. »Horse Guards? Ihrer Majestät? Welcher Majestät? Welche Horse Guards?«

Nun war's an Smythe, Überraschung zu zeigen. »Welche Majestät? Nun, Ihre Königliche Majestät Victoria.«

Der Japaner runzelte die Stirn. »Victoria? Von England?«

»Genau die.«

»Victoria ist seit Jahren tot.« Er rief seinen beiden Untergebenen einen Befehl zu. Sie griffen in den Wagen und zogen Karabiner hervor. Glänzend polierte Bajonette stachen vom Lauf einer jeden Waffe hervor.

Annie stand nur da und starrte die gesamte Verhandlung an.

Finnbogg kauerte heulend und zitternd hinter ihr.

Die beiden bewaffneten Japaner stürzten los und bedrohten die Reisenden mit den Waffen.

»Das funktioniert nich, Major Folliot. Wir wer'n uns besser verteidigen.« Smythe schwang die Klaue.

Clive tat es ihm sofort nach.

Der erste Marinesoldat lief auf Folliot und Smythe zu; der zweite auf Annie und Finnbogg. »Sieht jedenfalls nich so aus, als wollten sie auf uns schießen«, sagte Smythe. »Vielleicht haben sie keine Munition mehr.«

Finnbogg wich zurück, schüttelte ängstlich den Kopf und stieß ein lautes Heulen und Winseln aus.

Annie langte ans Brustbein, um das Elektrofeld anzuschalten, aber der ihr nächststehende Marinesoldat schlug ihr den Karabinerkolben gegen den Kopf. Mit einem widerlich dumpfen Knall stieß die Waffe mit dem Schädel zusammen, und Annie brach zusammen und war auf einmal schrecklich still.

Horace Hamilton Smythe vollführte einige Finten und Stiche gegen den zweiten Soldaten, wobei er seine Klaue als Dolch benutzte. Er befand sich deutlich im Nachteil, da der Karabiner und das Bajonett dem japanischen Marinesoldaten eine größere Reichweite verliehen.

Die Klaue schlug gegen das Bajonett und rutschte den Lauf des Karabiners entlang. Der Soldat drehte die Waffe um und schwang ihren Griff gegen Smythe. Smythe tänzelte davon.

Clive starrte auf Annie, ging jedoch zunächst zu Finnbogg. Der Zwerg hatte sich auf dem Boden zusammengerollt.

Folliot stieß ihn ärgerlich mit dem Fuß an und rief: »Steh auf, du großer Feigling! Wir sind im Kampf! Steh auf und gib dir einen Ruck!« Finnbogg legte sich knurrend flach auf die Erde.

»Nein«, wimmerte Finnbogg. »Nei-ei-ei-n. Nihonjin töten jeden, kochen jeden, essen jeden. Nicht essen Finnbogg! Geh weg, Nihonjin! Geh weg, Folliot Mann!«

Folliot beugte sich über den der Länge nach hingestreckten Finnbogg. Er packte ihn an den Schultern und zerrte an ihm, denn er war wütend über das feige Benehmen des großen Zwergs.

Folliot knurrte. Er verspürte einen Aufprall auf dem Hinterkopf und taumelte benommen auf Finnbogg. Er blinzelte. Der strahlende Himmel kreiste um ihn. Einen Augenblick lang sah er das Gesicht eines feindlichen Soldaten, wie es sich über ihn beugte, ihn gierig anstarrte. Er sah, wie der Marinesoldat den Karabiner hob. Die Waffe war mit dem Kolben nach unten auf Clives Stirn gerichtet. Offensichtlich wollte der Japaner Clives Schädel mit dem Kolben der Waffe zerschmettern, statt ihm mit dem Bajonett, das im Sonnenlicht blinkte, den Bauch aufzuschlitzen.

Es war ein Augenblick von seltsamer Klarheit und Ruhe. Clive kam sich vor, als wäre er vom Körper losgelöst. Er konnte sich selbst auf dem Rücken liegen sehen, wie er die Augen vor dem hellen Himmel zukniff. Er vermochte den japanischen Soldaten zu sehen, wie der auf ihn niederstarrte. Er konnte den Karabiner sehen, ein kleines Gewehr mit einem hölzernen Schaft und einem gemaserten Kolben. Ihm war klar, daß dieser Kolben, verstärkt durch das Holz und den Stahl der Waffe und beschleunigt durch die drahtigen, muskulösen Arme des Soldaten, ihm den Schädel zerschmettern, Teile der Knochen ins Gehirn treiben und ihn vollständig auslöschen würde.

Er bemerkte sogar mit Neugier ein Scharnier am Schaft des Karabiners, gerade hinter dem Magazin und dem Abzug. Er fragte sich nach dem Zweck dieser Konstruktion und fühlte einen jähen Stich von Bedauern, als ihm klarwurde, daß er nicht mehr lange genug leben würde, um danach zu fragen.

Erneut blitzte Sonnenlicht auf dem polierten Bajonett, und der Karabiner kam näher.

Der japanische Soldat wirbelte über Clive hinweg und vollführte dabei einen vollständigen Purzelbaum. Aus dem äußersten Augenwinkel sah Clive, wie der Mann stolpernd auf den Füßen landete.

Über Clive blitzte die Gestalt von Horace Hamilton Smythe auf.

Folliot vermochte sich auf alle viere zu stellen. Er kroch durchs Gras und beobachtete Smythe und den japanischen Soldaten dabei, wie sie sich ins Gesicht sahen. Der merkwürdige Augenblick entkörperlichter Ruhe war vorüber, und Clive hörte es in den Ohren klingeln, spürte den Schmerz im Schädel und den Brechreiz, der, wie er wußte, von der Gehirnerschütterung herrührte.

Der japanische Soldat warf sich auf Smythe. Er gebrauchte jetzt das Bajonett und führte dabei einen vollendeten orthodoxen Vorstoß aus, den Clive schon Hunderte von Malen auf dem Übungs- und Paradegelände der Fünften Horse Guards gesehen hatte.

Horace Hamilton Smythe war lediglich mit der Klaue bewaffnet, und er hatte zu Clives Erstaunen die Klaue in den Gürtel der Hose gesteckt. Statt die eigene Waffe zu benutzen, sprang er neben den angreifenden Soldaten. Der Soldat, dessen Gewicht voll hinter dem Bajonettstreich lag, war für Smythe ein leichtes Opfer. Der Engländer packte den Japaner bei Schulter und Ellbogen und verstärkte dabei den Vorwärtsmoment, als der Japaner mit Smythes ausgestrecktem Bein zusammenstieß.

Der Japaner segelte durch die Luft.

Er landete auf dem Rücken und starrte erstaunt zu Horace Hamilton Smythe hinauf, der ihm irgendwie den Karabiner entwunden hatte, während er zu Boden gefallen war.

Hinter Clive ertönte ein Klappern. Er wandte sich um und sah, wie der pedalgetriebene Karren davonholperte. Der japanische Soldat, der Annie niedergeschlagen hatte, hatte sie auf den Karren geladen. Jetzt trat er auf der einen Seite wild in die Pedale, während sich der kommandierende Sergeant aus seiner Erstarrung gelöst und die andere Seite als Pedaltreter eingenommen hatte.

»Haltet sie auf! Sie haben Annie!« Clive machte ein paar stolpernde Schritte hinter dem Karren her. Ihm wurde klar, daß er sie kaum einholen könnte — selbst wenn er nicht mehr halbbetäubt gewesen wäre.

»Runter, Sör!« kam Sergeant Smythes Stimme von hinten. Clive fiel in sich zusammen, wandte sich um und sah, was Smythe beabsichtigte. Der Sergeant hatte den japanischen Karabiner an die Schulter gehoben und zielte sorgfältig auf den Karren.

Clive rief: »Nicht, Smythe — du könntest Annie treffen!«

Aber Smythe zog den Abzug. Clive hörte die Waffe klicken. Smythe senkte sie, öffnete das Magazin. »Keine Munition. Ein leeres Magazin, aber keine Munition.«

»Wir sollten besser die Karre verfolgen, Smythe.« Clive machte ein paar unsichere Schritte und blieb dann schwach und benommen stehen.

»Im Augenblick keine Gelegenheit dazu, Sör. Wollen mal sehen, was wir aus diesem Burschen herausbekommen. Wir müssen einen Plan machen. Sehen wir mal, was wir mit Finnbogg anfangen, wenn wir schon dabei sind. Zu blöd, daß Madame Shriek abgehauen is. Vielleicht werden wir sie wiedersehen, Sör.«

Der Soldat, der auf dem Boden neben Smythe lag, kroch auf Händen und Füßen. Er warf sich auf den Engländer. Ohne sich die Mühe zu machen, sich umzuschauen, trat Smythe aus. Der Soldat stürzte neben ihn, und Smythe stach ihm mit dem Bajonett ins Hinterteil.

»Die Burschen halten die Dinger jedenfalls sauber

und die Bajonette geschliffen«, murmelte Smythe. »Schade, daß sie in den Dingern keine Kugeln haben.«

Der japanische Soldat wollte wieder auf die Füße, aber Smythe hielt ihn mit einem scharfen Befehl zurück. Im örtlichen Dialekt sagte er: »Du bleibst genau da sitzen, wo du bist, Kerlchen. Streck deine Beinchen fein vor dir aus und halt die Hände hinterm Rücken. So ist's gut. Ich will dich nicht töten, aber du hast schon zu viele Chancen gehabt, und du wirst keine weitere mehr kriegen. Major Folliot ...«

Clive sah Smythe an.

Smythe zögerte kurz. Dann sagte er: »Sör, ich schlag vor, ich geb Ihnen das Ding hier. Halten Sie das Bajonett auf den Kerl gerichtet, und wenn er irgendwas im Sinn hat, verstreuen Sie seine Innereien über den Boden, hm?«

Clive nahm die Waffe und stellte sich über den Gefangenen.

Smythe kniete neben den Mann und löste die Stoffgamaschen von den Knöcheln. »Hab mich immer schon gefragt, wozu diese Dinger gut sind«, grummelte er. Er flitzte um den Japaner herum und fesselte die Hände des Mannes mit einer der abgelösten Gamaschen fest hinter dem Rücken. Er knotete das eine Ende der zweiten Gamasche um das Handgelenk des Mannes, so daß sie im Endeffekt zu einer Leine wurde.

»Will nicht, daß der Kerl jetzt schon abhaut.«

Sie hielten ein Auge auf den Gefangenen, während Folliot und Smythe den Karabiner untersuchten. Smythe entdeckte den Zwek des Scharniers am Schaft: Der Karabiner konnte zusammengelegt werden, um ihn platzsparend zu verstauen.

»Warum willst du einen Karabiner auf die Hälfte zusammenklappen?« fragte Smythe den Gefangenen.

Der Mann starrte ausdruckslos an ihm vorbei.

»Ich hab dich was gefragt«, schnappte Smythe.

Der Japaner starrte weiter vor sich hin. Er vermittelte

eher den Eindruck von Angst denn von Widerspenstigkeit.

»Vielleicht wird ein bißchen Sticheln mit seinem eigenen Bajonett weiterhelfen, Sergeant Smythe«, schlug Clive vor.

Smythe überlegte kurz. Dann warf er sich in seine beste Paradepositur. »Melden zum Rapport, Gefreiter!« brüllte er.

Der Japaner straffte die Schultern. Die Augen fingen an zu leuchten, als wäre er jetzt wachsamer, wenngleich noch immer verwirrt.

»Onishi, Shigeru, Gefreiter, sechzehnte Abteilung Luftlandetruppen der Marine, Sergeant, Sir!«

»Gut! Und wo bist du stationiert, Gefreiter Onishi?«

»Onemark Island, Kwajalein-Atoll, Sergeant, Sir!«

»Haben Sie von den Orten gehört, Sör? Was meint er damit? Onemark, Kwajalein.« Smythe sah Folliot an.

Clive entgegnete: »Ich glaube, ich erinnere mich an Kwajalein. Irgendein kleines Korallenriff draußen im westlichen Pazifik. Glaub nicht, daß das Reich schon so weit vorgestoßen ist. Weiß nicht, warum es irgend jemand haben will. Vielleicht als Versorgungsstützpunkt für Handelsschiffe.«

Jemand zog Clive am Fußgelenk und weinte zu seinen Füßen. Er wandte sich um und erblickte Finnbogg, der sich wand und krümmte. Die massige Gestalt des Zwergs zitterte noch immer, und die Wangen waren naß von Tränen.

»Feigling«, höhnte Clive. »Verräter. Was willst du, Finnbogg?«

»Finnbogg leid tun, Folliot Mann«, schluchzte der Zwerg. »Finnbogg soviel Angst. Nihonjin schlecht Nihonjin Männer ...«

»Schon gut. Ich weiß. Nihonjin braten Leute zum Mittagessen. Und sie haben jetzt Annie. Wir müssen sie aus ihren Klauen holen.«

»Japanische Soldaten sind keine Kannibalen!«

schnappte der Gefreite Onishi. Der Mann fand allmählich zu sich selbst zurück. Dies waren die ersten Worte, die er freiwillig gesprochen hatte. »Wir gehorchen dem Willen des Herrschers. Soviel solltet ihr wissen, ihr Engländer. Ihr habt selbst einen König.«

»Eine Königin, keinen König. Aber ja.«

»König.«

Verärgert sagte Clive: »Komm, komm, Victoria regiert, und mit dem Reich läuft alles bestens. Sie ist seit einunddreißig glorreichen Jahren unsere Herrscherin. Seit 1837.«

Der Japaner lachte. »Welches Jahr, glaubst du, haben wir jetzt, Engländer?«

»Natürlich 1868!«

»Es ist das Jahr 2603 nach dem japanischen Kalender. Meiji Jahr '76. Nach eurem westlichen Kalender schreiben wir das Jahr 1943.«

Folliot starrte das Gesicht des Mannes an.

Der Japaner verlor ein wenig von seiner Sicherheit. »Wir sind seit dem Jahr 1943 im Dungeon.«

Sergeant Smythe trat um den Gefangenen herum Clive Folliot zur Seite. Er schaute den Soldaten an. »Seit 1943, hm? Ihr Kerle seid seit 1943 hier? Eure ganze Einheit? Offiziere, Sergeanten, alle?«

»Ja!«

»Und wie lange ist das her? Wie alt warst du, als das geschah? Wie geschah es?«

Der Japaner erschien jetzt noch verwirrter. »Ich ... ich weiß nicht, wie lange wir hier sind. Wir haben gelitten. Wir sind des Nachts gekommen. Da waren wirbelnde Sterne. Wir dachten, das wäre eine neue Waffe der Amerikaner. General MacArthur, Admiral Nimitz, Präsident Roosevelt ... die Amerikaner haben große Führer, mehr Waffen, als wir haben.«

Ein Schaudern durchlief die Gestalt des Mannes. »Aber es waren nicht die Amerikaner. Es waren die Q'oornans. Seitdem wir hier sind, sind wir von Monstern angegriffen, von Banditen überfallen worden. Männer verschwinden. Unsere Muniton ist ausgegangen. Unser Treibstoff ist ausgegangen, daher haben wir unsere Fahrzeuge mit Pedalen ausgerüstet. Unser Nakajima-Flugzeug fliegt nicht mehr. Der Pilot, Sergeant Nomura, gestattete uns nicht, es in seine Einzelteile zu zerlegen; er poliert es und sorgt sich um die Nakajima, als wäre sie ein heiliger Schrein. Wir hätten ausgezeichnete Teile von der Nakajima erhalten können. Räder, Getriebe, gute Bleche.«

»Du lebst demnach lange hier. Du hast mir dein Alter nicht gesagt.«

»Ich war sechzehn, als wir in das Dungeon kamen.«

Smythe warf dem Mann einen scharfen Blick zu. »Hast du dich vor kurzem einmal im Spiegel angeschaut? Betrachte dich selbst, Gefreiter! Linien im Gesicht. Graue Strähnen im Haar. Wenn du mich fragst, bist du über die Vierzig hinaus. Und wenn nicht, dann zumindest nahe dran.«

Onishi zuckte mit den Achseln.

»Sie sind seit zwanzig Jahren hier«, sagte Smythe zu Folliot, »vielleicht sogar ein bißchen länger. Das würde nach ihrer Rechnung 1963 machen. Scheint mir, als hätten sie vergessen, daß die Zeit vergeht, sobald sie hier angekommen sind.«

»Aber es ist 1868«, beharrte Clive.

»Für uns, Sör. Wir verstehen das Dungeon einfach noch nicht wirklich, nicht wahr, Sör?«

»Wäre doch nur du Maurier hier, Sergeant. Du kennst den Mann nicht, aber das ist die Art von Rätseln, die er überaus gern anpackt. Vielleicht existiert das Dungeon auf einer — ich weiß nicht, wie ich's nennen soll — nun, Zeitspur, schlage ich vor. Eine Zeitspur, die von der unseren abgetrennt ist. Nicht bloß ein anderer Ort, es ist eine andere *Art* von Ort, wo Geographie und Chronologie nicht auf die gleiche Weise funktionieren wie auf der Erde. Oh, du Maurier wäre begeistert!«

Onishi sagte: »1963 wird der Krieg vorüber sein. General Tojo wird Präsident Roosevelt die Friedensbedingungen diktieren. Admiral Yamamoto wird sein weißes Pferd auf dem Rasen des Weißen Hauses reiten!«

»Davon weiß ich nichts, Gefreiter! Das ist ein Problem deines Jahrhunderts, nicht des meinen!«

Er warf Finnbogg einen verächtlichen Blick zu, daraufhin einen respektvolleren auf Horace Smith. »Unser Problem ist es, Gefreiter Onishis Lager zu finden und Annie zu retten.«

»O ja«, jammerte Finnbogg. »Retten Annie. Retten Annie, finden Shriek, weggehn von Nihonjin. Weggehn von Nihonjin!«

»Unser Kriegsrat ist somit versammelt«, verkündete Clive.

KAPITEL 22

Das Neue Kwajalein-Atoll

Finnbogg war's, der alles wiedergutmachte, der sein Leben für das eines anderen einsetzte, dessen große Feigheit am Ende nicht so groß war wie seine Loyalität und sein Mut. Aber bevor das geschehen konnte, mußte Clive sich erst mit dem Zwerg auseinandersetzen.

»Es sind gewöhnliche Männer, Finnbogg. Sie unterscheiden sich nicht von Sergeant Smythe und mir selbst. Du hast doch auch keine Angst vor uns.«

»Nein, nein, keine Angst vor Folliot Mann, Smythe Mann.«

»Warum hat du dann soviel Angst vor den Japanern — den Nihonjin?«

»Nihonjin essen Leute.«

»Woher weißt du das?«

»Weiß es.«

»Woher, Finnbogg? Bist du je einem Nihonjin begegnet? Bist du je in diesem Teil des Dungeon gewesen?«

Das massige Wesen schüttelte den Kopf. »Nicht hier vorher, Q'oornans sagen Finnbogg. Zeigen Bilder. Erzählen Geschichten.«

Clive tauschte einen Blick mit Horace Smythe aus.

»Erzähl uns die Geschichten, die sie dir erzählt haben, Finnbogg«, drängte Smythe.

Bevor der Zwerg antworten konnte, sagte Clive: »Was ist mit Annie? Warum verfolgen wir nicht die Karre, die sie weggetragen hat?«

»Karre bewegte sich zu schnell, Sör. Wir können sie durch direkte Verfolgung nicht einholen. Müssen was Besseres tun als das. Die Nihonjin austricksen, wenn wir können.«

Clive rieb sich das Kinn. »Schätze, du hast recht, Smythe. Aber es fällt schwer, ruhig und analytisch zu bleiben, wenn Annie sich in den Klauen dieser Teufel befindet.«

»Jawohl, Sör.« Er winkte Finnbogg ermunternd zu.

»Q'oornans sagen, Nihonjin haben Krone des Schlosses. Jeder, der Krone trägt, wird Herr des Schlosses werden. Nihonjin lassen keine anderen Krone bekommen. Töten jeden, der versucht. Kochen sie, fressen sie auf.«

»Die Q'oornas haben dir das erzählt?«

Finnbogg nickte heftig, eine völlig menschliche Geste.

»Aber — warum sollten sie dir das erzählen? Sie haben dich doch nur als Wächter an der Brücke gebraucht, nicht wahr?«

»Finnbogg war guter Wächter. Ließ niemals jemanden passieren. Nur ließ Folliot Männer passieren. Ließ Neville Folliot passieren. Ließ Clive Folliot passieren. Wie Folliot Männer.«

»Ja. Aber warum sollten dir die Q'oornans etwas von den Nihonjin erzählen? Sie hatten doch nie die Absicht, dich auf diese Ebene des Dungeon zu lassen, nicht wahr?«

Finnbogg schüttelte den Kopf, Verblüffung stand ihm ins Gesicht geschrieben.

»Er weiß es nicht, Sör.« Smythe, der ein Auge auf den Gefreiten Onishi gerichtet hielt, senkte die Stimme. »Das Hundebürschlein ist nicht allzu helle, Sör, glaub ich nich. Es gibt 'ne Menge Fragen, die der alte Finnbogg nich beantworten kann, Sör. Ich schlag vor, daß der Major nich zuviel Zeit für die Unterhaltung mit einem solch schwachen und flackernden Lämpchen verschwendet, wenn der Major versteht, was ich meine, Sör.«

Clive sah Finnbogg an, dann wieder Sergeant Smythe. »Begriffen, Sergeant. Was schlägst du dann vor?«

Smythe wandte sich an Finnbogg. »Was weißt du sonst noch über die Nihonjin, alter Knabe? Was war das mit der Krone, hm?«

»Q'oornans sagen Finnbogg, seitdem er Welp war, Nihonjin töten jeden, kochen sie, fressen sie. Darum Finnbogg sich gefürchtet. Finnbogg leid tun, leid tun, Freund Smythe, leid tun, Freund Folliot. Finnbogg liebt süße Annie. Wenn Nihonjin kochen Annie, Finnbogg tötet Nihonjin. Töt sie! Töt sie! Töt sie alle!«

Die Augen des Zwergs funkelten, die Lippen waren zurückgezogen und zeigten zwei Reihen großer spitzer Hundezähne.

Der Gefreite Onishi duckte sich, versuchte, Horace Smythe zwischen sich und dem Zwerg zu halten.

»Du hast deinen Mut zurück, Finnbogg?« Clive war nicht überzeugt.

»Finnbogg leid tun, hatte Angst, Folliot Mann. Nächstesmal wird tapfer sein. Nächstesmal töten Nihonjin, wenn Nihonjin Annie weh tun!«

Clive wandte sich an Smythe. »Denkst du, wir können ihm vertrauen ... nachdem er sich gedrückt hat?«

Smythe sah Finnbogg an und nickte. »Ich denke es, Sör.«

»Feigheit in Mut, einfach so? Nicht leicht zu glauben.«

»Versteh ich, Sör. Aber ich denke, dem Knaben ist sein ganzes Leben lang beigebracht worden, sich vor den Japanern zu fürchten. Hat sie nie gesehn, wie's scheint. Waren für ihn wie Monster. Grauenhafte Phantasiegestalten, um unartige Kinder zu erschrecken, hm? Dann — plötzlich — sind sie da.«

Er warf den Kopf in Richtung auf den Gefreiten Onishi. »Jetzt haben wir sie gesehn. Finnbogg weiß, daß sie bloß menschlich sind. *Pah,* wir haben hier sogar unsern eigenen Japsen an der Leine. Er wird sich nie mehr drücken, Major. Da wette ich 'nen Jahressold für!«

Clive rieb sich mit dem Handrücken die Augen. Bilder von Annie lagen dahinter, von Annie, wie sie in der japanischen Karre weggefahren wurde, sie stiegen auf und verfolgten ihn. Einen verwirrten Augenblick lang fragte er sich, ob es dem Soldaten wohl gelungen wäre, sie mit dem Kolben des Gewehrs zu treffen, wenn sie das Elektrofeld ihres Baalbec-A9 angeschaltet gehabt hätte. Nun, er war sich nicht sicher, ob es nicht angeschaltet gewesen war.

Annie hatte darauf hingewiesen, daß der Baalbec, um Energie zu bekommen, an ihren Kräften zehre. Aus diesem Grund benutzte sie ihn nur dann, wenn es den Anschein hatte, als sei's unbedingt nötig. Sie ließ ihn ausgeschaltet, wenn es nicht unbedingt erforderlich war. Wenn sie diese Japaner also erwischt hatten, als sie nicht aufgepaßt hatte ... Vielleicht *war* er ja angeschaltet gewesen. Ein rascher und schwerer Schlag mit dem Karabiner mochte dennoch erfolgreich gewesen sein. Und wenn Annie einmal betäubt war würde das Elektrofeld dann seine Funktion einstellen?

Er wußte es nicht, konnte es auch nicht herausfinden, und abgesehen davon lenkte ihn diese Angelegenheit auch davon ab, was momentan notwendig war. Er mußte einen Schlachtplan entwerfen, dessen Ziel es war, Annie aus den Händen ihrer Kidnapper zu befreien.

»Was war das mit der Krone, alter Knabe?« Sergeant Smythe versuchte noch immer, Finnboggs Gewirr von Informationen, Argwohn und Ängsten aufzutrennen.

Finnbogg, launisch wie stets, hatte sich von einem schniefenden Feigling in einen wütenden Krieger verwandelt, der darauf brannte, loszustürmen und den Feind niederzumachen.

Der Gefreite Onishi, zuvor der angriffslustige Soldat, hatte mit Finnbogg die Rolle getauscht und war zum Feigling geworden.

»Du mußt dich beruhigen«, drängte Clive. »Einen solch unberechenbaren Kerl wie dich werden wir nirgends mit hinnehmen. Sag mir jetzt, was hat es mit der Krone auf sich? Haben dir das die Q'oornans erzählt? Hat es etwas zu tun mit den Nihonjin? Mach schon, Finnbogg, spuck's aus!«

Finnbogg fiel auf die Hinterläufe zurück. Der Aufprall

seines massigen Hinterteils ließ buchstäblich die Erde erbeben. »Q'oornans sagen, Herr des Schlosses hatte Krone. Konnte Krone nicht sehen. Krone wie Eis, wie Glas, wie Luft. Krone da, aber konnte nicht sehen.«

»Schon gut, eine unsichtbare Krone, hm? Unsichtbar? Du weißt, was das ist?«

»Ja, ja, unsichtbare Krone. Aber Krone sichtbar, wenn echter Herr trägt sie! Finnbogg weiß das! Q'oornans wissen das!«

»Dann welcher Herr des Schlosses? Welcher Herr? Welches Schloß?«

»Weiß nich.« Finnbogg war niedergeschlagen. »Weiß nich. Irgendein Schloß, irgendein Herr. Weiß nur was Q'oornans sagen.«

»Na ja, schon gut.« Smythe warf seinem Gefangenen von Zeit zu Zeit einen Blick zu; der Mann ängstigte sich vor Finnbogg. Andererseits war der Japaner gefügig genug. Wie Major Folliot folgte er angespannt dem Dialog. »Nun«, fragte Smythe Finnbogg, »da wir nichts über diesen mysteriösen Herrn des Schlosses wissen — haben dir die Q'oornans gesagt, warum der Herr seine Krone nicht mehr besitzt? Was haben die Japaner damit zu tun?«

Finnbogg nickte mit dem massigen Kopf und war hocherfreut, daß er Smythes Frage beantworten konnte. »Nihonjin Schloß überfallen. Vor langer Zeit Nihonjin besaßen fliegendes Ding. Wie Karre, wie Zug, wie fliegender Feind auf der Brücke. Nihonjin kamen zum Schloß in fliegendem Ding, töteten Soldaten des Herrn, versuchten Dame zu stehlen. Große Schlacht. Viele Soldaten des Herrn getötet. Auch viele Nihonjin getötet. Viele, viele, viele! Nihonjin bekommen unsichtbare Krone von Herrn.«

Er ließ das Wort *unsichtbar* fröhlich auf der Zunge zergehen. Es war ein neues Wort für ihn. Selbst Clive Folliot, der dem Dialog zwischen Smythe und Finnbogg zuhörte, sie beobachtete, wie sie miteinander redeten, konnte Finnboggs Vergnügen an dem Wort verspüren.

»Und dann, Finnbogg ... was dann?«

»Soldaten von Herrn des Schlosses haben Nihonjin vertrieben. Nihonjin weggeflogen.«

»Und sie haben nie wieder angegriffen?«

»Nihonjin fliegendes Ding fliegt nicht mehr.«

»Aja.« Smythe nickte heftig. Er schoß Clive Folliot einen Blick zu.

»Keinen Treibstoff, hm, Sergeant? Und keine Tankstelle hier im Dungeon. Frag mich, womit das Ding gearbeitet hat. Holz, Kohle, das hätten sie doch irgendwoher bekommen müssen, meinst du nicht?«

Smythe wandte sich an den Gefreiten Onishi. Er zog an der Leine, um seine Aufmerksamkeit zu erregen. »Wie steht's damit, Gefreiter? Ihr Kerle habt 'ne fliegende Maschine? Kaputtgegangen? Brennmaterial ausgegangen? Warum heizt ihr nicht einfach mit Holz, hm?«

Der Japaner zog die Brauen zusammen. »Nakajima braucht Kerosin. Kein Kerosin im Dungeon — oder zumindest keine Möglichkeit, es zu bekommen!«

»Was ist Kerosin?«

»Treibstoff! Maschinentreibstoff! Ihr werdet das in eurem Jahr kaum kennen. Es ist eine Flüssigkeit. Ihr habt Alkohol, Engländer?«

»Zum Trinken?«

Clive Folliot mischte sich ein. »Wir haben andere Arten von Alkohol im Laboratorium von Cambridge benutzt. Das heißt, die Naturphilosophen. Ist ein entflammbarer Stoff, gut. Kann mir vorstellen, daß es als Treibstoff für eine Maschine benutzt wird.«

»Und diese Maschine ... Diese Nakajima?«

»Modell siebenundneunzig«, entgegnete der Japaner. »Wir sind von Kwajalein in das Dungeon gefegt worden. Wir sind anderen hier begegnet, anderen Männern von der Erde gleichermaßen wie anderen Wesen. Wir haben den Dialekt erlernt. Aber wir leben zusammen! Die sechzehnte Luftlandetruppe der Marine! Banzai!«

»Ja, schon gut, Gefreiter Onishi.«

Onishi wandte den Blick von Clive ab. »Sergeant ... Sergeant Smythe.« Es war offensichtlich, daß Smythes Rang Onishi umgestimmt hatte. In der autoritären Struktur seines Reichs geübt, würde er jedem Mann von höherem militärischen Rang gehorchen. »Sergeant, wer ist dieser Mann?« Er deutete auf Clive.

»Dies ist Major Folliot, Gefreiter. Du paßt besser auf, was du in seiner Gegenwart sagst!«

Onishi ging in Habachtstellung; jeder Muskel war angespannt.

Clive sagte: »Und was hat es mit der Krone auf sich, von der Finnbogg sprach? Habt ihr Soldaten tatsächlich irgendein Schloß überfallen und eine unsichtbare Krone geraubt? Klingt mir verdächtig nach Märchen.«

»Es ist die Wahrheit, Major! Ich war bei dem Überfall nicht dabei. Die Nakajima trägt normalerweise lediglich drei Männer, allerhöchstens vier. Leutnant Takamura besitzt jetzt die Krone.«

»Und was hat es mit dieser Unsichtbarkeit auf sich?«

»Es ist die Wahrheit, Major. Die Krone ... Wenn sie Leutnant Takamura abnimmt, kann man sie sehen, allerdings nur noch schwach. Selbst wenn man sie in die Hand nimmt — mir ist natürlich niemals erlaubt worden, sie zu berühren, aber es ist mir davon berichtet worden —, selbst wenn man sie in der Hand hält, muß man die Krone aus dem Augenwinkel betrachten, und kann sie selbst dann kaum erkennen.«

Er schüttelte den Kopf.

»Und wenn sie jemand trägt — ich habe Leutnant Takamura gesehen —, kann man die Krone überhaupt nicht sehen.«

»Scheint dir das in Ordnung zu sein, Finnbogg?« fragte Clive.

»Q'oornans sagen, wenn rechtmäßiger Herr des Schlosses trägt Krone, Krone wird glänzen wie Gold.«

»Stimmt das, Onishi? Hast du jemals gehört, daß die Krone so geglänzt hätte?«

»Nein, Sir.«

»Wer trug sie, als eure Nakajima angriff? Haben eure Offiziere irgend jemanden gesehen, der sie trug? Du denkst, es ist alles ein Märchen, nicht wahr?«

»Nein, Sir. Aber ich habe niemals davon gehört, daß die Krone geglänzt hätte, Major.«

»Na ja. Nun denn, wie wollen wir Annie aus den Händen dieser Leute befreien? Glaube kaum, daß sie sie austauschen, was meinst du, Smythe?«

»Glaub nich, daß sie's tun, Sör. Ich hab nicht viel Ahnung vom Charakter der Orientalen ...«

»Mehr als ich, Sergeant!«

»Wie dem Major zu sagen bleibt, Sör. Aber ich glaube kaum, daß diese Kerle viel um einen Austausch geben, nein, Sir.«

»Finnbogg geht los und hält Ausschau.« Der Zwerg sprang auf und nieder, daß die Erde bebte.

»Ausschau wo, Finnbogg?«

»Dorthin schauen«, deutete Finnbogg. »Karren kam um den Hügel herum. Geht zurück um den Hügel herum. Finnbogg geht Ausschau halten.«

»Aber sie werden dich sehen. Und du bist allein.«

Ein verschmitztes Lächeln — das erste, das Clive je gesehen hatte —, glitt über Finnboggs massiges Gesicht. »Finnbogg geht nicht um Hügel herum. Finnbogg geht über Hügel. Späht hinunter auf Nihonjin.«

»Du hast keine Angst vor ihnen?«

»Nicht mehr! Finnbogg schämt sich! Finnbogg niemals mehr Angst haben.« Er umkreiste den Gefangenen, duckte sich unter der Leine durch, die Sergeant Smythe noch immer hielt. Gefreiter Onishi rückte von Finnbogg weg, aber Finnbogg ergriff die Leine und zog den Soldaten zu sich heran. Der Mann, obgleich kleiner als Clive Folliot und Horace Smythe, war noch immer einen ganzen Kopf größer als der Zwerg.

Onishi zitterte sichtlich.

Finnbogg rieb das Maul am Rumpf des Mannes, wobei er ihn völlig umkreiste und die großen Zähne im Unterkiefer zeigte. Als er die Runde beendet hatte, zitterte Onishi so stark, daß er sich hinhocken und die Hände auf die Erde drücken mußte, um sich zu halten.

Finnbogg sprang auf und nieder und lachte, daß einem das Blut in den Adern gerann.

»Ich glaub dir, Finnbogg. Aber ich fürchte, du wirst von deiner eigenen Leidenschaft fortgerissen und versuchst, das feindliche Lager zu überfallen. Kannst du mich den Hügel hinauftragen, Finnbogg? Ich könnte selbst gehen, aber das würde viele Stunden erfordern. Zu viele Stunden«, sagte Clive. »Laß uns gemeinsam losziehen. Versprich mir, Finnbogg, daß du unten bleibst, wenn wir dort sind. Bleib am Boden. Geh nur zum Hügelkamm hinauf und späh hinunter, und wenn du gesehen hast, was es zu sehen gibt, kommst du zu mir zurück und berichtest. Kein einsames Heldentum! Bist du ein Mitglied dieser Gemeinschaft? Gleich, ob gut oder schlecht, ich bin nun mal der Befehlshaber unserer kleinen Einheit, und wenn du ein Mitglied davon bist, mußt du mir gehorchen. Willst du das tun?«

Finnbogg bewegte den Kopf auf und nieder und hechelte mit der Zunge wie ein Hund. »O ja, Major Folliot, befehlender Offizier, ja, ja, ja.« Finnbogg salutierte ungeschickt vor Clive und stellte sich täppisch in einer Art Habachtstellung hin.

»Frag mich, wo Finnbogg das gelernt hat«, murmelte Sergeant Smythe.

»Alles, was mich jetzt interessiert, ist Annie«, seufzte Clive.

Smythe sagte: »Nun gut, Gefreiter Onishi. Du kannst dich setzen. Keine weitere Bewegung, oder du bist ein toter Mann. Warum habt ihr keine Munition für euren Karabiner gehabt?«

Onishi, offensichtlich erleichtert darüber, von einem anderen Soldaten in ein Gespräch über militärische Dinge verwickelt zu werden, taute auf. Clive stand ein paar Meter entfernt und hörte der Unterhaltung zu, ohne sich einzumischen. Schließlich war er graduierter Offizier, und sie waren lediglich einfache Soldaten.

Clive Folliot fühlte sich plötzlich vom Boden gerissen und fand sich unter einem von Finnboggs mächtigen Armen wieder. Finnbogg machte sich auf den Weg zum Hügel, hinter dem die japanische Karre verschwunden war.

»Major Folliot in Ordnung?« fragte der Zwerg. Er trug Clive so, wie ein Kind seine Puppe trägt, als bedeutete ihm das Gewicht des Mannes überhaupt nichts.

»Ich bin in Ordnung«, brachte Clive heraus. »Bring uns nur hin, Finnbogg.«

Sie hoppelten und trampelten den Hügel hinauf. Clive wußte, daß er am Ende dieses Ritts erschöpfter sein würde als nach dem anstrengendsten Ritt auf einem Pferd, aber das kümmerte ihn nicht weiter.

Annie. Sie war sein einziger Gedanke. *Annie.* Gefreiter Onishi hatte es weit von sich gewiesen, daß die Nihonjin Kannibalen seien. Der Mann schien aufrichtig zu sein, und dennoch, wenn seine Einheit seit zwanzig Jahren durch das Dungeon wanderte, mochte einiges davon zutreffen, was man über sie berichtete.

Zwanzig Jahre!

Was, wenn sie tatsächlich zu Kannibalen geworden waren?

Zwanzig Jahre!

Clive dämmerte eine weitere Möglichkeit, noch entsetzlicher als die von Annies Tod. Eine Horde von Männern, zwanzig Jahre lang in einer unvorstellbar fremden Welt ausgesetzt und weit weg von zu Hause — und plötzlich in Besitz einer schönen jungen Frau! Clive knirschte vor Qual mit den Zähnen.

Der Hang des Hügels rollte unter Clives Augen dahin. Er spürte etwas Kühles und Feuchtes auf dem Gesicht und wandte den Blick himmelwärts. Zwischen Finnboggs breiten Schultern und dem massigen Kopf verdunkelte sich allmählich das Dungeon, verdunkelte sich in einer Kombination aus Abenddämmerung und Regenwolken.

Ein weiterer Tropfen fiel Clive aufs Kinn, dann noch einer.

Der Wind peitschte hinter ihm, und die Temperatur fiel jäh.

Innerhalb von einer Minute färbte sich der Himmel dunkelgrau. Riesige fette Wolken wirbelten umher, und die Luft war gesättigt von Feuchtigkeit. Ein Blitz fuhr aus einer schwarzen Wolke zur Erde, blieb eine volle Sekunde lang stehen und zischte und waberte, bevor er sein Leben aushauchte. Wenige Sekunden später rollte ein Donner durch das Tal.

Clive schaute nach vorn. Sie näherten sich der Kuppe des Hügels. Er zischte Finnbogg eine Warnung zu. Der kräftige Zwerg blieb stehen und setzte Clive auf die Füße. Clive winkte mit der Hand — *runter.* Finnbogg nickte zum Einverständnis und ließ sich zu Boden fallen, wobei er die massige Gestalt so weit zusammenrollte, wie das möglich war.

Clive schlüpfte weiter. Er spähte über den Rand des Hügels. Ein tassenförmiges Tal öffnete sich unter ihnen, das völlig von Hügeln umgeben war, mit Ausnahme einer Öffnung an jeder Seite. Ein Strom floß zu einem Ende der Vertiefung hinein, zum anderen wieder hinaus. Im Zentrum des Tals verbreiterte er sich und bildete einen See. Clive fragte sich, wie tief er sein mochte.

Am Ufer des Sees waren Zelte und rohe Schutzhütten errichtet worden. Clive versuchte sich seiner Geographiekenntnisse zu erinnern. Die Anordnung der Schutzhütten kam ihm bekannt vor, Ja! Wenn der See eine Lagune wäre ... wenn die Hügel und Schutzhütten niedrige Koralleninseln wären ... wäre die Anordnung nahezu identisch mit einem Atoll im Pazifischen Ozean.

Die Nihonjin hatten ihre letzte Basis wiedererschaffen, Kwajalein.

KAPITEL 23

Die Heilige

Und jetzt brach der Sturm mit voller Gewalt los.

In dem kleinen Tal waren Lagerfeuer entzündet worden, und Männer in peinlich sauber gehaltenen und geflickten Überresten von Uniformen der herrschaftlichen japanischen Marinesoldaten reinigten die Waffen, fegten das Gelände oder bereiteten das Abendessen zu.

Es war Clive nicht ganz klar, welche Art von Essen sie zubereiteten, und er konnte auch nicht herausfinden, woher sie Nachschub erhielten. Es gab einige Flecken Land, aus denen Pflanzen in sorgfältig angelegten Reihen wuchsen. Vielleicht zogen die Japaner etwas Gemüse und holten sich zusätzliche Nahrung durch die Jagd. Vielleicht gab es Fische in dem Strom, der durch dieses Anderwelt Kwajalein floß, oder im Teich inmitten des Lagers.

Soldaten liefen umher, sammelten brennende Kohlen ein, schaufelten sie in Steingefäße und trugen sie unter die einfachen Schutzhütten. Ja, wenn sie wirklich vor zwanzig oder mehr Jahren im Dungeon gestrandet waren, würden sie ihr Feuer wie einen Schatz hüten.

Aber wo befand sich Annie?

Clive faßte Finnbogg bei der Schulter und deutete hinunter zum Lager. Er hatte lediglich die Absicht gehabt, die feindlichen Stellungen zu erkunden, aber der Sturm bot ihnen eine Möglichkeit, wie sie so bald nicht wiederkäme.

Die Soldaten hatten sich in ihre Schutzhütten zurückgezogen. Die Wachen — falls sie solche nach über zwanzig Jahren überhaupt noch aufstellten — hatten sich unter die Vordächer gekauert, wo sie sich, regendurchweicht und windgebeutelt, die Hände über dem kostbaren Feuer wärmten.

Es gab keinen Weg den Hang hinunter, aber der Abstieg war doch ziemlich einfach. Clive sprang von einem Busch zum nächsten, hielt dann und wann inne, um sich an den Stamm eines Baumes zu lehnen und hinunterzuspähen. Der massige Finnbogg hatte sich auf alle viere fallen lassen; für ihn war das Fortbewegen auf diese Weise einfacher.

Ihre einzige Gefährdung lag in der Dunkelheit und im strömenden Regen. Das regennasse Gras konnte sehr schlüpfrig sein, und unbedeckte Erde würde zu rutschigem Lehm und dann zu nassem Matsch, wenn der Regen nicht aufhörte.

Etwa dreißig Meter vom Fuß des Hangs und etwa weitere zehn Meter vom nächstgelegenen Vordach entfernt blieb Clive hinter einem Busch geduckt stehen, der ihm bis zur Hüfte reichte. Es fiel noch immer Regen, aber der Sturm schien allmählich nachzulassen. Die schwarze Wolkendecke riß immer wieder auf, und ein Schimmern vom rätselhaften Himmel wurde von der aufgewühlten Oberfläche der Lagune reflektiert.

Die japanischen Schutzhütten waren kaum sichtbar; da und dort blitzten nur Lichter auf. Auf der anderen Seite der Lagune vermochte Clive einen Streifen Land auszumachen, der von aller Vegetation gesäubert und festgetreten war. Am Ende dieses Streifens stand eine glänzende stromlinienförmige Maschine, wie Clive sie nie zuvor gesehen hatte. Wenn er sie überhaupt mit irgend etwas vergleichen konnte, dann mit einigen der unglaublichen Maschinen, die visionäre Künstler zur Veröffentlichung in den großen Sensationsblättern schufen, Maschinen, die dafür gedacht waren, über die Dächer der Häuser und sogar zu fernen Welten zu fliegen.

Das mußte die Nakajima sein, von der der Gefreite Onishi gesprochen hatte.

Clive vernahm Finnboggs langsames Atmen. Er legte beruhigend eine Hand auf den Arm des Zwergs und deutete auf die nächstgelegene Hütte. Der Sturm war noch immer sehr laut, und Clive war sicher, unbelauscht mit Finnbogg reden zu können.

»Es gibt keine Spuren von Annie«, wisperte Clive. »Wir müssen sie suchen!«

Finnbogg grunzte zum Zeichen, daß er verstanden hatte.

»Wir können uns trennen, Finnbogg. Wir müssen uns geduckt halten und ruhig bleiben, müssen einen Blick für jede Deckungsmöglichkeit bekommen, bis wir herausfinden, wo sie gefangengehalten wird. Dann ...«

»Dann töten Nihonjin!« polterte Finnbogg. »Töten schlechte Nihonjin, retten gute Annie, gehen zurück zu Smythe Mann.«

»Nicht so rasch mit der Gewalt!« flüsterte Clive. »Wir wissen nicht, wie viele es von ihnen gibt, aber so, wie das Lager aussieht, müssen es zumindest einige Dutzend sein. Sie besitzen Karabiner mit Bajonetten, aber augenscheinlich ist ihnen die Munition schon vor Jahren ausgegangen. Unsere Klauen werden uns von Nutzen sein, aber wir können es kaum mit dem gesamten Lager aufnehmen.«

»Dann wie retten gute Annie?«

»Wenn wir einen oder zwei Wächter überwältigen und sie finden — vielleicht kann sie dann etwas tun, um sich mit ihrem Baalbec A-Neun selbst herauszuhelfen.«

Sie huschten weiter.

Ein riesiger Blitzstrahl flammte zwischen Himmel und Erde. Der blaugelbe Strahl krachte und zuckte, und der Geruch von Ozon erfüllte die Luft, und in diesem Augenblick sah Clive das glänzende Metall der Nakajima, und es kam ihm so vor, als flöge die Maschine durch den Himmel und die dreiblättrige Schraube an ihrer Nase würde herumwirbeln, und in dem Glaskäfig auf ihrem Rücken säßen ein Pilot und ein Passagier.

Das war die Phantasie eines Augenblicks, wie er wußte, aber es durchfuhr ihn doch ein begeistertes Schaudern. Wenn dies ein Erzeugnis der irdischen Zukunft war, wenn dies ein Artefakt der Welt war, die seine liebe Annie hervorgebracht hatte, war's eine Zukunft, die er sehen und erleben wollte, wenn sich je die Gelegenheit dazu böte.

Er ging weiter und bewegte sich zielstrebig auf die nächste Hütte der Soldaten zu. Finnbogg ging zu seiner Rechten, und er wies den Zwerg auf die nächste Schutzhütte in dieser Richtung hin.

Sie trennten sich.

Clive erreichte die Schutzhütte. Sie war aus sorgsam geglättetem Holz zusammengefügt. Wenn die Japaner hier tatsächlich schon mehr als zwanzig Jahre lang lebten, hatten sie die Zeit dazu benutzt, sich Häuser mit der Präszision und dem handwerklichen Können von wahren Künstlern zu errichten.

Zwischen den einzelnen Brettern gab es kaum eine Ritze, aber eine Öffnung war für die Ventilation und vielleicht auch dazu gelassen worden, dem Bewohner der Hütte einen Blick nach draußen zu gewähren. Clive trat näher und legte das Auge an die Öffnung.

Ein uniformierter Soldat saß da, Clive direkt zugewandt. Nur der Umstand, daß er über seinen auseinandergenommenen Karabiner gebeugt saß und jedes einzelne Teil mit der Sorgfalt eines Diamantenschneiders säuberte, der seine Werkzeuge überprüft und poliert, bewahrte Clive vor der Entdeckung. Die Schutzhütte bestand aus einem einzigen Raum mit spärlichem Mobiliar und wenig Dekoration. Der steinerne Feuerbehälter, den die Soldaten von draußen hereingebracht hatten, warf ein flackerndes Licht auf das ausdruckslose Gesicht. Ein handgefertigter religiöser Schrein stand an einer Wand.

Der Soldat war grauhaarig, das Gesicht war von den Linien der vergangenen Zeit durchzogen.

Es gab keinen Hinweis auf Annie.

Clive zog sich zurück und bewegte sich langsam nach links, der nächsten Hütte zu. Die Bauweise dieser Hütte war ähnlich wie bei der ersten, und es gelang ihm, hineinzuspähen. Auf dem flachen Boden hockten zwei Soldaten einander gegenüber, in einer Ecke stand der steinerne Feuerbehälter. Sie spielten beim flackernden Schein ein Spiel, bei dem sie dunkle und helle Steine auf einem hölzernen Brett bewegten. Gelegentlich stieß einer der beiden einige Laute aus.

Es gab keinen Hinweis auf Annie.

Die dritte Schutzhütte, der sich Clive näherte, war dunkel. Er konnte nichts darin erkennen, aber er hörte das langsame stetige Atmen eines schlafenden Mannes.

Waren alle Schutzhütten nur für je einen Mann gedacht? Wenn dem so war, dann mußte es zumindest eine leere Hütte geben, die einem der beiden Männer gehörte, die das Brettspiel spielten. Eine leere Hütte konnte ein Versteck werden, eine Operationsbasis für ihn und Finnbogg. Oder — Annie wurde dort gefangengehalten!

Clive lief erneut über einen offenen Platz.

Die Nacht wurde von Schreien in japanisch erschüttert, denen eine Serie von Gebrüll, Stampfen, Grunzen und das Geräusch splitternden Holzes folgte. Der Regen hatte nahezu aufgehört, die Wolken hatten sich fast verzogen, und es gab genügend Licht, um das japanische Lager von der Lagune bis zum Zentrum zu erkennen.

Mit einem lauten Krach flog das Dach einer Hütte buchstäblich in die Luft und schlug zu Boden. Die Wände des kleinen Gebäudes folgten. Zwei uniformierte Japaner rannten aus der Hütte, wobei sie mit den Armen winkten und etwas riefen. Finnboggs massige Gestalt folgte ihnen hart auf den Fersen. Hinter sich ließen sie eine Szenerie zurück, die von unten vom Licht des Feuers und von oben vom Licht des Himmels erleuchtet wurde.

Ein halbes Dutzend japanischer Soldaten lag in einem Kreis zusammengekauert. Einige von ihnen bewegten sich, andere winselten, ein paar bewegten sich gar nicht mehr. In der Mitte des Kreises, auf einen hölzernen Stuhl gebunden, saß eine Frau. Das Kinn war ihr auf die Brust gesunken, aber sie schaute bei Clives Nahen auf und grinste ihn an.

»Annie!«

»Clive!«

Er rannte zu ihr und versuchte, die Fesseln zu lösen. Die Leinen waren dick, die Knoten für ihn zu fest gezogen. Er griff sich einen Karabiner und löste mit einiger Mühe das Bajonett. Er ging die Knoten mit der rasiermesserscharfen Kante des stählernen Bajonetts an.

»Sie holen Hilfe, Clive! Sie werden dich fangen!« schluchzte Annie.

»Ich werde ihnen entgegentreten!«

Weitere Stimmen erhoben sich, aber das Brüllen des wütenden Finnbogg übertönte alles.

»Armer Finnbogg!« rief Annie aus. »Er sah mich hier und wurde wild. Clive, was ist in unserem Lager geschehen? Wo ist Horace?«

»Horace geht's gut. Kümmre dich nicht darum. Hier, dreh die Handgelenke ein bißchen. Gut. Jetzt die andere Seite.« Er verdrehte und durchschnitt die Stricke, die die Füße an den Stuhlbeinen festhielten. »Du bist jetzt frei!«

Stimmen näherten sich. Das Licht von Fackeln flakkerte.

Ein älterer Japaner in Offiziersuniform, den Säbel in der Hand, führte den Trupp Soldaten an.

Clive richtete sich auf, das Bajonett kampfbereit. Ohne einen Augenblick oder eine Bewegung zu verschwenden, ergriff Annie den Karabiner eines gefallenen Soldaten und stellte sich neben Clive. »Was auch immer geschehen mag«, murmelte Clive. »Was auch immer geschehen mag!«

Der Offizier rief einen Befehl, und die Soldaten, die

ihm folgten, blieben stehen. Er sprach Annie und Clive an, wobei er die japanische Sprache gebrauchte. Zu Clives Erstaunen gab Annie Antwort, indem sie ihre kurzen Entgegnungen in derselben Sprache machte.

»Was hast du gesagt?« fragte sie Clive.

»Ich hab ihm gesagt, er möchte bitte im hiesigen Dialekt sprechen. Da, wo ich herkomme, muß jeder ein bißchen japanisch lernen, aber ich verstehe nicht sehr viel, und ich glaube nicht, daß du überhaupt etwas kannst, oder?«

»Nein, überhaupt nichts.« Ein Stoß von Gedanken wirbelte Clive durchs Gehirn, Dinge, über die er nachdenken wollte, wenn er die Gelegenheit dazu hätte, Dinge, die er Annie sagen wollte. Aber jetzt war dafür keine Zeit. »Es steht wohl unentschieden«, sagte Clive zu dem Marineoffizier. »Ich nehme an, daß Ihre Männer uns überwältigen könnten, aber das wird sie teuer zu stehen kommen. Und ich weiß sehr genau, daß wir lieber sterben, als uns gefangennehmen lassen.«

Zu seiner Erleichterung bestärkte ihn Annie. Er spielte falsches Spiel mit den Japanern, und mit Annie als Rückendeckung schien das Spiel zu funktionieren.

»Nehmen Sie Ihr Schwert, Sir«, fuhr Clive fort. »Sie sind Offizier und Ehrenmann, nehme ich an.«

Obgleich Clive Zivilkleidung trug, war sein militärisches Gehabe so deutlich, daß der Japaner ihn sofort als gleichwertig akzeptierte. »Ich bin Major Clive Folliot, abkommandiert aus den Diensten Ihrer Majestät, fünftes Regiment der Horse Guards. Und wer sind Sie, Sir?«

»Yoshio Takamura, S-S-Seniorleutnant, sechzehntes Regiment der Luftlandetruppen der Marine.«

»Sehr gut, Sir. Kann ich Ihr Wort darauf haben, daß weder Sie noch Ihre Männer mein Vertrauen mißbrauchen? Wenn dem so ist, werden meine Gefährtin und ich unsere Waffen niederlegen und Sie und Ihre Männer darum bitten, das gleiche zu tun. Ich gebe Ihnen mein Wort als Offizier und Ehrenmann, daß wir Ihnen gegenüber nichts Schlimmes im Schilde führen und Ihnen nichts zuleide tun werden.«

Der japanische Offizier bellte seiner Gefolgschaft einen kurzen Satz zu. Sie senkten die Karabiner und stellten sie dann zu zwei exakten Kegeln zusammen. Leutnant Takamura näherte sich Clive Folliot und hielt das Schwert quer vor der Brust. Er blieb einen knappen halten Meter vor Clive stehen, die Augen nur ein wenig unterhalb von Clives Augen, und blickte Folliot ins Gesicht.

Langsam hob der Japaner das Schwert. Einen Augenblick lang hielt er es waagrecht vor sich, die rasiermesserscharfe Klinge auf Clive gerichtet, in der Höhe von Clives Kehle.

Clive hatte seine Klaue in den Hosenbund gesteckt. Er hielt noch immer das Bajonett in der Hand. Er kalkulierte in Blitzesschnelle durch, wie lange er dazu benötigen würde, es nach oben in den ungeschützten Unterleib des anderen zu stoßen, und ob das geschehen könnte, bevor Takamura Clives gleichfalls ungeschützte Kehle mit seinem glänzenden Schwert aufgeschlitzt hätte.

Ihre Blicke trafen sich, und langsam, ganz langsam und gleichzeitig steckten Takamura und Folliot das Schwert und das Bajonett in Scheide und Gürtel. Annie stieß einen Seufzer der Erleichterung aus.

»Was macht Ihr Dämon mit meinen Männern?« wollte Takamura wissen.

»Dämon? Oh — Finnbogg!«

Der Zwerg war zurückgekehrt. Er taumelte auf die Gruppe zu, und eine Mischung aus Blut und Dreck bedeckte seine vierschrötige Gestalt. Er war von den Soldaten verwundet worden. Er hatte sie einzeln geschnappt und von sich geworfen, aber sie waren immer wieder zurückgekehrt, hatten mit den Bajonetten zugestoßen, hatten ihm von allen Seiten zugesetzt. Es war wie bei einem edlen afrikanischen Löwen gewesen, der von einer Meute jagender afghanischer Hunde gehetzt wurde.

»Ist schon in Ordnung, Finnbogg!« rief Clive, »Annie ist in Sicherheit.«

Leutnant Takamura rief seinen Leuten eine Serie von Befehlen zu.

Sie ließen von ihren Angriffen auf Finnbogg ab, und der mächtige Zwerg fiel vor Annies Füßen zu Boden. Sie fuhr ihm mit der Hand durchs Fell und wickelte dabei die schmutzigen Locken um die Finger.

»Er ist kein Dämon«, sagte Annie zum Leutnant. »Er ist mein Freund und Beschützer. Sie werden ihm nichts antun.«

»Aber du bist ein Engel«, sagte der Leutnant. »Ein heiliges Wesen.«

Clive starrte den Mann an. Er schien gesund zu sein, aber wenn er und seine Einheit aus einem Krieg herausgerissen und in das Dungeon geworfen worden waren, um sich hier für zwanzig Jahre durchs Dasein zu schlagen ... was für ein seltsames Glaubenssystem mochte sich da entwickelt haben? Annie ein Engel, ein heiliges und übernatürliches Wesen? Finnbogg ein Dämon?

Und was hätten sie von Shriek geglaubt? Offensichtlich waren sie der Arachnida nicht begegnet — aber das könnte noch immer geschehen!

»Ich bin eine Frau, Leutnant Takamura. Kein Engel. Eine menschliche Frau.«

Der japanische Offizier stieß einen langen Atemzug zwischen den Zähnen hervor.

»Ihr Gefreiter Onishi ist in unserem Lager in der Nähe des Tals«, sagte Clive. »Sie sind vom Kwajalein-Atoll hierhergebracht worden, nicht wahr?«

Takamura nickte. »Und Sie? Sie sind Brite?«

»Ja.«

»Sie waren in Singapur?«

Clive schüttelte den Kopf.

»Rangoon?«

»Sansibar.«

»Warum sind Sie hier? Was ist Ihnen zugestoßen?«

»Wir sind hierhergebracht worden wie Sie, wie viele andere auch. Finnbogg, mein Dämon, wie Sie ihn genannt haben — aber er ist nur eine andere Art von Mann, von einer anderen Welt als der unseren, Leutnant Takamura ... Finnbogg also ist gleichfalls von seiner Welt hierhergebracht worden. Wir kommen aus verschiedenen Welten und aus verschiedenen Zeitaltern. Sie kommen aus dem Jahr 1943, wie Gefreiter Onishi gesagt hat.«

»Ja.«

»Ich komme aus dem Jahr 1868, Annie von 1999. Wie Sie sehen Leutnant, sind wir alle Opfer von Q'oorna, alle Gefangene des Dungeon. Welche Kriege auch auf der Erde geführt werden, es sind nicht länger mehr unsere Kriege. Wir können hier keine Feinde sein. Hier sind wir Schicksalsgefährten, Brüder.«

Der Japaner langte in eine Tasche und zog ein Tuch hervor. Er wischte sich das Gesicht. Es war eine ganz gewöhnliche Geste, aber für Clive Folliot war sie seltsam angenehm, ein Zeichen ihrer gemeinsamen Menschlichkeit, das jenseits aller Unterschiede in Rasse und Kultur, von Sprache und Zeitalter lag.

Takamura gab seinen Männern ein Zeichen, und sie brachten Stühle für Clive und Annie und auch Takamura. Finnbogg hatte es sich auf dem Boden gemütlich gemacht und saß mit geschlossenen Augen da, den Kopf gegen Annies Knie gedrückt.

»Ich muß Sie fragen«, fuhr Clive fort, »warum Ihre Männer uns angegriffen haben. Wir sind hier Fremde, Ausgestoßene. Wir haben Ihnen nichts zuleide getan.«

»Sie haben Sie für Feinde gehalten. Für Agenten von Q'oorna. Wie können wir wissen, daß Briten und Amerikaner sich nicht mit Q'oorna gegen das Reich von Japan verbündet haben?«

»Dieser Krieg der Zukunft ... Ich bete darum, daß er

niemals stattfinden möge. Vielleicht gibt es einen Weg, ihn zu verhindern. Wir sehen einer einzigartigen Möglichkeit der Geschichte ins Gesicht, nämlich einander zu begegnen, Abgeordnete von drei verschiedenen Zeitaltern, und die Vorfälle der Welt durch die Augen dieser unterschiedlichen Zeitalter zu betrachten. Aber im Augenblick, da wir uns der mißlichen Lage gegenübersehen, die wir hier im Dungeon teilen, ist es eine absolute Torheit, einander zu bekämpfen!«

»Sie haben recht. Sie haben recht, und meine Männer hatten unrecht. Als kommandierender Offizier trage ich die Verantwortung, fühle ich die Beschämung für ihre Untaten. Bitte nehmen Sie meine Entschuldigung an, Major.« Der Leutnant senkte den Kopf.

Gütiger Himmel, dachte Clive, *bin ich zu weit gegangen?* Er hatte irgendwo von der merkwürdigen japanischen Sitte des Harakiri gehört, einem rituellen Selbstmord aus Beschämung. Nicht aus Schuld, einer Auffassung, die einem Sohn Britanniens vertraut war, sondern aus Beschämung. Der Unterschied war sehr fein, wenngleich sehr real. Er wollte nicht, daß ...

»Alles in allem verständlich, Leutnant. Denken Sie nicht mehr daran. Es ist sowieso kein wirklicher Schaden entstanden.

»Und Ihre — Annie?« fragte Takamura. »Sie vergibt uns gleichfalls?«

»Mach ich.« Annie lächelte. Sie hob die Hand und rieb sich den Kopf, und ein verwirrtes Stirnrunzeln ersetzte dabei das Lächeln auf dem Gesicht.

»Dann lassen Sie uns darauf anstoßen. Ein kleines Vergnügen, das wiederherzustellen uns hier im Dungeon gelungen ist.« Takamura bellte seinen Leuten einen Befehl zu. In der Folge von Lauten gelang es Clive lediglich, das Wort *Sake* zu entziffern.

»Der kleine Strom, der durch unser Tal zieht«, fuhr Takamura fort. »Es ist uns gelungen, seinen Lauf einzudämmen und ein Reisfeld anzulegen. Als wir herkamen, hatten wir das Glück, den Reis, den wir in unseren Vorräten mitführten, ansäen und neu züchten zu können. Und wir haben gelernt, Sake herzustellen.«

Sie tranken, sie sangen, sie erzählten einander Geschichten aus dem militärischen Leben im britischen Königreich des neunzehnten Jahrhunderts und dem japanischen Reich des zwanzigsten Jahrhunderts. Clive spürte, wie ihm der Geist des Sake vom Magen in den Kopf stieg. Er war warm und gelöst, und er sah braune Hände in gelbbraunen Uniformen weiteren Sake reichen. Er trank, und der Geschmack des Sake war angenehm, und das Gefühl, das er in ihm hervorrief, war angenehm. Er spürte, wie ihm die Augenlider schwer wurden, wie ihm der Kopf schwer wurde, und als er in eine warme angenehme Bewußtlosigkeit verfiel, wurde ihm klar, daß er so gut wie tot wäre, wenn Takamura sich entschloß, ihn in der Nacht zu betrügen.

KAPITEL 24

Nakajima Typ 97

Clive erwachte mit den Überresten eines seltsamen Traums, die ihm im Gehirn herumwirbelten, und den Schlegeln von Tausenden äquatorialer Buschtrommler, die hinter der Stirn hämmerten. Er blinzelte, und Flammen versengten ihm die Augäpfel. Er schüttelte den Kopf, und eine afrikanische Boa Constrictor zog sich zusammen und zermalmte ihm den Schädel zu Mus.

Er setzte sich auf und kämpfte gegen den ärgsten Kater seines Lebens. Er hatte nie viel ums Saufen gegeben, und die Übelkeit und der Schmerz, die er verspürte, erinnerten ihn an die Weisheit dieses Vorgehens — und die Torheit, dagegen zu verstoßen.

Er blickte mit trüben Augen umher. Dort lag der massige Finnbogg, Blut und Dreck der vergangenen Nacht waren auf dem Körper eingetrocknet. Clive fragte sich flüchtig, wie die Vielfalt von Miniatursonnen dieser verkehrten Welt diese nächtliche Dunkelheit hervorbringen konnte. Das war ein Problem, über das er ein anderes Mal nachdenken wollte.

Der Zwerg schlief hörbar, und sein Schnarchen war so bemerkenswert wie alles andere an ihm. Clive langte hinüber zu Finnbogg und rüttelte ihn an der Schulter.

Finnbogg öffnete ein blutunterlaufenes Auge und winselte.

Clive war einen kurzen Augenblick lang befriedigt von dem Wissen, daß Finnboggs Spezies für die beiden menschlichen Schwächen gegenüber, die da hießen Trunkenheit und die Strafe, die ihr beim Erwachen folgte, genauso anfällig war.

Der Zwerg schloß das eine Auge und gab sich den

Anschein, als wolle er sich in der Erde vergraben, aber Clive ließ nicht locker, und schließlich setzte sich Finnbogg auf, rieb sich das Gesicht und streckte sich.

Der Seniorleutnant Yoshio Takamura war nirgendwo zu sehen.

Bei weitem alarmierender — Annie war gleichfalls verschwunden.

Hatte sie mit den männlichen Gefährten an der Sake-Orgie teilgenommen? Clive versuchte sich zu erinnern. Ja, er war sich sicher, daß sie teilgenommen hatte. Aber hatte sie aus Höflichkeit einige Schlucke von dem heißen Getränk genommen, oder hatte sie so viel zu sich genommen wie Folliot und Finnbogg, mit dem gleichen oder sogar stärkeren fürchterlichen Ergebnis?

War der Wein mit Drogen versetzt gewesen?

War die ganze Party von Takamura aus irgendeinem schwer zu ergründenden, ganz bestimmten Zweck inszeniert worden?

Draußen vor den Trümmern der Schutzhütte ertönte das freche Krachen und Geklapper der japanischen Fahrradkarre. Clive taumelte hoch, achtete nicht auf die Blitzlichter, die ihm durchs Gehirn schossen, und ging nach draußen.

Der Tag war strahlend schön, der Himmel blau. Die Sonnen schienen. Das Leben im Neuen Kwajalein-Atoll schien zu seinem normalen Lauf zurückgekehrt zu sein — so nahe an die Normalität, wie es in dieser einzigartigen Situation möglich sein konnte. Die Fahrradkarre befand sich am anderen Ende der Siedlung, und zwei uniformierte Japaner strampelten sich nach Kräften ab. Clive schattete die Augen gegen die glänzenden Sonnen ab und machte dann die Gestalt von Leutnant Takamura aus, der auf dem Rücksitz saß, und neben ihm — Annie!

Clive lief auf die Karre zu. Sie bewegte sich schneller, als ihn die weichen Beine zu tragen vermochten. Einer der beiden Pedalritter schien die Fahrtrichtung der Karre zu bestimmen. Er lenkte sie dem Strom zu, der die

Lagune im Zentrum des Atolls speiste, und das Gefährt spritzte durch das seichte Wasser, ohne dabei sonderlich an Geschwindigkeit zu verlieren.

Clive rannte hinter ihr her. Hinter sich hörte er Finnbogg jammern und klagen, und sein Atem rasselte laut in der kalten Luft.

Die Karre drehte erneut und wandte sich der glänzenden silbrigen Maschine zu, der Nakajima. Die Karre blieb stehen, und die beiden Pedaltreter halfen Leutnant Takamura und Annie beim Aussteigen.

Sie gingen zusammen zur Nakajima, und Leutnant Takamura geleitete Annie höflich auf einen der metallenen Ausleger hinauf, die von beiden Seiten der Maschine wie die Flügel von Vögeln herausragten.

Annie tat so, als hätte sie diese komischen Apparate schon zuvor gesehen. Nun, vermutlich kannte sie sie auch. Für Clive war die Nakajima neu und verwirrend, aber wenn sie für die Japaner ein Apparat des Jahres 1943 war, wäre sie etwas völlig Gewöhnliches, wenn nicht sogar etwas Antiquiertes für die Zeit, in der Annie im Jahre 1999 lebte.

Annie hob das gläserne Dach der Nakajima und kletterte in den Sitz der Maschine. Clive sah, wie sie den Baalbec A-9 unter der Bluse aktivierte. Bei dieser Geste fragte er sich, warum sie den Apparat nicht am vergangenen Tag benutzt hatte. Selbst wenn der erste Angriff der Soldaten sie unvorbereitet getroffen hatte und auch der erste Schlag, den sie erhalten, sie bewußtlos zu Boden gestreckt hatte, hätte sie das Elektrofeld benutzen können, sobald sie wieder zu sich gekommen war.

Aber das war jetzt nicht die Zeit für müßige Spekulationen. Er rief und winkte Annie zu, aber sie befand sich zu weit von ihm entfernt, um ihn zu hören, und ihre Stellung in der Nakajima verhinderte es, daß sie seine wilden Gesten sah.

Ein Wimmern stieg von der Maschine auf, dem ein hustender Laut folgte, ein Knurren (als wäre die Nakajima etwas Lebendiges), und schließlich ein gleichmäßiges pochendes Summen. Die silberne Schraube vorn an der Nakajima schimmerte im Sonnenlicht, als sie sich zu drehen anfing.

Die Maschine funktionierte — aber wie konnte das sein? Onishi und Takamura hatten beide gesagt, daß die Japaner schon seit langem keine Munition mehr für die Waffen und keinen Brennstoff für die Maschine besäßen.

Irgendwie mußte die Nakajima ihre Energie von Annies Baalbec A-9 erhalten. Clive wußte, daß der Baalbec Energie aus Annies Körper abzog — was mußte das für eine Anstrengung sein, welch eine Verschwendung ihrer physischen Reserven, diese glänzende Maschine mit Energie zu versorgen!

Das Leben kehrte in Clives Beine zurück — und offenbar genauso erging es Finnbogg. Sie rannten zum Flußufer und durchwateten den Fluß dort, wo die pedalgetriebene Karre ihn durchquert hatte. Das Wasser war kühl und erfrischend. Clive und Finnbogg fielen in der Eile mehr als einmal hin, aber sie rappelten sich immer wieder auf und liefen weiter.

Sie verließen den Fluß an einer weiter entfernten Stelle und liefen auf die Nakajima zu. Jetzt kamen Finnboggs mächtige Muskeln zur Geltung, und er war Clive innerhalb kürzester Zeit weit voraus.

Die Nakajima rollte auf drei Rädern voran, wie das rollende Spielzeug eines Kindes. Finnbogg lief an der pedalbetriebenen Karre, an zwei Soldaten sowie an Leutnant Takamura vorüber. Er kam sehr nahe an die sich langsam bewegende Nakajima heran, aber die Maschine beschleunigte gerade, als Finnbogg nach dem erstbesten herausragenden Teil greifen wollte. Die mächtige Hand, die noch immer vor Nässe triefte, rutschte von der polierten silbrigen Hülle ab und fiel hart zu Boden.

Ganz kurz bekam Clive Annie zu Gesicht, deren Haar

von dem Wind zersaust wurde, den die Vorwärtsbewegung der Nakajima hervorrief. Die Sonne glänzte auf der flatternden Mähne sowie auf dem Glas des geöffneten Verdecks und auf der polierten Oberfläche und der silbrigen Schraube, die die Nakajima vorwärtstrieb.

Dann erhob sich die Maschine von der Erde, wie ein eleganter Seevogel sich von einem Weiher erhebt. Sie hob sich in die Luft und schrumpfte, während sie sich von Clive entfernte, und verschwand in einer leichten Kurve über den nahegelegenen Hügeln. Jetzt trug ihr Kurs die Maschine zurück zur Lagune, bis sie erneut wuchs und die Sonne auf der metallenen Hülle glitzerte.

War das wirklich Annie, die Clive in der offenen Kabine der Nakajima sah? War sie ihm so nahe, daß er in der Lage war, sie winken, sie lächeln zu sehen? Winkte und lächelte sie ihm oder Finnbogg zu — oder ihren Wächtern?

Die Nakajima schrumpfte erneut zusammen, stieg auf und glänzte dabei in der strahlenden Sonne, während sie sich über die Hügelkette erhob, die das Neue Kwajalein-Atoll umgab. Bald war sie nur noch ein Fleck am Himmel, der einmal und noch einmal blinkte, und dann war sie verschwunden.

Clive stand wie betäubt da. Finnboggs Grollen brachte ihm seine Umgebung wieder zu Bewußtsein.

Er ging schnurstracks zu Leutnant Takamura. Die Uniform des Japaners, obgleich geflickt und dünn, war makellos sauber und wurde korrekt und stolz getragen. Die Scheide des Militärsäbels hing von Takamuras Gürtel herab, und aus ihr schaute der Knauf seines Offiziersschwerts heraus.

»Major Folliot«, schnappte Takamura. Er hob die Hand zu einem kurzen Gruß.

»Leutnant.« Clive spürte Gewissensbisse, während er den Gruß erwiderte; er hatte, seitdem er die Horse Guards in England verlassen und seine Reise begonnen hatte, sich mehr als ein Zivilist, als Forscher und Journalist gefühlt. Irgendwie war's ihm soeben gelungen, einen Rest militärischer Etikette zusammen zu bekommen.

»Die Heilige ist von uns gegangen«, sagte Takamura.

»Fräulein Annie. Ein gewöhnliches Mädchen, Leutnant.«

»Gewöhnlich?« Die Stimme des Japaners klang wehmütig.

Clive gestattete sich ein knappes Lächeln. »Dann eben außergewöhnlich. Aber immer noch eine Sterbliche, ein Mensch.«

»Sie ist verschwunden«, sagte Takamura. »Leutnant Yamura wird mich überwältigen.« Er zog das Schwert hervor. Es glitzerte in dem Licht der vielfachen Sonnen. Er hob es Clive zu einem Gruß entgegen; dann der verschwundenen Luftmaschine zu einem weiteren Salut. Er kniete nieder, drehte das Schwert um, hielt die Spitze ans Brustbein und stieß es sich tief ins Herz.

Während sich Takamura mit der militärischen Korrektheit bewegt und gesprochen hatte, während er den sofortigen und disziplinierten Gehorsam seiner Untergebenen erlangt hatte, handelte Yamura mit der selbstsicheren Arroganz orientalischer Potentaten, die Clive während seines Aufenthalts in Madagaskar und Sansibar erlebt hatte. Das Ergebnis war eine kriecherische Unterwürfigkeit, die Clive äußerst beunruhigend fand.

Selbst während seines doch nur kurzen Aufenthaltes im Neu-Kwajalein hatte Clive sich genötigt gesehen, Takamura einen hohen Respekt entgegenzubringen — den Eigenschaften des Mannes, seinem Sinn für Pflicht und Ehre. Er war ein Offizier, mit dem Clive gern gedient hätte, wären die Umstände anders gewesen. Und die Soldaten des sechzehnten Regiment der Luftlandetruppen der Marine anzuführen, wäre ein Privileg gewesen.

Aber mit Yamura verhielt sich's ganz anders. Die

selbstverständliche Überlegenheit, die Forderung nach Gehorsam für die Person und nicht für Krone und Reich, der Mißbrauch von Privilegien und das Vorrecht des Befehlens — Clive hatte so etwas schon zuvor erlebt, und er wußte, wohin es führte: zu Vorbehalten, Heimtücke, Drücken vorm Dienst, zum Voranstellen des Ichs vor der Gemeinschaft. Mit einem Wort, zu Tyrannei — und unausweichlichen Fall des Tyrannen.

Die Sonnen tanzten über dem Neuen Kwajalein-Atoll.

Juniorleutnant Osamu Yamura saß hinter einem Schreibtisch und starrte die beiden Fremdlinge an, den Westler und den gedrungenen Zwerg, die vor ihm standen und zurückstarrten. Die Abneigung war offensichtlich, unmittelbar, unausgesprochen und gegenseitig.

»Was soll ich jetzt mit euch beiden anfangen?« fragte Yamura. Die Ellbogen auf den Tisch gepflanzt, streckte er die fleischigen Hände vor den Schultern aus, Handflächen nach oben, wie bei einem verzweifelten Gebet.

Die Frage war wohl rein rhetorisch gemeint, aber Clive Folliot antwortete trotzdem. »Das ist offensichtlich, Leutnant. Wir sind in der gleichen mißlichen Lage. Im günstigsten Falle Ausgestoßene, im schlimmsten Fall Opfer eines Komplotts, das so heimtückisch und undurchsichtig ist, daß wir über seine Natur allenfalls spekulieren können, und unsere einzige Hoffnung besteht darin, gemeinsam vorzugehen.«

»Wo ist die Heilige?« Yamura warf den Kopf nach oben, deutete vage in den Himmel, in dem Annie mit der Nakajima verschwunden war.

»Mir fällt es schwer, Ihre Terminologie zu akzeptieren. Wie ich kürzlich zu Leutnant Takamura gesagt habe ...«

»Mein Vorgänger ist tot«, schnitt ihm Yamura das Wort ab. »Jetzt bin ich Kommandierender. Ich bin hier im Dienst. Vergessen Sie das nicht, Brite, und zitieren Sie mir keine Gespräche zwischen Ihnen und dem toten

Mann.« Er strich sich mit einer fleischigen Hand den salz- und pfefferfarbenen Bart. »Ein Wechsel in der Führung dieser Einheit war längst überfällig. Mein Vorgänger hat uns allen damit einen Gefallen getan, von der Bildfläche zu verschwinden.«

»Ich teile Ihre offensichtlich geringe Meinung von Leutnant Takamura nicht, Leutnant Yamura. Aber so oder so — was geschehen ist, so bedauerlich es auch sein mag, es kann nicht rückgängig gemacht werden. Ich wiederhole es, wir sind beide Opfer von Kräften, die wir nicht verstehen, die uns aber offensichtlich nicht wohlwollen. Unsere Erlösung, wenn denn eine solche möglich ist, kann nur in einer Allianz zwischen uns liegen.«

»Sie scheinen sich als mir gleichgestellt zu betrachten, Folliot.«

»Major Folliot, wenn ich bitten darf, Leutnant. Und da mein Rang klar über dem Ihren liegt, werde ich nicht auf einer übertriebenen Ehrerweisung Ihrerseits bestehen. Tatsächlich, um die Wahrheit zu sagen, will ich gestehen, daß ich einer völligen Gleichheit nicht abgeneigt bin.«

Yamura schlug schwer mit der Faust auf den Schreibtisch. »Sie verstehen mich falsch, Brite. Sie sind mein Gefangener. Sie und Ihr Sklave.«

»Finnbogg ist nicht mein Sklave, Sir.«

»Dann Ihr Hund.«

»Er ist auch kein Hund, Finnbogg ist ein Mann.«

»Genug!« Der Japaner schlug erneut auf den Schreibtisch. »Ich werde keinen weiteren Widerspruch Ihrerseits dulden! Von keinem von euch beiden! Wie der Dummkopf Takamura! Dieser Dummkopf! Takamura hatte kein Recht zu befehlen. Ich hätte ihn schon längst beseitigen sollen.«

Das Gesicht des Leutnants war rot geworden, Speichel erschien in den Mundwinkeln.

Ein Sergeant und zwei Gefreite standen in der Nähe.

Der Sergeant — Clive erkannte ihn als Chuichi Fushida wieder, den Kommandanten der Gruppe, die Annie gefangengenommen hatte — gab einem der Gefreiten ein Zeichen, und letzterer lief mit einem Tuch zu Leutnant Yamura und wischte ihm den Mundwinkel. Der Leutnant stieß den Soldaten mit einem fleischigen Arm zurück.

Yamura beugte sich vor und drückte dabei die Stirn gegen die Handflächen. Er atmete laut und schaufend.

»Geht es Ihnen gut, Leutnant?« Clive wandte sich an Fushida. »Ist Ihr Offizier krank, Sergeant? Er scheint es zu sein — im übertragenen Sinn. Und nun dieses Benehmen. Er scheint sich am Rande eines Schlaganfalls zu befinden. Haben Sie einen Sanitätsoffizier in Ihrer Einheit?«

Der Sergeant schnarrte: »Gefangener, schweigen Sie!« Aber während er das sagte, zeigten die Augen eine andere Botschaft. Er war beunruhigt, und sein Gesichtsausdruck deutete an, daß er verzweifelt einen Weg aus dem Dilemma suchte, das der Tod von Takamura und der Auftritt von Yamura geschaffen hatte.

Yamura hatte zu beinahe normaler Verfassung zurückgefunden. Er senkte die Hände, hob das Gesicht und funkelte Clive Folliot und Finnbogg an. »Die Heilige war eine Frau des Okzidents. Sie war in Ihrer Begleitung, als meine Leute sie mit sich nahmen, und Sie waren es, die sie vergangene Nacht befreit haben.«

»Ja«, gab Clive zu, »alles das ist wahr.«

»Wo ist sie?«

War diese Frage eine Falle? War Leutnant Yamura unerschüttlich davon überzeugt, daß Clive und Annie in Verbindung miteinander standen oder daß Clive zumindest Annies Ziel kannte, bevor sie in der glänzenden Nakajima davonflog?

»Wenn Sie weiterhin darauf bestehen, daß Miß Annie eine Heilige ist, werde ich mich nicht länger mit Ihnen darüber streiten«, sagte Clive. »Vielleicht ist sie's in irgendeiner Weise — weil sie von einer englischen Unschuld besessen zu sein scheint, obgleich sie in einer Welt aufgewachsen ist, die perverser ist als die Ihre oder die meine. Abe ich versichere Ihnen noch immer, daß ich nicht weiß, wohin sie verschwunden ist. Diese Maschine — Sie nennen sie eine Nakajima, nicht wahr?«

»Typ neunundsiebzig, ja.«

»Eine fliegende Maschine.«

»Ein Flugzeug.«

»Wie Sie meinen. Ich muß Ihnen sagen, daß solche Dinge in meiner Welt nur in den Gedanken von Visionären und Verrückten existieren. Wenn Sie in der Ihren und in Fräulein Annies Welt alltägliche Objekte sind, befinden Sie sich dem Jahr 1868 weit voraus — ganz klar. Aber ich weiß nicht, wie ein Flugzeug funktioniert, noch habe ich die leiseste Ahnung, wohin Fräulein Annie damit gereist sein könnte. Als Vorschlag — und nichts weiter — möchte ich annehmen, daß sie in das Tal zurückgekehrt ist, aus dem sie Ihre Soldaten entführt haben. Scheint das nicht eine begründete Annahme zu sein, Leutnant Yamura?«

»Sehr schön. Sie werden uns dorthinführen!«

Der fleischige Offizier dachte schier endlos lange darüber nach. Schließlich sagte er: »Sergeant Nomura wird gehen. Er ist unser Pilot. Die Nakajima untersteht seiner Verantwortung. Wenn sie verloren ist, wird er dafür bezahlen. Er wird nach Neu-Kwajalein zurückkehren, wenn alles aufgedeckt ist. Er wird die Heilige mitbringen.« Yamura nickte sich zwei-, drei-, viermal in Übereinstimmung mit sich selbst zu. »Nomura und Fushida, Sergeant Fushida, mit einigen Männern. Ja. Das wird genug sein. Und Sie, Major, und Ihr Hund als Führer.«

Clive hatte darauf gehofft, sich seinen Weg aus Neu-Kwajalein herausargumentieren zu können. In gewisser Weise hatte er Erfolg gehabt. Aber er und Finnbogg schienen sich erneut auf den Status von Gefangenen zurückentwickelt zu haben. Dennoch schien es noch immer leichter sein, einer kleinen Abteilung von japanischen Soldaten zu entkommen als dem gesamten sechzehnten Regiment.

»Sehr schön, Leutnant. Finnbogg und ich werden Ihre Männer begleiten.«

Yamura rief dem Sergeanten, der neben ihm stand, etwas zu. Er stieß einige Anweisungen auf japanisch hervor. Clive Folliot und Finnbogg warteten, bis die Tirade beendet war. Dann stand Yamura abrupt auf und warf dabei den Tisch um.

Bevor er zu Boden fallen konnte, fingen ihn die beiden Gefreiten auf und setzten ihn auf die Beine zurück. Unterdessen war der Sergeant bleich geworden. Er sog die Luft zwischen den Zähnen ein, verbeugte sich vor dem Leutnant und stand dann steif in Habachtstellung da.

Yamura verschwand in seiner Schutzhütte.

Der Sergeant rief den beiden Gefreiten einen Befehl zu, und sie spritzten in verschiedene Richtungen davon. Sobald die Gefreiten verschwunden waren, wandte sich der Sergeant wieder an Clive. Er salutierte. »Sergeant Chuichi Fushida, Soldat des Reichs, zu Ihren Diensten, Sir.«

Clive erwiderte den Gruß. »Ich kenne Sie, Sergeant. Mein Gedächtnis ist nicht so schlecht.«

»Jawohl, Sir.«

»Major Folliot, ich muß mich für die Handlung meines Mannes entschuldigen.«

»Welche Handlung?«

»Mein Mann, der die Heilige mit seinem Karabiner niedergeschlagen hat.«

»Armselige Entscheidung. Nicht ganz die richtige, darin stimme ich zu. Nun, wenn ich für Fräulein Annie sprechen darf, so scheint sie unverletzt zu sein. Ich würde sagen, daß sie die Entschuldigung annehmen würde.«

»Ich bin äußerst dankbar, Sir.«

»Sie werden mit uns zurückgehen, hm?«

»Ich habe meine Leute nach Sergeant Nomura geschickt, unserem Piloten.«

»Verstehe schon. Da kommen sie.« Er wandte sich um. »Nun aber los, Finnbogg. Du bist verdammt ruhig gewesen, alter Knabe. Hast nicht über weitere verheerende Taten nachgedacht, hm?«

Finnbogg schniefte. »Will Annie.«

»Glaube ich gern. Nehme an, das wollen wir alle, hm? Du, diese Nihonjin scheinen nicht ganz so schlecht zu sein, wie sie aussehen. Gehen wir los.«

Aus welchen Gründen auch immer schickte Leutnant Yamura die Gesellschaft zu Fuß aus. Heute gab's keine pedalgetriebene Karre, was bedeutete, daß die Expedition, die Clives vorheriges Lager in einer Stunde oder weniger hätte erreichen können, einen ganzen Tag damit verbrachte, über die Hügel zu ziehen.

Zunächst wechselten die beiden Sergeanten als Kommandanten ab, während die beiden Gefreiten stoisch weitermarschierten. Clive und Finnbogg bestanden darauf, für sich zu marschieren. Als sie aufbrachen, war Finnbogg grimmig, aber ruhig. Je länger der Weg dauerte, desto erregter wurde er, und er lief davon und kehrte zur Gruppe zurück. Die Japaner trugen ihre munitionslosen Karabiner mit aufgesetztem Bajonett. Wann immer sich Finnbogg von der Gesellschaft entfernte, wurden Sergeant Fushida oder Sergeant Nomura nervös. Aber Clive blieb stets in der Nähe, und Finnbogg kehrte jedesmal zurück.

Das Gemüt des Zwergs erholte sich so, daß er zu singen begann, diesesmal Strophe um Strophe von ›The Old Rugged Cross‹.

Schließlich umrundeten sie den vertrauten Hügel, der sie zu Clives Lager brachte. Die Dämmerung war angebrochen. Die vielfachen Sonnen waren nicht untergegangen — das war ihnen in dieser merkwürdigen Innenwelt nicht möglich —, aber sie schienen abwechselnd zu verdämmern und leuchtender zu werden, wobei sie das Äquivalent von Tag und Nacht hervorriefen. Der Sturm der vergangenen Nacht wiederholte sich nicht; es gab wenige Wolken, und der Abend war alles in allem recht angenehm.

Finnbogg raste freudig springend voraus.

Nach wenigen Minuten kehrte er zurück, mit hängendem Kopf und Schultern.

»Was ist los?« fragte Clive.

Finnbogg nahm ihn bei der Hand und zerrte ihn voran.

Es war zweifelsohne die richtige Stelle. Die Merkmale waren die gleichen wie die, die sie vor kaum mehr als vierundzwanzig Stunden zuvor verlassen hatten. Reifenabdrücke auf der Erde, wo die pedalbetriebene Karre gewendet hatte.

Aber es gab keine Spur der Nakajima Modell 97.

Es gab keine Spur von Annie.

Es gab keine Spur von Horace Hamilton Smythe oder seinem Gefangenen, dem Gefreiten Shigeru Onishi.

Es gab lediglich aufgewühlte Erde dort, wo offenbar vor nicht allzulanger Zeit ein Kampf stattgefunden hatte, und mittendrin einen dunkleren Fleck.

Clive Folliot ließ sich neben dem Fleck nieder, rieb mit dem Finger darüber und prüfte das Ergebnis. Die dunkle Masse war rot und klebrig. Es handelte sich fraglos um Blut, und es war vor so kurzer Zeit vergossen worden, daß es weder völlig getrocknet noch völlig von der Erde aufgesogen worden war.

Hinter Clive begann Sergeant Fushida zu lachen.

KAPITEL 25

Wie ein Märchen der Gebrüder Grimm

»Ein Dummkopf! Leutnant Yamura ist ein großer Dummkopf!«

Clive wandte den Kopf. Während er noch immer neben dem halbgetrockneten Blutfleck hockte, sah er zu dem Marinesergeanten hinauf. Sergeant Fushida stand über Clive gebeugt, ein Zeremonienschwert in den Händen. Die beiden Gefreiten standen in starrer Aufmerksamkeit hinter ihm, Karabiner bereit, Bajonette aufgepflanzt. Ein Augenblick eingefrorener Wachsamkeit. Clive sah, wie Finnbogg hinter den beiden Gefreiten die Muskeln des mächtigen Rumpfs zum Angriff spannte.

Clive rief: »Nein, Finnbogg!«

Der Zwerg zog sich mit einem überraschten Ausdruck auf dem Gesicht zurück.

Hinter ihm suchte Sergeant Nomura, der Pilot, das Gelände ab, vielleicht nach den Reifenspuren, die seine Nakajima, Modell 97, hinterlassen hätte. Es gab Spuren, gut, aber Clive entdeckte keine, die nicht von der pedalgetriebenen Karre herstammten. Vorausgesetzt, man konnte die Spuren der Karre von denen der fliegenden Maschine unterscheiden.

»Was meinen Sie?« fragte Clive. Er hatte ein Risiko auf sich genommen, als er Finnbogg im letzten Augenblick vor einem Angriff auf die Japaner abgehalten hatte. Doch sie hatten sich bis zu diesem Augenblick einem Gespräch zugänglich erwiesen. Ein Angriff Finnboggs hätte einen sofortigen — und tödlichen — Streich von Sergeant Fushidas glänzendem Schwert auf Clives Nakken zur Folge gehabt. Reden war besser.

»Sie sagen, Leutnant Yamura sei ein großer Dummkopf. Was meinen Sie damit?« wiederholte Clive.

»Ich meine, daß er kein guter Anführer ist. Er besitzt keinen Respekt für die Männer. Keinen Respekt für das Reich. Er ist bloß mit sich selbst beschäftigt. Leutnant Takamura war ein guter Offizier. Leutnant Yamura ist ein schlechter Offizier.«

»Da stimme ich zu.« Clive erhob sich langsam. Er wollte den Sergeanten nicht beunruhigen, solange dieser ein Schwert hielt und Clive bloß die Klaue am Hosenbund trug — nach den Geschehnissen der vergangenen zwei Tage war sie wunderbarerweise noch immer am Hosenbund befestigt.

Sergeant Fushida grunzte — eine sonderbare Angewohnheit der Japaner, die Clive sowohl ärgerlich als auch verwirrend fand. Der Laut konnte beinahe alles bedeuten, und eine falsche Deutung des Geräuschs mochte eine Katastrophe heraufbeschwören.

»Was schlagen Sie vor?« fragte Clive. »Es gibt hier kein Anzeichen Ihrer Nakajima-Maschine. Ich schätze, daß Ihr Kollege Sergeant Nomura etwas dazu zu sagen haben wird. Aber die Heilige, wie Sie sie nennen, ist mit Sicherheit nicht hier. Und mein Kollege, Sergeant Smythe und sein Gefangener, sind gleichfalls verschwunden und haben *das hier* als verwirrenden Fingerzeig hinterlassen.«

Fushida steckte das Schwert in die Scheide zurück, entlockte damit Clive Folliot einen Seufzer der Erleichterung und hockte sich neben den Engländer. Er sah sich das stockende Blut auf dem Boden genau an. »Hu! Das werden wir vielleicht niemals erfahren«, sagte er laut. Dann, mit unterdrückter Stimme: »Ich sollte meinen Männern befehlen, Sie zu töten.«

Folliot starrte den Mann mit offenem Mund an.

»Ja.« Fushida nickte. »Yamura ließ mir die einzige Möglichkeit, es selbst zu tun. Darum habe ich das Schwert gezogen.«

In Clives Gehirn raste es. Das war wie ein Märchen, irgendein Märchen von den Gebrüdern Grimm, das er fünfundzwanzig Jahre lang nicht mehr gehört hatte. ›Schneewittchen und die sieben Zwerge‹, das war's. Finnbogg hatte die Geschichte vielleicht von Neville gehört; den Brüdern hatte sie das Kindermädchen erzählt. Die böse Stiefmutter, die dem Holzhacker befiehlt, die Kinder in den Wald zu führen und zu töten ... Der Holzhacker, der zu gutherzig war, um die Tat zu begehen ...

»Werden Sie's tun?« fragte Clive.

»Ich kann's nicht!« Fushida schüttelte den Kopf, Zorn und Ärger waren ihm ins Gesicht geschrieben. »Ich bin Soldat! Ich werde für den Herrscher töten. Ich werde in der Schlacht töten. Aber ich werde keinen kaltblütigen Mord begehen.«

»Freue mich, das zu hören, Sergeant, glauben Sie mir!« Clive richtete sich auf.

Sergeant Fushida tat desgleichen.

Sie standen Seite an Seite.

»Aber was jetzt?« fragte Clive erneut.

Statt diese Frage zu beantworten, rief Fushida seinem Gefährten, dem Sergeanten, etwas zu.

Nomura trat zu Fushida und Clive Folliot. »Nein«, grummelte er, »die Heilige war nicht hier. Meine Nakajima war nicht hier. Nein, ich hätte ihre Spuren im Boden erkannt«

»Dann wo?« fragte Fushida. Er sprach teils im Dialekt von Q'oorna, teils japanisch.

Nomura hob die Schultern und deutete zum Himmel. »Sie wissen genausoviel wie ich von dieser fremden Welt.«

»Tu' ich nicht«, widersprach Fushida. »Ich bin niemals mit der Nakajima Modell siebenundneunzig geflogen. Ich bin zwischen den heimischen Inseln in Kawanishis hin und her geflogen und um nach Kwajalein überzusetzen. Aber niemals in der Nakajima und niemals auf dieser Welt.«

Nomura nickte. »Sie haben recht, Chuichi. Ich muß sagen, ich habe sehr wenig von dieser Welt gesehen. Nur dieser eine Flug, der Flug zum Schloß, als wir die Krone errangen. Aber dies ist eine fremdartige Welt. Eine verkehrte Welt. Statt auf der Oberfläche einer festen Kugel befinden wir uns im Innern einer hohlen Kugel.«

»Das ist jedem bekannt!«

»Ja? Major Folliot?« Nomura wandte sich an Clive.

»Soviel haben wir auch vermutet, Sergeant.«

»Sehr schön. Sie können sich überall aufhalten. Ich weiß nicht, wie es der Heiligen gelungen ist, die Nakajima zum Fliegen zu bringen. Wir besitzen keinen Brennstoff. Ich habe sogar damit experimentiert, Sake zu destillieren, um reinen Alkohol zu gewinnen und ihn als Treibstoff zu benutzen, aber ohne Erfolg.«

Fushida gestattete sich ein kleines Lachen.

Aus dem Gebiet gegenüber dem Neuen Kwajalein-Atoll erhob sich ein schrecklicher kreischender Laut. Die japanischen Soldaten, Finnbogg und Clive erstarrten und wandten sich dann um, um zu sehen, woher das Kreischen kam, das mit jedem Augenblick lauter wurde.

Zu Clives größter Zufriedenheit kam das Kreischen von Shriek. Die große Arachnida hatte einen Hügel umrundet und eilte auf vier Füßen voran, wobei sie sich mit erstaunlicher Geschwindigkeit bewegte und dabei in den höchsten Tönen kreischte.

Sie hielt in einiger Entfernung vor Clive und den übrigen inne. Clive sah zwei menschliche Gestalten in zwei der überraschend dünnen, überraschend starken Armen. Die Kieferknochen mahlten, die acht Augen blitzten.

Die beiden Soldaten zitterten und bebten beim Anblick der Arachnida und bei dem Kreischen, das das Blut gerinnen ließ. Die Sergeanten machten's besser. Jeder von ihnen zog das Schwert. Sie standen unerschütterlich da und ließen die Augen zwischen Shriek und Clive hin- und herwandern. Sie schienen zu erkennen, daß das achtgliedrige Wesen mit Folliot verbündet war, obwohl sie nicht die leiseste Ahnung von den Zusammenhängen hatten.

Clive bewegte sich auf Shriek zu.

Sie zog mit den beiden freien Händen stachelähnliche Haare aus dem aufgeblähten Unterleib. Dann nahm sie die Hände zurück und bewegte sie kurz, einmal und noch einmal.

Clive hatte vielleicht ein Viertel des Wegs zu ihr zurückgelegt; aus dem Augenwinkel sah er, wie sich Finnbogg parallel zu ihm bewegte. Folliot blieb stehen und wandte den Kopf, um den Flug der Stacheln zu verfolgen, als sie ihm an den Ohren vorübergeschwirrt waren.

Sie trafen die vier Japaner — Fushida, Nomura und die beiden Gefreiten. Die vier Soldaten brachen in ein gemeinschaftliches Geheul aus, nicht aus Wut oder Schmerz, sondern in reiner nackter Furcht. Clive wußte jetzt, was Shriek getan hatte. Ihr Körper hatte eine Chemikale abgesondert, die diese Reaktion bei den japanischen Soldaten hervorrief, und sie hatte ihre fliegenden Stacheln dazu benutzt, sie den Soldaten zu injizieren, als wäre sie ein Chirurg, der seinem Patienten eine Spritze subkutan setzt, oder eine Viper, die ihrem Opfer Gift einspritzt.

Ohne weiteres Wort, ohne irgendwie innezuhalten, wandten sich die Soldaten augenblicklich um und rannten kreischend zurück zu der Hügelkette, die das Tal vom Neuen Kwajalein-Atoll trennte.

Clive ging weiter. Als er Shriek erreichte, setzte diese ihre doppelte Last zu Boden, Sergeant Smythe und seinen ehemaligen Gefangenen.

Smythe erhob sich unsicher, stützte sich dabei mit einer Hand auf Clives Schulter ab.

Der Marinegefreite lag auf dem Rücken und starrte blicklos die vielfarbigen Sonnen an. Er stieß ein gelegentliches Wimmern aus und bewegte Hände und Füße ziellos hin und her. Der Leib war angeschwollen und das Gesicht ausdruckslos.

»Smythe«, sagte Clive, »was fehlt ihm?«

»Lassen Sie uns von hier weggehen, Sör. Ich will — ich *kann* diesen Mann nicht mehr sehen. Er hat mich angegriffen, er hat mich fast getötet, Sör. Ich war seiner Gnade ausgeliefert, und er war bereit, mich auf eine besonders scheußliche Weise um die Ecke zu bringen, aber ich kann nicht bei ihm bleiben.«

»Aber — was ist geschehen?«

»Es war Shriek, Sör.« Sergeant Smythe deutete auf die Arachnida. »Sie kam im sprichwörtlich letzten Augenblick, Sör, und sie hat mich gerettet. Ja, das hat sie getan. Aber dann, Sör ... Ich glaube, sie hat ihre Eier in den Körper des Mannes gelegt. Ich weiß nicht, wie lang's dauern wird, bis sie ausgebrütet sind, aber ich möchte nicht hier sein, wenn es soweit ist, Sör.«

Clive fiel die Kinnlade herab. Er sah die Gestalt an, die auf der Erde lag und ihrerseits blicklos die vielfachen Sonnen anstarrte. Er konnte nicht hinsehen und wandte die Augen ab. Aber er konnte nicht *nicht* hinsehen und mußte die Augen wieder ihm zuwenden.

Wespen tun das, dachte Clive. *Legen die Eier in ihre Opfer, und wenn die Eier ausgebrütet sind, benutzen die Jungen ihren Wirt als Nahrung.* Es war fürchterlich. Eine Anpassung der Natur — wirkungsvoll, nützlich und gnadenlos. Aber er wußte nicht, daß so etwas auch Spinnen taten. Und dann erinnerte er sich daran, daß Shriek ein Wesen von einer fremden Welt war. Sie war einer Spinne *ähnlich,* aber sie war keine Spinne.

Welche anderen Schrecken würde er noch im Dungeon erfahren müssen? »Ich werde einen Stein nehmen und ihm den Schädel einschlagen, Smythe. Oder ihm mit einer Klaue die Schlagader durchtrennen. Beides wäre eine größere Gnade als — als ... Er mag ein Feind gewesen sein, aber er ist noch immer ein Mensch, Smythe! Töte ihn. In Gottes Namen, Smythe, als ein Akt der Gnade, laß ihn uns töten.«

»Wenn wir das tun, Sör ... Ich glaube, sie hat noch

weitere Eier, Sör. Der Mann tut mir genauso leid wie Ihnen, Sör, glaube ich. Aber ich möchte nicht an seine Stelle treten, Sör. Sie etwa?«

»Was dann, Smythe? Was können wir tun? Was schlägst du vor?«

»Fräulein Annie ist verschwunden, Sör?«

Clive nickte.

»Die Japaner sind dorthin gegangen«, zeigte Smythe. »So schlage ich vor, daß wir uns in jene Richtung wenden.« Er deutete mit dem Daumen über die Schulter und zeigte dabei in eine dem Neuen Kwajalein-Atoll entgegengesetzte Richtung. »Es gibt zwei Wege aus diesem Tal hinaus. Lassen Sie uns herausfinden, wohin der andere führt.«

Clive sah Shriek an. Sie putzte sich die Stacheln und blickte dabei stolz den aufgeblähten Leib des hilflosen japanischen Soldaten an. Mit einer Hand griff sie nach dem aufgeblähten Leib des Soldaten. Sie zog das Khakihemd beiseite. Das Fleisch darunter war geschwollen. Ein roter Kreis kennzeichnete die Stelle, an der die Eier hineingelegt worden waren. Shriek legte die Wange gegen den Leib des Mannes und lächelte heiter. Sie gab dabei den einzigen Laut von sich, den Clive bislang außer dem gräßlichen Kreischen von ihr vernommen hatte: ein warmes mütterliches Summen. Es hatte den Tonfall des liebevollen Wiegenlieds einer Mutter.

Clive wandte sich ab, und der Magen hob sich ihm. Als er sich wieder erholt hatte, stand er zitternd da, die Hände kalt und das Gesicht klamm.

Shriek schien Folliot, Smythe oder Finnbogg keine Aufmerksamkeit zu schenken. Clive sah den Zwerg an. Wieviel von dem Vorgefallenen verstand Finnbogg? Was wünschte er sich jetzt?

Clive riß sich zusammen. »Sehr schön, Sergeant«, brachte er heraus. »Wollen wir sehen, was in dieser Richtung liegt.«

KAPITEL 26

Der Himmel im Dungeon

Es erfolgte kein Widerspruch.

Sie zogen am Fuß der Hügelkette entlang. Als sie zum erstenmal in dieser fremden, verkehrten Welt innerhalb des Dungeon herausgekommen waren, hatten sie in der Ferne Anzeichen von Siedlungen gesehen. Siedlungen, ja, das war eine bessere Aussicht als das behelfsmäßige japanische Militärlager im Neuen Kwajalein-Atoll.

Nach Tagen eines ermüdeten Fußmarsches, der lediglich von Finnboggs geistvollem Gesang erhellt wurde, stießen sie auf einen von Wagenrädern zerfressenen Weg. Ein einfaches Paar paralleler schmutziger Spuren im Boden, aber die erfüllten das Herz mit neuer Hoffnung und Erwartung. Sie folgten ihnen und gelangten zu einer noch hoffnungsvolleren Aussicht: einem Ausblick auf eine entfernt liegende Ansammlung von Gebäuden, auf ein fernes Gewirr von Kaminen, ein fernes Kräuseln von Rauch.

Am Ortsrand rief Horace Hamilton Smythe: »Mein Gott, Major, das könnte meine alte Heimat sein! Mein Gott, wie hat dieses Fleckchen Erde bloß seinen Weg in das Dungeon gefunden?« Es war in der Tat wie im ländlichen England. Clive fragte sich, wie es für Finnbogg aussehen würde — und für Shriek. Was ihm und Smythe gemütlich und heimelig erschien, mochte für die anderen bedrohlich und fremdartig sein. Oder — der Gedanke traf Clive wie ein Schlag auf den Solarplexus — die Umgebung mochte für die anderen völlig anders aussehen.

Erblickte Finnbogg sein Zuhause, ein Paradies aus

Geruch und Geschmack, die ihm das hündische Herz höher schlagen ließ?

Erblickte Shriek irgendeine schreckenerregende Welt von Netzen und Nestern, Eiern und Larven und fetten saftigen Opfern, aus denen ihre Spezies das Lebensnotwendige heraussaugen konnte, um sich selbst zu erhalten?

Ihn schauderte, und er bückte sich, um einen Stein aufzuheben, der neben dem Pfad lag. Er befühlte ihn, drückte ihn gegen die Wange, ließ ihn wieder fallen und stieß ihn weg. Selbst durch die Wanderschuhe spürte er den Schmerz im Fuß. »So habe ich Bischof Berkeley* widerlegt«, murmelte er.

In dieser erkenntnistheoretischen Übung lag eine kleine Befriedigung.

Und er fragte sich melancholisch, ob Annie, wenn sie noch bei ihnen gewesen wäre, eine fremde futuristische Welt mit blitzendem Glas und metallenen Maschinen erblickt hätte.

Sie erreichten den Ort bei Einbruch der Dunkelheit. Clive sah hinauf zu den trüben Sternen und überlegte, nicht zum ersten- und auch nicht zum letztenmal, wie diese fremdartige Welt wohl entstanden war. Hätte Gott, selbst in Seiner unendlichen Macht und Schöpferkraft, einen solchen Ort erschaffen? Oder war das Dungeon das Werk irgendeiner großen und wunderbaren — und möglicherweise böswilligen! — Rasse?

Sie wurden von einem Sprecher der Stadt begrüßt. Clive erschienen Anführer und Bewohner des Ortes völlig menschlich. Erneut fragte er sich, wie sie seinen Gefährten erschienen, wie ihnen der Ort selbst erschien. Er traute sich nicht, die Frage auch nur vorsichtig auszusprechen.

Der Anführer war ein rundlicher, lebenslustiger,

---

* George Berkeley, 1685—1753, Philosoph und Bischof. — *Anm. d. Übers.*

grauhaariger Mann. Er trug einen riesigen Schnurrbart und plumpgeschnittene Kleidung, und als er mit Clive sprach, gab es keine Schwierigkeiten bei der Verständigung. Die Sprache, die er benutzte, war nicht ganz genau englisch. Es war der Dialekt, dem Clive zuvor schon begegnet war, der ihm erlaubt hatte, mit Finnbogg und den japanischen Soldaten des sechzehnten Regiments der Luftlandetruppen zu sprechen. Ausdrucksweise und Akzent waren nicht identisch. Die Bewohner sprachen einen Dialekt, der genügend Englisch enthielt (ebenso wie Brocken von etwa einem Dutzend Sprachen, die Clive nach und nach erkannte, sowie von Sprachen, die ihm so fremd waren wie Marsianisch), um ihm verständlich zu sein.

Der Anführer des Orts stellte sich mit einem Titel vor, und Clive hätte nicht sagen können, ob er das Wort *Mayor** oder *Major* gebrauchte. War er ein gewählter Offizieller oder ein zurückgezogener Militär, der einfach die Leitung der Stadt übernommen hatte?

Die Frau des Mayors — oder Majors — wuselte umher und servierte den Reisenden ein köstliches Essen. Clive war weder davon überrascht, daß Finnbogg die gleiche Nahrung zu sich nahm wie die Menschen, noch davon, daß Shriek mit einem menschenähnlichen Schütteln des Kopfs und einem rätselhaften Gesichtsausdruck ablehnte.

Sie aßen an dem rohen Brettertisch des Majors und tranken dabei aus Krügen schäumendes Bier. Noch ehe sie ihr Mahl beendet hatten, ertönte von draußen der Lärm von Hörnern und Trommeln, und sie gingen zum Dorfplatz.

In Reih und Glied stehende Bewohner gaben etwas zu den Klängen der Musiker zum besten. Es war ein merkwürdiger Anblick, eine Mischung aus Tanzen und den Übungen frischgebackener Rekruten.

---

* Bürgermeister. — *Anm. d. Übers.*

Zwischendurch: [redacted] Finnbogg hat die gleichen Ernährungsgewohnheiten wie wir Menschen – doch hat er damit auch die gleichen Empfindungen? [redacted] Freut er sich genauso auf eine kleine heiße Mahlzeit für zwischendurch – so wie wir uns auf die… [redacted]

Clive wandte sich an den Anführer. »Ihr Titel ist der eines Majors, nicht wahr?«

Der Mann nickte.

Ein fröstelnder Argwohn nagte an Clives Eingeweiden. »Wer hat Ihnen das alles beigebracht?« fragte er.

Der Major senkte schweigend den Kopf.

Ein Gefühl von Dringlichkeit — und beinahe Wut — überlief Clive. Er faßte den Mann beim Kragen und hob die Hand. »Sag mir, Mann, sag mir, wer dir das beigebracht hat, oder ich werd die Wahrheit aus dir herausschütteln!«

»Ich — ich kann Ihnen das nicht sagen, Sir.«

»Kannst nicht? Du meinst, du willst nicht!«

»Bitte!« Die Frau des Majors tanzte um sie herum und wedelte hilflos mit den Händen. »Bitte, Sir, er kann nicht, er kann nicht!«

Ohne den Major loszulassen, wandte sich Clive an die Frau. »Warum nicht? Frau, ich bin durch die Hölle gegangen, um hierherzukommen. Durch eine ganze Reihe von Höllen. Wo sind wir? Was für eine Welt ist dies? Warum wird der Bürgermeister Major genannt? Wer hat diesen Leuten britischen Drill beigebracht? Sag mir das!«

Finnbogg krümmte sich unter dem Ausbruch seines Anführers. Horace Hamilton Smythe schaute wie vom Donner gerührt zu. Shriek stand einige Meter daneben und betrachtete alles amüsiert.

Clive schüttelte den Major erneut.

»Gut, gut«, keuchte der Major. »Gut. Ich werde Ihnen alles sagen.«

Clive lockerte den Griff, und der Mann wollte sich ihm entwinden, aber Clive war jünger und stärker, und nachdem er London an Bord der *Empress Philippa* verlassen hatte, hatten ihm die Anstrengungen die Muskeln gestärkt und die Beweglichkeit gefördert.

Er packte den Major am Kragen und zerrte ihn zurück ins Haus, während sie die Frau noch immer aufgeregt umkreiste. Die Tänzer auf dem Dorfplatz fuhren mit ihren Bewegungen fort, als wäre nichts weiter geschehen.

Im Haus fiel der Major auf einen Stuhl. Hinter ihm flackerte in einem Kamin ein behagliches Feuer. Auf der Kamineinfassung über dem Herd standen die Familienschätze — zwei kleine Gemälde in verzierten Rähmchen, ein Strauß getrockneter Blumen unter einer gläsernen Kuppel und etwas wie eine Bibel. Alle Schätze spiegelten sich in einem rechteckigen Spiegel dahinter wider. An der Wand tickte monoton eine hohe Uhr, deren langes Pendel mit unerschütterlicher Regelmäßigkeit hin und her schwang.

Es war eine Szenerie, die aus Tausenden von englischen Dörfern hätte stammen können, obwohl man sich hier irgendwo im Dungeon befand. Waren sie überhaupt noch immer in Q'oorna? War Q'oorna das gesamte Dungeon, oder gab es hier Welten neben Welten, Welten in Welten? War dieser Planet eine hohle Schale, einem ausgeblasenen Ei vergleichbar? Wenn dem so war, dann waren sie von der äußeren Oberfläche auf die innere geraten.

Über den Köpfen erhellte und verdunkelte sich eine Miniaturgalaxis von Sternen und schuf so ein Scheinbild von Tag und Nacht. Unter den Füßen — erreichbar durch den glänzenden Tunnel, der sie zu diesem Ort gebracht hatte — war die schreckerregende Welt von Dunkelheit, die sie zu Fuß durchquert hatten, die Welt, die sie als Q'oorna kannten.

Wie waren sie vom Sudd in diese schwarze Welt gekommen?

Vielleicht war das Dungeon doch kein so einfacher Ort, wie Clive sich das vorgestellt hatte. Die Tunnel mochten nicht bloß in den Boden führen, sondern auch seltsame Dimensionen durchkreuzen, die jenseits des Wissens und sogar seiner Vorstellungskraft lagen.

Welcher seiner Gefährten würde ihm dabei helfen, das Rätsel zu ergründen? Horace Hamilton Smythe war viel zu sehr Pragmatiker; Finnbogg in seiner hundeähnlichen Ergebenheit war viel zu simpel; Shriek war einfach viel zu fremdartig. Wenn er doch nur wieder mit Annie zusammenfinden könnte — vielleicht. Geboren auf irgendeiner Erde der Zukunft, schien sie das Wissen und Verstand zu besitzen, wie er es bei keiner Frau seiner Tage erlebt hatte. Und der seltsame Apparat, den sie direkt unter der Haut trug, schien ihre mentalen Kräfte zu verstärken. Sie konnte Landkarten erschaffen, wie Clive wußte. Vielleicht konnte sie Sprachen erlernen, Informationen der verschiedensten Art analysieren ...

Clive grinste ein wenig verzerrt, als ihm klar wurde, daß der mystische Sidi Bombay der geeignetste Mensch gewesen wäre, mit dem er die Lage hätte diskutieren können. Aber wo steckte Sidi Bombay?

Clive zitterte. »Ich — ich entschuldige mich«, wandte er sich an den Major. »Ich hatte nicht das Recht, Hand an Sie zu legen, Sir.«

Der Mann starrte ihn verständnislos an.

»Sie können sich die Erlebnisse nicht vorstellen, die wir hinter uns haben«, fuhr Clive fort. »Oder das Gefühl, das uns in der Brust lodert. Ich habe mir gestattet, mich hinreißen zu lassen, Sir. Ich entschuldige mich dafür. Werden Sie uns helfen, Sir?«

Die Frau des Majors war in der Küche verschwunden und kehrte jetzt mit einem Tablett mit heißem Tee und Scones zurück. Der Bürgermeister/Major hatte zumindest einen Teil seines Atems und seiner Fassung wiedergefunden. »Wir treffen selten Fremde. Wir haben hier ein einfaches Dorf. Wir betreiben unsere Höfe. Wir handeln an Markttagen, und wir tanzen in unserer Freizeit. Wir wünschen keine Störung.«

Clive hörte den Worten des Mannes zu, aber noch mehr beobachtete Clive das Gesicht, während der Mann sprach. Der Schnauzbart zitterte nervös. Ein Zucken erschien und verschwand in den Mundwinkeln des Mannes. Und die Augen ...

Die Augen schweiften unruhig umher. Zu Clive, zur emsigen Gestalt seiner Frau, zu Smythe, zu Finnbogg und zu Shriek. Nun, sollten sie doch!

Aber sie schweiften auch hinüber zur Kamineinfassung über dem gemütlichen Herd des Hauses. Sie schweiften regelmäßig hinüber, und jedesmal, wenn das geschah, erschien das Zucken erneut in den Mundwinkeln. Und die Augen schweiften weniger regelmäßig, wenngleich verstohlen in eine andere Richtung.

Wenn Clive es richtig deutete, schaute der Major nicht jeden Gegenstand im Haus an. Er starrte auf etwas außerhalb, vielleicht jenseits des Dorfs. Und jedesmal, wenn er zu diesem Etwas hinaussah, hatte sein Blick etwas Verbotenes und Bedrohliches.

Der Major plauderte weiter, er sprach vom Getreide, vom Regen und von der Ernte. Clive schaltete bei der einschläfernden Stimme beinahe ab. Die Frau des Majors reichte Clive eine Tasse Tee und hielt ihm ein Scone hin.

Clive beobachtete die Augen des Majors. Was gab es an der Kamineinfassung so Besorgniserregendes zu betrachten?

Mit der Teetasse in der Hand schlenderte Clive zur Feuerstelle. Das Holz darin brannte mit ruhiger, anheimelnder Flamme. Er wandte den übrigen den Rükken zu und untersuchte die aufgestellten Gegenstände.

Eines der Gemälde war eine Szenerie des dörflichen Lebens. Glückliche Menschen gingen, von strohgedeckten Hütten und grünen Feldern umgeben, ihren Geschäften nach. In der Ferne ragte ein dunkles Gemäuer himmelwärts: eines mit Türmen und Erkern wie bei einem mittelalterlichen Schloß. Alles übrige im Bild strahlte reinste Zufriedenheit und Freude aus, nur das Schloß ragte grimmig und bedrohlich in die Höhe.

Das andere war ein Hochzeitsbild. Clive erkannte den

Major und seine Frau wieder — jünger und schlanker, aber unzweifelhaft die gleichen beiden Menschen. Sie waren von Gratulanten umringt, Dörflern und — augenscheinlich — den Familien. Und der Priester, der das junge Paar anstrahlte, war — eine jüngere Version von Timothy F.X. O'Hara! Das Gesicht war dünner, das spärliche ausgebleichte Haar dick und rot. Aber dieser Mann war zweifelsohne der weiße Priester von Bagomoyo!

Clive ergriff das Bild und hielt es dem Mann vors Gesicht. »Wer ist dieser Priester?« fragte er.

Der alte Mann stotterte. »Nun — nun ... Das ist der Pastor.«

»Was für ein Pastor?«

»Der Prediger. Vater O'Hara. Das ist unser Hochzeitsbild. Vater O'Hara hat das Fräulein und mich getraut. Was ist denn los, Mann?«

»Ist er hier? Ist er im Dorf? Ist er jetzt hier?«

»Warum? Nein. Diese Stadt ist zu klein, um einen eigenen Priester zu haben. Vater O'Hara kommt so alle paar Jahre vorbei, um uns die Beichte abzunehmen und uns die Absolution zu erteilen. Um Hochzeiten zu bestätigen, seinen Segen über der Wiege von Kleinkindern und über den Gräbern der Toten zu erteilen. Nun, die jungen Paare können nicht auf seinen nächsten Besuch warten — manchmal werden sie furchtbar gierig, wenn sie getrennt leben und auf den Priester warten, der sie trauen kann.«

Clive hob die Hand an die Stirn. »Wissen Sie, woher er kommt? Wie er hierher kommt? Wohin er geht, wenn er Sie verläßt?«

Der Major schüttelte den Kopf. »Nein, Sir. Er kommt einfach die Straße entlang, genau wie Sie und Ihre Freunde. Er bleibt ein paar Tage oder Wochen und zieht dann weiter. Das ist alles.«

Clive stellte das Hochzeitsbild auf die Einfassung zurück und wandte den andern den Rücken zu. Er richtete den Blick vom Gemälde auf den Spiegel dahinter. Er sah die Dörfler darin, die sich hinter ihm versammelt hatten. Der Major beobachtete Clive gespannt.

Clive wandte sich nach links, den getrockneten Blumen zu. Der Gesichtsausdruck des Majors im Spiegel zeigte Erleichterung. Clive ging zurück, zu den Gemälden, dann zu der Bibel.

Der Major stand auf und faßte Clive beim Arm. »Bitte, Sir, essen Sie doch etwas. Kann ich Ihnen noch etwas Tee nachschenken?« Er nahm Clive die Tasse aus der Hand. »Sie sind noch immer sehr bestürzt, muß ich sagen. Ihre Entschuldigung ist angenommen, Sir. Sie müssen sich als einen Gast hier betrachten, einen Ehrengast.« Er zog an Clives Ellbogen, wollte ihn vom Kamin wegzerren.

Clive überließ dem Major die Teetasse, weigerte sich ansonsten jedoch, sich von der Stelle zu rühren. »Was ist denn das hier?« fragte er. Er nahm die Bibel von der Einfassung.

»Bitte!« riefen der Major und seine Frau gleichzeitig aus.

»Aber es ist bloß eine Bibel«, protestierte Clive. Er hielt das Buch in der Hand und betrachtete es sorgfältig. Es war keine Bibel. Es war Neville Folliots Tagebuch!

Clive stürzte sich wütend auf den Major. »Wo haben Sie das hier her, Sir? Wo …«

Die Frau des Majors machte eine ungeschickte Geste mit den dicken rötlichen Händen. Die Bewegung war halb beschwichtigend, halb darauf ausgerichtet, ihm das Buch zu entreißen. Aber Clive ließ das nicht zu. Der Major stotterte unterdessen einen raschen Wortschwall heraus, wobei er abwechselnd tobte und die Rückgabe seines Eigentums einforderte, dann Clive wieder dringend bat, ihm etwas Schreckliches zu ersparen, und schließlich behauptete, daß Clive nicht verstehe, daß es nicht sein Fehler sei, daß es der Herr des Schlosses sei, der für alles verantwortlich sei, daß ihn der Herr des

Schlosses dafür bestrafen werde, wenn er ihm das Buch überließe.

Mit einer einzigen Geste brachte Clive den Major zum Schweigen und hielt dessen Frau davon ab, weiter nach dem Buch zu fassen. »Dieses Buch ist das Tagebuch meines Bruders, Major Neville Folliot, Königliche Somerset Grenadier Guards. Da mein Bruder verstorben ist, ist es meine Pflicht, das Tagebuch an mich zu nehmen und es unserem Vater, Baron Tewkesbury, zurückzubringen. Sie haben keinen Anspruch auf dieses Buch, und ich werde es nicht wieder aus den Händen geben. Basta!«

Der Major sank zitternd und bebend auf den Stuhl. Seine Frau kniete neben ihm, murmelte ihm irgend etwas zu und wischte sich dabei die Augen mit der Schürze.

»Ich nehme an«, sagte Clive, »daß der Herr des Schlosses, auf den Sie sich beziehen, in dem Schloß lebt, das hinter dem Dorf abgebildet ist.« Er deutete auf das Gemälde oberhalb der Einfassung.

Der Major nickte schweigend. Das Gesicht war verzerrt. Er schien kaum mehr der Mann zu sein, der er noch Minuten zuvor gewesen war.

»Und es ist das gleiche Schloß, dem Sie so ängstliche Blicke zuwarfen, während Sie vorhin sprachen«, fuhr Clive fort.

Der Major nickte erneut.

Clive versuchte, sich zu sammeln, während er das Buch immer und immer wieder in den Händen drehte und dabei den Einband untersuchte, als könne er davon etwas erfahren. »Sie kennen meinen Bruder Neville Folliot?«

Der Major und seine Frau nickten und bestätigten damit die Tatsache.

Aber wie konnte das sein? Clive hatte seine äußere Ruhe wiedererlangt, aber innerlich war er wie betäubt, und es brodelte in ihm vor Schreck und Verwirrung. Der

Major und seine Frau kannten Neville? Sie hatten das Tagebuch von ihm erhalten?

Aber Neville war tot. Clive hatte ihn gesehen, hatte seinen Sarg mit eigener Anstrengung geöffnet, hatte auf Nevilles Leiche geblickt, hatte Nevilles eigenen Händen das Tagebuch — dieses gleiche Tagebuch! — entwunden.

Nein!

Clives Bewußtsein sprang von Pol zu Pol, wie ein Eisenstückchen in irgendeinem Experiment, das der späte Faraday durchführte.

Neville mußte am Leben sein, mußte Clive und seinen Gefährten irgendwo voraus sein, er hetzte sie weiter, zog sie zu irgendeinem eigenen verborgenen Zweck hinter sich her! Und das rätselhafte Tagebuch mit seinen manchmal hilfreichen, manchmal verräterischen Botschaften war jetzt zurückgekehrt!

Clive setzte sich. Er zog ein Tischchen zu sich heran und legte das Buch darauf. Er öffnete es bei der letzten Eintragung, die er gelesen hatte.

Auf den folgenden Seiten standen neue Worte. Sie waren mit einer Tinte in der Farbe frischen Bluts geschrieben. Tinte in einer Farbe, die Clive niemals zuvor gesehen hatte, außer in der Hitze einer mörderischen Schlacht. Aber die Hand, in der die neue Eintragung erfolgt war, zeigte Nevilles unnachahmliche Züge. Die Eintragung war kurz, und die Worte waren deutlich, nicht aber ihr Sinn:

Kleiner Bruder, Du erstaunst mich. Ich habe niemals erwartet, daß Du diesen Ort erreichen würdest. Ich habe niemals erwartet, daß Du so lange leben würdest. Du kannst noch immer zurückgehen. Du kannst Dich noch immer retten. Deine Gefährten sind verloren, aber Du kannst gerettet werden. Kehr um. KEHRE JETZT UM! Sonst wird der Herr des Schlosses frohlocken. Kehr um, Bruder, und sag Vater, daß sein Wille erfüllt ist, der Herr hat das Zeichen gesehen, die Spirale erreicht ihren Scheitelpunkt, und alles verläuft nach

Plan, die Formeln sprechen die Wahrheit. Kehr um, Bruder, oder der Herr wird Dich bei lebendigem Leibe rösten!

Clive war entgeistert. Umkehren? Wie könnte er, selbst wenn er's wollte? Es gab keine Rückkehr durch den farbigen Tunnel, keinen Flug zurück durch den Schacht zu dem seltsamen zugähnlichen Vehikel, kein erneutes Überqueren des Abgrunds, kein ...

Es gab schlicht und einfach kein Zurück. Selbst wenn er willens gewesen wäre, seine Fahrt aufzugeben und nach England zurückzukehren, hätte er Sidi Bombay und Annie nicht im Stich lassen können. Er durfte Annie nicht im Stich lassen!

Clive hob die Augen. Sein Blick und der des Majors krallten sich ineinander. Der Ausdruck, den er in den Augen des Amtmanns bemerkte, wurde in den eigenen gespiegelt.

Das Zeichen ... die Spirale ... der Scheitelpunkt ... der Plan ... die Formel ...

Was hatte das zu bedeuten? War Baron Tewkesbury irgendwie in die Verschwörung verstrickt? Clives Vater und Bruder, alle beide?

Clive rutschte auf dem Stuhl hin und her. Er griff instinktiv mit der Hand nach Horace Hamilton Smythe, suchte Hilfe oder die beruhigende Wärme, die eine Berührung bieten konnte. Aber noch ehe Smythe zu antworten vermochte, sprang Clive auf. Er schloß Nevilles Tagebuch mit einem Knall, der auch die anderen aufspringen ließ.

»Wir werden zum Schloß gehen!« befahl er.

»Nein!« drängte der Major. »Sie wissen nicht, was Sie da sagen!«

»Wir werden gehen! Wie weit ist es? Wie lange wird der Marsch dauern?«

»Sie können nicht dorthin, Sir. Das ist unmöglich!«

»Dann werden wir Pferde benötigen, Sir!«

»Wir besitzen im Dorf keine Pferde.«

»Was benutzen Sie dann?«

»Wir benutzen — andere Tiere. Wir haben Wagen, und wir haben andere Tiere, die sie ziehen. Keine Pferde.«

»Sehr schön«, schnappte Clive.

»Bitte«, begann der Major erneut, aber der Ausdruck auf Clives Gesicht überzeugte ihn, daß der Fall hoffnungslos wäre. »Zumindest«, ergänzte der Amtmann, »nicht des Nachts. Wir können Sie nicht des Nachts mitnehmen, und Sie würden ohne Führer niemals hinkommen. Warten Sie zumindest bis zum Morgen, Sir. Bitte!«

Clive zögerte, tauschte verstohlene Blicke mit seinen Gefährten, versuchte, deren Gedanken zu lesen. Dann entschied er sich. »Nein. Rüsten Sie den Wagen aus. Wird er uns alle tragen können? Bereiten Sie die Tiere vor. Dann werden wir aufbrechen.«

Der Major erhob sich langsam mit aschfarbenem Gesicht und zitternden Händen. Die Frau brach unmittelbar daneben auf dem Fußboden zusammen und schluchzte ohne Scham.

KAPITEL 27

Bei den Herren der Berge

Eine Gruppe Dorfbewohner, die bei Fackelschein arbeiteten, bereiteten den Wagen vor. Während sie ihren Aufgaben nachgingen, besprach sich Clive mit seinen Gefährten.

Horace Hamilton Smythe ereiferte sich am meisten, vertrat am nachdrücklichsten die Ansicht, daß sie weiterziehen sollten. »Wir sind bis hierher gekommen, Sör! Ich hab das Gefühl, daß ich den Major in diese Lage gebracht habe. Ich möchte meine Entschuldigung zum Ausdruck bringen, daß ich das getan habe, Sör.«

Clive Folliot faßte Smythe bei der Hand. Jeder entschuldigte sich heute abend. »Nicht dein Fehler, Sergeant. Ich will zugeben, daß ich deinen Motiven eine Zeitlang sehr argwöhnisch gegenüberstand. Aber sobald ich von deinen Erlebnissen in New Orleans erfuhr — von deinem Zusammentreffen mit den Gaunern, deinem Duell —, wurde mir klar, daß du nicht falsch bist. Du hast dich während unserer Abenteuer nicht immer wie ein frei Handelnder benommen.«

Smythe bewegte den Kopf ruckartig auf und nieder. »Ich bin dankbar dafür, daß der Major versteht.«

»Ich wünsche mir aufrichtig, daß du jetzt wieder der alte Horace Hamilton Smythe bist.«

»Bin ich, Sör!«

»Und nicht wieder in eine mesmerische Trance zurückfällst, Sergeant! Bist du völlig frei vom Einfluß Philo Goodes — Philo Goode und wer immer seine Partner und Herren sein mögen?«

»Das kann ich nicht sagen, Sör.« Smythe schaute auf, als durchsuche er den Himmel nach einem Anhaltspunkt. Im Augenblick fühle ich mich als völlig ich selbst. Aber falls Herr Goode sein unsichtbares Netz über mir ausgebreitet hält, weiß ich nicht, ob er's nicht wieder einzuholen gedenkt, zum Teufel noch mal.«

Der Mann sah betroffen aus. Clive fühlte herzlich mit ihm, aber er konnte nichts tun, um ihm zu helfen.

Sie standen im Hof des Bürgermeisters. Die Konstellation von Miniatursonnen über ihnen glomm und pulsierte schwach zu dieser mitternächtlichen Stunde. Sie hatten sich zu der wohlbekannten Spirale angeordnet.

Clive blickte, genau wie Smythe, zum Himmel. Irgendwo jenseits der wirbelnden Sterne lag die innere Schale dieser winzigen Welt. Vielleicht führte jeder der Tunnel, die sie ausprobiert hatten, zu einer anderen Welt, jede winzig, jede sich selbst enthaltend, jede einzigartig.

»Ganz nebenbei konnte ich auch einfach den alten Sidi Bombay nicht im Stich lassen«, faßte Horace Hamilton Smythe zusammen. »Er ist ein guter Kerl. Ich bin davon überzeugt, daß er lebt, und wenn wir weitermachen, werden wir vielleicht einen Hinweis darauf finden, wo er abgeblieben ist. Sidi ist mein ältester Kamerad, Major. Wir haben zusammen gedient, noch bevor Sie und ich uns zum erstenmal begegnet sind. Wenn ich Ihr Mentor war, als Sie ein grüner Leutnant waren — das haben Sie gesagt, und ich fühle mich geehrt, daß Sie's gesagt haben, Sör —, nun, dann bedenken Sie, daß Sidi *mein* Mentor gewesen ist. Derjenige, der mich in der weiten Welt gelenkt und geleitet hat, Major. Ich spüre es in den Knochen, Major, daß der alte Sidi lebt. Und ich kann ihn nicht im Stich lassen.«

»Ich verstehe«, nickte Clive. »Wie du Sidi Bombay gegenüber fühlst, so fühle ich — Fräulein Annie gegenüber.« Die beiden Soldaten standen schweigend und nachdenklich beieinander. Dann sagte Clive recht plötzlich: »Smythe, ich bin mir sicher, daß mein Bruder lebt.

So wie du dir sicher bist, daß Sidi Bombay lebt, so bin ich mir sicher, daß Neville Folliot lebt.«

»Tatsächlich, Sör?«

»Nun, ich muß zugeben, daß ich mir da selbst uneins bin. Als wir den Sarg fanden, der den Leichnam enthielt, dachte ich natürlich, mit Neville wär's vorbei. Aber durch irgendeine Kraft bringt er es fertig, seinem Tagebuch weitere Botschaften hinzuzufügen.«

»Der Major hat heute abend eine neue Botschaft gelesen«, kombinierte Smythe.

Clive hatte die letzte Eintragung nicht an Smythe weitergegeben. Jetzt gestattete er sich zumindest, soviel zu sagen: »In der Tat. Eine beunruhigende Botschaft. Wie dem auch sei, sie zeigt, daß Neville in der Lage ist, mit uns in Verbindung zu treten.«

»Glaubt der Major an Geister, Sör? Nicht um zu entmutigen, aber v'lleicht ist Major Neville Folliot, wie soll ich's in Worte fassen, hm, in die nächste Seinsebene gewechselt. Könnte es sein, daß er ektoplasmische Tentakel zurücksendet, um in sein Tagebuch zu schreiben?«

Clive hielt das Tagebuch unterm Arm. Er klopfte darauf. »Alles ist möglich, Sergeant. Alles ist möglich. Aber ... irgendwie glaube ich nicht, daß Neville tot ist. Der Körper in dem Sarg war ein Trugbild. Ein mechanisches Ding vielleicht oder eine Attrappe. Vielleicht sogar eine echte Leiche ... ein Körper, der wegen seiner überaus großen Ähnlichkeit mit Neville ausgewählt wurde.«

Er schloß einen Augenblick lang fest die Augen, öffnete sie dann wieder und sagte: »Kleide den Doppelgänger in die richtige Uniform, bring Schnauzbart und Haar in Form, bis sie Nevilles ähneln, füge ein bißchen Rouge hinzu. Achte darauf, daß die Beleuchtung schlecht ist und der Augenblick kurz und dramatisch. *Voilà!* Der Trick kann kaum schiefgehen!«

Er trat geistesabwesend nach einem Dreckklumpen,

wandte dann den Blick erneut hinüber zu dem rätselhaften Wirbel von Sternen. Wer steckte hinter dem allen? Wohin führte das alles? »Ich weiß es nicht«, beantwortete er seine eigene Frage, »aber ich werd's herausfinden. Und ich weiß, daß ich meinen Bruder wiederfinden werde, ihn lebend finden werde. Und genauso werde ich meine verschollene Annie finden, und du wirst deinen Kameraden Sidi Bombay finden.«

Der Wagen rollte aus dem Unterstand, ein schweres hölzernes Gefährt, das an eine Londoner Kutsche erinnerte. Der Bürgermeister/Major des Ortes saß auf einem hohen hölzernen Kutschbock. Er schlug heftig mit der Peitsche auf die Hinterteile der beiden angeschirrten Wesen, die den Wagen zogen.

Eine flackernde Öllampe schwang zu jeder Seite des Gefährts, und in einer Halterung neben dem Kutschbock steckte eine Fackel.

Finnbogg und Shriek folgten Clive und Smythe zum Wagen.

Clive starrte die Wesen an. Der Major hatte gesagt, daß der Wagen nicht von Pferden gezogen werde. Clive hatte dementsprechend erwartet, andere Tiere vorzufinden, die zu diesem Zweck gebraucht würden — Ochsen, Büffel, sogar riesige Hunde.

Clive stieß einen Zornesschrei aus und langte nach dem Major, in keiner anderen Absicht, als ihn vom Kutschbock herunterzuziehen. Aber der Amtmann duckte sich weg, und Clive lief statt dessen zur Vorderseite des Wagens.

Er schaute in die traurigen Gesichter. Der Mann und die Frau wogen jeder mindestens eine halbe Tonne, der Mann vielleicht sogar an die zwölfhundert Pfund. »Was hat man Ihnen angetan?« knirschte Clive.

Es erfolgte keine Antwort.

Er nahm den Kopf des Mannes in die Hände und sah ihm in die Augen. Sie waren trübe, mit wenig Anzeichen von Intelligenz und Bewußtsein.

»Du bist ein menschliches Wesen, Mann, kein törichtes Tier! Sprich! Was ist geschehen?«

Es erfolgte keine Antwort. Er trat hinüber zu der Frau. Deren Gestalt war nur wenig massiger und roher als die ihres Gefährten. Das Haar hing ihr lang zu beiden Seiten des Gesichts herab. An ihrem Körper war ein Geschirr angebracht, und im Mund steckte eine Gebißstange, als wäre sie tatsächlich ein Pferd. Ihr Gefährte war genauso ausgestattet.

Clives Blick wanderte von den dumpfen, geistlosen Gesichtern zu den Körpern der beiden. Die Arme waren lang und füllig, die Hände zu keulenartigen Anhängseln verkürzt. Sie standen auf allen vieren, das Hinterteil erhoben, jedoch nur wenig, weil die Beine kurz waren wie Stümpfe. Die Schultern zeigten massige Muskeln.

Tränen des Zorns und des Mitleids traten Clive in die Augen. »Sprecht!« rief er den menschlichen Tieren zu. »Steht aufrecht! Kleidet euch! Man hat euch zu Tieren gemacht!«

Der Mann und die Frau bewegten sich unsicher, als würde irgendwo, in einem dämmrigen Schlupfwinkel ihrer dumpfen Gehirne, ein schwacher Funke als Antwort auf Clives leidenschaftliche Ansprache aufglimmen. Sie bewegten die Hände und stießen einen Laut aus, einen herzzerreißenden seufzenden Laut, der die letzten hoffnungslosen Reste ihrer verlorenen Menschlichkeit enthielt.

Der Major sprang vom Kutschbock. Er griff in eine Tasche und zog einen Apfel und ein grobes Messer heraus. Er schnitt den Apfel entzwei und warf jedem der menschlichen Tiere ein Stück in den Mund. Trotz der Gebißstange gelang es ihnen, den Apfel zu essen. Das schwache Licht, das in den Augen aufgeleuchtet hatte, verschwand.

»Das sollten Sie nicht tun, Sir«, wandte sich der Major an Clive. »Sie bringen sie nur durcheinander. Lassen Sie

sie in Ruhe, Sir, bitte. Zu ihrem eigenen Besten. Sie können nichts für sie tun. Niemand kann etwas für sie tun. Lassen Sie sie also in Ruhe.«

Clive sah dem Major ins Gesicht. Der Schmerz und der Kummer und die Hoffnungslosigkeit, die er dort erblickte, waren zu real, als daß er streiten wollte. »Also gut«, sagte er. »Dann wollen wir los.«

»Danke sehr, Sir.« Der Major half ihnen auf den Wagen. Finnbogg bestand darauf, erst an dem Gespann zu schnüffeln. Er hielt den Kopf erst nach einer Seite, dann nach der anderen, lief von ihnen weg und kletterte eifrig ganz nach hinten. Shriek sprang auf die menschlichen Tiere zu, die jedoch bäumten sich auf und wichen zurück, bis sie gleichfalls auf den hinteren Teil des Wagens kletterte.

Clive und Sergeant Smythe saßen näher am Major.

Die Fahrt zum Schloß verlief ruhig und über eine große Strecke ereignislos. In der Dunkelheit ertönten gelegentlich Laute, Laute, die Clive Folliot schauern ließen. Er hatte Nevilles Tagebuch auf den Sitz neben sich gelegt. Jetzt verlagerte er das Gewicht und ließ das schwarzeingebundene Buch, um es sicher zu bergen, unter die Beine rutschen.

Der Wagen rollte und rumpelte dahin. Niemand sprach ein Wort, und selbst Finnboggs musikalischer Ehrgeiz schien abgeklungen zu sein. Clive konnte nicht sagen, wie lange der Wagen dahinrollte. Das Knarren der Räder, die frische Landluft und seine eigene Anspannung, vereint mit seiner Müdigkeit, ließen ihn in einen halbbewußtlosen Zustand fallen.

Wie vollkommen wäre doch dieser Augenblick, wenn er Annie an seiner Seite hätte anstelle des gleichmütigen Sergeant Smythe!

In einem merkwürdigen Wachtraum hielt er Annie in den Armen. Ihr Gesicht war einzigartig schön unter den wirbelnden Sternen. Die Lichtpunkte von oben wurden in den Augen gespiegelt. Das Haar fiel anmutig herab.

Er fragte sich, wie es Frauen gelang, das Haar inmitten solcher Umstände wie den jetzigen zu pflegen, aber selbst in seinem Halbtraum mußte er zugeben, daß es Rätsel jenseits der männlichen Verständnisfähigkeit gab.

Er senkte das Gesicht dem ihren zu, und ihre Lippen trafen sich.

Sie befanden sich unvorstellbar weit von zu Hause fort, waren in einer Welt gefangen, die sie mit Sicherheit nicht erschaffen hatten und die sie vielleicht niemals verstünden. Sie reisten in Gesellschaft von Wesen, von denen man in Clives London noch nicht einmal geträumt hatte. Jeder Tag — jeder Augenblick — mochte ihr letzter sein.

Irgendein aufkeimender Instinkt trieb Clive dazu, die Lippen stärker auf Annies Lippen zu drücken, sie mit den Händen heftiger an sich zu drücken. Und sie antwortete, antwortete auf eine Art und Weise, die in ihrer eigenen seltsamen Welt des Jahres 1999 vielleicht üblich, für einen Mann aus Clives gesetztem Zeitalter jedoch schockierend — und angenehm — war.

In diesem Augenblick verspürte Clive eine seltsame Bewegung. Es war das Tagebuch seines Bruders Neville, das er unter die Beine gelegt hatte. Es rutschte und wand sich wie ein lebendiges Ding. Er versuchte, es zu mißachten, versuchte, Annie seine volle Aufmerksamkeit zu widmen. Dies mochte vielleicht für beide die letzte Gelegenheit sein, einen Augenblick wie diesen zu erleben. Er wollte nicht von ihr losgerissen werden.

Aber das Buch forderte seine Aufmerksamkeit. Es wurde heiß, dann kalt. Es sandte ihm ein Gefühl wie von Nadelstichen ins Bein. Es stach wie eine Injektion tödlichen Gifts.

Klagend ließ Clive Annie los und griff nach dem Buch. Überrascht bemerkte er, daß Annie überhaupt nicht anwesend war. Er war hellwach, saß auf dem harten Sitz eines rumpelnden, knarrenden Transportmittels. Er zog das Tagebuch unter den Beinen hervor.

Die Morgendämmerung war angebrochen — oder ihr Gegenstück in dieser hohlen Welt. Die Galaxis von Sternen über ihnen war leuchtender geworden. Das Schloß erhob sich drohend kaum einen Kilometer entfernt von ihnen.

Das Buch öffnete sich von selbst in Clives Händen, öffnete sich auf der Seite, die dem letzten Eintrag folgte, den er gelesen hatte. Da stand ein neuer Eintrag, diesesmal mit Tinte von der Farbe der Augen einer Kobra — ein tödliches, hypnotisches Grün!

Der Stein der Schönheit ist der Diamant, und der Stein der Sünde ist der Smaragd. Suche den Diamanten. Suche den Smaragd. Du bist weiter gereist, als es leicht, und weiter, als es klug war. Die Gefahr beginnt erst, und sie endet dennoch. Hüte Dich vor dem Smaragd, setze auf den Diamanten. HÜTE DICH, CLIVE FOLLIOT, HÜTE DICH!

Ohne willentliche Unterstützung von Clive Folliot klappte das Buch wieder zu. Er versuchte, es erneut zu öffnen, diese letzte Nachricht noch einmal zu untersuchen, aber das Buch weigerte sich, sich zu öffnen.

Eine Gruppe schwergebauter gnomenähnlicher Soldaten versperrte den Weg. Der Wagen des Majors befand sich jetzt nahe am Schloß, und der Major zügelte die menschlichen Tiere.

Der Kommandant der Soldaten trug einen schweren Helm, eine massige Rüstung mit dicker Polsterung. Er führte eine große zweischneidige Kampfaxt mit sich, und an dem Gürtel, der ihm um den Leib geschlungen war, hingen weitere Waffen.

»Du!« knurrte er. Er hielt die enorme Axt in einer Hand, als wäre sie der Zeigestab eines Lehrers in irgendeinem sonnendurchfluteten Klassenzimmer in Cambridge. Er zeigte unmißverständlich mit der Axt auf Clive. »Runterklettern! Mitkommen!«

Er deutete auf die anderen und machte eine geringschätzige Geste. »Ihr anderen, alle anderen — ab nach Hause. Oder hier warten. Oder laßt euch fressen von ...« Er machte ein Geräusch, stieß ein Wort aus, offensichtlich den Namen eines Tiers, das in dieser Gegend lebte.

»Kratzt ab!« knurrte der Kommandant. Er deutete erneut auf Clive. »Mitkommen, aber dalli!« Er wandte ihm den Rücken zu, ohne auf eine Antwort zu warten, und trottete die schmutzige Straße zum Schloß hinauf.

Clive saß noch immer da, wandte sich um und sah seine Gefährten an und versuchte zu lesen, was ihre Gesichter sagen wollten. Er hielt Horace Smythe das Tagebuch hin. Er war sich nicht sicher, warum er's tat, aber er spürte irgendwie, daß das Tagebuch in Smythes Obhut besser aufgehoben war als in der eigenen.

Clive kletterte vom Wagen. Er folgte dem Kommandanten den holprigen Weg zum Schloß hinauf. Er würde allem, was das Schloß in sich barg, allein ins Gesicht sehen müssen. *Allein,* das Wort hallte ihm durchs Bewußtsein. Er wiederholte es bei jedem Schritt, den er tat. *Allein. Allein. Allein.*

Beim Näherkommen erwies sich das Schloß als ein vollkommenes Beispiel einer mittelalterlichen Trutzburg. Es hätte eine Illustration in irgendeiner Ausgabe von Märchen sein können, die von den Gebrüdern Grimm gesammelt worden waren — vielleicht sogar in dem Buch, das die Geschichte von Hänsel und Gretel enthielt. Hohe Türme ragten drohend über massiven Wehrmauern. Schießscharten in den Wänden und schmale Fenster würden die Verteidigung der Burg gegen jede angreifende Truppe erleichtern. Der einzige sichtbare Eingang zu dem massigen Gebäude war ein großes Bogentor, das von einem eisernen Fallgatter verschlossen wurde, das man nur erreichen konnte, wenn man einen breiten Graben überquerte.

Durch das Fallgatter blickte Clive in einen großen offenen Hof — einen Hof, wie er in vergangenen Jahrhunderten als Marktplatz für Händler benutzt wurde — oder von Rittern.

Die Burg hatte etwas Anachronistisches an sich, sie war ein Alptraum aus dem Mittelalter. Dennoch stand sie hier.

Clives Führer hatte kein weiteres Wort gesprochen, sobald sie den Wagen und Clives Gefährten zurückgelassen hatten. Als Begleitung für den melancholischen Marsch gab es nichts weiter als den gnomenhaften Trott des Kommandanten, der Clive den Pfad hinaufführte, und das schwere Trampeln der Wächter hinter ihm.

Die Zugbrücke war hochgezogen, als sie den Graben erreichten. Der Kommandant der Wache suchte und fand einen schweren Stein und grub ihn mit schmutzigen Fingern aus der Erde. Er holte aus und warf ihn gegen die Brücke; als der Stein in den Graben plumpste, donnerte das Geräusch des Aufpralls auf die Brücke durch die Luft.

Der Morgen war angebrochen, und Nebelfetzen erhoben sich und tanzten über dem Graben. In dem Spalt neben der Brücke erschien ein Gesicht. Das helmbedeckte Gesicht nickte. Augenblicke später wurde die Brücke unter Knarren und Quietschen abgesenkt.

»Geh los, du!« befahl Clives Kommandant. Clive betrat vorsichtig die Zugbrücke. Als er sie halb überquert hatte, rief der Wächter im Schloß: »Halt!«

Clive nutzte die Gelegenheit und spähte über den Rand der Brücke in den morastigen Graben. Ein Wesen, das dort unten schwamm, glotzte zurück und schien beinahe zu lächeln, ein hungriges, erwartungsfrohes Grinsen, das Reihen blitzender dreieckiger Zähne entblößte.

Vorsichtig schritt Clive näher zur Mitte des Brückenbogens. Das Fallgatter hob sich, wobei das Metall protestierend quietschte. Clive sah, daß das untere Ende des Gatters mit einer Reihe schrecklicher, mit Widerhaken versehener Stacheln besetzt war, die in den Boden darunter paßten — die aber genausoleicht einen Mann aufspießen und ihm das Fleisch zerreißen konnten.

Weitere gnomenhafte Wächter erschienen und umringten Clive. Er warf einen einzigen Blick zurück. Die Rotte, die ihn bisher begleitet hatte, hatte sich umgedreht und marschierte vom Graben weg. Der Wagen selbst und seine Passagiere waren nirgends zu erblicken.

Waren sie in Sicherheit? Ein Klumpen stieg Clive in der Kehle hoch, wenn er an seine Gefährten dachte — die, die er im Wagen zurückgelassen hatte, und die, von denen er schon früher getrennt worden war. Smythe, Finnbogg und Shriek hätten ihn begleitet, wenn er sie darum gebeten hätte. Da war er sich sicher. Aber das Gesetz des Augenblicks befahl, daß er allein weitermußte. Er mußte hartnäckig bleiben. Er mußte es durchstehen. Irgendwie würde er zu den anderen zurückfinden, wenn alles vorüber war, besonders zu Annie, und sie würden ihr Schicksal gemeinsam ergründen.

Aber jetzt mußte er weiter. Er wiederholte erneut für sich, während er Schritt für Schritt über den steingepflasterten Hof auf den Hauptbau der Burg zuging, daß er *allein* wäre ... *allein* ... *allein.*

Diesesmal weigerten sich die gnomenhaften Wächter, auch nur ein Wort zu sprechen. Selbst der Anführer sprach nur noch mit ausladenden Gesten und harten Stößen. Der Gedanke flackerte Clive durchs Bewußtsein, daß Nevilles Tagebuch jetzt eine weitere Botschaft für ihn hätte, aber er hatte das schwarzeingebundene Buch bei Smythe zurückgelassen. Diese Entscheidung konnte nicht widerrufen werden; sie war ein abgeschlossener Vorgang.

Die Wächter marschierten mit Clive durch Gänge und Türen, bis sie den Audienzsaal erreichten. Der Anführer der Wächter faßte Clive beim Ellbogen und stieß ihn in die Mitte des Raums. Er schob ihn vor ein erhöhtes Podest und stieß ihn zur gleichen Zeit in die Kniekehle. Clive spürte, wie er zu Boden taumelte. In einem verrückten Blitz der Erkenntnis ertappte er sich dabei, wie er den Teppich untersuchte, der dort ausgebreitet lag — ein prächtiges orientalisches Gewebe mit einem Muster, das Hunderte und Aberhunderte von Malen mit goldenen Fäden auf einem Hintergrund von mitternachtsblauer Farbe aufgestickt war.

Die wirbelnde Sternenspirale.

Ein Augenblick der Stille. Dann ertönte eine weiche männliche Stimme: »Nun, das ist doch nicht nötig.«

Clive hob die Augen. Ein Mann und eine Frau saßen auf dem Thron aus geschnitztem Holz.

»Kommen Sie«, sagte der Mann, »es gibt wirklich keine Entschuldigung für die Art und Weise, wie Sie behandelt worden sind. Es tut mit wirklich leid, alter Knabe. Wir versuchen noch immer, diesen Burschen etwas Höflichkeit einzuimpfen, aber sie haben eine lange Tradition hinter sich, und es fällt schwer, sie zu ändern.« Er bedeutete Clive, sich zu erheben, deutete dann auf einen dritten Stuhl in der Nähe des Throns.

Clive ging zu dem Stuhl und sank darauf nieder. Er war sich seiner zerlumpten Kleidung und des Schmutzes bewußt, der ihn bedeckte. Er hatte seit Tagen weder Bad noch Rasur gehabt, seit Wochen die Kleider nicht gewechselt.

Im Kontrast dazu war der Mann, der das Wort ergiffen hatte, peinlich sauber. Er war beinahe auf groteske Art groß und dünn, obgleich sein Äußeres durch beneidenswerte Anmut gekennzeichnet war. Seine Kleidung war völlig weiß, aus einem blassen seidenen Material und so geschnitten, daß die Formen des Körpers unterstrichen wurden. Wenn er sich bewegte, entstand der Eindruck von Macht und Anmut, trotz der extremen Hagerkeit.

Seine Begleiterin war das weibliche Gegenstück, gleichfalls in weiße Seide gekleidet. Das Kleid lag ihr eng an Armen und Körper, war jedoch am Busen so weit ausgeschnitten, daß es unwillkürlich Clives Aufmerksamkeit erregte. Unter der Taille, wo die Kleidung des Mannes aus einer enganliegenden Hose bestand, die in dunklen Stiefeln verschwand, trug die Frau einen langen Rock, der ihr weich über dem Schoß und um die Beine lag.

Beide trugen juwelenbesetzte Ringe, glitzernde Smaragde waren silbern gefaßt. Ein einziger dunkler Smaragd hing an einer silbernen Kette um den Hals der Frau — er lag auf dem großzügigen Busen und hob und senkte sich bei jedem Atemzug.

Aber was Clive bei beiden am meisten traf, war die Hautfarbe. Die Haut war weiß. Nicht das sogenannte Weiß der Angelsachsen, sondern ein echtes Weiß, als ob sie aus lebendigem Schnee oder Eis geschnitzt worden wären. Haare und Augen waren von einem dunklen glitzernden Grün, und diese Farbe wurde von den Smaragdgemmen widergespiegelt, die beide als Schmuck trugen.

»Sie sind Major Clive Folliot«, sagte der Mann.

Clive gab seine Identität zu.

Der Mann lächelte schwach. »Von der Insel Engelland auf dem Planeten Tellus und von der Dritten Technologischen Ära dieser Welt.«

Clive wollte keine Antwort einfallen.

»Und ich«, sagte der Mann, »bin N'wrbb Crrd'f.« Er legte eine Hand auf die Brust und senkte höflich den Kopf. »Und meine Gefährtin«, fuhr er fort, »ist die Lady 'Nrrc'kth.« Er streckte der Frau die Hand entgegen. Sie legte sie in die ihre und lächelte Clive dabei weich an.

Das Lächeln war atemberaubend, trotz der hohen schlanken Gestalt und der überraschenden Färbung — oder vielleicht sogar wegen dieser Merkmale. Clive verglich dieses Lächeln mit demjenigen der Frauen, die er während seines Lebens kennengelernt hatte, und fand keines, mit dem er dieses vergleichen konnte. Sie ließ N'wrbb Crrd'fs Hand los, und er zog sie zurück. Die großartige Frau berührte den Smaragd, der ihr am Busen lag, und Clive ertappte sich dabei, daß er überlegte, wie wohl die Brustwarzen gefärbt wären. Ob er sie je erblicken würde?

Clive bemerkte überrascht, daß N'wrbb Crrd'f sprach. »... werden sich erfrischen wollen. Bei aller Ehrerbietung, es erstaunt mich, daß Sie bis jetzt überlebt haben. Ich werde eine Wette verlieren.« Er lachte. »Eine freundschaftliche Wette, die zu verlieren ich nichtsdestoweniger bedaure. Ich hätte nie erwartet, daß Sie bis jetzt überleben würden. Ich hatte geglaubt, Sie wären ein weichlicher Schwächling, Major Clive Folliot. Bei weiterem stärkere und fähigere Kandidaten als Sie haben diese Reise unternommen, und sie sind nicht einmal in die Nähe der Burg gelangt. Aber ...«

Er machte eine Geste mit den Händen, als mißbillige er sich selbst. »Für jeden Gewinner gibt es einen Verlierer und umgekehrt, also werde ich zahlen, und mein Freund wird einnehmen, und so wird alles im Gleichgewicht bleiben.«

Er nahm die Hand seiner liebenswürdigen Gefährtin, und sie erhoben sich und schritten von dem Thron herunter. Aus der Nähe waren sie sogar noch anmutiger, der Mann wirkte noch machtvoller, die Lieblichkeit der Frau schien noch atemberaubender, als Clive zuvor bemerkt hatte.

»Meine Leute werden Sie in Ihr Quartier bringen. Dort werden Sie ein warmes Bad, Seife, einen Rasierapparat und frische Kleidung vorfinden. Ich bin mir sicher, daß Sie sich glücklicher und wohler fühlen werden, wenn Sie die Spuren Ihrer Reise entfernt haben. Dann werden Sie mit uns speisen, Major Clive Folliot.«

Clive schüttelte den Kopf. »Meine Freunde. Meine Gefährten.« Er deutete vage auf den Eingang des Raums, womit er den Weg meinte, dem er gefolgt war, den Wagen sowie Finnbogg, Shriek und Horace Hamilton Smythe.

»Tut mir leid, Major. Sie können sich nicht zu uns gesellen. Ich habe Angst um sie ... Sie haben nur eine kleine Chance zu überleben, obwohl ich ihnen alles Gute wünsche.«

»Überleben? Sergeant Smythe? Finnbogg und Shriek? Sie sollten nicht mehr leben?« Clive begann zu zittern.

»Aber wir haben noch einen Gast«, sagte N'wrbb Crrd'f leichthin. »Ich bin mir sicher, daß es Sie erfreuen wird, unsere Tafel mit dem Brigadier zu teilen.«

Wie betäubt wiederholte Clive das letzte Wort des anderen. »Brigadier?«

»Ja«, lächelte N'wrbb Crrd'f, »Brigadier Neville Folliot.«

Clive schwelgte in der Wanne. Sie war aus Holz gefertigt, und die Einzelteile waren so vollendet zusammengesetzt und bearbeitet, daß sie völlig wasserdicht war. Diener hatten das heiße Wasser in Eimern herangebracht, hatten ihm das Haar geschnitten und den Bart abrasiert, hatten ihn gewaschen und geschrubbt.

Der Raum war nur karg möbliert — weiche Tapisserien an den Wänden, ein riesiges Bett, auf dem frische Kleidung bereitlag, ein schwerer Läufer wie unten, auf dem die kreisenden Sterne sich endlos wiederholten.

Nachdem die Diener gegangen waren, entstieg Clive dem Wasser und trocknete sich mit einem großen weichen Handtuch ab. Die Kleidung, die für ihn bereitlag, war von mittelalterlichem Zuschnitt ... Wams und Hose und Stiefel mit hohem Schaft aus weichem Leder. Die Farben durchliefen alle Schattierungen von Rot und Kastanienbraun. Die Kleidung saß wie für ihn geschneidert. Ein Dolch mit goldenem Griff und verziert mit polierten Rubinen hing ihm an der Seite.

Clive stand vor einem hohen Spiegel und bewunderte sich. Der Raum wurde von Fackeln erleuchtet, die in Halterungen steckten.

Hinter Clive erschien eine große anmutige Gestalt in

Weiß. Er fuhr herum und erblickte Lady 'Nrrc'kth. Sie legte den Finger auf die Lippen, streckte eine Hand mit schmalen Fingern aus und drückte sie gegen Clives Mund, um ihn zum Schweigen zu bringen, noch ehe er gesprochen hatte.

Er nickte, und sie ließ die Hand fallen.

Die Lippen brannten ihm zum Verrücktwerden an der Stelle, wo sie sie berührt hatte. Dieser rasche Kontakt war die Berührung einer gefrorenen Flamme, ein Schluck von einem kühlen Wein, der mit brennenden Kräutern versetzt worden war.

Er handelte nur wenig mehr als reflexartig, als er die Dame in die Arme schloß. Sie ließ sich widerspruchslos gegen ihn sinken. Er fühlte ihre Lippen am Ohr, den warmen Atem an der Haut, ihren Körper fest an dem seinen. Trotz ihrer Größe konnte er den großartigen Smaragd sehen, der auf ihrem Busen lag. Als sie sich bewegte, bekam er die Antwort auf ein Rätsel, das ihn verwirrt hatte: die Farbe des Bereichs um ihre Brustwarzen.

»Clive Folliot«, wisperte ihm 'Nrrc'kth ins Ohr. »Clive Folliot, du mußt mich retten!«

Das waren die ersten Worte, die sie sprach, und er war verblüfft. War sie nicht die Gattin von N'wrbb Crrd'f? Er fragte sie, ob der Herr nicht ihr Gatte sei.

'Nrrc'kth lachte, tief und bitter. »Er wünscht, der Gatte zu sein. Ich verachte ihn.«

»Aber — ich habe euch zusammen gesehen. Herrscher und Gattin. Mann und Frau.«

»Wir sind nichts dergleichen.«

Clive schüttelte den Kopf. »Ist dies nicht deine Welt? Dein Schloß?«

»Nein, keines von beidem. Ich bin nicht von dieser Welt, noch ist es das Tier N'wrbb. Unsere Welt ist weit von hier. Agenten des Dungeon sind dorthingekommen und haben N'wrbb dazu gebracht, mit ihnen gemeinsame Sache zu machen. Wenn er ihnen bei ihren Plänen helfen würde, so sagten sie, würden sie ihm dabei helfen, mich gefangenzunehmen, und als seine Gefangene hierherbringen.«

Clive war verwirrt. Vielleicht war's das heiße Bad gewesen, das ihm das Blut aus dem Gehirn gezogen hatte; vielleicht die Nähe der Lady 'Nrrc'kth. Er stolperte, und sie half ihm dabei, zum Bett zu gelangen. Er wollte sich eigentlich bloß auf die Bettkante setzen, aber in seinen Ohren klingelte es. Vielleicht war ihm heimlich etwas ins Badewasser geträufelt worden. Er legte sich auf den Rücken, die Augen auf die Decke gerichtet, wo die Schatten, die die Fackeln warfen, hypnotisierend tanzten.

Er sah ein Gesicht, das über das seine gebeugt war — ein Gesicht, das irgendwie fremdartig war, wenngleich es das schönste war, in das er je geblickt hatte. Die Haut war bleich, das Haar von einem wie poliert glänzenden grünlichen Schwarz. Er spürte, wie ihn weiche Hände berührten, sich ihm an die Seiten des Gesichts legten. Er vernahm Worte, aber er konnte sie nicht verstehen. Seine eigenen Hände fühlten glatten Stoff und wunderbar weiches Fleisch.

Ohne jede Warnung wurde die Lady 'Nrrc'kth von ihm weggezogen. Er spürte, wie ihn eine Hand vorn an der Kleidung packte und ihn ganz unzeremoniell auf die Füße stellte. Er schaute hinauf in das Gesicht des Lord N'wrbb Crrd'f. »Ich sollte dich umbringen«, knurrte der Lord Clive entgegen. Sein Atem war heiß und faulig. »Ich sollte euch beide töten. Aber ich werde etwas Besseres tun. Etwas viel Besseres. Du glaubst, die Bedeutung des Wortes *Dungeon* zu kennen, Clive Folliot. Du glaubst, sie zu kennen, aber du weißt nichts. Überhaupt nichts!«

N'wrbb zog die Hand zurück und schlug Clive mit aller Kraft auf die eine Wange, dann auf die andere. Clive war noch immer verwirrt, noch immer schwach, während er eine Schwärze erblickte, die erfüllt war von den wirbelnden Sternen, aus deren Zentrum ihn N'wrrbs Gesicht höhnisch angrinste.

»Du und die Lady 'Nrrc'kth, ihr sollt beide zusammen die Bedeutung des Dungeon erfahren ... Während Brigadier Folliot und ich amüsiert dabei zuschauen!«

Er war so nahe daran gewesen, Neville zu finden! So nahe! Und jetzt ... Was würde aus ihm werden?

Clive spürte, wie er von dem drahtigen N'wrbb heftig herumgewirbelt wurde. Er spürte, wie er zum Eingang gezogen wurde. Noch während er das Bewußtsein verlor, fragte er sich, was mit der Lady 'Nrrc'kth geschähe.

KAPITEL 28

Die Armee der Verzweiflung

Vor dem völligen Erwachen lag der Schmerz, so daß Clive durch ein Meer von Qual ins Bewußtsein zu schwimmen schien, wie ein Taucher, der vom Grund des Ozeans an die Oberfläche steigt. Er blinzelte; das Licht, das ihn blinzeln ließ, war ein wäßriges Winterlicht, das schwach durch die winzigen Fenster beim Dach des steinernen Raums fiel.

Er griff nach dem Dolch, der zu seinem Gewand gehört hatte. Damals hatte er ihn bloß für einen zeremoniellen Teil der roten und kastanienbraunen Kleidung gehalten, die für ihn bereitgelegen hatte. Jetzt würde er sich als äußerst praktisch und wichtig erweisen.

Der Dolch war verschwunden!

Die liebliche exotische 'Nrrc'kth lag neben ihm, das wundervolle weiße Gewand war zerrissen und beschmutzt, der atemberaubende Silber- und Smaragdschmuck verschwunden. Eine Menge bunt zusammengewürfelter Individuen umgab sie. Eine stämmige Frau, deren Hautfarbe an die von 'Nrrc'kth gemahnte, stand über ihnen, Clives Dolch mit dem rubinfarbenen Griff in der Hand. Ihrer äußeren Erscheinung nach schien sie schon älter zu sein, aber in den Gliedmaßen steckte offensichtlich viel Kraft und in den Bewegungen Wendigkeit. Sie hatte ganz klar die Situation in der Hand.

Die umhertrottenden Wesen, die sie umgaben, empfanden anscheinend Ehrfurcht vor der stämmigen Frau, und mit Clives Dolch war es ihr gelungen, sie auf Distanz zu halten.

Die Frau warf Clive einen scharfen Blick zu. »Endlich aufgewacht, Schätzchen?«

Clive stolperte auf die Füße. Es war nicht nötig, die Frage der Frau zu beantworten, die in dem Dialekt gestellt worden war, den so viele im Dungeon gebrauchten.

»Nenn mich Oma«, sagte die Frau. »Und wer bist du, du merkwürdige Rübe?«

So gut er's in ein paar kurzen Sätzen konnte, sagte ihr Clive, wer er war.

»Brigadier Folliots Bruder, hm? Ja, ja, wir sind alle hier miteinander verwandt, nicht wahr?«

Clive antwortete, daß er die Bemerkung nicht verstehe.

»Nun, ich bin die Großtante des hübschen Mädels natürlich.« Sie deutete auf 'Nrrc'kths kalte grünweiße Schönheit.

»Sie sind von der gleichen Welt hierhergebracht worden?«

»Djajj — du wirst sie als Baten Kaitons Omikron kennen.«

»Nein, werde ich nicht.« Clive schüttelte den Kopf. »Ich kenne sie überhaupt nicht.«

»Woher stammst du, mein Junge? Was ist dein Planet? Und dein Jahr?«

»Öh ... Tellus. Terra. Erde. Das Jahr 1868.«

Die alte Frau lachte. »Ich schätze, du wirst mein Jahr, unser Jahr«, — sie deutete auf 'Nrrc'kth —, »801 702 nennen. Oder so nahe bei diesem Zeitraum, daß es keinen Unterschied macht.«

Die alte Frau musterte die Menge von zerlumpten schmutzigen Individuen, die das Dungeon erfüllten. »Mir war doch so, als wär hier noch so 'n Kumpel von der Erde. Kann nicht behaupten, daß ich mich ans Jahr erinnere.« Sie rieb sich das Kinn.

Clives Gedanken rasten. Noch ein Kumpel von der Erde — könnte das Horace Hamilton Smythe sein?

Oder Sidi Bombay? Die alte Frau wußte, wer Brigadier Folliot war — Clives Bruder mußte sich einen höheren Rang als den eines gewöhnlichen Majors der Guards zugelegt haben.

»Tomàs!« rief die alte Frau.

Die Reihen der Gefangenen teilten sich, und ein schwärzlicher unrasierter Mann schlurfte heran. Er trug die gewirkte Mütze eines Seemanns und Kleidung, die etwas Seemännisches an sich hatte. Er nahm die Mütze ab und senkte den Kopf vor Oma.

»Ja, gnä' Frau.«

»Was hast du gesagt, aus welchem Jahr kommst du, Tomàs?«

Der Blick des Seefahrers flackerte von Oma zu Clive und zurück, dann von Oma zu 'Nrrc'kth, dann erneut zu Oma. »Es war 1492«, sagte Tomàs. »Direkt von dem guten alten Schiff *Nina* weggeschnappt. Nachtwache, das is meine Pflicht gewesen. Hab dagesessen und meine Pflicht getan, hab 'nen scharfen Blick gehabt auf Wasserhosen und Seeschlangen. Und hab auch meine Gebete gesagt, damit wir nich über die Kante der Welt fallen, wenn wir da angekommen wären.«

»Ja«, unterbrach Oma, »komm zur Sache, Tomàs!«

»Ja, gnä' Frau. Nun, ich hab da gesessen un über die Leiden unseres Herrn nachgedacht un hab über die Stationen des Kreuzwegs nachgesonnen, und da is urplötzlich ein Schimmern von Lichtern am Himmel gewesen, überall Farben, so hell wie der Tag. Und dann is ein Büschel von Sternen durch 'nen Wolkenhaufen im Südwest durchgebrochen, ich erinnere mich, als wär's heute, daß Südwesten gewesen is. Un sie haben sich zu 'ner Spirale geformt un sich gedreht und gedreht. Ich hab mich so schwindelig gefühlt, daß ich aufhören mußte mit dem Beten, un ich hab mich am Krähennest festhalten müssen, nur um nich runter aufs Deck zu fallen. Aber das hat mir nich gutgetan, nee. Sie haben mich irgendwie gekriegt. Sie haben mich einfach in 'n Himmel hochgefegt und dann runter in das Dungeon, und alle die Dinge, die mir dann zugestoßen sin ...«

»Schon gut«, schnitt ihm Oma das Wort ab. »Reicht das?« Sie wandte Clive das Gesicht zu. »Das hier ist also Tomàs. Tomàs, das ist Clive. Ihr zwei seid vom gleichen Planeten, vielleicht könnt ihr euch umeinander kümmern. Während ich mich des kleinen Täubchens hier annehme.« Sie legte die Arme um 'Nrrc'kths Nacken und versorgte die Verletzungen der jungen Frau.

Clive und Tomàs gingen zusammen weg. Clive warf einen Blick um sich und musterte dabei die Gestalten der übrigen Gefangenen. Warum waren sie hier? Warum hatten die rätselhaften schemenhaften Figuren, die diese Welt beherrschten, mochten sie Q'oornans oder eine andere noch fremdartigere Rasse sein, Wesen von so vielen Welten und Zeitaltern gefangengenommen und sie in das Dungeon verschleppt, nur um einige freizulassen und andere einzukerkern?

Clive war überzeugt davon, daß er einen Anfang gemacht hätte, dieses grenzenlose Rätsel zu lösen, wenn es ihm gelänge, Neville zu finden. Und er war so nahe, so schrecklich nahe daran gewesen, seinen Bruder ausfindig zu machen!

Noch war er nicht bereit, dieses Ziel aufzugeben! Aber er konnte nicht erwarten, Neville aufzuspüren, wenn er sich in diesem steinernen Gefängnis passiv verhielt. Er war zu weit gereist, hatte zuviel durchlitten, hatte zuviel Schmerz und den Verlust von Freunden erfahren, um hierzubleiben.

»Tomàs«, wandte er sich an den Seemann, »du bist Portugiese, nicht wahr?«

»Ja, mein Herr.«

»Hast du Freunde hier, Tomàs? Sind diese Gefangenen eine Gemeinschaft, die wir gegen unsere Kerkermeister aufwiegeln können?«

Der Iberer schaute ernst drein. »Das Dungeon ist der

Weg unseres Herrn, uns zu prüfen, Herr. Wenn wir unseren Glauben behalten, werden wir gerettet werden. Wenn wir uns der Rebellion oder der Verzweiflung ergeben, werden wir verdammt sein.«

Clive Folliot war genauso fromm wie der andere, aber es gab Zeiten, in denen man durch den Glauben erlöst wurde. Im Augenblick galt es, aktiv zu werden.

»Ich habe keinen Zweifel daran, daß dein Glaube fest ist, Tomàs. Und natürlich soll sich niemand gegen den Willen des Himmels vergehen. Aber du glaubst doch sicherlich nicht, daß unsere Peiniger den Willen des Himmels erfüllen. Eher das Gegenteil! Willst du nicht mithelfen, die Freiheit zu erringen? Sicherlich ist das der Wille des Himmels — Freiheit, nicht Unglück für die Gläubigen.«

Irgendwie überzeugte das Tomàs ein wenig. Vielleicht waren's Clives Beredsamkeit und offensichtliche Ernsthaftigkeit, die den Iberer schwankend werden ließen. Oder war es vielleicht der Gedanke an Tageslicht und klaren Himmel und fließendes Wasser als Kontrast zu dem Schmutz und der Erbärmlichkeit seiner gegenwärtigen Umgebung?

Auf jeden Fall erhellten sich Tomàs finstere Gesichtszüge zu einem breiten Grinsen. »Ju, Major! Die gute alte Oma is ganz schön mächtig, und ich hab andere Freunde. Seltsame Gestalten hier, Major! So was wie Wölfe und Löwen und andere, für die ich noch nich ma Worte find ... aber sie sin alle Gefangene des Dungeon, und sie sin alle bereit zur Flucht. Sie brauchen nur jemanden, der sie anführt. Sin Sie's, Major? Sin Sie's?«

Clive zögerte nur einen Augenblick lang. Er war von Natur aus ein nachdenklicher, passiver Mann. Er hätte lieber studiert und nachgedacht und geplant als gehandelt. Aber dafür war jetzt nicht die Zeit.

»Ich bin euer Mann, Tomàs! Ja, ich werde euch anführen! Komm, wir wollen uns mit Oma zusammensetzen. Und mit allen, von denen du glaubst, daß sie den Willen und die Intelligenz besitzen, uns bei der Verschwörung beistehen zu können. Wir werden einen Plan entwikkeln, und dann werden wir handeln. Die Q'oornans haben uns gegen unseren Willen hierhergebracht, jeden Mann und jede Frau und jedes außermenschliche Wesen. Aber sie sollen uns hier nicht festhalten. Wir werden wieder unser eigener Herr werden!«

'Nrrc'kth ruhte sich aus, während Clive, Tomàs und Oma ihren Plan entwickelten. Tomàs schlug zwei weitere Gefangene vor, die an der Verschwörung teilnehmen sollten. Einer war ein seltsames Wesen mit Echsenhaut und Tigerklauen. Der andere war weit merkwürdiger, ein schattenhaftes flüsterndes Etwas, das Clive nie recht in den Blick zu bekommen vermochte, das unablässig zu wachsen und zu schrumpfen und sich zu bewegen schien.

Es bestand die Gefahr — es bestand ständig die Gefahr —, daß einige der Gefangenen Verräter wären, Doppelagenten, die von den Q'oornans aus eigenen Gründen unter die buntgemischte Masse gemengt worden waren. Es war nicht leicht, solche Verräter zu enttarnen, und die Anwesenheit von Abtrünnigen war nicht auszuschließen.

Sie mußten einfach Tomàs' Urteil vertrauen — und Omas Urteil —, entschied Clive.

Der Plan, den sie entwickelten, sah vor, einen der Steine aus dem Boden des Dungeon auszugraben. Die Steine waren nicht einzementiert, sondern einfach Seite an Seite gelegt worden, sie waren jedoch so sorgfältig aneinandergepaßt, daß es beinahe unmöglich schien, sie vom Platz zu heben.

Aber Clives Dolch war der Aufmerksamkeit der Wächter während des Zusammenstoßes mit dem Herrn der Burg entgangen. Während sie jetzt seine polierte Schneide als Hebel benutzten, gelang es Clive und seinen Verbündeten, einen Block bei der Fensterwand um den Bruchteil eines Zentimeters anzuheben.

Und jetzt kamen die tigerähnlichen Klauen von Tomàs' Freund ins Spiel. Keine gewöhnlichen Finger hätten den Stein an seinem Platz halten können — Clive schätzte, daß er beinahe vierhundert Pfund wog, und die Seiten waren glatt und schlüpfrig. Aber die Klauen gruben sich hinein, und dann gelang es dem Formwechsler, mit einem Tentakel in den schmalen Schlitz einzudringen und einen Teil seiner Masse unter den Stein zu bekommen, so daß er von unten dagegendrükken konnte.

In gemeinsamer Anstrengung gelang es ihnen, den Stein anzuheben. Mit einem gemeinsamen Ausruf schoben sie ihn beiseite auf den nächstgelegenen Block.

Einen flüchtigen Moment lang hoffte Clive, daß das Beiseiteräumen des Steins ihnen Zugang zu irgendeinem verborgenen Fluchtweg, irgendeinem vergessenen Tunnel verschaffen würde, der sie aus dem Dungeon hinaus in die Außenwelt führen würde, von wo aus sie die endgültige Flucht aus der Burg antreten könnten.

Das war nicht der Fall. Sie erblickten lediglich schwarze Erde unter den Steinen. In gewisser Weise war Clive erleichtert. Er wollte nicht wirklich die Burg verlassen und übers Land entkommen. Nicht, nachdem er Neville fast erwischt hatte. Oh, nein! Clive sehnte sich jetzt nach der Gegenüberstellung, die auf ihn wartete.

Sie arbeiteten schichtweise und gruben die Erde unter dem schwarzen Stein heraus. Ihre Nahrung wurde ihnen in regelmäßigen Abständen gebracht, und es war ein leichtes, die Grabung mit Hilfe der sich ständig bewegenden Körper der Gefangenen zu tarnen. Außerdem schenkten die Wächter ihrem Treiben nicht viel Beachtung. Das Gefängnis hatte sich über eine lange Zeitspanne hinweg als sicher erwiesen, und sie waren in ein verräterisches Vertrauen eingelullt worden.

Die Wand selbst schimmerte und glänzte und wurde teilweise durchsichtig. Clive starrte mit offenem Mund hin. 'Nrrc'kth befand sich an seiner Seite. Sie hatte ihre Kraft wiedergewonnen und nahm lebhaften Anteil an dem Ausbruchsversuch der Gefangenen. Tomàs überwachte die Grabungsarbeiten, und er tat einen lauten Ausruf bei der Erscheinung und flehte seinen Schutzheiligen um Beistand an.

Er habe doch die ganze Zeit über recht gehabt, rief Tomàs aus. Das Dungeon sei ein Teil des himmlischen Plans — vielleicht sogar das Fegefeuer! Vielleicht sei es ein Bereich der Hölle selbst! Und jetzt ...

Clive befahl Ruhe. Er war allmählich mit dem Dialekt des Dungeon vertraut geworden, und das Sprachproblem war nicht länger ein Hinderungsgrund bei der Ausübung seiner Autorität.

An der Stelle, wo die Gefangenen bislang hilflos vor einer festgefügten Wand gestanden hatten, erschien jetzt ein schimmerndes glänzendes Feld. Und in dessen Zentrum, von einem inneren Licht erleuchtet, umgeben von Shriek und Finnbogg und Horace Hamilton Smythe, stand die dunkelhaarige gertenschlanke Gestalt von Benutzer Annie!

Clive spürte, wie sich ihm das Gehirn verdrehte, wie sich sein Sinn für Zeit und Raum durch irgendwelche seltsamen Dimensionen wand, so daß er Zugriff zu der Information erhielt, die er seit der merkwürdigen Vereinigung in sich getragen hatte, die er mit Horace Hamilton Smythe und Finnbogg und Annie durch Shriek gehabt hatte. Er hatte damals gedacht, daß er sein Bewußtsein nicht mit dem von Benutzer Annie verschmolzen habe. Aber jetzt wurde ihm klar, daß er sein Bewußtsein doch mit ihr geteilt hatte und sie das ihre mit dem seinen. Er hatte bis jetzt die schockierende Information unterdrückt, die er von ihr erhalten hatte, aber in diesem Augenblick der Begegnung und Wiedervereinigung stürzte sie auf ihn ein, in welchem Zimmer des

Bewußtseins sie zuvor auch verschlossen gewesen sein mochte.

Während die Szenerie vor ihm zu einem Tableau erstarrte, reiste sein Bewußtsein durch die Geschichte, die er von Annie erfahren hatte.

Ja, du nennst mich Benutzer Annie, aber mein Name ist Annabelle Leigh. Meine Liebhaber nennen mich Anne oder Belle. Ich mag Belle. Meine Großmutter kannte Belle Starr.

Du glaubst, daß ich fremdartig spreche, aber das ist die Art, wie wir in meiner Zeit miteinander reden, in meiner Welt. In meinem Geschäft. Computer sind so sehr ein Teil des täglichen Lebens geworden, daß unsere Sprache den Jargon der Programmierer und der Systemdesigner aufgenommen hat. Deine Sprache klingt für mich genauso fremdartig und unverständlich, Clive Folliot, wie es meine Sprache für dich tut. Segne Shriek dafür, daß sie uns dabei hilft, einander zu verstehen. Ich sorge mich um dich, ich werde von dir angezogen, aber es gibt etwas zwischen uns, das du nicht verstehst — und dennoch mußt du's tun.

Ich wurde im Jahre 1980 in San Francisco geboren, also bin ich neunzehn Jahre alt. Ich war Jungfrau, bis ich fünfzehn war — üblich für Mädchen meiner Zeit. Ich habe eine gute Erziehung genossen und einen guten Beruf ergriffen — oder hatte es zumindest getan, bis die Q'oornans mich vom Piccadilly Circus auflasen und ins Dungeon verschleppten.

Meine Mutter war schon vor mir Sängerin. Sie wurde im Jahre 1959 in Denver geboren, und sie ist dann nach San Francisco gegangen. Sie sang im Chor der Oper von San Francisco, und sie erhielt dort einige kleinere Rollen als Koloratursängerin. Sie war einundzwanzig Jahre alt, als ich geboren wurde. Sie war niemals verheiratet. Das hat in unserer Familie Tradition, und ich würde es nicht ändern, wenn es nach mir ginge.

Wir heiraten niemals. Wir nehmen uns Liebhaber nach unserer Wahl, wir gebären Töchter, wir leben unser eigenes Leben, gehen, wohin wir wollen, und vor allem — wir heiraten niemals!

Meine Großmutter wurde 1925 in Chicago geboren. Sie war Barmädchen. Sie sang und tanzte und sie arbeitete zeitweilig nebenbei als Nutte. Sie hatte wenig gute Voraussetzungen. Ihre Mutter war nicht in der Lage gewesen, ihr viel mitzugeben, aber sie hatte sie das Familiengesetz gelehrt: Leb so, wie du willst — nimm die Liebhaber, die du möchtest — gebär eine Tochter — heirate niemals!

Großmutter hatte es schwer, aber sie ist der Familientradition treu geblieben. Sie hatte meine Mutter im Alter von vierunddreißig Jahren bekommen. Sie zog sie mit ihren bescheidenen Mitteln groß, aber sie brachte ihr bei, was sie wissen mußte, und sie half ihr dabei, in der Welt groß zu werden.

Meine Urgroßmutter war Putzfrau in Boston. Sie war dort als Bastard abgestempelt. Sie war in den Armen ihrer Mutter nach Amerika gekommen, ein zahnloses Kleinkind. Ihre Mutter hatte versucht, als Witwe zu gelten, aber irgendwie war's herausgekommen, daß sie niemals verheiratet gewesen war, daß ihr Kind unehelich war. Sie war diejenige, die den großen Entschluß gefaßt hatte, die das Familiengesetz begründete.

Der Familienname war nicht immer Leigh. Im Lauf der Jahre hatte er sich irgendwie von Leighton zu Leigh verkürzt.

Unsere Linie wurde von der Engländerin Annabella Leighton begründet. Sie hatte sich einen Liebhaber genommen, aber das war noch bevor unser Großes Gesetz begründet worden war. Sie hatte die Absicht gehabt zu heiraten. Ihr Liebhaber hatte ihr versprochen, sie zu heiraten. Sie vertraute ihm, die arme Närrin! Arme Annabella Leighton!

Ihr Liebhaber war der zweite Sohn eines Barons. Sein älterer Bruder war auf einer Expedition nach Ostafrika verschollen. Der Liebhaber von Ururgroßmutter brach auf, um seinen Bruder zu suchen. Keiner der Brüder ist jemals zurückgekehrt.

Ururgroßmutter wartete bis zum bitteren Ende. Sie schenkte ganz allein einem Kind das Leben, allein und ohne Beistand in einer bitterkalten Londoner Wohnung. Als ihr klar wurde, daß ihr Liebhaber nicht zurückkäme — als der al-

te Baron Tewkesbury starb und Titel und Besitztümer auf einen fernen Vettern übergingen, der Ururgroßmutter die Tür wies —, schuf sie das Große Gesetz unserer Familie.

Sie buchte eine Passage nach Amerika und lebte in Boston und zog ihr Kind so auf, wie sie es wollte, wählte Liebhaber, wie sie es wollte, um die Tochter zu unterstützen und ihr das Familiengesetz zu vererben. Und vor allem, um niemals zu heiraten.

Das ist die Geschichte meiner Familie. Ich bin, die ich bin.

Du hast in dieser Geschichte eine Rolle gespielt, Clive Folliot. Du weißt, wer du bist. Du kennst die Rolle, die du gespielt hast.

Meine Gefühle dir gegenüber sind sehr gemischt, um es endlich auszusprechen. Wenn wir hier lebend herauskommen ... wenn du deinen Weg zurück nach England und zu Annabella Leighton findest ... wenn du sie schließlich doch noch heiratest ...

Was wird dann aus meiner Familie werden? Was wird aus unserem Gesetz werden? Was wird aus mir werden? Ich weiß es nicht, Clive Folliot. Das ist das Ende von allem und Antwort auf alles. Ich weiß es einfach nicht.

Clive schüttelte den Kopf, als könnte diese Geste das gesamte Universum verändern und die Erstarrung aufbrechen, die ihn jetzt gefangenhielt, damit er Geräusche und Bewegungen um sich herum wieder wahrnehmen könnte.

Benutzer Annie — nein, Annabelle Leigh — stand inmitten einer schimmernden Aureole. Farben, die Clive nicht im entferntesten beschreiben konnte, glänzten und waberten um sie herum, als sie die Hände bewegte und die steinerne Wand des Dungeon wegschmolz.

Er hatte keine Vorstellung davon, was diese Computer sollten, von denen sie in jenem blindmachenden Augenblick der Vereinigung gesprochen hatte, abgesehen davon, daß es irgendwelche wundersamen Maschinen waren, die beinahe ein eigenes Bewußtsein zu besitzen schienen und sowohl als Diener wie auch als Herren des

Menschen verwendet werden konnten. Baalbec A-9 war offensichtlich eine solche Maschine.

Die Gefangenen strömten durch die Öffnung in der Wand des Dungeon, die Annabelle Leigh geschaffen hatte. Ganz klar ging dieses Wunder auf das Konto ihres Baalbec A-9.

Clive konnte nicht einmal raten, wieviel von ihrer eigenen Kraft diese Tat verbraucht hatte, wieviel übriggeblieben war, wieviel diese Maschine auf Annies Befehl noch tun konnte. Sie hatte Clive erzählt, daß die Maschine von den Energien des Körpers gespeist wurde. Wenn sie müde und ihre Kraft erschöpft wäre, müßte der Baalbec seine Macht gleichfalls verlieren, bis Annie sich wieder erholt und Nahrung zu sich genommen und ihre Kräfte wieder gefunden hätte.

Und, ganz nebenbei, wie war sie hierher gekommen? Er konnte nur raten, und er schätzte, daß sie mit der Nakajima Modell 97 geflogen war. Und wo hatte sie sie zur Erde gebracht? Vielleicht im Hof der Burg. Oder vielleicht jenseits des Grabens, und sie hatte von dort Shriek, Finnbogg und Horace Hamilton Smythe hierhertransportiert.

Fragen, immerzu Fragen, und jede Antwort brachte nur eine frische Ladung von Rätseln mit sich. Es blieb jetzt keine Zeit, die Angelegenheit weiter zu verfolgen.

Er schaute auf 'Nrrc'kth zurück. Ihr weißes Gewand, die bleiche Haut, das schwarzgrüne Haar, die unirdische Schönheit erregten ihn noch immer tief bis ins Herz hinein. Er sah von ihr weg, sah erneut Annabelle Leigh an. War diese junge Frau tatsächlich die Ururenkelin von Annabella Leighton? Sie mußte es sein; die Geschichte, die sie erzählt hatte, paßte trotz der unglaublichen Umstände überzeugend zu Clives und Annabellas Leben.

Annabelle Leigh — Benutzer Annie — war seine eigene Ururenkelin! Sie war Fleisch von seinem Fleisch, die Frucht seiner Lenden und Leidenschaft.

Er dachte daran, wie er sie während der Fahrt im Wagen gehalten hatte. Er wußte, daß er, wenn die Situation eine andere gewesen wäre, wenn sich die Gelegenheit geboten hätte, mehr mit ihr getan hätte, als sie nur in den Armen zu halten. Er hätte mit ihr ... Sie war seine eigene Ururenkelin, seine unmittelbare Nachfahrin, seine wirkliche Tochter, und er hätte mit ihr ...

Aber nein, das war nur ein Traum gewesen, ein merkwürdiger Flug der Phantasie, halb aus dem Stoff, aus dem die Träume sind, halb erotische Phantasie. Und er hatte es nicht gewußt, hatte es zu der Zeit nicht gewußt ...

Doch dann wurde er von einer realen Kraft fortgeschwemmt, von der Flucht der Gefangenen aus dem Dungeon in die Freiheit.

Ein paar von ihnen rannten davon, flohen das Dungeon, die Burg. Er hörte es klatschen, als sie in den breiten Graben fielen. Dann vernahm er Schreie, als die Bewohner dieses Vorhofs zur Hölle ihr Festmahl hielten.

Die meisten Gefangenen blieben zurück und sammelten sich um Clive und Tomàs und Oma und 'Nrrc'kth. Diese Gruppe vermengte sich mit den Neuankömmlingen, mit Annabelle und Horace Hamilton Smythe und Finnbogg und Shriek.

Und alle — alle! — schauten Clive an.

Nein. Er war wie vor den Kopf geschlagen, als er verstand. Sie schauten ihn nicht *an.* Sie schauten zu ihm *auf.* Sie schauten zu ihm auf und warteten auf eine Entscheidung und darauf, daß er das Heft in die Hand nähme.

Er wollte die Rolle des Anführers nicht, aber sie war ihm aufgedrängt worden. Oben in der Burg gab es Wachen. Es war ein Wunder, daß sie noch nicht auf die Massenflucht von Gefangenen reagiert hatten, aber Clive wußte, daß sie jeden Augenblick kommen könnten.

Er konnte seinen buntgemischten Trupp flüchten lassen — oder er konnte ihn in den Kampf führen.

Die erste Möglichkeit mochte vielleicht vor Verwundungen bewahren, vielleicht sogar vor dem Tod — zumindest im Augenblick. Aber irgend jemand mußte sich den Q'oornans entgegenstellen. Irgend jemand mußte das Rätsel des Dungeon lösen. Irgend jemand mußte die Herrscher stürzen!

Dieser Jemand war Clive Folliot, zusammen mit dem Trupp aus menschlichem und nichtmenschlichem Gefolge.

Es blieb noch Zeit für einen kurzen Austausch mit Annie, und während die übrigen eine kurze Atempause einlegten, nutzte Clive die Chance. »Ich verstehe jetzt«, sagte er zu Annie.

Sie schaute ihm ins Gesicht und sagte: »Da bin ich froh, Clive.« In ihrem Blick stand das Wissen, daß auch sie wußte, was Clive verstand. Sie hatte während des kurzen körperlichen Kontakts genausoviel von ihm erfahren wie er von ihr.

»Gibt's da noch was — etwas, das ich herausfinden muß?«

Annie lächelte. »Ganze RAM-Bibliotheken, Clive. Großvater. Die Q'oornans — sie sind nur eine Gruppe, eine Welt in einem Universum, das du dir kaum vorstellen kannst. Wir sind Bauern, Großvater. Bauern in einem verrückten n-dimensionalen Schachspiel, bei dem wir nicht einmal wissen, wessen Hände es sind, die uns bewegen.«

»Gibt es dann keine Hoffnung?« drängte Clive.

»Es gibt immer Hoffnung, Großvater! Immer! Nur wenn wir die Hoffnung aufgeben, hört sie auf, für uns zu existieren. Solange wir unseren Sehnsüchten folgen, und solange wir den Kampf nicht aufgeben, können wir gewinnen. Irgendwann. Irgendwie. Wir *werden* gewinnen, Großvater!«

Clive lächelte Annie an. Lächelte diese schöne Frau

an, dieses mutige und rätselhafte Wesen. Ihm wurde klar, daß er sie geliebt hatte, auf eine Weise, wie er zuvor noch niemals geliebt hatte.

Sie würden gewinnen! Tief im Herzen wußte er, daß sie gewinnen würden.

Die erste Aufgabe, die vor ihnen lag, war der Zusammenstoß mit Neville.

Clive Folliot machte sich daran, diese Aufgabe zu erfüllen.

KAPITEL 29

Chang Guafe

Von allen Gefangenen, die sich draußen vor der Burg Clives Armee anschlossen, war die überraschendste Erscheinung die von Chang Guafe. Chang Guafe war kein Mensch, kein Tier, keine Maschine; er war nichts davon und alles davon.

Das Gesicht war eine sich ständig bewegende amorphe Masse von Augen und Zähnen und anderen Objekten, die eher das Ergebnis eines verrückt gewordenen Experimentators als die schlimmsten Auswüchse der Natur sein mußten. Es gab dort Tentakel und Zahnräder, Zangen und Klauen. Chang Guafe hätte der Urvater des Monsters von der großen Brücke sein können, der mit den Produkten eines böswilligen Waffenherstellers ausgerüstet worden war.

In einem raschen Gedankenaustausch mit Chang Guafe erfuhr Clive, daß er das Produkt einer Welt war, wo das Leben einfach und primitiv war. Chang Guafe selbst war zu Beginn wenig mehr als eine Amöbe gewesen.

Aber die große Errungenschaft der Evolution unter Chang Guafes Spezies war ihre Fähigkeit, die Gestalten und bis zu einem begrenzten Grad auch die bewußten Persönlichkeiten der Wesen aufzunehmen, denen sie begegneten und die sie absorbierten.

Solange Chang Guafes Welt sich selbst überlassen blieb, hatte sie sich zu einem Lebensraum für eine formlose Masse lebenden, pulsierenden Protoplasmas entwickelt. Undifferenziert, unspezialisiert, unintelligent und sogar unbewußt — bis der erste Raumforscher von einem fernen Planeten eintraf. Sobald das Raumschiff des Besuchers aufgesetzt hatte, wurde es unerbittlich absorbiert, und sowohl die mechanischen Apparate des Raumschiffs als auch die körperlichen und geistigen Organe seiner Besatzung wurden in das Aussehen der einheimischen Lebensform integriert.

Nachdem es sich die Kenntnisse und die Technologie ihrer Besucher einverleibt hatte, konnte sich das einheimische Leben von Chang Guafes Planeten ausbreiten — und es breitete sich aus und sog dabei alles Leben und alle Technologie auf, denen es begegnete.

Dann erreichte Chang Guafe einen Planeten, der bereits von den Q'oornans beherrscht wurde. Es wäre nicht korrekt zu sagen, daß Chang Guafe mit einem Raumschiff oder ohne Raumschiff reiste. Es gab keinen Unterschied zwischen Besatzung und Fahrzeug. Chang Guafe und sein Nachschub und seine Ausrüstung und sein Raumschiff waren eine einzige Einheit.

Aber irgend etwas auf diesem Planeten hatte Chang Guafes Aussehen eingefroren. Er konnte sich bewegen, er war in der Lage zu funktionieren, er konnte sich, innerhalb gewisser Grenzen, sogar verändern. Aber er konnte nicht mehr länger neue Organismen oder neue Mechanismen absorbieren. Er steckte fest. Und er war im Dungeon eingekerkert worden. Und er hatte denen, die ihn gefangengenommen hatten, Rache geschworen.

Chang Guafe sah in Clive Folliots Führung eine Möglichkeit, Rache zu nehmen — und hoffte des weiteren zumindest darauf, diesem Planeten entrinnen und seine Fähigkeit, zu wachsen und zu absorbieren, zurückgewinnen zu können.

Und Clive Folliot sah in Chang Guafe einen Verbündeten im eigenen Kampf gegen die Q'oornans sowie bei der Suche nach dem verlorenen Bruder.

Clive und seine Gefährten fanden sich in offenem Gelände wieder; die Burg und die jetzt aufgebrochene Dungeonwand lag hinter ihnen, der breite Graben, der die Burg vom umliegenden Land trennte, vor ihnen. Er wollte mit ihnen reden, wollte ihnen erzählen, was er durchgemacht hatte, und wollte sie fragen, was sie während der Zeit der Trennung erlebt hatten. Vor allem wollte er mit Annie sprechen — Annabelle Leigh, seinem eigenen Nachkömmling! Aber dazu war jetzt nicht die Zeit.

Er warf den Kopf in den Nacken und musterte den Himmel. Die ständig kreisenden Sterne der Miniaturkonstellation, die diese Welt innerhalb des Dungeon erleuchtete, waren so hell wie der Tag.

Was lag auf der anderen Seite dieser umgestülpten Welt? Clive wußte, daß er dorthin reisen *konnte,* wenn er die Gelegenheit dazu bekäme. War Neville im Schloß von N'wrrb Crrd'f gewesen? War er jetzt verschwunden — vielleicht zu einem Punkt jenseits des Schlosses, zu irgendeinem Land im Himmel des Dungeon?

Clive war so nahe an Neville herangekommen — auf eine Stunde, vielleicht auf Korridorbreite. Er konnte seine Suche nicht aufgeben!

Eine Rotte gnomenhafter Wärter quoll aus dem Loch in der Schloßwand, das Annabelle Leighs Baalbec A-9 herausgebrochen hatte. Seine zuvor sinnlichen Gefühle Annie gegenüber hatten sich in eine Art großväterlichen Stolz und Sorge um ihr Wohlergehen gewandelt. Sie war nicht länger eine nur attraktive, wenngleich exotische junge Frau, der er in dieser Alptraumwelt begegnet war. Sie war das Fleisch seines Fleisches, das Blut seines Blutes. Sie war sein Kind, und er würde über sie wachen.

Die Gnome griffen mit Piken und Äxten an.

Clives Trupp verteidigte sich mit allen behelfsmäßigen Waffen, die er nur finden konnte. Mit Stöcken und Steinen und, falls nötig, mit bloßen Händen, mit Zähnen, Klauen. Einige besaßen Organe, mit denen sie Gift erzeugen und verspritzen konnten.

Shriek wirbelte durch die Luft und warf dabei die vier langen Beine in die eine oder in die andere Richtung, während die vier dünnen, jedoch kraftvollen Arme

Gliedmaßen und Nacken der Gnome verdrehten. Die Kieferknochen, die Clive lediglich für Restorgane gehalten hatte, waren alles andere als das — sie stach damit zu, bis die Feinde sich in Agonie wanden und deren Mitstreiter vor Furcht erstarrten. Sie zog ihre stachelähnlichen Haare heraus und warf sie in die Gesichter der Angreifer und schickte sie zu Boden, wo sie sich in Krämpfen wanden und schrien, bis sie starben.

Einer der gnomenhaften Angreifer schlug mit einem spitzenbewehrten Morgenstern nach Shriek. Das Holz zerschmetterte einen der vier Arme der Spinnenfrau. Sie stieß ein Geheul aus, wie Clive es nie zuvor gehört hatte. Mit den verbliebenen Armen packte sie den Angreifer und wirbelte ihn durch die Luft. Seine Schreie begleiteten die ihren und brachen abrupt ab, als der Körper im Graben aufklatschte

Ein Schlag, dann das Geräusch des Reißens, ein letztes grauenhaftes Heulen, und der Gnom verschwand unter dem sich kräuselnden Wasser.

Der Morgenstern des Gnoms war in Shrieks Fleisch zurückgeblieben, wurde von den Widerhaken gehalten. Die Schreie der Spinnenfrau beherrschten das gesamte Schlachtfeld, als sie sich die zerstörte Extremität herausriß, den stachelbewehrten Morgenstern aus dem herausgerissenen Arm zog, in die Schlacht zurückkehrte und dabei die Gnome mit dem Morgenstern zerschmetterte.

Die Angreifer waren beinahe aufgerieben, als ein Schrei der Enttäuschung unter Clives Gefolgschaft aufstieg. Eine weitere Rotte Wächter — nein, zwei Rotten! — näherten sich. Sie hatten die Burg verlassen und umrundeten sie, wobei sich der eine Trupp im Uhrzeigersinn und der andere im Gegenuhrzeigersinn bewegte, um Clives Schar in die Zange zu nehmen.

Der mächtige Finnbogg verließ die Rotte von Gnomen, unter der er gehaust hatte, und rannte auf die neuen Angreifer zu. Clive vernahm das hündische Knurren, einen tiefen Kontrapunkt zu Shrieks ohrenbetäubenden Kriegsschreien. Er sah, wie Finnbogg unter der Masse von Gnomen verschwand.

Clive vermochte vage die Umrisse Finnboggs zu erkennen, während die Gnome über ihn krochen wie Käfer über ein Nagetier. Aber Finnbogg war kein wehrloses Opfer. Gnome und deren Gliedmaßen flogen aus dem Haufen davon, in dem Finnbogg wütete. Blut spritzte zu Boden.

Annabelle, 'Nrrc'kth und Oma standen in einem Dreieck Rücken an Rücken. 'Nrrc'kth und Oma hatten sich mit den Waffen der gefallenen Gnome ausgerüstet. Annabelle verließ sich allein auf den Baalbec A-9. Clive kannte nur ein paar der Möglichkeiten dieses Apparates. Er konnte nur vermuten, was er für Annabelle tun konnte, was sie mit ihm tun konnte.

Clive selbst war mit dem Dolch mit dem Rubingriff bewaffnet, den er von N'wrbb Crrd'f erhalten hatte. Er schien ein erbärmliches Werkzeug gegen die Piken und Morgensterne und Streitäxte und Breitschwerter zu sein, aber Clive war zornerregt. Er langte hin und schlug zu, duckte und wand sich. Er war von einer Schicht aus Schweiß und Schmutz und Blut bedeckt, und er hatte weder eine Ahnung, wieviel davon sein eigenes Blut war, noch kümmerte ihn das.

Dieser sanfte, nachdenkliche, vielleicht unabsichtlich selbstbezogene Mann hatte sich in eine Maschine des Tötens verwandelt.

Er spürte Sergeant Smythe hinter sich, hörte das angestrengte Grunzen des Mannes, die Triumphschreie, die Schmerzensschreie.

Clive hörte, wie Smythe rief: »Hier, Sör! Ihre Hand!« Es war dem Sergeanten gelungen, eine der winzigen explosiven Bomben aufzubewahren, die er von dem fliegenden Tier abgetrennt hatte, das sie auf der Bogenbrücke angegriffen hatte. Er ließ die Hälfte seines Vorrats Clive in die Hand gleiten.

Die Bomben waren kaum größer als Orangenkerne.

Clive warf eine davon in das Gesicht eines heulenden Angreifers. Sie explodierte mit einem Krachen, das den Angreifer wegtaumeln ließ, das Gesicht eine blutige Masse. Clive warf eine weitere Bombe, dann noch eine. Jede tat ihr Werk. Er hörte Horace Hamilton Smythe hinter sich in Triumphgeschrei ausbrechen, nachdem er ähnlichen Erfolg gehabt hatte.

Aber bald war der Vorrat an Explosivgeschossen erschöpft, und die Angreifer drangen noch immer auf sie ein.

Clive stand auf einmal von Angesicht zu Angesicht mit einer großen dünnen Gestalt in Weiß und Grün. Es war nicht die liebenswürdige 'Nrrc'kth, sondern ihr roher Möchtegerngemahl, N'wrbb Crrd'f.

Die beiden Männer schauten einander in die Augen. Clive wünschte sich nur eine einzige der winzigen tödlichen Bomben. *Nur eine!* Aber er besaß keine mehr. Er hatte nur den winzigen rubingeschmückten Dolch.

N'wrbb, mit einem Langschwert bewaffnet, schwang die Klinge nach unten. Der Hieb war so berechnet, daß die schwere Klinge und die geschliffene Kante Clive von der Schulter bis zum Brustbein durchbohren würden, sollte der Hieb so fallen wie beabsichtigt.

Folliot sprang nicht zurück und versuchte auch nicht, sich vor dem Streich zu ducken. Statt dessen warf er sich nach vorn, hielt dabei den Dolch in Brusthöhe und stieß die Klinge N'wrbb ins Herz. Die Klinge drang in die bleiche Gestalt, und Blut von der Farbe eines Smaragds spritzte heraus.

Clive zog den Dolch zurück und erwartete, daß N'wrbb tot zu Boden falle, aber Folliot hatte vorausgesetzt, daß die inneren Organe dieser schlanken Wesen genau wie die eigenen lägen. Das war ein Fehler auf Folliots Seite — ein Fehler, der N'wrbb das Leben rettete und beinahe Folliot das eigene Leben gekostet hätte.

Der größere der beiden Männer schrie vor Ärger und

Schmerz auf. Er drehte die Waffe um, hob den Knauf und ließ ihn Clive Folliot schwer auf den Kopf herabfallen. Der massige Knauf stieß Clive wie eine Kriegskeule gegen den ungeschützten Schädel.

Clive hörte den Zusammenprall mehr, als er ihn spürte. Er fiel von N'wrbb weg und brach hilflos in die Knie, und dann fiel er zur Seite. Er sah, wie N'wrbb sich die Brust hielt. Grüne Flüssigkeit breitete sich über dem zuvor makellos weißen Gewand aus.

N'wrbb fuhr herum und stolperte von Clive weg.

Folliot zog sich schmerzhaft auf die Füße zurück. Um ihn her wogte noch immer der Kampf. Gnomenhafte Wächter und entkommene Gefangene schlugen und hieben aufeinander ein. Körper von Toten und Sterbenden lagen auf dem Boden verstreut, und an einer Stelle sah Clive, wie ein schreckliches Tentakel aus dem Graben hervorgekrochen kam und ein Wesen, das noch immer blutete und zappelte, ins schwarze Wasser zog.

Irgendwo in dem Tumult befanden sich Annabelle und Oma, 'Nrrc'kth und Shriek, der vertrauensvolle Finnbogg und der unerschüttliche Horace Hamilton Smythe. Einige von ihnen mochten verwundet sein, andere tot. Die Schlacht wogte noch immer.

Bei jedem Schritt stolpernd, jedoch mit jedem Augenblick seine Kraft zurückgewinnend, stapfte Clive über die blutverschmierte Erde und verfolgte N'wrbb Crrd'f.

Der Gegner war zurück in das Dungeon geflohen, und Clive verfolgte ihn dorthin, wobei er die langen Schritte des anderen nicht einzuholen vermochte, wenngleich er fest entschlossen war, ihn nicht entkommen zu lassen.

Sie stapften Korridore hinab, durch hallende Zimmer hindurch, steinerne Treppenfluchten hinauf. In der gesamten Burg schien sich keine Menschenseele aufzuhalten. Jeder Soldat war zur Schlacht abkommandiert worden, die noch immer draußen tobte. Durch die Luft tönten die Schreie von Verzweiflung, von Triumph und von

Tod und setzten einen kakophonischen Kontrapunkt zu den pochenden Schritten und den Atemstößen der beiden Männer.

N'wrbb lief einen langen Korridor entlang. Clive folgte ihm unbarmherzig. Hinter sich hörte er die Geräusche weiterer Verfolger.

Clive gestattete sich einen kurzen Blick über die Schulter. Er sah hinter sich eine Menge, bestehend aus Gefährten und Verbündeten. Annie, 'Nrrc'kth, Oma, Tomàs, Smythe sowie die nichtmenschlichen oder halbmenschlichen Verbündeten Finnbogg, Shriek und Chang Guafe folgten ihm hart auf den Fersen. Es war eine Vielvölkerarmee — aber Clive blieb nicht stehen, um auf sie zu warten.

Plötzlich verschwand N'wrbb. Clive erreichte die Stelle, an der er den Gegner zuletzt gesehen hatte. In den glatten schwarzen Stein war ein Alkoven geschnitten worden. Den Eingang bedeckte eine reiche Tapisserie mit einer Szene von schockierender Obszönität.

Clive schob die Tapisserie vorsichtig beiseite und erwartete, N'wrbb vorzufinden, der sich dahinter versteckt hielte, bereit zu einem verräterischen Schwertstreich. Aber der bleiche Mann war nicht dort. Statt dessen kauerte er am Ende eines kurzen Korridors, den Rücken an eine massive hölzerne Tür gelehnt. N'wrbb hielt Clive das Gesicht zugewandt, aber er hämmerte mit dem Knauf des Langschwerts an die Tür und bat um Einlaß.

Clive lief los. Nur das heimtückische Flackern in N'rwbbs dunklen grünen Augen hielt ihn am Rand eines schwarzen Quaders zurück, der sich von den anderen nicht unterschied. Clive lehnte sich an die Wand, streckte vorsichtig einen Fuß aus und legte ihn leicht auf den Stein.

Von oben fiel dröhnend ein riesiger schwarzer Stein herab. Clive hatte nicht zur Decke geschaut; er hatte sich zu sehr auf den Mann konzentriert, der ihm ins Gesicht sah. Der Stein wog leicht seine fünfhundert Pfund. Er fiel zu Boden und zersprang in tausend Stücke. Umherfliegende Teilchen drangen Clive ins Gesicht und in den Körper. Es gelang ihm, rechtzeitig den Fuß zurückzuziehen, sonst wäre er zu Brei zermalmt worden. Wenn er voll auf den Quader getreten hätte, wäre er von dem fallenden Stein sofort getötet worden.

N'wrbb rief erneut nach jemandem, der sich auf der anderen Seite der Tür befinden mußte — oder den er dort vermutete. Es erfolgte keine Antwort.

Clive tat einen großen Schritt über den zerschmetterten Stein. Er stand kaum einen Meter von N'wrbb entfernt. Nur mit dem Dolch mit dem Rubinknauf bewaffnet, wäre er ein leichtes Opfer für N'wrbb gewesen, aber sein Gegner hatte keine Kraft mehr zum Kämpfen.

»Laß mich gehen!« bettelte der bleiche Mann. »Laß mich nur gehen.« Er zeigte den kurzen Korridor hinunter, den sie beide durchquert hatten. »Laß mich gehen, und ich werde verschwinden. Ich werde dich in Ruhe lassen, du kannst alles tun, was du willst.«

»Zu spät«, entgegnete Folliot. »Kämpfe um dein Leben, du Monster aus Q'oorna!«

»Ich bin kein Q'oornan! Siehst du nicht, daß sie aus mir einen weiteren Gefangenen gemacht haben! Ich bin auf deiner Seite, Clive Folliot!«

»Es hat keinen Zweck ...«, begann Clive Folliot.

Aber N'wrbb warf Clive das Schwert vor die Füße und brach weinend und bettelnd zusammen. Clive Folliot war in der Lage, in flammendem Zorn zu töten, aber er konnte nicht ruhigen Blutes jemanden umbringen.

Hinter N'wrbb bewegte sich etwas. Clive sah, daß seine Verbündeten den Korridor erreicht hatten. Sie standen auf der anderen Seite des herabgefallenen zerschmetterten Steinblocks. Keiner von ihnen bewegte sich oder sprach ein Wort. Sie waren lediglich Zeugen der Begegnung zwischen ihrem Anführer und dessen Feind.

Clive streckte eine Hand nach N'wrbb aus. Der bleiche Mann sprang blitzschnell hoch, wobei er einen schweren schwarzen Steinbrocken in der Faust hielt. Der Brocken stieß gegen Clive, traf ihn an der Wange und warf ihn in einem Taumel gegen die Wand. Augenblicklich war N'wrbb über Clive hinweggestiegen und hatte den Haufen zerschmetterter Steine erklommen. Er langte hinauf in die Schwärze, wo zuvor der Fels gehangen hatte. Mit einem Grunzen und höhnischem Gelächter verschwand er.

Clive zog sich hoch. Er machte eine Bewegung, wollte die Verfolgung von N'wrbb erneut aufnehmen, wobei er sich diesesmal fest vornahm, nicht erneut Opfer eines Hinterhalts zu werden. Aber irgend etwas hielt ihn auf. Es war das Gefühl einer Hand auf der Schulter.

Er wandte sich um und erkannte die große schöne 'Nrrc'kth. Die smaragdgrünen Augen befanden sich auf gleicher Höhe mit den seinen, der warme Mund und die verlockenden Lippen waren nur Zentimeter entfernt.

»Verschone ihn, Clive.« Sie nahm seine Hände in die ihren.

»Aber ich will ...«

»Ich weiß«, sagte 'Nrrc'kth weich.

»Du hast gesagt ...«

»Ja, Clive Folliot. Aber jetzt bitte ich für ihn. Ein Schurke, ein Monster ... aber nichtsdestoweniger ein Mann von Djajj. Von unserem gesamten Planeten haben bloß drei — N'wrbb und die alte Oma und ich — im Dungeon überlebt. Wenn er sterben sollte ...« Sie schüttelte langsam den Kopf. »Abgesehen davon, Clive Folliot, hast du ihn bezwungen. Du weißt nicht, was es für einen Mann von Djajj bedeutet, so besiegt und gedemütigt zu werden, wie du N'wrbb besiegt und gedemütigt hast.«

»Dann ... Was soll ich für dich tun?«

Sie hielt ihm noch immer die Hände. Jetzt ließ sie die eine fallen und führte ihn an der anderen zurück durch die Burg. Gefolgt von den anderen — von Annie und Horace Smythe, Finnbogg und Shriek und Chang Guafe —, gingen sie zu der großen Halle, wo Clive die beiden weißen und leuchtendgrünen Gestalten zuerst gesehen hatte — der Diamant und der Smaragd, wie ihm schockartig klar wurde, von denen das Tagebuch seines Bruders gesprochen hatte.

'Nrrc'kth führte ihn zu dem großen geschnitzten Stuhl, der N'wrbb gehört hatte. Sie stand vor ihm. Annabelle Leigh — Benutzer Annie — stand ein wenig hinter ihr. Die übrigen, auch der bizarre Chang Guafe, standen hinter den beiden Frauen, und alle blickten sie Clive ins Gesicht.

»Clive Folliot«, sagte 'Nrrc'kth, »mit dem Recht des Tapferen, mit dem Recht des Siegers, mit dem Recht des Eroberers hast du den Titel des Herrn der Burg errungen. Nur eine einzige Prüfung bleibt noch. Eine letzte Prüfung, die du bestehen mußt, oder ...«

Sie beendete den Satz nicht. Statt dessen wandte sie sich an Annabelle Leigh. Die junge Frau der zukünftigen Erde sah bleich aus, hatte ihre Energien aufgrund der unglaublichen Anforderungen erschöpft, die der Baalbec A-9 an sie stellte, zum einen, um die fliegende Maschine Nakajima zu versorgen, zum anderen, um die Mauer im Dungeon zu zerschmelzen. Und dennoch hatte sie noch nie schöner ausgesehen.

Annabelle hob die Hände. Die Finger verschwanden im wallenden Haar. Sie entfernte etwas fast Unsichtbares daraus, das Clive jedoch schimmern und glitzern sah wie poliertes Glas, das man aus dem Augenwinkel betrachtete.

Er erinnerte sich plötzlich an einen anderen Augenblick, als Annie die Hände an den Kopf gehoben hatte. Einen anderen Augenblick, als ihr Gesichtsausdruck sehr seltsam erschienen war. Clive hatte sich flüchtig nach den Gründen dafür gefragt, nur um dann von drängenderen Überlegungen abgelenkt zu werden.

Während ihres Aufenthaltes im Neuen Kwajalein-Atoll, während der Zeit, als Benutzer Annie für das sechzehnte Marineregiment ein mystisches Geschöpf geworden war — hatte sie von den japanischen Ausgestoßenen irgendwie die Krone des Burgherrn erhalten. Und wenn diese Krone vom Wahren Herrn der Burg getragen wurde, so erinnerte sich Clive, dann würde sie glänzen.

Annie stand an Clives einer Seite, 'Nrrc'kth an der anderen.

Jede der beiden schönen Frauen hielt die nahezu unsichtbare Krone mit den Fingerspitzen und senkte sie vorsichtig Clive aufs Haupt.

Der Glanz, den die Krone ausstrahlte, erfüllte den ganzen Raum, und in dem Augenblick brachen Clives versammelte Freunde in Jubelrufe aus, und die befreiten Gefangenen, die ihnen gefolgt waren, stimmten ein.

Annabelle Leigh hatte die Arme um Clive gelegt und küßte ihn warm aufs Gesicht. Der Atem war süß, und er spürte, wie eine einzige heiße Träne ihr aus den Augen und ihm auf die Wange fiel. Dann ließ sie ihn los, und wunderbarerweise befand sich die Dame 'Nrrc'kth in seinen Armen, den Mund gegen den seinen gedrückt, und ihre Hände drückten die seinen. Er zögerte nur einen Augenblick lang und antwortete dann mit gleicher Glut.

Irgendwo hinter Clive ertönte das Rauschen schwerer Samtvorhänge. Er stieß die Dame 'Nrrc'kth beiseite, drehte sich auf dem Absatz um und vergaß dabei die Krone, vergaß die Freunde, vergaß alles.

Er stieß heftig nach dem rauschenden Vorhang, schob ihn beiseite und verfolgte den flüchtigen N'wrbb Crrd'f. Die beiden Männer rannten zurück durch die staubbedeckten Korridore. Es ging zurück zu dem Alkoven, wo sie sich zum erstenmal gegenübergestanden hatten. Es ging zurück zu der Stelle, wo ein Haufen zerschmetterter Steine den Ort kennzeichnete, an dem Clive knapp dem Tode entronnen war.

Hinter dem Steinhaufen erblickte Clive das Schimmern von Metall sowie eine Plakette aus poliertem Metall neben der schweren hölzernen Tür, an die N'wrbb so furchtsam gehämmert hatte. Jäh erkannte Clive, daß sich ein Geheimnis enthüllen sollte, ein Geheimnis, das ihm weit wichtiger war als die Verfolgung des Schurken N'wrbb Crrd'f.

Auf dem glänzenden Metall standen in sauberer militärischer Schrift acht Worte geschrieben. Clive las die Worte, sprach jeden einzelnen der Buchstaben leise vor sich hin.

Brigadier Sir Neville Folliot
Königliche Somerset Grenadier Guards

Clive schlug gegen die Metallplatte, wobei er den Knauf des Dolchs als Anklopfer benutzte. Genausowenig wie auf N'wrbbs Pochen und Betteln erfolgte jetzt eine Antwort. »Neville!« rief Clive. »Mach auf! Mach auf! Ich bin's, dein Bruder Clive!«

Immer noch keine Antwort. Vielleicht befand sich niemand im Raum jenseits der schweren Tür. Oder vielleicht war Neville da und nur nicht in der Lage, ihm zu antworten. Verletzt — vielleicht sogar tot.

Clives Trupp vertrauensvoller Gefolgsleute war nirgendwo zu erblicken. Soweit er wußte, standen sie noch immer da, entsetzt über Clives plötzliches Verschwinden, und umringten 'Nrrc'kth und Annie. Er wußte, daß sie ihm folgen würden, daß sie jeden Moment auftauchen konnten. Aber er wollte sie nicht um Rat oder Unterstützung bitten.

Dieses eine mußte er selbst tun; soviel wußte er. Wenn die anderen bei ihm blieben, würde er bestärkt und ermutigt. Aber wenn sie es nicht täten, würde sein Vorgehen unverändert bleiben.

Er beugte sich nieder und hob den schweren Splitter des schwarzen Steins auf, mit dem ihn N'wrbb zuvor niedergeschlagen hatte. Er pochte damit gegen das Schloß. Die Tür zitterte. Er hämmerte immer und immer wieder mit dem Felsbrocken gegen das Schloß.

Schließlich schwang die Tür langsam auf.

Der Raum war haargenau das Arbeitszimmer eines Gentleman des neunzehnten Jahrhunderts. Schweres Holzmobiliar und ein Roßhaarsofa standen an ihrem Platz. Reihen gleichgebundener Bücher füllten hohe Regale an den Wänden. Wo die Regale das dunkle Holzpanel nicht abdeckten, schauten Porträts in vergoldeten Rahmen drohend herab.

Sanftes Gaslicht erleuchtete das Zimmer.

In der Mitte des Raums, dem Eingang zugewandt, stand ein großer geschnitzter Schreibtisch. Eine vornehme Gestalt in maßgeschneideter Herrenkleidung von modernstem Schnitt saß geschäftig dahinter, von ihrer Aufgabe völlig in Anspruch genommen.

Der Mann schrieb in einem ledergebundenen großen schwarzen Tagebuch und hielt eine stählerne Feder. Von Zeit zu Zeit hielt er inne, tauchte die Feder in ein Tintenfaß, streifte die überschüssige Tinte von der Spitze der Feder und nahm seine Arbeit wieder auf.

Wie lange dieses Bild das gleiche blieb, vermochte Clive nicht zu sagen. Er wußte bloß, daß es ihm die Brust zusammenschnürte, daß sein Atem flach ging. Er spürte, wie seine Verbündeten schweigend ein halbes Dutzend Schritte entfernt warteten. Er spürte, wie ihm das Herz in der Brust schlug, wie ihm das Blut in den Trommelfellen rauschte.

Neville!

Endlich, Neville!

Der gutgekleidete Mann beendete die Seite. Er legte die Feder sorgfältig in die Halterung zurück, hob ein Blatt Löschpapier und trocknete die Seite ab. Er öffnete eine Schublade im Sockel des Schreibtischs und zog etwas heraus.

Alles — alles —, ohne dabei den Kopf von der Arbeit zu heben.

Welche Stellung nahm Neville im Dungeon ein? Was hatte seine Allianz mit den Q'oornans zu bedeuten? Welcher der Spieler von Annies fabulösem n-dimensionalen Schachspiel bewegte die Figur, genannt Neville Folliot — und zu welchem Zweck?

Alle diese Gedanken rasten Clive Folliot in Sekundenschnelle durchs Bewußtsein, während die Szenerie wie erstarrt blieb.

»Neville!« rief Clive.

Der schreibende Mann hob den Kopf und schaute Clive Folliot direkt in die Augen.

Gleichzeitig hob er einen glänzenden amerikanischen Marinecolt und richtete ihn auf Clive Folliots Brust.

»Ich fürchte, Sie haben sich geirrt, Major Clive Folliot«, zischte der Mann.

Clive Folliot starrte entgeistert in das Gesicht eines völlig Fremden.

▪ AUSWAHL ▪

AUS DEM SKIZZENBUCH VON MAJOR CLIVE FOLLIOT

Die folgenden Zeichnungen entstammen Major Clive Folliots privatem Skizzenbuch, das sich auf mysteriöse Weise vor der Redaktion des *London Illustrated Recorder and Dispatch* gefunden hatte, jener Zeitung, die erkleckliche Mittel für seine Expedition bereitgestellt hatte. In dem Paket befand sich keine Erklärung, abgesehen von einer rätselhaften Eintragung von der Hand Major Folliots selbst.

Endlich ein kurzer Augenblick der Erholung! Dieser Wirbelwind von Abenteuern hat einen Status relativer Ruhe erreicht, und ich beabsichtige, diese äußerst willkommene Zeit dazu zu benutzen, so genau wie möglich die Einzelheiten meiner ungewöhnlichen Taten in den Grenzen des Dungeon zu dokumentieren.

Meine Erinnerung an die vielen Vorfälle, die geschehen sind, sind so lebendig, daß ich mich genötigt fühle, sie zu Papier zu bringen. Wer weiß, wann ich erneut die Gelegenheit dazu bekomme?

CLIVE FOLLIOT, MAJOR DES FÜNFTEN REGIMENTS DER HORSE GUARDS
EIN ZIEMLICH GRÄMLICHES SELBSTPORTRÄT
ANNABELLE LEIGHTON, AUS DER ERINNERUNG

Quartiermeister Sergeant
Horace Hamilton Smythe;
Porträt nach dem Leben;
als Mandarin verkleidet

EINE KREATUR, DIE UNS ANGRIFF, WÄHREND SIE EINE ROTSCHIMMERNDE FELSFORMATION BEWACHTE

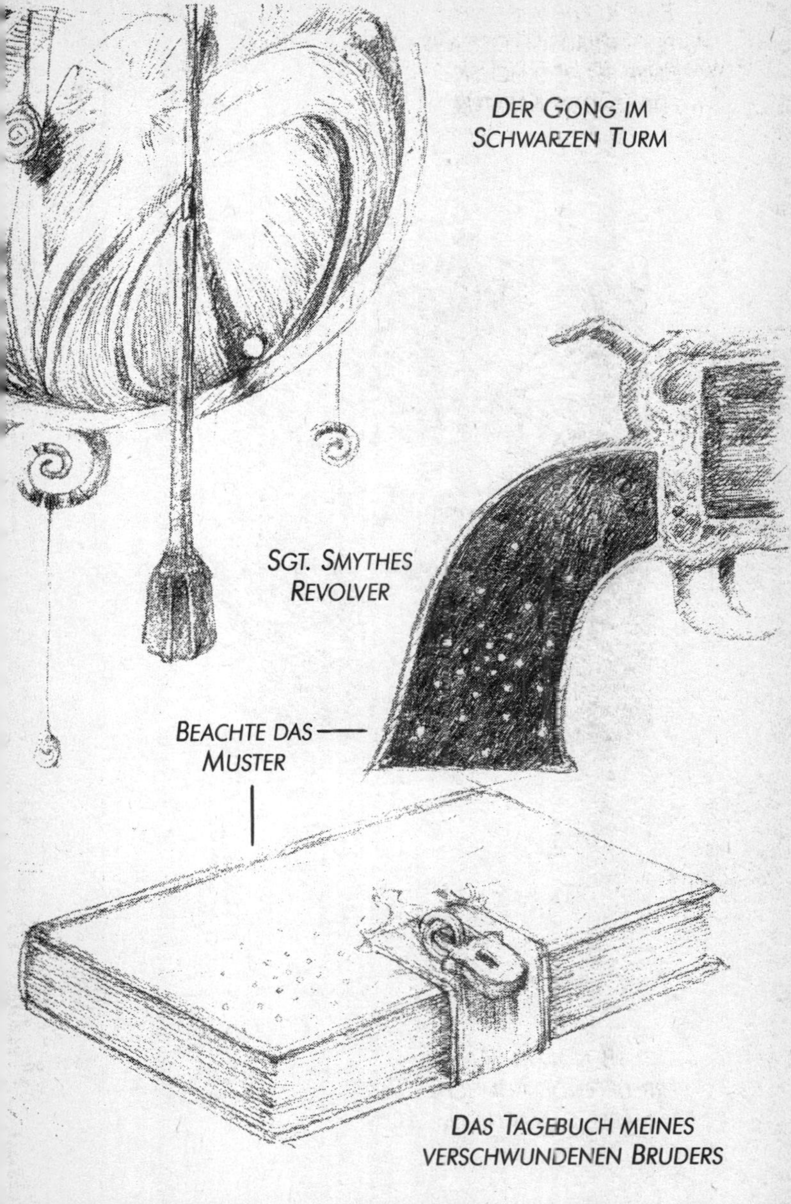

DER GONG IM SCHWARZEN TURM
SGT. SMYTHES REVOLVER
BEACHTE DAS MUSTER
DAS TAGEBUCH MEINES VERSCHWUNDENEN BRUDERS

Eine Klaue wie eine Waffe, herausgelöst aus einer schrecklichen fliegenden Kreatur

›Benutzer‹ Annie; verblüffende Ähnlichkeit mit Annabelle. Nach dem Leben.

FINNBOGG;
ÄHNELT EINER
BULLDOGGE,
KANN INTEL-
LIGENT REDEN.

EINE SELTSAME STERNFORMATION,
DIE SICH IM NÄCHTLICHEN HIMMEL DREHT …
UND AUCH AUF SIDI BOMBAYS
HAND ERSCHEINT.

SIDI BOMBAY;
EIN BEKANNTER VON SGT. SMYTHE;
ÄUSSERST RÄTSELHAFT.

SHRIEK; EIN SPINNENÄHNLICHES WESEN,
WEIBLICH, ÜBERRASCHEND FREUNDLICH.

NRRC'KTH; DIE KÖNIGLICHE DAME EINES MITTELALTERLICHEN SCHLOSSES IM DUNGEON.